与最聪明的人共同进化

HERE COMES EVERYBODY

CHEERS

CHEERS
湛庐

现实科幻系列
RSF011

月球背面的
复制者
MINDSCAN

[加] 罗伯特·索耶 Robert J. Sawyer 著
许言 译

四川科学技术出版社

测一测

关于复制意识，你了解多少？

扫码加入书架
领取阅读激励

扫码获取
全部测试题及答案，
一起了解人类的意识，
畅想未来的可能性

- 科幻小说中的"克隆"都是"克隆羊多莉"意义上的克隆吗？（ ）
  A. 是
  B. 否

- 图灵测试由艾伦·图灵提出，测试标准是：如果被测机器让人类测试者做出超过（ ）的误判，那么这台机器就通过了测试，并被认为具有人类智能。
  A. 10%
  B. 20%
  C. 30%
  D. 40%

- 在未来，人类如果能用纳米级扫描复制出一个人的大脑，就能复制出他的意识吗？（ ）
  A. 是
  B. 否

献给挚友约翰·罗斯，
在过去的二十五年里，
感谢你的支持、陪伴和鼓励。

当谈及有关人格的问题时，我们不能指望会达成统一、广泛接受的看法，但我们的心中都必须有答案，做出最切实的推断，并依照该推断行事。

—— 贾伦·拉尼尔
《意识研究杂志》

我们该如何存在于宇宙？
——罗伯特·索耶"新人类"系列

周　炜

创世伙伴资本创始合伙人

作为一名科技领域的投资者，我一直对技术创新和未来趋势保持着极高的热情。我也是一个科幻迷，因此很荣幸有机会为我喜欢的科幻作品撰写推荐序。

由湛庐文化出品的科幻长篇小说《月球背面的复制者》（以下简称《月球》）与《穿越时空的下载者》（以下简称《穿越》）即将上市，作者罗伯特·索耶先生是我最喜欢的科幻作家之一，读过这两部作品后，我更确信了这一点。他的作品拥有我所认为的优秀科幻小说该有的样子：既有翔实准确的科学描写和跌宕起伏的故事情节，又暗含哲理，能让人掩卷沉思。

《月球》的故事发生在 2045 年，主角雅各布·沙利文自从他父亲因遗传性绝症而成为植物人以来，就一直生活在恐惧与不安之中——有朝一日，他也许会步父亲的后尘。数十年后，一项新兴技术的出现，可以让人通过复制意识到"人造人"躯体上，拥有更强大的"体魄"。雅各布仿佛看到了"重生"的机会，于是毫不犹豫地选择成为第一批"吃螃蟹"的人，复制了自己的意识，却被迫卷入了一系列危机。

书中，通过聚焦"人造人"技术实现后可能会出现的某些局面，作者提出了多个值得深思的问题。原作首次出版于 2005 年，但其中探讨的很多问题并不过时。令我印象最深的部分之一便是小说里的庭审戏份，为了论证"人造人"凯伦到底还是不是凯伦本人，庭审双方旁征博引，展开激烈辩论，用既往的判决案例与生物学知识来探究到底什么是"人"。此外，书中还探讨了意识复制的可能性等话题，随着角色的对话一步步深入哲学的密林，是阅读这部作品的极大乐趣。

《穿越》则是索耶最新的长篇科幻作品。故事发生在 2059 年，两个截然不同的群体将他们的意识上传到了同一台量子计算机中。他们一组是准备进行地球首次星际旅行的航天员，另一组则是被判有罪、在虚拟监狱中服刑的谋杀犯。而一场足以毁灭地球的天灾迫使这两个群体必须携手合作，共同拯救地球和自己。

这本书采用了多人口述记录的叙事形式，在不同角色的视角切换中推进情节。而相较于形式的创新，《穿越》的文本内容也契合时代特征，包括其部分情节涵盖了作者对当下时代性话题的关注。科幻作者的确需要紧跟时代脉搏，像索耶这样的大师更不会例外。

《穿越》的另一大看点是两个群体——精英面貌的航天员与不被主流社会所接纳的囚犯——之间擦出的火花。索耶巧妙地将这两个群体置于同一时空之下。危难当头，这看上去似乎水火不容的两类人不得不开展合作。他们将如何团结起来？读者会从小说中找到答案。

总之，从《月球》和《穿越》两本书中，读者既能感受到索耶娴熟的叙事能力，又能感受到他与时俱进的活力。两部作品的写作时间虽相差十几年，但不难看出索耶一如既往的风格——在有意思的设定与情节之下，埋藏着深刻哲思与对现实的隐喻。仔细想来，两部作品在主题上有着相似之处。《月球》借"人造人"的设定抛出的问题是"如何定义一个人"，《穿越》同样涉及了不同人类群体间身份认同的问题。这或许也可看作一种隐喻：无论科技如何进步，时代如何发展，世界都只是一面镜子，而从中反射出的人类对于自身的审视与定义，似乎才是永恒的话题。

科幻往往带领我们抽离日常的烦琐，让我们得以抬头望向星辰。而索耶的这两部小说在为我们带来星空的恢宏外，又不禁让我们回望自身：生而为人，我们该如何存在于这茫茫宇宙中？

何以为"人"
——《月球背面的复制者》中的伦理哲思

江 波

中国著名科幻作家
银河奖、华语科幻星云奖得主
《未来史记》作者

读完了罗伯特·索耶的《月球背面的复制者》，我有一种酣畅淋漓的感觉。虽然小说后半部有些乏力，但整个阅读过程还是很享受，拿起来就舍不得放下。

这是个关于复制意识的故事。扫描人的大脑在纳米级的尺度上复制了本体的每一个神经元、每一个突触，乃至于突触间神经递质的浓度。如果能够做到这一点，人的意识也就能完整地被复制出来。

问题在于，复制之后的本体如果仍旧存在，就会留下一个巨大的疑问：究竟谁才能代表原来的那个人，那个在历史上一直存在的人？

这是个很有趣的哲学问题，罗伯特·索耶的这篇小说可以视为回答这个问题的一次尝试。它和人物关系巧妙地结合在一起，呈现出一个跌宕起伏的故事。

这也是一个在克隆人小说中常见的主题。克隆人在科幻小说中一直有两种概念，第一种比较符合对克隆过程的正确理解，将一个人的体细胞恢复到初始状态。这个过程有很多不同的实现手段，也有细微的差异，但大体的结果是相同的，也就是得到一个类似于受精卵的细胞，让这个细胞开始发育。这个类似于受精卵的细胞和真实的受精卵之间有细微的不同，例如线粒体不同，但对于我们理解克隆的大体过程没有妨碍。不妨把这个细胞称为初始细胞。克隆就是得到这么一个初始细胞，并让它发育，直至长成一个和被克隆者的 DNA 完全相同的个体。显然，这个新人不可能和那个提供了体细胞的人具有相同的记忆，虽然 DNA 完全相同，但两者是同一个 DNA 模板的不同实体。人类实现的克隆羊多莉，就是这种意义上的克隆。这种克隆较少在科幻作品中出现，毕竟戏剧冲突没那么强烈。

另一种对克隆人的理解近似于复制人，就是把人完整地复制出一个。新人不仅和本体有相同的 DNA、相同的身体，也有相同的记忆。谁也不知道怎样才能复制出这么一个人来，但科幻作品中这样的克隆人很常见。一些小说甚至会认为使用第一种类型的克隆技术，就可以制造一个与本体完全一样的克隆人。在科学概念上，这种理解显然是不正确的，但这样的克隆类型直接对人的身份认定进行了挑战，极富故事性，所以在小说中用得也比较多。甚至有比较极端的设定，比如《月球》电影中出现了一堆克隆人，他们都有相同的记忆和技能，每个寿命都很短，死掉一个换一个，被当作耗材。

索耶这部作品对人的复制则再进一步，脱离了肉体，让人的意识进入一个仿生躯体。仿生躯体显然和人类躯体有很大的区别，这也让人对于这个具备本体全部记忆和性格特征的机器人能否被视为本体的自然延续提出了更强烈的质疑。这种质疑比对克隆体的质疑更强烈，因为躯体毕竟是个机器，一眼看上去就和人有区别。一个和真人完全不同的机器人出现在人群中，具有与真人完全一样的生物表观（指纹、虹膜及其他特殊身体标志），拥有他的记忆（密码、经历、隐私等），这个克隆体是不是人？每个人都会提出这样的问题，如何回答则会体现出不同的思考和意趣。

在原著中，索耶是以法律作为抓手来进行讨论的。这有社会环境的基础，如加拿大施行惯例法和陪审团制度。一样新出现的事物，法律中没有先例，恰好是创立先例的时机。法庭上的抗辩，则恰好是展示这个问题逻辑复杂性的最好舞台。在中国，以法庭抗辩的形式来展开讨论，恐怕会被认为脱离实际。假设在中国遇到这样的问题，首先要解决的应该是立法问题，组织专家组进行讨论，确定一个规范，然后再执行。所以这种讨论在中国恐怕不是法庭戏了，而是闭门会议，或者是某些角色的对白或者独白。这种情形自然没有法庭戏更适合进行长篇论述。这里并不是想说在中国的语境下，无法讨论这个科幻作品带来的伦理问题，而是说在中国的语境下，可能并不适合用法庭戏来展示。在加拿大，则是一件再自然不过的事。这可能是社会环境对作者的影响，可以视为不同国情引起的创作差异。

在中国的另一种情形可能是舆论发酵。"贺建奎编辑人类胚胎基因"这件事在伦理上存在争议，经由舆论发酵，形成了舆情。贺建奎最后因为"非法行医"的罪名被判入狱，舆论压力起到了多大作用，每个人都有判断。在中国语境下讨论复制意识到机器躯体的伦理问题，可能也很快会形成舆情，从而最后推动相关领域的变革或调整。这是我对于这个题材在中国语境下的想象。

回到《月球背面的复制者》这部小说本身，索耶展示了他对自我意识深入的思考，他从各种角度对人之所以为人的必要条件进行了拷问。一旦分离，便是永恒，复制出来的个体和本体之间，显然会具有不同的立场和观点。对他们来说，这是对社会身份的争夺，攸关生死。而对一个社会来说，可能唯一的处置办法就是达成共识。这里我想到古老的图灵测试，或许图灵提出测试的初衷只是单纯地想要衡量人工智能的能力，但这个测试本身包含的意思却可以给我们更多的启发。

人的判定只能交给人，需要由社会共识来确认。机器人和人工智能目前是低于人类，但在不久的将来，它们可能高于人类。人工智能不仅可能因为智力低于人类而被识破，也可能因为智力大大超过人类而不被认可。

我们的社会正接近一个人和"超人"分离的边缘。

接受了意识上传，从而拥有了机器躯体、不死之身的"人"，是超越普通人的（实现的可能性不太大，并且从科学的观念出发，我不太认同意识上传，尽管我作为科幻作家，并不会自缚手脚，不写类似的东西）。同样，那些使用脑机接口来增强自身智力、体力的人也是超越普通人的。在可能的超越科技中，还包括基因技术，可以用基因编辑的方式来彻底改变人的遗传特性，使人变得更聪明、更强壮。当下我们所面对的巨大变化，不仅仅是超级人工智能可能对人类产生的威胁和毁灭，技术对人类自身的增强也在修改人的定义——这可能是一个更大的挑战，涉及社会结构的变迁。

科幻小说家能够生活在这样一个时代，是一种幸运。多种可能的未来正在眼前展开，这大概也是一个呼唤伟大作品的时代。《月球背面的复制者》回应了这个呼唤，是属于时代的科幻。

月球背面的复制者

那不过是一次普通的争吵。说实话，我和父亲都不知吵过多少次了，从没出过什么事。没错，他的确曾好几次把我赶出家门。在我年幼的时候，他还把我关在房间里，不给我零花钱，但是从没有出过这种事。那一刻在我脑海里来回浮现，挥之不去。即便他释怀了，甚至也许都不记得了，但我仍记忆犹新。

我父亲的祖父母靠着啤酒工业发了财——如果你了解加拿大，肯定听过"沙利文精选"和"老沙利高级黑啤"这两个牌子。我们家就是该死的不缺钱。

"该死的"，我以前就是这样说的，这让我想起了自己过去的用词。当时我还是个小伙子，不太在乎钱的事。实际上，我和大部分加拿大人一样，觉得大公司赚钱的手段很肮脏，即便加拿大算是比较讲究平等分配的国家，国内的贫富差距也在不断扩大。我年轻的时候是个愤青，很讨厌这种现象。

"这到底是从哪里搞来的？"父亲吼道，手里拿着我的假身份证。他站着说话，就像每次和我吵架时一样。父亲很瘦弱，但他大概觉得自己两米的身高还是可以唬住我的。

　　我们当时在书房里，房子位于克雷迪特港。从多伦多沿着安大略湖一路往西走，就是克雷迪特港。那里是个高档住宅区，即便在那时（大约是2018年）大部分居民也是白人，有钱的白人。书房的窗外是湖景，那天湖面灰蒙蒙的，不太平静。

　　"我一个朋友做的。"我说道，甚至看都没看那张假身份证一眼。

　　"那你别想再和他来往了。天哪！你才17岁，杰克。"无论那时还是现在，合法买酒的年龄都是19岁，合法买烟的年龄是18岁。

　　"我想和谁来往，你管不着。"我望向窗外说道。海鸥在海浪上盘旋，既然它们能够高飞，我为何不能？

　　"再说一遍试试！"父亲厉声道。他的脸很长，一头黑发，两鬓微白。2018年，他应该是39岁。"只要你住在我这里，就得听我的。雅各布①，你到底想干什么？伪造身份证可是重罪。"

　　"如果是恐怖分子或者盗用身份骗钱，那才算是重罪。"我隔着大大的柚木桌看向他，"年轻人用假身份证被抓，是常有的事，谁会在乎啊？"

　　"我在乎，你母亲也在乎。"母亲出去打网球了。那天是周日，也是父亲每周唯一的休息日。他接到了警局打到家里的电话，得知了我的事情。"再这样下去，你小子就——"

　　"我就怎么了？就没法像你那样成功了？好呀，正合我意。"我知道自己说的话很重。父亲每次很生气的时候，额头中央都会竖直地暴起一条青筋。我很喜欢看到这青筋。

　　他的声音在颤抖："你这个小白眼狼。"

　　"这鬼东西留给你了！"我说完，转身朝门口愤然而去。

---

① 雅各布（Jacob）是主角的大名，杰克是昵称。——译者注（若无特殊说明，本书脚注均为译者注）

"小子，你敢走！给我听好了！如果你——"

"去你的！"我说道。

"——再不——"

"我讨厌这里！"

"——学乖一点，你就——"

"我恨你！"

父亲没有回应。我转过身，只见他跌向身后的黑色真皮椅。他摔进椅子里，椅子因受力转了半圈。

"爸！"我冲到桌子后边，摇晃他，"爸爸！"

他毫无反应。"啊，天哪！不，别这样。"我把他从椅子里抱起来。前一刻的争吵让我情绪激动，大量的肾上腺素在我的血管里涌动，我甚至没有感觉到他有多沉。我一边在硬木地板上伸展他的四肢，一边喊道："爸！快醒醒，爸！"

我踢开一个带有碎纸功能的废纸篓，纸屑随之散落一地。我蹲在他身边，摸了摸脉搏——还在跳动。他似乎还有呼吸。但无论我说什么，他都没有反应。

"爸！"我束手无策，只好轻轻拍打他的脸。他的嘴角淌下一丝口水。

我起身，走向他的办公桌，按下免提，拨出"911"^①后又回到他身边蹲下。

电话在揪心地响了三下后才接通。"需要消防、警察，还是急救？"女接线员说道，声音听起来微弱而遥远。

"急救！"

"你的地址是——"接线员把地址念了出来，"对吗？"

_____

① 911 是加拿大的匪警、火警、医疗急救、交通事故等的全国统一报警电话。——编者注

我掀开父亲的右眼皮。他的眼球还能动，在看我，谢天谢地。

"是的，没错。快来！我爸昏倒了！"

"他还有呼吸吗？"

"有。"

"脉搏呢？"

"有。但是他晕倒了，我说什么，他都没反应。"

"救护车赶过去了。"接线员说，"你身边还有其他人吗？"

我的双手发颤。"没有，只有我一个。"

"别走开。"

"好。天哪，他到底怎么了？"

接线员没有理会我："救护车马上就到。"

"爸！"我喊道。父亲发出咕噜声，但应该不是在回应我的话。我擦掉他嘴角的口水，扶着他的脑袋往后仰，以便他能更好地呼吸。

"爸，快醒醒！"

"别害怕，"接线员说，"冷静下来。"

"天哪，天哪，老天哪……"

救护车把我和父亲送到了最近的医院——延龄草健康中心。一到医院，医务人员就把他转移到转运床上，他的两条长腿超出了床尾。很快，一位白人男医生过来用手电照了照父亲的眼睛，又用小锤子敲了敲他的膝盖，生理反应都很正常。男医生又试着对父亲说了几句话，然后喊道："给他做脑部核磁共振，快！"于是一名护理员把父亲推走了。全程中，尽管父亲偶尔会发出微弱的声音，却说不出一句话来。

月球背面的复制者

当母亲赶到医院的时候，父亲已经被安置到病床上了。标准的政府医疗服务只能确保病人在多人间的病房里有张床。但父亲有补充保险，所以他可以住一间单人病房。

"天哪！"母亲用手捂着脸，不断地重复着，"我可怜的克里夫。我亲爱的宝贝……"

母亲和父亲的年纪一样。她的脑袋圆圆的，染了一头金发，此刻身上还穿着网球服——白上衣配白短裙。她经常打网球，身材很好。

很快，另一位医生过来了。她大约50岁，胸牌上写着"青医生"。她还没说话，母亲就问："怎么样？他怎么样了？"

这位医生非常和蔼可亲，我一辈子都忘不了她。青医生拉住我母亲的手，让她坐下，接着自己蹲下，平视我母亲的目光。"沙利文夫人，"青医生说，"很抱歉，情况不太妙。"

我站在母亲的身后，将一只手放在她的肩上。

"怎么了？"母亲问，"是中风吗？不会的，克里夫才39岁。他这个年纪不可能中风。"

"什么年纪的人都有可能中风。"青医生说，"虽然严格来说，你丈夫的确中风了，但和你想的应该不太一样。"

"什么意思？"

"你丈夫患有先天性血管发育畸形，我们称之为动静脉畸形。这种畸形血管团由动脉和静脉组成，中间没有毛细血管。毛细血管一般能提供阻力，减慢血液流动速度。而这种血管团的血管壁非常薄，很容易破裂。血管一旦破裂，就会引起颅内出血。你丈夫患的动静脉畸形叫作卡斯尔曼病[①]，这类病患的血管会像消防管道爆裂一

[①] 卡斯尔曼病（Castleman's disease，CD）属原因未明的反应性淋巴结病之一，临床较为少见。——编者注

样，一根接一根地破裂。"

"但克里夫从没和我们说过……"

"不。他可能自己都不知道这事。这种病可以通过核磁共振查出来，但大多数人过了40岁才会定期做核磁共振检查。"

"该死。"母亲骂道，她平时很少说脏话，"我们本来可以花钱查出来的！我们——"

青医生抬头瞥了我一眼，又看向我母亲的眼睛："沙利文夫人，相信我，即便查出来也没用，你丈夫的情况没法做手术。一般来说，只有千分之一的人才会患上动静脉畸形，其中又只有千分之一的动静脉畸形患者才会得卡斯尔曼病。很不幸，一般只有等病人发病身亡，我们才会发现病人得的是卡斯尔曼病。你丈夫实际上算幸运了。"

我看了看父亲。他躺在床上，一根管子插在鼻子里，另一根管子插在胳膊上。他的头发乱蓬蓬的，嘴巴张着。

"那他会没事的，对吗？"母亲问，"他会康复吗？"

青医生的声音听起来很抱歉："他不会康复了。血管破裂后，涌入组织中的血流破坏了他大脑的邻近部位。他现在已经……"

"已经什么？"母亲追问道，语气中充满了恐慌，"他不会变成了植物人吧？天哪！我可怜的克里夫。老天哪……"

我看着父亲，已经5年没有落泪的我忍不住哭了起来，视线变得模糊，思绪变得混乱。医生还在和我母亲谈话，我听到了"重度智力障碍""完全失语"和"收容机构"。

他不在了。虽然他没有离开我们，但那个熟悉的他已经不在了。我对他说的最后一句话会一直留在他的意识中，那就是——

"杰克。"青医生在叫我的名字，我擦去眼泪。她站了起来，看着我："杰克，你多大了？"

我想，我够大了。我足够成熟，能够当家。我会处理好一切，照顾好母亲。

"17岁。"

她点点头："你也应该做个核磁共振检查，杰克。"

"什么？"我问道，心跳突然加快，"为什么？"

青医生挑起她那精致的眉毛，极为温柔地说道："卡斯尔曼病会遗传。"

我感到自己又陷入了恐慌："你、你是说我以后可能会变得像我爸那样？"

"只是检查一下，"她说，"你不一定会得卡斯尔曼病，只是有这种可能性。"

我想，我无法接受自己像个植物人一样生活。我的担忧也许太过明显，青医生慈祥地笑了，好像亲耳听到我大声说出心中所想。

"别担心。"青医生说。

"别担心？"我的嘴巴发干，"可你说了，这是绝症。"

"确实如此。卡斯尔曼病是大脑深处的缺陷导致的，目前无法通过手术修复。但你才17岁，医学正在飞速发展——从我行医以来，医学界已经取得了巨大的进展。谁知道再过20年或30年，技术会发展到多么惊人的地步呢？"

第1章
27年后：2045年8月

此刻，在多伦多费尔蒙特皇家约克酒店的宴会厅也许有上百人，而其中至少有一半的人活不了多久了。

当然，这些行将就木的人都不差钱，所以大多花钱做了最好的医疗美容，甚至还有人做了面部移植手术。看着他们那佝偻的身躯和20岁的脸，我实在有些不舒服，但至少换脸的效果不错，看起来好过由于拉皮过度造成的诡异的紧绷感。

不过，我提醒自己，这确实只是美容。仿制的年轻面孔被安在老朽的、已经破旧不堪的躯体上。在场的老年人大多数是站着的，有些坐着电动轮椅，有几个扶着助行器，一个老人的腿上安装了电动支架，而另一个老人全身都穿了外骨骼设备。

如今，"衰老"这一概念已经不同于往日。我一边摇头一边想，虽然我还算不上衰老，只有44岁，但可悲的是，我在人生一开始就出过名了，只是出名的时间短到我甚至没有意识到自己出过名。我是2001年1月1日在多伦多出生的第一个婴儿。但在2000年1月1日午夜过后出生的女婴引起的轰动更大，虽然这一年除了年份是以三个零结尾，并没有任何特殊含义。这都不重要了！我最不希望的就是再多活一年，因为一年后我很可能就会死。我想起以前听过的一个笑话：

"我恐怕有个坏消息要告诉你，"医生说，"你活不了多久了。"
年轻人哽咽了一下，"那我还能活多久？"
医生悲伤地摇了摇头，"10……"
"10？你是说10年？还是10个月？"
"9……8……"

我摇摇头，赶走消极的念头，又环顾了一下四周。费尔蒙特皇家约克酒店富丽堂皇，其建立可以追溯至铁路旅行兴盛初期。如今磁悬浮列车沿着过去的铁路疾驰，酒店的生意也迎来了第二春。酒店位于联合车站的对街，安大略湖的北岸，我父母的房子以东25千米的地方。宴会厅的天花板上挂着吊灯，贴着绒面墙纸的墙上装饰着油画真迹，身着燕尾服的服务员端着酒杯四处走动。我走到开放式吧台前，点了一杯掺了不少噫汁的番茄汁[①]。今晚我想保持头脑清醒。

当我端着饮料离开吧台时，才发现自己身边站着一个毫无矫饰的老太太，脸上满是皱纹，头上全是白发。和周围那些否认年龄、容貌造假的老人相比，她显得相当特别。

老太太对我微笑，尽管笑得有些不自然——她显然得过中风。"你一个人？"她问道，语气愉悦，但是带着很重的美国南方口音，

[①] 伏特加、番茄汁加噫汁是经典调酒"血腥玛丽"的做法，此处主人公去掉了伏特加。噫汁又称英国黑醋或伍斯特沙司，是一种起源于英国的调味料，味道酸甜微辣，色泽黑褐。

还伴随着老人常有的颤音。

我点点头。

"我也是。"她说。她穿着一件深色上衣，外面套着一件浅色外套，配一条深色休闲长裤。"我儿子不肯带我过来。"现场的大多数老人都有人作陪，要么是子女，要么是律师，要么是雇用的护理人员。我低头看了一眼，注意到她手上戴着婚戒。她显然也注意到了我的目光。"我丈夫过世了。"她说。

"这样啊！"

"那么，"她说，"你是陪家人来的？"

我感觉到自己的表情僵住了："差不多。"

她好奇地看着我。我感觉她已经读出我的言外之意。虽然好奇，但她还是颇有礼貌地不再追问。过了一会儿，她说："我叫凯伦。"说着，她伸出了手。

"我叫杰克。"我说着，握住了她的手。她手上的皮肤松弛，有黄褐斑，手指关节有点儿肿。我轻轻地握了一下。

"你从哪儿来的，杰克？"

"我就住在多伦多。你呢？"

"底特律。"

我点了点头。今晚到场的潜在客户可能大多是美国人。加拿大越来越开放，法律环境也更为宽松，永生科技公司在这里开展业务更容易。

"有意思。"凯伦说，她瞥了一眼成群的老人，"当我 10 岁的时候，我曾经问我的祖母：'谁会想活到 90 岁？'她直视着我的眼睛说：'每一个 89 岁的人都会。'"凯伦摇了摇头，"她说得一点儿也没错。"

我露出了无力的微笑。

"女士们，先生们，"就在这时，一个男人呼唤道，"请大家都入座，好吗？"

毫无疑问，到场宾客的耳朵都没有问题，植入物很容易纠正听觉的衰老。宴会厅后边有一排排折叠椅，折叠椅朝着讲台。"我们过去吧！"凯伦说。她身上有种迷人之处——也许是她的南方口音（底特律肯定不是她的故乡）。当然，宴会厅这一场合也比较特殊。我不禁伸出了手臂，凯伦顺势挽住了我。我随着她走路的节奏，和她一起缓步向前。我们在离讲台较远的一个角落里找了两个座位，旁边的墙上有一幅 A.Y. 杰克逊^①的风景画，裱在玻璃画框里。

"谢谢各位。"刚才说话的那个男人再次说道。他站在深色木制讲台上，只有讲台上阅读灯的微弱光亮照着他。他是一个瘦高的亚洲人，大概 35 岁，黑发直直地梳向脑后，宽宽的前额简直是莫里亚蒂教授^②的加强版。一个大得惊人的老式话筒遮住了他的嘴巴。"我叫约翰·杉山，"他说，"我是永生科技的副总裁。感谢各位今晚的到来。希望各位对我们的招待感到满意。"

他望向台下的观众。我注意到，凯伦是低声表示肯定的观众之一，这似乎正是杉山想要的反馈。"很好，"他说，"无论做什么，我们都力求让顾客百分之百满意。毕竟，我们的宗旨是'一日体验永生科技，终身与你相伴左右'。"

他露出了一个大大的微笑，再次等待着观众表示肯定的笑声。接着，他继续说道："现在，我相信各位都有一些疑问，那让我们言归正传吧。我知道各位购买我们的商品需要花费一大笔钱——"

① A.Y. 杰克逊，全名亚历山大·杨·杰克逊（Alexander Young Jackson），加拿大著名画家，擅长风景画。
② 莫里亚蒂教授是福尔摩斯系列小说中的大反派，一个犯罪专家，书中对他的描述之一就是前额宽广。

我身边有人嘀咕道："说得一点儿没错。"

也许杉山听见了，但他没有做出任何反应，而是继续说道："但在各位认为我们提供的服务适合自己，且感到满意之前，我们不会向各位索取一分钱。"他的目光在观众中扫来扫去，脸上带着令人安心的微笑，同时和不少观众的目光发生接触。他直接望向凯伦，但没有看我。也许他认为我不可能是潜在客户，所以不值得在我身上浪费他的个人魅力。

"在座的大多数人都做过核磁共振。"杉山说，"我们的独家专利技术——意识扫描，就同核磁共振一样，没什么好害怕的，而且我们的扫描精度要高很多。通过意识扫描，我们能得到完整、清晰的大脑结构图，包括每个神经元、每个树突、每个突触间隙、每个联结处。不仅如此，就连每个突触的神经递质水平的数据都有。构成各位大脑的每一个部分，我们都不会遗漏。"

此话不假。早在 1991 年，一位名叫休·勒布纳的慈善家提供了一块纯金奖牌，并非奥运会金牌那种镀金奖牌，外加十万美元奖金，用于奖励第一个通过图灵测试的计算机研发团队。勒布纳原本以为只需要几年时间就会有人获奖，结果直到三年前才有团队拿到这笔奖励。①

我在电视上观看了全过程：由牧师、哲学家、认知科学家、小商贩以及单口喜剧演员组成了一个五人小组，面对两个藏在黑色窗帘后的对象进行提问。他们可以向两个对象提出各种问题：关于道德困境、生活百科，甚至是两性和育儿的问题。那名单口喜剧演员

---

① 1991 年，美国慈善家休·勒布纳（Hugh Loebner）设立了关于人工智能的"勒布纳奖"，并提供十万美元奖金给第一个通过图灵测试的计算机研发团队，目的是鼓励对人工智能的研究。图灵测试是一种通过特定提问来测试机器是否具备人类智能的测试方法。

　　　　　月球背面的复制者

还想方设法地逗笑被提问的对象，并询问他们笑话中的笑点。不仅如此，两个测试对象之间也会彼此对话，在五人小组的旁观下相互提问。最后，五人都投票并一致认为，他们无法确定哪块幕布后面是真正的人，哪块幕布后面是机器人。

广告播完，两块幕布被拉开。左边是一个50多岁、秃顶、有胡子的黑人，名叫温赖特·桑普森，右边是一个外形简洁的方形机器人。研发出机器人的团队赢得了十万美元奖金，以现在的货币价值来看只能算是一笔小钱，但仍有很大的意义。此外，还有一块纯金奖牌。这支团队还透露，让他们获胜的机器人的大脑，其实就是温赖特·桑普森脑部的精确扫描副本，而且正如全世界亲眼所见，这一副本与其原型产生的意识从各方面来讲确实并无差别。三周后，这一团队创立的小公司永生科技首次公开发行股票。一夜之间，团队所有人都成了亿万富翁。

杉山继续自己的推销话术。"当然，"他说，"我们不能把数字副本放回原本的生物大脑中，但可以把副本转移到一个人造大脑中，我们要实现的正是这一点。我们的人造大脑通过量子雾凝结而来，这种量子雾可以形成纳米凝胶，精确地复制生物大脑的结构。你的意识通过实体化，存放在一个由耐用合成物制成的人工大脑中——全新版本的你由此诞生。这个版本的你既不会感到疲劳，也不会遭受中风或动脉瘤的痛苦，不会经历痴呆或衰老。更重要的是……"他停顿了一下，确保每个人的注意力都集中在他的身上，"不会死亡。全新的你将长生不死。"

尽管每个人来之前都了解过这一产品，但仍有人发出了惊叹——当杉山大声说出"长生不死"的时候，这几个字是如此有分量。就我而言，我并不关心自己能否永生，甚至等我到了凯伦这个年纪时可能会觉得活着很无聊。但是我已经如履薄冰地活了27年，时刻害怕自己的脑血管会破裂。死亡并没有那么糟糕，可是一想到我会像我父亲那样成为植物人，我就很害怕。幸运的是，永生科技的人造大脑是由电力驱动的，不需要化学营养物质，也不需要供血。我相当怀疑这是不是当年那位青医生心中的理想疗法，但我的时间不多了，选择也不多了。

"当然，"杉山又说，"人造大脑需要安装在人造身体里。"

我瞥了一眼凯伦，好奇她来之前是否读过这方面的资料。显然，最初制造人造大脑的科学家们并没有把人造大脑预装进机器身体里再启动。对这些再造的大脑所代表的人格而言，他们经历的过程非常可怕：什么也听不见，什么也看不见，不能与人交流，也无法移动，存在于一个极度黑暗且寂静的感官空白之中，甚至无法感知到自身的四肢目前是何等状态，也无法获得空气或衣服与肌肤接触的体感。我想起之前看过的期刊论文中提到，这些转录的神经网络得到迅速重组，其思维显示出受到惊吓以及精神错乱的迹象。

"因此，我们将为你提供一个人造身体，并且无限期为其提供维护、修理、升级的服务。"杉山举起手，露出修长的手指，"无论是现在还是以后，我都绝不会对各位有半句虚言。我可以郑重承诺，虽然到目前为止，人造身体还不完美，但已经非常出色。"

杉山向观众再次微笑，一盏小小的聚光灯打在他身上，灯光慢慢亮了起来。在他身后，他那张瘦脸被放大后的全息影像悬浮在半空中，就像在摇滚演唱会上一样。

"各位请看，"杉山说，"我自己就选择了上传意识，我的身体就是人造的。"

凯伦点了点头。"果然如此。"她断言道。我没想到她竟然如此敏锐，我确实被杉山骗了。这也正常，毕竟杉山暴露在观众眼前的只有脑袋和双手，身体其他部位都藏在时尚的西装之下，而讲台遮挡了他的身子。

"我出生于 1958 年，"杉山说，"我已经 87 岁了。我在 6 个月前做了手术，是有史以来首批将意识上传到人造身体的平民。待会儿休息的时候，我会到处走动，好让各位仔细看看我。各位会发现，我的外表并不够仿真，我可以大方地承认这一点，而且人类的某些特定动作我做不了。但我一点儿也不担心，正如我方才所说，随着技术的进步，人造身体会逐渐升级。事实上，我昨天刚换了新的手腕，比原先的灵活多了。我相信，再过几十年，和人类身体一模一样的人造身体就会出现。"他又笑了，"当然，前提是我以及各位能接受我们手术的人，都能活到几十年后。"

他简直是推销高手。如果说活到几个世纪或几千年后，难免让人觉得太抽象了，甚至无法设想。但是，几十年对潜在客户来说很受用，他们中大多数人现在起码已经活了 70 年。而他们每一个人又都不甘心自己的生命只剩下不多的时间——也许只剩下一年了也说不准。可现在，永生科技提出了这样一项令人难以置信的技术。我又看了看凯伦，她听得入了迷。

杉山再次举起了手。"当然，即便目前的技术水平有限，人造身体依旧有许多优点。首先，耐用坚硬。不论是人造大脑，或是人造身体其他部位，都刀枪不入。举例来说，脑壳采用的是钛合金材料，再用碳纳米管纤维进行加固。假设你想去跳伞，但降落伞未能及时打开，你的新大脑并不会在撞击中受损。即便有人朝你开枪或用刀捅你，你也会安然无事。"

由杉山的脸构成的全息影像消失了，影像开始变换。"我们的人造身体不只是耐用那么简单，还很强壮，绝对会让各位满意。"我原以为会看到神奇的特技视频，因为我听说永生科技已经为军队开发出了超级强化的机器肢体，而且这一技术现在可以提供给民间终端用户。但影像只是显示了一双仿真手毫不费力地打开了一个梅森瓶①。我想象不到这么简单的事情有谁会做不到……但很明显，现场很多人都被眼前的这一幕惊呆了。

然而，杉山的话还没有说完。"不用多说，"他说，"各位将不再需要依靠助行器、手杖或外骨骼才能走路，爬楼梯也会轻轻松松。各位的听力、视力，甚至反应都会变得灵敏，甚至将重返驾驶座。"

就连我也怀念自己年轻时的反应能力和协调能力。杉山继续说道："各位再也不会感到关节疼痛，一切由衰老引起的疾病都将离各位远去。如果你还没有得帕金森病或阿尔茨海默病，那永远也不会得了。"我听到周围的观众纷纷低声议论，包括凯伦。"忘掉癌症或骨折吧，对关节炎和黄斑变性②说永别吧。做了我们的手术，你的生命将得到永远的延续，你将拥有完美的视力和听力，一直保持活力和强壮，不再依赖别人照顾，活得更有尊严。"他对观众笑着，我看到大家都在赞同地点头，或与自己的邻座兴奋地交谈。即使对我这种还没上年纪的人来说，杉山的话听着也很不错，虽然我的日常烦恼不过是胃酸倒流和偶发的偏头痛。

杉山让观众相互聊了一会儿，才再次举手。"当然，"他的语气仿佛在谈论一件小事，"这会产生一个问题……"

---

① 梅森瓶是一种用来腌制或保存食品的密封容器，由透明大口玻璃杯和金属盖组成，盖子有一片式、两片式和带孔式，功能类似密封罐。——编者注
② 黄斑变性是一种伴随衰老而产生的退行性眼底疾病，由其引起的中心视力急剧下降会影响阅读、驾驶等日常生活和工作，最终导致失明。

第 2 章
推销会

我知道杉山所说的"问题"是什么。尽管永生科技的销售人员用的都是"转移意识"这个词，但实际上并不能真正实现这一点，充其量只是把你的意识复制到人造大脑内——这也意味着原本的你仍然存在。

"没错，"杉山对包括我和凯伦在内的所有观众说道，"从人造身体被激活的那一刻起，将会出现两个你——两个确切存在的实体，他们都认为自己是你。但哪一个才是真正的你呢？你的第一反应可能是原本活生生的你。"杉山的头歪向一侧，"这是一个有趣的哲学观点。的确，这个你是先于后者存在的，但这就能说明这是真正的你吗？请各位打从心底来想一想，你希望哪一个才是真正的你：是那个充满活力、身心健康的你，还是这个遭受病痛、彻夜失眠又年老体弱的你？那个你满怀喜悦地面对每一天的生活，这个你整日提心吊胆。那个你能够继续活几十年甚至几百年，这个你可能只有几年甚至几个月的生命——请原谅我说得比较直接。"

看起来，杉山的话得到了大家的认同。这很正常，在座的每一位都是自愿来参加这个销售会的，所以对这类问题至少持开放态度。可能大街上的普通路人不会赞同杉山，但是普通路人也不可能负担得起永生科技的手术费用。

"众所周知，"杉山说，"过去人们就这个问题发生过不少争论，近几年争论声却消失了。结果证明，最简单的解释就是正确的解释：人类的意识只不过是软件，运行在我们称之为大脑的硬件上。当你的旧电脑出现硬件损坏时，你会毫不犹豫地直接扔掉它，转而买一台新的，并重装你以前用的软件。我们的永生科技技术也是同样的道理：让你的软件在一个更好的硬件上重新运行。"

"但那并不是真正的你。"坐在我前面的人嘟哝道。

杉山似乎听见了，但他并不气馁："这是哲学课上的老生常谈了。你的父亲送了你一把斧头。你用了几年后，斧头的木把柄断了，于是你换了一个新的木把柄。这还是你父亲送给你的那把斧头吗？当然是，怎么不是呢？但又过了几年，斧头的斧子断了，你又换了新的斧子。现在，原本的木把柄和斧子都不在了，但不是一下子全部换掉的，而是一点点换掉的。这还是你父亲送你的斧头吗？别急着回答，先想一个事实：构成你身体的原子每 7 年就会被全部替换掉。也就是说，对婴儿时期的你来说，身体的所有部分通通被替换掉了。你还是原来的你吗？答案当然是肯定的，因为你的身体并不重要，重要的是你存在的连续性。斧头从你父亲送给你的时候就存在了，现在它仍然是你父亲送给你的那把斧头。所以——"他竖起一根手指，用于强调自己接下来的话，"不管是哪个你，只要记得自己是你，那都是你。"

我对此不置可否，但还是继续听他说下去。

"我不是有意说得这么难听，"杉山说，"我知道各位都是讲究实际的人。如果不是，各位就不会来到这里。各位都知道自己的寿命将尽。如果选择接受我们的手术，一个新的你将继续生活下去，住在你的房子里，住在你的社区里，和你的家人一起。并且那个你仍然会记得我们当下讨论这一问题的时刻，也会记得你过去的所有经历：它就是你。"

他停住了。我想，当一个人造人讲师可真不容易。真正的人在讲话时可以选择喝水来战术性地停顿，人造人讲师在这个方面稍显生硬。过了一会儿，杉山继续说："但原来存在的你该怎么办呢？"

凯伦凑近我，用嘲讽的语气低声说："绿色食品是人肉！"[①] 我不明白她这句话是什么意思。

"当然是高枕无忧了，"杉山说，"年老的你将在伊甸园得到悉心照料，过着极为奢华的生活。那是我们建在月球背面的养老园区。"杉山身后浮现出一张看似五星级度假村的图片，"没错，这是有史以来首个建在月球上的平民住宅区，但我们会力求最好，尽心尽力地照顾各位的本体，直到肉体最终逝去的那一天。当然，那悲伤的一天是无法避免的。"我读到过，永生科技会在伊甸园火化死者，但不会举行葬礼，也没有墓碑——毕竟，他们认为这个人仍然活着……

残酷又讽刺的是，杉山说，"月球是老年人理想的养老住所。因为月球表面的重力只有地球的六分之一，在那里无论摔伤臀部或腿部都不会出大事。而且，在那种低重力的环境下，即使是肌肉衰减的人也能使出力气，自由地上下床，自主地洗澡或爬楼梯，不再受

①"绿色食品是人肉！"（Soylent Green is People!）是一句经典台词，出自1973年的一部犯罪科幻电影《绿色食品》（Soylent Green），电影讲述的是地球资源极度匮乏，普通人只能靠吃一种叫"绿色食品"的饼干为生的故事。一位警探在调查一宗谋杀案的过程中发现这种饼干其实是人肉做的。在影片结尾，警探身受重伤，挣扎着喊出了这句话。此处凯伦说这句话就是暗讽这件事是场阴谋，而雅各布因为年纪比较轻，不知道也没看过这部电影。

累——我的意思并非月球上到处是楼梯。实际上,人在月球上走路很轻,所以坡道更为常见。"

"是的,如果你是老年人,在月球上生活会很惬意;相信我,就在我说话的这一刻,我的本体在伊甸园过得可开心了。但是在此之前,本体需要先成功地抵达月球——这可不是件容易的事。火箭从地球升空时的加速度是很恐怖的,不过,升空之后,剩下的旅途都处在零重力的环境下,算是小菜一碟。当然了,我们的交通工具不是火箭,也就是说不会采用垂直升空。相反,我们用的是太空飞机,水平起飞,逐渐升到近地轨道。在飞行的过程中,你的重力环境不会超过 1.4g。我们还配有人体工学软垫椅等一系列完备设施,无论多么虚弱的人,我们都会将他安全地送达月球。一旦到了月球——"他戏剧性地停顿了一下,"就是到了乐园。"

杉山环顾房间,与观众轮流对视。"还有什么好担心的?感染疾病?月球上并不存在这种事。一切物品在进入月球住所地时都会得到及时消毒净化,地球上的细菌无法通过真空环境、扛过强烈的辐射来到月球。遭到抢劫?月球上从未发生过抢劫或其他形式的暴力犯罪。你也不必再忍受加拿大寒冷的冬天。"他笑着说,"在月球住所地,常年都是 23 摄氏度的恒温。当然,水源在月球上是很珍贵的,所以空气湿度维持在很低的水平,也不再有闷热的夏天。你会觉得全年都生活在美国西南部,每天的天气都好似明媚的春日。相信我,伊甸园是最好的养老园区,是绝佳的度假胜地。低重力的环境会让你感觉自己重返青春。无论对地球上全新的你来说,还是对月球上你的本体来说,这都是两全其美的好事。"他露出大大的微笑,"有谁心动了吗?"

第3章
告别

如今，我母亲已经66岁了。在父亲住院的近30年里，她一直没有再婚。当然，父亲并没有死。

当然，现在的他和死了并没什么区别。

我每周一下午会去看望母亲。偶尔见面的次数会增加，比如到了母亲节、圣诞节或者她生日的时候。但我们固定见面的时间都是周一下午两点。

我和母亲的见面算不上很愉快。

通过指纹认证，我进入了小时候住的房子，房子就在湖边。在我十几岁的时候，这房子就值不少钱，现在更贵。多伦多就像一个黑洞，无论什么东西靠近黑洞表面都会被吸进去。在我出生的三年前，多伦多周围的五个城市已经划入它的行政范围，让它成了一个大城市。现在多伦多变得更大，吞并了所有毗邻城镇，成了一座拥有800万人口的巨型城市。我父母的房子不再属于郊区，而算是在市中心了，这一区域以加拿大国家电视塔为中心，沿着湖岸覆盖到50千米以内的所有地方。

要进入铺着大理石的门厅，首先要经过房子的走廊，每当这时我的心情总是很沉重。我父亲书房的门就在右边，即使过了这么多年，母亲也一直保持着书房的原样。我总是试图忍住不去看那扇打开的门，却根本做不到。柚木书桌和黑皮转椅都在原地。

我不仅难过，还很内疚。我从没有告诉母亲，父亲倒下时正在和我吵架。事实上，我并没有说谎，我也并不擅长说谎。但她以为我一定是听到他倒下的动静才跑进书房的，而且父亲现在也不可能反驳我的说法。我不是害怕她会对假身份证的事情生气，而是无法忍受得知真相的她会怎样看我。那可是她深爱的人，而我要为这一切负全责。

"你好，沙利文先生。"汉娜从厨房走了出来。汉娜和我年纪差不多，是我母亲的住家保姆。

"嗨，汉娜。"我说。我一般让大家直呼我的名字，但汉娜不同。她像是一个孝顺的姐姐，为我尽了我应尽的义务——照顾我的母亲。"她怎么样？"

汉娜有着柔和的五官，眼睛小小的，看起来像那种乐呵呵的丰满女人。"还不错，沙利文先生。一小时前，我给她送了午餐，她差不多吃完了。"

我点了点头，继续沿着走廊往前走。这栋房子给人优雅的感觉，我小时候并不明白其中的原因，现在知道了：走廊上有深色的木质嵌板，凹陷的壁龛里装饰着大理石的小雕像，还有华丽的黄铜灯照着它们。

"嘿，妈。"我走到橡木旋转楼梯的入口，喊道。

"我马上下来。"她在楼上回答。我点了点头，向客厅走去。客厅是下沉式的，有几扇可以眺望湖景的凸窗。

几分钟后，母亲出现了。她同以往出门去医院时一样，穿着

2018 年时常穿的一件上衣。她知道自己的容颜已老，即使做了整形手术，也无法保持 40 岁左右时光彩照人的模样。我猜她觉得穿以前的衣服多少会显得年轻些。

母亲上了我的车，一辆绿色的汽车。我向北开了 20 千米，来到位于布兰普顿的护理机构。这里的护理服务是最昂贵的，机构占地宽阔，绿树成荫，还有现代化的中央结构建筑，看起来更像度假酒店，而不是医院。也许这里的设计师和永生科技伊甸园的是同一个。这是一个晴朗的夏日午后，有几个病人或是居民坐着轮椅在户外透气，每个人都有一个护理员陪同。

父亲并不在其中。

我们进入大厅。门卫是一个光头的大胡子黑人，他认识我们，和我们寒暄了几句。接着，我和母亲就去了父亲位于二楼的房间。

他们经常移动父亲的身体，以免出现褥疮和其他健康问题。我们见到他的时候，有时他是躺着的，有时他被轻轻绑在轮椅上，有时甚至被绑在一块竖起来的木板上。

今天他躺在床上。他摇晃着脑袋，看了看母亲，又看了看我。他能感知到周围的环境，但也仅此而已。医生说他大脑的状况就同婴儿一样。

从瘫痪的那天起，他经历了很大的变化。如今他一头白发，脸上长满了 66 岁男人应有的皱纹，在这里做拉皮手术没有任何必要。他修长的四肢变得瘦弱而无力，尽管有电流和偶尔的按摩进行刺激，但人体如果不进行真正的体力活动，肌肉肯定会萎缩。

"克里夫。"母亲说着，停顿了一下。她每次这样的停顿都让我心碎，仿佛她在等待一个永远也等不到的答复。

母亲每次来看父亲都有一套例行步骤。首先她会告诉他上周发生了什么事，比如多伦多蓝鸟队①的比赛情况。我喜欢看棒球是随我父亲的。她坐在他床边的椅子上，用右手握住他的左手。他的手指总是条件反射地握住我母亲的手指。父亲手指上还戴着结婚金戒，没人摘下来过，母亲也一直戴着。

至于我，不怎么说话，只是盯着他，应该说是它，它现在只是一个没有意识的躯壳，躺在那里看着我母亲。他的嘴角偶尔翘起，可能是要微笑或者皱眉，也可能只是无意识的动作。当她说话时，他偶尔会哼唧几声。如果她不说话，他也会发出细微的咕噜声。

我也随时可能会变成这样。脑血管破裂后，一片红色的血流冲走了父亲的智慧、个性、快乐和愤怒，而现在的我比那年的他还要大5岁。他房间的墙上换了一个电子钟，明亮的数字显示着时间。谢天谢地，我不用再听到时钟嘀嗒作响了。

母亲和父亲说完话，从椅子上站起来说道："走吧。"

通常，我会在回城区的路上顺便送她回家。今天我有话要对她说，但我不想等到上车再告诉她。"坐一下吧，妈，"我说，"我有件事得告诉你。"

她看起来很惊讶，但还是照做了。父亲的房间里只有一把椅子，她按照我说的坐到了椅子上。我靠在房间另一边的书桌前，看着她。

"怎么了？"她问。她的声音里有一丝反感，令我回想起有一次我顺口说到每周来这里是浪费时间，父亲甚至察觉不到我们来了。她气得要命，把我劈头盖脸地骂了一顿。我小时候都没有被她那样骂过。很明显，她以为我们又要为此吵一架了。

我深吸了口气，慢慢地吐出来，说道："我、我不知道你是否听

---

① 多伦多蓝鸟队（Blue Jays），美国职业棒球大联盟中唯一一支地处加拿大的球队。

说过，现在有一种手术。新闻里有报道……"我停顿了一下，仿佛自己已经给了她足够的线索，能让她猜到我要说什么，"是一家叫作永生科技的公司，他们可以把人的意识转移到人造大脑里。"

她看着我，却不说话。

我继续说："呃，我打算接受手术。"

母亲缓缓开口，似乎在试图消化我说的每一个字："你要……把自己的意识……转移到……"

"没错。"

"一个……一个人造大脑里。"

"嗯。"

她没再说话，就像我小时候一样。我觉得有必要替自己解释几句来打破沉默："我的身体有问题，你知道的。我很可能会死掉。"

我想，如果死了，倒还算幸运。

"或者变成爸这样。我迟早要完蛋，除非我换一个……"我把一只摊开的手放在胸前，找出了一个贴切的词，"躯体。"

"真的有用吗？"她问，"这手术，真的有用吗？"

我竭力露出微笑，好让她放心。"有用。"

她看了看她的丈夫，脸上忧虑的神情令人心碎："他们……可以让克里夫……"

天哪，我真是白痴。我甚至没有想到她会把这事联系到父亲身上。"做不到，"我说，"他们只能复制意识，但是没办法……没办法让意识重新……"

她深吸了一口气，显然在试图镇定下来。

"对不起，"我说，"我也希望能有什么办法，但是……"

她点点头。

"但是我还可以接受手术，趁一切还来得及。"

"所以他们是要……是要转移你的灵魂吗？"

我极为震惊地看着母亲。也许这就是她为什么一直来看望父亲——她认为，虽然父亲的身体坏了，但是灵魂还在。

我读过很多关于这方面的书，很想好好和她说说，让她别执迷不悟了。在 20 世纪之前，获得广泛认可的一个说法是：有一种东西叫"生命活力"，那是某种可以区分活物和普通物质的特殊成分。但随着生物学家和化学家在各方面为生命存在找到了更科学的自然解释，"生命活力"的概念被视为多余而遭到了摒弃。

尽管目前人们可以凭借所有已知的物理学和化学知识来解释大脑的一切活动，但在大众的想象中，他们依然认为人具有一种无法言喻的东西，这东西构成了人的意识——灵魂、精神、神圣的思想火花……随你怎么称呼都行。我母亲有关灵魂的说法就像坚信"生命活力"的概念一样愚蠢。

但如果我告诉她灵魂不存在，就等于告诉她，她的丈夫永远不会再回来了。当然，也许让她醒悟过来才是善意之举，但我打心底不想做出这种"善举"。

"不，"我说，"他们不会转移灵魂，只是复制构成意识的物质。"

"复制？那原本的你会怎么样？"

"你想想，既然属于我的合法权益都转移到了我的复制人身上，那么，原本作为生物人的我就必须在社会层面上不复存在。"

"那你会去哪里？"

"一个叫伊甸园的地方。"

"在哪儿？"

要是能委婉地告诉她就好了。"在月球上。"

"月球上！"

"是的，在月球的背面。"

她摇摇头，问："你什么时候做手术？"

"尽快，越快越好。"我说，"我没办法再等了。我很怕自己哪天打个喷嚏、弯个腰或者无缘无故就脑损伤了，四肢瘫痪或者直接死了。一想到这儿，我简直要发疯。"

她缓慢地轻声叹气道："你去月球之前，记得来和我道个别。"

"我现在就是在和你道别，"我说，"我明天就要做手术了。但我的复制人还是会和以前的我一样每周来看你。"

母亲看了看她的丈夫，又看了看我。"你的复制人，"她摇着头说，"我不能再——"

她停住了，但我知道她接下来想说什么。"我不能再失去你这个儿子了。"

"你没有失去我，"我说，"我还是会来看你的。"我向父亲挥手作别，他只是咕噜一声，也许这就是他的回应，"我也会来看爸的。"

母亲只是难以置信地轻轻摇了摇头。

我心情低落地开车回到北约克^①的家里，陷入沉思。

我讨厌看到母亲这样活着，盼着父亲有一天会莫名地好起来。当然，从理性上来说，她明白大脑损伤是永久性的，但理性和情感并不总是同步的。在某些方面，母亲的这种态度对我的影响比父亲的遭遇对我的影响更大。我一直希望有人能像她爱父亲那样爱我。

在我的生命中曾经出现过一个特别的女人，我深爱着她，她对我应该也有同样的感受。她叫丽贝卡·庄，41岁，只比我小一点

---

① 北约克（North York），加拿大多伦多北部的一个区，是多伦多著名的富人区。

儿。她在 IBM 加拿大总部身居要职,靠真本事吃饭。我们相识近五年,经常在社交场合碰面,虽然大多是在和其他朋友一起的情况下,但只有我俩之间有一些奇妙的火花。

我记得那是在去年新年前夕的派对上。同我们这个小团体之前的大部分派对一样,这次派对也是在丽贝卡家举行的。她住在一套位于埃格林顿扬社区的顶层豪华公寓。丽贝卡喜欢招待客人,她家的位置离我们小团体中其他人的家都距离适中,而且她所在的公寓楼直通地铁。

我每次去她家都会带花。她喜欢花,我也喜欢送花给她。在跨年夜那天,我买的是一束红玫瑰——我让花店的人帮我挑选了美丽的红玫瑰,因为我看不出色差。我来到丽贝卡的公寓,把花送给了她,然后我们接了吻,就像往常一样,只是轻轻地吻一下。我们对外声称只是好朋友,而我们的吻总是比恋人间应有的吻更克制一点儿,我们的嘴唇不过紧贴了几秒钟。

我和丽贝卡除了接吻并没有更进一步。她的手偶尔会放在我的胳膊甚至大腿上,温暖而轻柔地抚摸我,有时候作为对我一句玩笑话或者一个观点的回应,有时候只是单纯地想要抚摸——这是我最喜欢的。

我和她都想让我们的关系更近一步。

但是后来……

后来有一次,我和母亲又去看了父亲。

我为此心痛不已,不仅是因为父亲成为植物人后母亲的生活彻底被毁了,也是因为同样的事早晚会发生在我身上……如果我和丽贝卡进一步发展下去,她会变得和我母亲一样,让一个大脑受损的人成为她的累赘,为了照顾沦为一具空壳的我,不得不放弃多姿多彩的生活。

爱一个人不就应该这样做吗？优先考虑对方，而不是自己。

尽管如此，在去年的跨年夜，当我和丽贝卡一杯接着一杯，喝得上头时，我们在沙发上表现得比往常更为亲热。跨年夜的零点对我来说意义非凡，因为这是我出生的时刻。但是那一次显得格外美好。当午夜的钟声敲响时，我们亲吻了对方。等到其他客人都离开之后，我们让关系更近了一步。

即便当时是多伦多的一月，我也感觉不那么寒冷了。我们躺在卧室的床上，拥抱着彼此，听着高楼下街道上人们跨年的狂欢、喧闹。那是我人生中第一次，也是唯一一次感受到天堂般快乐的滋味。

那年的一月一日是周日。第二天我就和母亲去看了父亲，那时的心情恰似此时此刻。

从一月开始，我满脑子都是丽贝卡，对她的渴望也超过了原本的想象。但是我选择了冷处理我们的关系。

因为我应该这么做，不是吗？我应该更在乎她的幸福，不是吗？

我应该这么做。

第 4 章
凯伦

我最后看了一眼我家的客厅。

当然，人造人版本的我会回到这里。但对另一个版本，也就是生物人版本的我来说，这将是我最后一次有机会在这里。

这些天我都是一个人住，只有我养的爱尔兰猎犬蛤蜊头陪我。这些年来，有几个——好吧，其实是两个女人在我的生活中出现又离开。她们在我的其他住所里待过，但没有人和我同住过这栋房子，甚至连客房都没有用过。

但这曾经是我的家，反映了我的日常生活。我的母亲极少会来这里，她每次来都会摇头，因为房间里连一个书柜都没有。我喜欢看书，但习惯看电子书。不过，没有书柜意味着没有书架，也就没有多余的空间来放小摆件，这也算是好事，否则积灰了还要花精力清理。而且我知道自己有点儿强迫症，每次家政公司的保洁阿姨来打扫，清理灰尘时都会移动小物件的位置，让我觉得很别扭。

房间里没有书柜，就会多出不少空白的墙面。在客厅，墙上满是装饰在玻璃框里的棒球衫。我喜欢收集棒球纪念周边，在线上拍卖会烧钱如流水。那些棒球衫都是我收集来的。我集齐了多伦多蓝鸟队的全套球衣，包括球队刚成立时那些寒碜的样式，当时他们暂时去掉了球队名里的"蓝"字。而蓝色也是我为数不多能够分辨的颜色之一，我和世界上的其他人一样认同这支球队的球衣颜色符合他们的名字，这令我感到很高兴。

不过，我最引以为豪的是一件伯明翰男爵队的原版球衣，这件球衣实际上是迈克尔·乔丹在短暂的棒球运动员生涯中穿过的；他本来要加入白袜队，但他们把他安排到白袜队的下属球队里，穿的是45号球衣。在这件球衣右袖上的两条细条纹之间，有乔丹的亲笔签名。

我在沙发上打开了一个手提箱，里面只放了一些衣服。我本来计划在箱子里装满我想带到月球的东西，但仔细一想，自己真傻。的确，生物人版本的我明天就要去月球，再也不回来了。但人造人版本的我几天后会回到这里，这所房子将是它——不，我的家。生物人版本的我从这里带走的东西，人造人版本的我都会挂念。若不带走，人造人版本的我就会有几十年的时间来享用它们（我仍然无法轻易设想"几个世纪"或"几千年"那么久远的事），而几十年后，生物人版本的我早已经……

除了衣服，我还带了一个没有贴标签的小盒子。如有需要，这个小盒子里的小药瓶可以给我一个痛快的死法。虽然这并不一定能实现，因为如果最终四肢瘫痪或变成植物人，我是没法自行了断的。

有时候会有人问我为什么不离开加拿大搬到美国，美国富人的税收相对较低。答案很简单：在加拿大，安乐死是合法的，而且我在遗嘱中规定了对我执行安乐死的明确条件。而在美国，从布坎南执政时期以来（我说的是帕特·布坎南，而不是詹姆斯·布坎南①），医生也有法律义务让我活着；他们会让我继续活着，哪怕我想死。

但等我到了月球上又是另外一回事了，任何国家的法律在那里都不适用，只有一些科学前哨站和私营的制造基地。永生科技会按照我的要求为我执行安乐死。他们让每一个客户都签署了一份预先指令，其中准确地描述了在签署者丧失能力或最后变成植物人时应该执行的操作。如果可以，我还是更愿意自己动手，而我带的工具箱其实在我床头柜的抽屉里已经放了很多年，可以帮上大忙。

我知道，这也是人造人版本的我唯一不会挂念的东西。

我将机器厨房设置成自动喂食蛤蜊头的模式，以便应付家里交接主人的这段时期——我本来想说"我不在家的时候"，但又觉得这个说法并不准确。

"好吧，蛤蜊头，"说着，我使劲挠了挠这"老姑娘"的耳朵根，"我想我该走了，你乖一点儿。"

它叫了一声作为应答，然后，我便向门口走去。

❖

永生科技公司位于多伦多北部的科技之都——万锦市②。我开车沿着 407 公路向东行驶去做手术。令人不爽的是，我得自己开车。自动驾驶汽车到底哪儿去了？③我明白，汽车飞行器也很可能

---

① 帕特·布坎南（Patt Buchanan），前共和党总统候选人，在作者假设的未来背景中他成了总统。詹姆斯·布坎南（James Buchanan），现实中美国第十五任总统。
② 万锦市（Markham），也译作马卡姆，是加拿大安大略省发展最为迅速的城市之一，被誉为"加拿大高科技之都"，云集包括 IBM、飞利浦、摩托罗拉、朗讯在内的多家高科技公司。
③ 本书写作于 2005 年，尚不知道如今已实现无人驾驶技术。——编者注

永远不会出现。当一辆汽车从空中坠落时，造成严重事故的可能性太大。但在我还小的时候，就有公司声称很快就会推出自动驾驶汽车。唉，当时很多对于未来的预测都基于一种名为"强人工智能"的思想流派。这个流派认为，与人类有着同等智力，能够运用直觉、高效思考的人工智能很快就会问世。大部分人都没有想到，原来强人工智能思想流派的预测完全是错的。

永生科技的技术绕开了人工智能的发展难题。永生科技的科学家们没有选择仿造意识，因为要仿造意识，就要先了解人脑的运作方式。他们只是单纯对意识进行复制而已。复制出来的意识和原本的意识一样能够感知一切。但是，完全由人类从零编程而成的人工智能，比如哈尔9000，在那部乏味的电影《2001：太空漫游》中出现的那台计算机——电影名里的年份恰好是我出生的那一年——至今仍是未能实现的幻想。

永生科技公司占地面积并不大，也不是靠走量赚钱的公司。至少它现在还没有走量的生意规模。我注意到，停车场里的第一排车位都是残疾人专用车位，数量远远超过安大略省的法律规定，但话说回来，永生科技的目标客户本身也不是健全人。我把车停到第二排，下了车。

热浪迎面袭来，带来切身的痛感。据说在一个世纪以前，八月的安大略省南部就已经极为闷热。气温逐年递增，几乎把多伦多冬天的雪都赶走了，而夏天的高温简直让人难以忍受。不过，我应该少些抱怨，毕竟美国南部的情况要糟糕得多，毫无疑问，这也是凯伦从南部搬到底特律的原因之一。

我从后座上取下我的短途行李包，里面装着我住在永生科技时要用的东西。我快步走到前门，发现自己一边走一边出汗。毫无疑问，人造身体的又一大好处是我不会再热得汗流浃背了。不过，即使天气不这么炎热，我现在应该也已经出汗了，因为我很紧张。我穿过旋转玻璃门，深吸了一口室内凉爽的空气。接待员坐在一个花岗岩材质的长柜台后面，我向她报出自己的名字。"你好，"我的嘴巴发干得吓人，"我是雅各布·沙利文。"

接待员是一名白人女性，年轻漂亮。我习惯见到男人担任这一工作，但永生科技的客户都是20世纪出生的，希望在前台看到美女。她在悬浮于半空中的屏幕上进行查询，全息数据飘浮在她面前。"好的。恐怕您来得有点儿早，他们还在调试扫描意识的设备。"她看了看我的行李包，说道，"您还有去月球的行李吗？"

我从未想过这辈子会听到这句话。"在我汽车的后备箱里。"我说。

"您了解过行李限重的条例吗？当然，您的行李可以超过限重，但我们必须额外收费，而且超重部分的行李可能上不了今天的航班。"

"不，不会超重。我没带多少东西，只有几件换洗的衣服。"

"您什么都不会缺的，"接待员说，"伊甸园是个好地方，您想要的应有尽有。"

"你去过那里吗？"

"我？没有，我还没去过。但是，您知道，再过几十年……"

"真的吗？你打算上传意识？"

"哦，当然！永生科技有专门的员工福利，可以省掉意识扫描手术的费用，还有员工本体在月球上的生活费用。"

"哦……好啊，那么我们在月球见……"

接待员大笑："沙利文先生，我才22岁。我无意冒犯您，但是我如果活不了60年就到月球上见您，可不是什么好事。"

我微笑："单纯的约会也不行吗？"

她指了指看起来很豪华的等待区。"您不如去坐一会儿？我们稍后再取您的行李。月球飞船的摆渡车要下午 3 点左右才来。"

我再次微笑，走去等待区。

"哇，好巧啊！"一个带着南方口音的声音响起。

"凯伦！"我看着眼前白发苍苍的老妇人，"你感觉如何？"

"还不错，毕竟很快就要多一个我了。"

我笑了。我原本紧张得要命，但是这下轻松了不少。

"你来这里做什么呢？"凯伦问。

我在她对面坐下："哦，我还没和你说过，对吧？我其实得了一种病——医生称之为动静脉畸形，也就是说我脑子里的血管有问题。其实，那天晚上我是来替自己了解手术的。"

"我隐约猜到了。"凯伦说，"显然你是要做手术了。"

我点了点头。

"嗯，很好——"

"打扰了，"接待员说着，走到我们身边，"沙利文先生，您想喝点什么吗？"

"有咖啡吗？我要双奶双糖。"

"在进行意识扫描手术前，我们只能提供无咖啡因的咖啡。可以吗？"

"没问题。"

"贝萨里安女士，"接待员问道，"您需要喝的吗？"

"不用，谢谢。"

接待员走了。

"贝萨里安？"我重复道，心怦怦直跳，"凯伦·贝萨里安？"

凯伦的一侧嘴角扬起了笑意："正是在下。"

"你写了《恐龙世界》？"

"对。"

《恐龙世界》《重返恐龙世界》《恐龙新世界》，这些都是你写的吧？"

"是的，都是我写的。"

"太牛了。"我停顿了一下，试图更好地表达出自己的仰慕，却找不出合适的词，"太牛了。"

"谢谢。"

"我很喜欢这个系列。"

"谢谢。"

"我是说真的。不过你肯定听很多人说过。"

她又笑了，满是皱纹的脸皱得更厉害了："我永远都听不腻。"

"那当然。实际上，这些书的精装版我都买了，我真的非常喜欢。你预想过这个系列会如此成功吗？"

"我甚至从没想过会出版。这个系列大卖的时候，我和大家一样震惊。"

"你觉得为什么这个系列这么受欢迎呢？"

她耸了耸瘦弱的肩膀，反问："你觉得呢？"

"我认为这个系列做到了老少皆宜。"我说，"就像《哈利·波特》系列一样。"

"毫无疑问，我的成功很大程度上也归功于 J.K. 罗琳。"

"我不是说你们的书有什么相似之处，但它们都受众广泛。"

"'《海底总动员》与《哈利·波特》的故事以《侏罗纪公园》的方式结合'——《纽约时报》在我的第一本书出版时是这么评价的。拟人化的动物深受读者喜爱，我创造的高智商恐龙带来的反响似乎和会说话的鱼一样。"

"你对根据你小说改编的电影怎么看？"

"哦，我很喜欢改编的电影，非常棒。"凯伦说，"很幸运，电影公司在拍完《哈利·波特》和《指环王》后才拍我的作品。换作以前，电影公司拍电影时根本不会认真对待原著小说，有时候甚至和原著大相径庭。但在将《哈利·波特》系列小说和托尔金小说改编成电影之后，他们意识到，忠于原著的改编作品更叫座。事实上，如果电影没有还原原著某个精彩场景，或者改动了一句令人难忘的对白，观众就会很生气。"

"难以置信，坐在这里和我说话的，居然是创造出斯凯尔斯王子的人。"

她又扬起一边嘴角，笑了笑："真是无巧不成书。"

"斯凯尔斯王子塑造得真的很生动！对了，他的原型是谁？"

"他没有原型，"凯伦说，"是我凭空编造的。"

我摇了摇头："不，你肯定从谁身上得到了灵感。"

"并没有，这个角色完全是我想象出来的。"

我心领神会地点头："哦，好吧。你不想透露，是怕对方会起诉你，对吗？"

凯伦皱起了眉头："不，完全不是。斯凯尔斯王子完全是虚构的，不存在真实的原型，我也没有从任何人身上得到关于他的灵感。他就是我杜撰的一个人物。"

我看着她，沉默了。

"你还是不信，对吗？"凯伦问。

"不好说，但是——"

她摇了摇头："大家总是坚信作家塑造的角色肯定有真实的原型，觉得小说中的故事肯定是现实经历的变体。"

"啊，对不起。"我说，"我想可能是我个人的原因。我自己无法光凭想象就能编出一个可以出版的故事，所以我不愿意相信别人会有这种能力。像你这样有天赋的作家会让我们普通人相形见绌。"

"不，"凯伦说，"如果你不介意，我想说，实际上其中的原因比你说的更深层次。你不觉得吗？人们之所以不肯相信角色完全是编造出来的，是因为我们宗教信仰的核心。当我说斯凯尔斯王子并没有原型，而你只是被骗了才以为有原型的时候，我就打开了一种可能性——摩西也有可能只是编造出来的角色；或者穆罕默德可能没有说过那些被记载的话，也没有做过那些被记载的事；又或者耶稣可能是虚构出来的；我们的精神世界都基于一个默认的前提：作家是在记录故事，而不是凭空编造故事，而且即使是他们编造的部分，我们也能分辨出来。"

我环顾了一下接待室，他们就是在这里把人造身体和大脑的扫描副本进行结合的。"幸好我是一个无神论者。"我说道。

第 5 章
手术

在我们等待的过程中，又来了三个人——其他决定接受手术的人。但接待员先叫了我，我只能先行一步，留凯伦继续和那三个同龄人闲谈。我被带到一间办公室，房间的墙壁在我眼中是灰色的，意味着它可能是绿色或者红色。

"你好，杰克，"波特博士说着从椅子上站起来，"很高兴再次见到你。"

安德鲁·波特身材高大威猛，60岁左右，因为面对的人大多数比他矮，所以略微有些驼背。他有一双眯眯眼，留着胡子，头发梳到脑后，露出高高的额头。但他那张和蔼可亲的脸上却长着两条不安分的眉毛，仿佛一直在运动。

"你好，波特博士。"我说。此前我已经见过他两次，接受了各种医学测试，填写了法律文书，扫描了身体的各个部位，除了大脑。

"你做好准备了吗？"波特问。

我咽了咽口水，点了点头。

"那就好。"办公室里还有一扇门，波特动作夸张地打开它，"杰克·沙利文，"他宣布，"迎接你的新身体吧！"

在相邻的房间里，一具穿着白色浴袍的人造躯体躺在转运床上。

我低头看向这具躯体，惊得下巴都要掉下来了，因为一眼就能看出来它是我。尽管它的外观总体上还有一种百货商店模特的感觉，但毫无疑问就是我的样子。这具躯体的眼睛睁开着，没有眨眼，一动不动，嘴巴紧闭，手臂软绵绵地放在两侧。

"负责制作面相的同事告诉我，制作你的脸非常容易。"波特咧嘴一笑，"通常，我们要把客户的脸做得更年轻，年轻几十岁，重现他们在壮年时的模样。毕竟，没有客户愿意把自己的意识上传到老弱病残的躯体里。而在我们服务过的所有客户中，你最年轻。"

这是我的脸，没错——我的长脸、我的美人沟下巴、我的薄嘴唇、我的宽嘴巴、我那双眼间距很窄的眼睛，以及黑黑的眉毛。当然，浓密的黑发是最让我满意的，原本的几丝灰发都不见了。并且，我歪过脑袋看了一下，这躯体没有秃头。

"个别部位做了一些小修补，"波特笑着说，"希望你别介意。"

我也咧嘴笑了："毫不介意，挺厉害的。"

"你喜欢就好。当然，内部的合成骨架与你的完全一致，是用3D原型制作设备根据我们拍摄的立体X线片制作的，就连缝合处都是相同的，每一块头骨衔接的位置都一样。"

为了制作这副人工骨架，我不得不签署一份许可声明，以拍摄海量的X线片。在一天之内接受那么多的X射线检查，大大增加了我未来患癌的可能性。但话说回来，大多数永生科技的客户离死也不远了，可能在癌症发作之前就上西天了。

波特摸了摸躯体的头部一侧，躯体的下巴张开了，露出了高度精细的口腔构造。

"牙齿完全复制了你的，还在适当的位置嵌入了更坚固的陶瓷复合材料，以还原你补过的两颗牙。因此，牙齿生物识别技术会把这颗头颅鉴定为属于你。你可以看到这里还有舌头，实际上这具躯体并不使用舌头来发声，而是通过语音合成芯片。但这舌头应该能很好地帮你装出说话的样子。下巴的开合和发出的声音完美匹配，有点儿像超级人偶剧 ① 里的配音。"

"什么超级人偶剧？"我问。

"《雷鸟神机队》？《超空人》？"

我摇了摇头。

波特叹了口气："好吧，没关系。舌头非常复杂，实际上它是还原部位中最为复杂的。但它没有味蕾，因为你不需要吃东西，不过它会对碰触有反应。另外，正如我刚才说的，在语音合成芯片发声的时候，舌头会做出适当的动作来配合。"

"这真的有点儿……诡异。"说完，我笑了笑，"我想这是我第一次真正用上这个词。"

波特大笑，然后指着我说："可惜，目前我们还不能完全还原你的微笑：当你笑的时候，左脸颊上会出现一个很大的酒窝。人造脸部做不到。不过，我们已经在你的信息档案中记下了这一特征，相信未来技术升级之后能够帮你加上去。"

"好。"我说，"你们已经做得非常好了。"

"谢谢。我们喜欢客户在转移到人造躯体之前熟悉一下外观，

---

① 超级人偶剧（supermarionation）是一种动画拍摄手法，使用下唇可移动的电子提线木偶进行实景拍摄，木偶嘴巴的张合与预先录制的配音同步。该手法后在科幻木偶特摄剧得到广泛运用，下文提到的《雷鸟神机队》（Thunderbirds）和《超空人》（Captain Scarlet）是这类剧集的代表作，但都是 20 世纪 60 年代的作品，比较久远，因此雅各布未曾听说。

你总得知道自己会变成什么样子吧。等你拥有了新身体之后，有什么运动特别想玩一玩的？"

"棒球。"我立刻答道。

"棒球需要用眼睛和双手进行大量的协作行为，但是没有问题。"

"我想和辛格·萨马赫一样优秀。"

"谁？"波特问。

"他是蓝鸟队的先发投手。"

"哦，我不太看棒球。我不能保证你会有职业水平，但你的水平至少会和以前一样，也许会有提升。"

他继续说道："你会发现，这具躯体的比例和你现在的完全一致，每个手指节的长度、躯干每一部分的长度都是一样的。因为你的大脑已经建立了极为精确的认知，对你的身体了解得清清楚楚，包括你的手臂有多长，肘部或膝部具体位于哪个位置。身体还在发育的时候，大脑的认知会不断适应，但是到了中年就变得非常固化。我们曾让矮个子的客户换了增高的躯体，配上相应的躯干长度，却得不偿失。要让人重新适应和原来不一样的身体，会产生很多麻烦。"

"天哪！"我惊呼，"竟然能如此还原。"

"我们的目标就是让每一位客户满意。"波特面带微笑地说。

在我出生的前后几年，雷·库兹韦尔是支持将人类意识移入人造躯体的人中发声最响亮的。他于 1999 年出版的经典之作《机器之心》中提出，从那时候算起的 30 年内，技术可以实现复制出人脑中"一切体细胞、轴突、树突、突触前囊泡、神经递质浓度以及神经组成物和层次的位置、连接方式和成分"。这样，依赖人脑的"整个构成就可以在一台有足够容量的神经计算机上重现，包括其记忆内容"。

用敏锐的或者 2045 年的后视之见来看，如今重读此书很有意思。库兹韦尔预测对了一部分事情，但漏掉了几处关键。例如在 2019 年，大脑扫描技术达到了所需的分辨率，结果没有任何用处，因为扫描需要几小时才能完成。可想而知，即使是精神较为稳定的大脑，在此期间也会发生各种变化。将如此长时间内的大脑数据拼接在一起，人们得到的是一个无法发挥功能作用的混乱局面。它无法将来自后脑的视觉冲动（或无视觉冲动的状态）与关于来自前脑、完全不同的冲动的想法相匹配。意识是整个大脑的同步行动；如果不是在片刻之内完成大脑的扫描，扫描的结果便无法用于重建大脑。

但永生科技的意识扫描手术实现了这一点，它能够在一瞬间拍下大脑整体而全面的快照。波特博士带我经过走廊，来到扫描室，这里的墙壁在我看来是橙色的。"杰克，"波特说，"这位是基里安博士。"他指了指一个大约 30 岁、相貌平平的黑人妇女，"基里安博士是我们机构的量子物理学家之一。扫描设备的操作将由她负责。"

基里安向我走来。"放心，手术一点儿也不疼。"她带着牙买加口音说。

"谢谢。"我回应道。

"我回去工作了。"波特说。基里安对他笑了笑，他就离开了。

"我想你应该知道，"基里安继续说，"我们用量子雾来进行意识扫描。原理是用亚原子粒子形成雾，渗透到你的头部。波特博士给你看的那具新躯体的人造大脑中也要注入亚原子粒子，两边的粒子会发生量子纠缠。虽然那具躯体在走廊的另一边，但对量子纠缠来说，距离并不是问题。"

我点了点头，也知道永生科技有严格的政策，手术后绝不让人造人与本体见面。你可以让家人或律师进行确认，在意识扫描手术完成后，人造人和本体的身体情况是否都完好无损。尽管凯伦先前调侃说自己盼着与另一个自己面对面，但心理学观点认为两个自己相遇的情况会造成负面影响，因为这会破坏个体的自我独特感。

基里安博士面露关切："好了，我知道你患有动静脉畸形。"她说，"但你的新身体并不依赖血液循环系统存活，所以不会因此受到任何影响。"

我点点头。再过几分钟，我就恢复自由了！我的心怦怦直跳。

"你现在要做的，"基里安博士继续说，"就是在这张床上躺好。我们把床滑入扫描舱里，看起来有点儿像核磁共振检查，对吧？然后我们会进行扫描，大约只需要5分钟，而且这5分钟的时间主要都是花在设置扫描仪器上。"

想到将分裂成两个自己，我心里有些胆怯。从这个扫描舱里出来的杰克将在今天下午前往皮尔逊国际机场坐上航天飞机，出发去往月球生活——能活多久？几个月？几年？只要卡斯尔曼病有可能发病，他能活的日子就屈指可数。

而另一个杰克同样会清楚地记得进入扫描舱的这一刻。他将立刻回家，在我离开的地方重新开始生活，而他那钛合金的脑袋绝不会损伤，他也不会英年早逝。

两个我。

简直不可思议。

我希望有什么方法可以只复制自己意识的一部分，但这需要对大脑有更深入的分析，目前永生科技的技术还无法做到。太糟糕了，因为我希望不少记忆可以直接被删除掉。像是有关父亲病发的记忆，还有其他一些记忆——某些尴尬的时刻、某些不光彩的时刻，以及我伤害别人和受到别人伤害的时刻。

我躺到床上，床下面是金属轨道，轨道安装在地板上，与扫描舱相连接。

"按一下绿色按钮，床就会滑进扫描舱里，"基里安说，"按一下红色按钮，床就出来了。"出于色盲的缘故，我仔细观察，根据她说话时所指的方向来辨认按钮。然后，我点了点头。

"很好，"她说，"按一下那个按钮。"

我照做了，床滑进扫描舱。舱里很安静，我甚至可以听到传来的脉搏声和消化时肚子发出的咕咕声。我想知道，我的新身体会发出什么样的声音。或者说如果有声音，我能察觉到吗？

无论如何，我很期待作为人造人的生活。对我来说，最重要的并不是能活多久，而是活得快乐！我会有更多的时间，不仅是指宏观上的时间，更是指微观上的每一天。毕竟，人造人不需要睡觉，所以不仅活得更久，而且每天都比普通人类多了三分之一的时间可以利用。

未来近在眼前。

另一个我即将出现。

来吧，意识扫描。

"好了，沙利文先生，你现在可以出来了。"那是基里安博士的声音，带着牙买加口音，抑扬顿挫。

我的心一沉。不……

"沙利文先生？我们已经完成扫描工作。请按下那个按钮……"

这句话晴天霹雳一般击中了我。不！我应该身处另一具身体里才对，但我还在这里。

该死，我还在这里。

"如果你需要任何帮助的话……"基里安的声音再次响起。

我下意识地举起双手，拍打胸部。我感受到了柔软的触感，感觉到了胸口的起伏。天哪！

"沙利文先生，你没事吧？"

"我出来了，该死，出来了。"

我看也不看就按下按钮，床从扫描舱里滑出，我的脚先伸了出去，就像是顺产的孩子。该死！该死！该死！

其实这一点儿也不费劲，但是我的呼吸变得急促而虚弱。要是我——

我感觉到有人用手捏住了我的手肘。"我抓住你了，沙利文先生，"基里安说，"起来吧，没事啦……"

我的脚碰到了坚硬的瓷砖地板。虽然我心里早就知道只有一半的概率，但我之前只想着自己会从全新且健康的人造躯体里醒来，完全没有想到自己会……

"你还好吗，沙利文先生？"她问，"你看起来有点儿……"

"我没事，"我打断了她，"完全没事。天哪——"

"我有什么可以——"

"我死定了！你明白吗？"

她皱起眉头，问："需要我叫医生过来看看吗？"

我摇了摇头说："你只是扫描了我的意识，制作了我的大脑复制品，对吗？"我的声音带着一丝轻蔑，"既然在你完成扫描后，我还有知觉，那就意味着这个版本的我并没有变成人造人。而那个人造人不必再担心自己会成为植物人了，它获得了自由。它终于摆脱了27年来一直潜在的病魔。我们现在已经一分为二，得到治愈的我已经开始自己的生活，但这个我仍然是将死之人。我本可以在一个健全的新身体中醒来，但是——"

基里安的声音很温柔："但是，沙利文先生，你们中必有一人注定继续待在这个人类的身体里。"

"我知道，我知道，我知道。"我摇了摇头，向前走了几步。扫描室里没有窗户，可能也不算是坏事，因为我现在还没有准备好面对这个世界。"但我还要待在这个该死的身体里，依旧拥有这该死的人类大脑，依旧有死去的一天。"

第 6 章
好极了！

我突然到了另一个地方。

就像瞬间切换电视频道一样，我一下子就到了另一个地方，身处一个不同的房间。

起初，各种奇怪的感官信息充满我的脑海。我感觉四肢发麻，好像落枕了似的。但我并没有睡觉……

接着，我产生了从未有过的感觉——我的左脚踝不再疼了。自从两年前摔下楼梯韧带断裂之后，这是我第一次感觉脚踝不疼了。

但我记得那疼痛的感觉——

我记得清清楚楚！

我仍然是我自己。

我记得小时候住在克雷迪特港的情景。

我记得每天在上学的路上被科林·哈吉殴打的情景。

我记得第一次读凯伦·贝萨里安的《恐龙世界》的情景。

我记得配送《多伦多星报》^①赚零用钱的情景。那时候报纸还需要挨家挨户配送。

我记得 2015 年发生大规模停电的情景，那是我见到的最黑暗的天空。

我记得父亲倒在我眼前的情景。

这一切，我都记得。

"沙利文先生？沙利文先生，是我，波特博士。一开始说话会有些困难。你能试着说两句吗？"

"匿好。"这个词听起来怪怪的，所以我重复了几遍，"匿好、匿好、匿好。"我的声音似乎不大对劲。而且，我听到自己声音的方式就像波特听到我的声音一样，是通过我自己的外置耳机听到的——不，应该说是通过我的耳朵，耳朵，耳朵！而没有生物头部的鼻腔和骨骼产生的共鸣发声。

"很好！"波特说道。但是我只闻其声，未见其人。他应该在我视线之外，但我还没辨别出他所在的方位。"音调不对。"他继续说，"你要学会如何把握音调。现在，你可能有很多完全不同的感官体验，但应该没有任何疼痛感，是吗？"

"是的。"我仰面躺着，估计是躺在我早先看到的转运床上，抬头望着纯白的天花板。我的身体各部位都没什么明显的知觉，带着一种麻木感，不过我可以感觉到一些轻柔的触感。我想这应该来自我身上穿着的浴袍。

"好，一旦你有疼痛的感觉，要马上告诉我。接下来，你的大脑可能需要一些时间来学习如何处理接收的信号。如果你出现任何不适，我们都可以帮你解决。准备好了吗？"

①《多伦多星报》(*The Toronto Star*)，加拿大发行量最大的英文报纸，内容包括国际和地方新闻、财经、体育、娱乐、生活、旅游、求职信息等。

"好了。"

"那好。现在，在尝试移动身体之前，让我们先确认你能够正常进行语言交流。你可以帮我从十开始倒数吗？"

"十、九、八、七、六、五、四、三、二、一、零。"

"棒极了。再说一遍'三'。"

"三、三、思、安。"

"继续。"

"三、散。"

"还是音调问题。你能够克服的。"

"散、伞、扇、三！"

我听到波特在拍手。"完美！"

"三！三！三！"

"你真的做到了！"

"三！三十！十三！三十三！三！"

"漂亮。你感觉一切都好吗？"

"还不错——哦。"

"怎么了？"波特问。

"我的视觉一下子黑屏了，现在好了。"

"真的吗？这不应该——"

"啊，又黑了——"

"沙利文先生？沙利文先生？"

"我感觉……啊……"

"沙利文先生？沙利文先——"

我全然无措，陷入黑暗之中，不知过了多久。我彻底失去了意识。等我再次醒来，我问道："博士！博士！你还在吗？"

"杰克！"是波特的声音。他在大口地喘气，似乎是因为我醒来而松了口气。

"博士，是哪里出问题了吗？怎么回事？"

"没事，没什么问题。你现在感觉如何？"

"很奇怪，"我说，"我感觉和以前完全不同了，但又不知道到地是怎么回事。"

波特不再说话，可能走神了。随后他又说道："到底。"

"什么？"

"你刚才说'到地'，应该是'到底'。注意把握音调。"

"到地、到地、到敌、到底。"

"很好，"波特说，"你的感官产生不同的感觉是正常的，但是你没有感觉不舒服，对吧？"

"没有，"我再次回答，"我没事。"

此刻，我真的确定自己没事了。我松了一口气。这么多年来，我第一次感觉到了从容、安心。我不再会突发严重的脑出血，相反，我将过上正常人完整的生活。我将活到《圣经》中所说的"一生的年月"①，活到加拿大统计局公布的2001年出生的男性的预期寿命——88岁。我将一直活下去，活很久。活下去才是最重要的，其他都是次要的。我不仅会活很久，还不会瘫痪，不会成为植物人。无论我现在要克服什么样的困难，都是值得的。我一下子就明白了这一点。

"太好了，"波特说，"那么让我们从简单的尝试开始。把脑袋转向我。"

我试着转向他，却一动不动。"转不了，博士。"

"别担心，会成功的。再试一次。"

---

① 一生的年月（three-score-and-ten），出自《圣经·诗篇》第九十首："我们一生的年月是70岁，若是强壮可到80岁。"以前人们很少能够活到70岁高龄，所以该说法也被用来指代一辈子。

我又试了一次，这次我的脑袋缓缓转向了左侧。接着，我看到了——

难以置信。

天哪！天哪！天哪！

"那里的椅子。"我问，"是什么颜色的？"

波特有些疑惑，转过去看了一眼说："呃，绿色的。"

"绿色！原来这就是绿色！太酷了，不是吗？多么绿的椅子！博士，你的衬衫呢？你的衬衫是什么颜色？"

"黄色。"

"黄色！哇哦！"

"沙利文先生，你——是色盲？"

"现在不是了！"

"好家伙。你怎么都没有告诉我们？"

为什么我没有告诉他们？实际上他们根本没有问过我色盲的事，但是我自己不主动说也有其他考虑，主要是怕如果坦白了，他们会坚持在人造躯体上还原色盲的特征。

"你是什么色盲？我是说你以前的时候。"

"什么意思？"

"你是绿色盲吗？"波特说，"缺少 M 视锥细胞[①]？"

"对，我是绿色盲。"几乎没有人是全色盲。换句话说，几乎没有人只能看到黑白的世界。在视力正常的人看来很多明显不同的颜色，在我们看来是一样的。

"但是你现在能够看到所有颜色了？"波特说，"不得了。"

[①] 人眼中有三种视锥细胞，分别为 S、M、L 视锥细胞。先天性色觉缺陷大部分是由 L 视锥细胞或 M 视锥细胞的缺失或缺陷造成的，L 视锥细胞的缺失会导致红色盲，而 M 视锥细胞的缺失会导致绿色盲。

月球背面的复制者

"没错。"我欣喜地说，"实在是——太鲜艳了。看来我过去看到的世界并不是它本来的样子。原来有这么多种颜色！"我把脑袋转向另一边，想都没有多想。我发现自己正朝着一扇窗户。"草地——天哪，你看看！还有天空！看起来颜色完全不同！"

"待会儿我们可以给你放电影看——"

"我要看《海底总动员》！"我立刻说道，"那是我从小最爱的电影，大家都说这片子的画面色彩丰富。"

波特笑了："当然可以。"

"好，"我说道，"幸运鳍①！"我试着移动右臂，模仿小鱼尼莫击掌的样子，但右臂并没有抬起来。啊，我的大脑需要时间才能适应，波特已经告诉过我。

不论如何，能够如此自由地活着，真的太美好了。

"再试一次，杰克。"波特说。没想到他竟然抬起手模仿小鱼尼莫击掌。

我又试了一次，这次成功了。"对了，你看，"波特说，他的眉毛一如既往地动个不停，"你会好起来的。现在，让我们把你从这张床上弄下来。"

他握住我的右臂，我能感觉到的是由无数个压力点组成的矩阵传来的挤压感，而非平滑的触碰感。他帮助我坐了起来。我以前偶尔会头晕，特别是平躺起身的时候，现在却没有。

我的感官处于一种奇怪的状态。一方面，大部分感官受到的刺激不足：我闻不到任何气味。虽然我可以感觉到自己坐着，这意味着我对平衡是有概念的，但我的大腿根后部或臀部没有感到明显向下的压力。另一方面，我的视觉感官受到了过度刺激，以前从未见

---

① 幸运鳍（lucky fin），出自电影《海底总动员》。主角尼莫是一条小丑鱼，有一条鳍生来较同龄群体小，它的父亲为了不让尼莫自卑，称它是幸运鳍。

过的颜色彻底冲击了我，如果我盯着没有特征的东西，例如墙壁，就会看清组成我视觉的像素网格。

"感觉怎么样？"波特问道。

"很好，"我说，"好极了！"

"好。也许是时候告诉你了，其实我们给你安排了秘密任务。"

"什么？"

"你知道的。仿生肢体的间谍——秘密特工生化电子人。"

"波特博士，我——"

波特眉飞色舞地说道："抱歉，我总觉得自己会厌烦这个玩笑，但是目前看来效果还是挺不错的。眼下我们唯一的任务就是把你送走，让你重新过上正常的生活。所以，现在请你站起来，试试看？"

我点点头，感觉到他的手臂扶着我的手肘。同样，这种触感和人类皮肤受到的压力不同，但我确切地感觉到他碰了我哪个部位。他帮我扭过身体，让双腿转向转运床的一侧，悬在空中，又帮我站起身体，保持垂直的状态。他等待着，直到我点头表示没事，才轻轻地放开我，让我自己站着。

"感觉怎么样？"波特问。

"挺好的。"我说。

"头晕吗？眼花吗？"

"没有，一点儿也不晕。但是不用呼吸的感觉真别扭。"

波特点了点头，说："你会习惯的。尽管可能有些瞬间你会被吓到，比如当你的大脑告诉你'嘿，我快要无法呼吸了'时。"他露出了善意的笑容，"在这种情况下，我想告诉你深吸一口气冷静下来，但你显然做不到。所以，只要把这种冲动压制下去，或者等待情绪过去就好。你现在因为自己不用呼吸而感到恐慌了吗？"

我想了想说："不，那倒没有。不过，还是很别扭。"

"慢慢来。我们有的是时间。"

"我明白。"

"你想要走两步吗？"

"当然。"我说。但我过了一会儿才真正行动起来。波特严阵以待，准备在我跌倒的时候扶住我。我抬起右腿，弯曲膝盖，摆动大腿，带着身体向前移动。第一步走得不太顺，但好歹成功了。我试着抬起左腿，但左腿晃得厉害，而且——

该死！

我不由得向前倾倒，完全失去平衡。我还没好好看清楚地砖的颜色，就一头栽到了上面。

波特抓住我的胳膊，把我扶起来，说："看来我们还要适应一段时间。"

"这边请，沙利文先生。"基里安博士说。

我有一种想要跑出去的冲动。真这么做了，他们又能拿我怎样？我想永远活下去，而不是时刻担心自己会遭遇比死亡更糟糕的瘫痪，但这已经不可能了。至少对这个我来说是如此。我和我的人造人一下子走上了不同的路。它——应该说他，无疑就在这栋房子的某处。但按照规定，我永远不能和他碰面。这并不是为我考虑，而是为他。他应该把自己视作唯一存在的雅各布·沙利文。如果他看到我，面对有血有肉的我，全身是金属骨架和塑料的他会更难实现自我欺骗的壮举。

这就是规定。

规定？不过是我所签署合同的条款罢了。

所以，如果我真的逃走……

如果我真的跑出去，在这八月的大热天里开着车，飞速回到我家里，我也不会受到什么法律制裁。

当然了，另一个我最终也会出现在那里，也想把那里称为自己的家。

也许我们可以住在一起，像双胞胎一样。

但这行不通。我甚至怀疑只有天生的双胞胎才能习惯和另一个自己生活在一起。天哪，我对每个东西摆放的位置都很挑剔，而且他整夜都不用睡觉，天知道他会干些什么事情来吵得我没法睡觉。

不，我没有回头路了。

"沙利文先生？"基里安带着牙买加口音，再次抑扬顿挫地说道，"这边请。"

我点点头，跟着她来到一条之前没见过的走廊里。我们走了一会儿，来到两扇磨砂玻璃推拉门前。基里安用拇指摁了一下扫描面板，门往两边移开了。她说："到了。当所有客户完成扫描后，司机会带你们去机场。"

我点点头。

"你知道吗？我很羡慕你，"她说，"可以远离一切。你不会失望的，沙利文先生。伊甸园是个好地方。"

"你去过吗？"我问。

"是的，"她说，"度假村可不是说开就能开的。我们进行了两周的试运营，由永生科技的高级员工充当居民，以确保能够给客户带来最好的服务。"

"你感觉如何？"

"很完美。你肯定喜欢。"

"是的，"我说，目光移向一旁，没看到逃生路线的标识，"我想也是。"

第7章
需要帮助

我坐在轮椅上，在波特博士办公室等待他回来。他说，我不是第一个走路出现困难的扫描人。也许确实如此，但我可能比大多数人更讨厌坐轮椅。毕竟，他们就是这样推着我父亲来来回回的。我一直努力避免的命运，最终还是落到了我的头上。

但我并没有过于担心。实际上，我获得了新身体，还看到了这么多从前没有见过的颜色，这两者带来的兴奋感很强烈，以至于我只是模糊地意识到原本的我现在肯定已经踏上前往月球的旅程。祝愿他一切顺利。但我不应该再想他，我尽量把他抛到脑后。

当然，从某种角度来说，把另一个我关掉会更容易操作。这真是有趣的说法，毕竟我才是可以被关掉的那个，而他是生物版的人。但是我脑海中想到的方式只有"关掉它"——应该称他为"它"比较合适！毕竟，如果不再需要原本的我，就可以将"它"随意丢弃，那么他们花这么大的功夫在月球背面建立退休社区就是多此一举了。

但是，法律不会容忍这种情况发生，即使在加拿大也不例外，更不用说在边境以南的美国了。好吧，我再也看不到另一个我了，但这有什么关系呢？这个我，是一个改造了缺陷、能够看到生活色彩的雅各布·沙利文，而从现在起，也是唯一真正存在的我。这一点直到地球毁灭也不会改变。

波特终于回来了。"这里有人或许能帮你。"他说，"当然，我们有技术人员，他们也可以教你怎么走路。但我想她能给你的帮助也许更多，杰克。我想你们已经相互认识了。"

我看到一个女人走进了房间，却想不起在哪里见过她。她相貌平平，看起来 30 岁左右，一头短短的黑头发，并且——

她是一位人造人。她转过头来，灯光以特定的角度照亮了她的脸，我这才反应过来她是谁。

"你好，杰克。"她说道，带着可爱的佐治亚州口音。她的声音比以前更有力，没有颤音。她已经换上了一条美丽的印花太阳裙，而我仍然穿着我那件浴袍在生闷气。

"凯伦？"我说，"天哪，我都不认得你了！"

她的身子转了一圈。显然，她能够很好地控制自己的新身体。"你觉得如何？"她问。

我笑了笑说："你看起来很美。"

她笑了，听起来有点儿用力过猛，肯定是语音合成芯片发音的缘故，而非笑得不真诚。"哦，我以前也算不上美女。"她张开双臂，"这是我 1990 年时的样子。我想过换更年轻的样子，但觉得那太傻了。"

"1990 年，"我重复道，"那时候你应该是——"

"30 岁。"凯伦迅速回答道。但我没想到自己会直接问出来，我知道最好不要问一个女人的年龄，我本打算在心里偷偷推算一下。

她继续说："这个年龄是明智的折中选择，既不会太年轻，也不会太成熟。我恐怕已经装不出 20 岁天真少女的样子了。"

"你现在看起来就很好。"我再次说道。

"谢谢，"她说，"你也是。"

我不知道自己的人造躯体有没有脸红的功能，但我感觉自己现在很害羞："就是简单地修修补补了一下。"

波特博士说："我请贝萨里安女士来帮你一把，在这方面她可比我们技术人员更有经验。"

"哪方面？"我问。

"成年人再次学会走路。"凯伦说。

我看着她，有些疑惑。

"我得过中风。"凯伦微笑着补充道。

"对哦。"我说。她笑的时候不再只是扬起一侧的嘴角。我想，中风对大脑的伤害应该会原封不动地复制到她新大脑的纳米凝胶中，但也许他们有一些电子技术，能够让她的左脸执行右脸的镜像动作。

"那我就不打扰你们了，"波特说完，朝着我们揉了揉肚子，"已经过了午餐时间，我得赶紧吃点儿。你们这些人可真幸运，再也不用吃饭了，但我还是会饿的。"

"此外，"凯伦说，我肯定自己看见了她那双合成的绿眼睛在发光，"让一个扫描人帮助另一个扫描人，可能对他们两个都有好处，不是吗？让他们知道还有其他像他们一样的人，消除他们被科学家来回摆弄而产生的疏离感。"

波特露出一个惊讶的表情。"我敢发誓，你的视觉系统里应该没有设置 X 射线。"他说，"但你看穿了我，贝萨里安女士。你简直像一个心理学家。"

"我是个小说家，"凯伦说，"同样精通心理学。"

波特微笑道："那么，我先失陪了……"

他离开了房间。凯伦双手叉腰，打量着我。"所以，"她说，

"你走路有困难？"

她个子很矮，但坐在轮椅上的我还是得抬头看她。"嗯。"我回答这个字时夹杂着尴尬和沮丧的情绪。

"别担心，"她说，"你会好起来的。你可以通过训练你的大脑，让你的身体服从大脑的指挥。相信我，我很有经验——我不仅克服过中风的麻烦，而且我小时候在亚特兰大学过芭蕾舞，学到了很多控制身体的方法。我们现在可以开始了吗？"

在我的一生中，我一直不善于寻求他人的帮助。不知为何，我认为这是一种软弱的表现。但是此时此刻，我不是在请求帮助，而是有人主动来帮我。我不得不承认，我确实需要帮助。

"当然可以。"我说。

凯伦在胸前双手合掌。我记得她的关节之前是多么肿胀，皮肤是多么苍白。但现在她的手变得柔软、细腻。"太好了！"她喊道，"我很快就会让你能够正常走路。"

她伸出右手，我握住她的手。她把我从轮椅上拉起来。波特给了我一根深棕色的木制拐杖，就靠在墙边。我指了指拐杖，凯伦把拐杖递给我。我拄着拐杖走出房间，走到长长的走廊里。天花板上都是荧光灯板，我还注意到每隔一段距离就有一台小型摄像机。毫无疑问，波特博士或他的某个下属正在监视这一切。

"好了。"凯伦站到我面前，看着我说，"记住，你摔倒了也不会受伤，你现在可结实了。所以，让我们放下拐杖，试着走几步。"

我把拐杖靠墙放好，但是很快拐杖就滑到了地上，这可真是出师不利。

"别管拐杖了。"凯伦说。我抬起左脚，身子立即摇晃着要往前倒，我顺势将左脚落到了地上，并迅速抬起右脚，僵硬地摆动它，仿佛右脚缺了膝关节一般。

"密切注意你的身体反应。"凯伦说,"我知道走路是我们平时下意识的行为,但现在你要观察你大脑的每一个指令带来了什么反馈。"

我又走了几步。如果我还是生物人的话,一定会喘气流汗,但现在我确定还没有任何体表迹象显示我已经累了。不过,我仍然走得很艰辛,觉得自己随时要摔倒。我停下脚步,立住身子,试图恢复平衡。

"我知道这很不容易,"凯伦说,"但你的确在进步,就像学一个新词一样,想法产生动作。对了!你看,明白了吗? 刚才你上腿的动作对了。试着准确地重现你大脑先前的指令。"

我又试着向前移动左脚,转移重心,然后移动右脚。这一次,我的膝盖微微地弯曲了,但向前的时候仍然会晃动。

"好,"凯伦说,"这就对了。你的身体想按照你大脑的指令办事,你只需要告诉它怎么做就行。"

我本想哼一声,但我不知道怎么用新身体去做到这一点。走廊看起来长得吓人,尽头好像远在几千米外。

"好了,"凯伦说,"再走一步。集中精力,看看你是否能控制好你的右腿。"

"我在努力。"我迟疑地说道,身子再次摇晃向前。

她语气很温柔:"我知道你很努力,杰克。"

我的精神感到疲惫,就像回忆某件事情却怎么也想不起来的挫败感再乘以一千倍的那种疲惫。

"你做得很好了,"她说,"真的。"凯伦一次退半步地倒着走。我突然好奇她有多少年没有倒着走路了。老妇人很怕摔断腿或臀骨,因此大多数时候是小碎步向前走,绝不会倒着走。

我逼着自己再走一步,再多走一步。尽管永生科技竭力精确地还原出了我四肢的尺寸,但也许由于我没有肺,我意识到我躯干的重心偏向上方。虽无大碍，但我确实更容易向前跌倒了。

而且，这时我才意识到，我刚才一直在走神，没有刻意去想怎么把一只脚放在另一只脚前面。看来我在进行行走的机械动作时，潜意识和意识在某种程度上保持一致了。

"干得漂亮！"凯伦说，"你进步很大。"在荧光灯下，她作为人造人的特征特别明显，皮肤有种干燥的塑料光泽，眼睛没有真正的湿润，同样看起来塑料感十足——虽然我现在的眼睛可以看到她的眼睛是非常明亮的绿色。

她陪着我继续练习，一步一步地摇晃前进。我想象着自己是一头怪兽，回过头张望就会看到村民拿着火把驱赶我。

"就是这样！"凯伦说，"走得很好！"

再走一步——

我的右脚不听使唤——

"天哪！"

我的左脚踝歪向一边。

"该——"

我的躯干往前倾斜得越来越厉害——

"——死！"

凯伦一下子上前，在我摔个狗啃泥之前，灵活地伸出手拉住了我。

"放松，放松。"她安抚道，她的新身体完全能够支撑住我的重量，"没事了，没关系的。"

我又羞又恼，一半是因为永生科技，一半是因为我自己。我狠狠推开凯伦的手，逼着自己保持站立。我不喜欢求别人帮忙，并且更讨厌在有旁人的时候出丑。实际上，这种出丑的羞耻感是双倍的，因为闭路监控里肯定有人在看着我们。

"就先练习到这里吧。"凯伦说着，走到我身边，用一只手轻轻挽住我的腰。她帮我半侧过身子，扶着我蹒跚地走回去拿拐杖。

第 8 章
太空航班

当我还小的时候，我从没想过多伦多会有太空机场。但是现在基本上每个城市都有，或者说每个普通大型机场都可以充当太空机场。因为在任何能够容纳巨型喷气机的跑道上，太空飞船都可以起降。

从领土管辖权的角度看，商业太空航班是很有趣的存在。我们即将登上的太空飞船将从多伦多起飞，往返月球后也是在多伦多降落，其间不会降落到其他国家，尽管当它飞到 300 千米的高空后会经过很多国家的领空。不过，从严格意义上讲，这是国内飞行，而且最终目的地是月球，那里没有任何政府，所以我们不需要护照。挺好，因为我们把护照留给了我们的"替身"，这个词不算太难听。

当我们到达出发大厅时，登机通道已经连接到了飞船上。我们的太空飞船是一架巨型的三角翼飞机，发动机装在机翼上方，而不是通常的下方。我猜是为了在重返大气层时保护机翼不受损。上半部分的机身被涂成白色，底部是黑色。北美航空公司的标志出现在机身的几处部位上，机头附近用手写体印着"伊卡洛斯"[1]。我想知

---

① 伊卡洛斯（Icarus），古希腊神话中的人物，使用蜡和羽毛造翼飞翔，却因飞得太高，双翼上的蜡被太阳晒得融化而跌落水中丧生。作为飞机的名字不太吉利。

道是哪个不懂神话的傻子给飞机取了这么个名字。

今天航班上的乘客一共有十个来自永生科技，十八个来自其他地方。从我听到的后面一群人之间的只言片语来看，主要是来旅游的。在这十张永生科技的机票中，有六张是给"皮囊"的，这是我无意间听到的术语，尽管我怀疑他们并不希望我听到。还有四张是给去轮岗的工作人员的，他们要去月球和伊甸园的人换班。

我们依据座位号登机，和普通飞机一样。我坐在第八排靠窗的座位。我旁边是轮岗的工作人员之一。他大约30岁，一脸雀斑。通常这种麻子脸都是红头发，但我看不出他的发色。

我坐的正是杉山在推销时提到的那种特殊座椅，覆盖着符合人体工程学的填充物，里面有某种减震凝胶。我想抗议说自己不需要这样的特殊照顾，我的骨头还硬着呢，但航班已经坐满了人，所以抗议也没用。

我知道飞机上的"安全须知"通常都是走个形式，但我们不得不花1小时45分钟来听讲，还得参与安全演示，特别是面对失重该怎么办。例如，这里配有带吸力的呕吐物容器，如果晕机，我们必须用这玩意儿！必须使用！显然，在微重力环境下，你很容易被自己的呕吐物呛到。

终于，起飞时间到了。这架太空飞船脱离登机通道，驶上了飞机跑道。我可以看到空气中因高温而产生的微光。飞船在跑道上行驶得飞快，就在到达跑道尽头之前，飞船以极为倾斜的角度急速上升。突然间，我很庆幸自己坐在凝胶椅垫上。

我望着窗外。我们会经过多伦多市中心。我最后看了一眼加拿大国家电视塔、天虹体育场[①]、水族馆和银行大楼。

---

① 天虹体育场（SkyDome），位于加拿大多伦多市，是加拿大地标性的体育场。

那是我的家。那是我长大的地方。那是我父母依旧住着的地方。

那是……

我的眼睛有些发酸。

丽贝卡·庄仍然住着的地方。

那是我再也看不到的地方。

天空开始变暗。

我很快发现了人造人会遇到的社交困境。人类可以用生理需求作为借口：我必须吃点儿东西，我很累了，我要上厕所。但是我现在没法找这些借口了，至少目前我的身体是这样。我很想知道永生科技以后是否会给我们身体增加生理需求。当然，谁不希望自己能够永远摆脱疲劳呢？往好了说，疲劳会带来不便。往坏了说，疲劳会产生危险。

我一直认为自己还算是个诚实的人。但现在我明白了，我挺喜欢在一些无关紧要的事上撒一些善意的谎言。我会借助主观上感觉合理的说法，例如我累了，来摆脱尴尬或无聊的活动；当我还是一个生物学意义上的实体时，就有一套这样的话术，可以让自己体面地离开不喜欢的社交场合。但现在，这些话术没有一句能用得上，尤其当对方也是一个扫描人时。我因为自己学不会走路而感到丢脸，急切地想离这位有着30岁外表的热心老阿姨远一点，却想不出一个礼貌的理由摆脱她。

而且我们必须在这里待三天来适应身体。今天是周二，我们要在这里待到周五。我们每个人都有一个小房间，讽刺的是房间里还有一张床，但我们并不会用到。不过我确实非常想躲在房间里，一个人待着。

我仍然穿着那件浴袍。当我们回到那条打败我的走廊时，我依旧拄着拐杖。凯伦曾试图扶我，但我甩开了她的手。我们继续往前走时，我把目光从她身上移开，望向就近的墙壁。

凯伦的目光显然也朝着同一个方向，望向我们经过窗外的景色。她说："外面好像在下雨。我很好奇，我们会生锈吗？"

换作其他时候，我听到这个笑话可能会大笑。但是我当时过于羞愧，对自己和永生科技都感到很愤怒。不过我还是给出了适当的反应。"最好不是电子雨，"我说，"我可没有穿电涌保护器。"

凯伦笑得过于夸张了。"还有，我们能游泳吗？"她问。

"为什么不能？"我回答，"我肯定我们不会生锈的。"

"我知道，"她说，"我是说浮力的问题。人类能够游泳，是因为身体能浮起来。但是我们这些新身体也许会沉下去。"

我望向她，呆住了："我倒没想到这一点。"

"要找出我们能做什么，不能做什么，"她说，"需要冒险一试。"

不知怎的，我成功地哼了一声，发出的是一种奇怪的机械音。

"你喜欢冒险吗？"凯伦问。

我们继续沿着走廊前进。"我……我似乎没有冒过险。"

"你肯定有过，"凯伦说，"生活本身就是一场冒险。"

我想到了年轻时的经历——我寻欢作乐的日子，我经历过投资成功和失败，手脚都摔断过，心也受过伤。"好吧。"我说。

走廊尽头是休息室，有提供饮料、咖啡、小吃的自动贩卖机，这些肯定是为工作人员而不是为我们准备的，但凯伦表示我们应该到休息室里坐坐。也许她累了——

但不可能，她当然不会累。不过，当我意识到这一点时，我们已经来到休息区。这里放着几把乙烯树脂的椅子，还有几张小桌子。凯伦坐在其中一把椅子上，小心翼翼地抚平腿下的印花太阳裙摆。她让我坐在另一把椅子上。我先是依靠拐杖的支撑放低身体，成功坐下后再将拐杖放到面前。

"那你呢？"我问她，觉得总应该说点儿什么，"你又有什么冒险经历？"

她沉默了一会儿，我感到自己说错话了。我并不想质疑她先前的言论，但我想我的话确实给人一种反驳的感觉。

"不好意思。"我说。

"哦，没事。"凯伦回答，"别介意。只是太多了，我在回忆。我去过南极洲，还有塞伦盖蒂草原①——那时还有动物大迁徙呢！还去过帝王谷②。"

"真的吗？"我说。

"当然。我喜欢旅行。你不喜欢吗？"

"嗯，我也喜欢，只不过……"

"怎么了？"

"我从未离开过北美洲。因为我不能……坐飞机。坐飞机需要面对气压变化，医生担心那会引发我的卡斯尔曼病。虽然这种概率很小，但医生说我不应该冒险，除非不得不坐飞机。"我一时之间想到了另一个我，他正在去月球的路上。当然，他应该会没事的。太空飞船内部是完全独立的空间环境，气压不会有什么变化。

"你太惨了，"凯伦说，但又欣喜道，"但现在，你想去哪里都可以了！"

---

① 塞伦盖蒂草原（Serengeti），位于非洲东部、肯尼亚和坦桑尼亚之间的草原。
② 帝王谷（Valley of the Kings），位于埃及的著名陵墓群，集中埋葬着许多国王和王室成员。

我苦笑了一下："旅行！天哪，我现在连走路都不利索……"

凯伦用她的机械手臂碰了一下我的手："你能行。你能行！有志者事竟成。我见过克里斯托弗·里夫，而且——"

"这人是谁？"

"他演了超人系列的四部电影。天哪，他真的很帅！我十几岁的时候，卧室墙上贴着他的海报。多年以后，他从马背上摔下来，脊髓受损。大家都说他要靠呼吸器过一辈子了，但他成功恢复了。"

"你见过他？"

"是的，我见过。他写了本讲述自己经历的书，我们那时是在同一家出版社出的书，还在美国书展上一起吃了饭。他可太励志了。"

"哇哦。"我说，"你是著名的作家，肯定遇到过许多有趣的人。"

"好吧，我提起克里斯托弗·里夫，并不是为了显摆。"

"我知道。你还见过谁？"

"让我想想……哪些名人是你这个年龄的人会认识的……好吧，我在查尔斯国王死前见他。我见过现任教皇，还有前任的教皇。我见过塔莫拉·吴、查理兹·塞隆、斯蒂芬·霍金——"

"你见过霍金？"

"是的，是我在剑桥大学举办读书会的时候。"

"哇哦，"我又惊叹了起来，"他本人怎么样？"

"很会讲笑话，非常诙谐。虽然他在语言沟通方面存在障碍，但是——"

"但是他的头脑超群！"我说，"绝对的天才。"

"确实，"凯伦说，"你喜欢物理？"

"我喜欢高深的东西——物理、哲学之类的。"

凯伦微笑道："真的吗？我正好有个笑话可以讲给你听。你听过沃纳·海森堡被交警拦下来的故事吗？"

我摇摇头。

"那好，"凯伦说，"交警说：'你知道你刚才开得有多快吗？'海森堡毫不犹豫地回答：'不，但我知道自己现在在哪里！'①"

我大笑了起来："太妙了！等一下，我也有个笑话。你知道爱因斯坦在火车上的故事吗？"

这回轮到凯伦摇头了。

"一位乘客走到他面前，说：'不好意思，爱因斯坦博士，请问纽约会经停这趟火车吗？'②"

凯伦笑出了声。"我们相处得很愉快。"她说，"你是专业的物理学家吗？"

"不，我的数学一直不够好，没法读物理专业。不过，我在多伦多大学读过几年书。"

"那你的工作呢？"

我耸了耸肩，转而问："你经常来加拿大吗？"

"这些年时不时会过来。"

"你喝啤酒吗？"

"年轻的时候会喝，"凯伦说，"现在不能喝了。我是说，当我还是人类身体的时候就不能喝了……有十几年了。"

"你听说过沙利文精选啤酒吗？或者老沙利高级黑啤？"

"当然，这可——哦！天哪，你的名字是雅各布·沙利文，对吗？是你家开的？"

---

① 德国物理学家沃纳·海森堡（Werner Heisenberg）发现了测不准原理（uncertainty principle），即微观粒子的位置和动量是不能同时被精确测量的。此处是一个由此原理衍生的物理冷笑话。

② 此处是以爱因斯坦的相对论开玩笑，乘客故意把"纽约"和"这趟火车"在句中的位置调换了。

我点了点头。

"哟，这下好了。"凯伦说，"看来我不是唯一有秘密身份的人。"

我微微地笑了一笑。"但凯伦·贝萨里安可是靠自己本事赚钱的。我只是坐享其成。"

"不过，"凯伦说，"坐享其成也不是坏事。我年轻的时候总为钱发愁，有时候甚至还得去食物救济站。你知道自己吃穿不愁，肯定能过得更舒心。"

我耸了一下肩："有好有坏。当我上大学时，我可以学习任何我想学的知识，不用担心自己选错专业而面临失业。我可能是校园里唯一选修量子物理学、戏剧史和前苏格拉底哲学课程的人。"

凯伦礼貌地笑了笑。

"没错。"我说，"这种感觉确实很有意思，东学一点儿，西学一点儿。但是太有钱也有烦恼，我不喜欢被别人区别对待。多伦多大学毕业生的名声不错，但在校读书的时候，那里绝对不算是什么好地方。这么说吧，如果你每天经过图书馆，而大家都知道这是你家捐的，你可能就不会喜欢被人指指点点。"

"我一点儿也不想用'富人'这个词来形容自己。听起来有点儿炫耀的意思。不过，永生科技的客户都是富人，我想这么说也没什么问题。只是，我从未想过自己会过上富人的生活。我的意思是大多数作家都没什么钱，作家的生活可不太容易，我已经非常幸运了。"她停顿了一下，人造眼睛又开始闪光，"对了，你知道大份的香肠比萨和全职作家之间的区别是什么吗？"

"是什么？"

"大份的香肠比萨可以养活一家四口，而作家不能。"

我笑了，她也笑了。"总之，"她说，"我直到40多岁才开始变得有钱，那正是我的书开始畅销的时候。"

我微微耸肩："如果我也得等到 40 多岁才开始变得有钱，我就不会在这里了。我现在只有 44 岁。只有——天哪，我从未想过提到自己的年龄会用到这个词。"

"请别误会，但回想起来，我很高兴自己是白手起家的。"凯伦说。

"我想白手起家能够磨砺一个人。"我说，"但是出生在有钱人家也并非我想要的。事实上，有些时候我很讨厌自己的出身，还有我家族代表的一切。啤酒！天哪，生产啤酒能有什么社会贡献？"

"但你家给大学捐了图书馆，这是你说的。"

"当然，借助图书馆，让家族的名字得以不朽。这也就是——"

我停顿了一下，凯伦看着我，等着我说下去。

过了一会儿，我又耸了耸肩。"这也就是我让永生科技刚刚在我身上做的事情，对吧？"我摇了摇头说，"好吧。一个人在年轻时就拥有这么多钱，有时会被冲昏头脑的。怎么说呢，我以前有很多臭毛病。"

"帕里斯富家女。"凯伦说。

"谁？"

"帕里斯·希尔顿，希尔顿酒店大亨的孙女。她有一小段时间比较出名，那会儿你应该刚在学走路呢。我想你们情况差不多，都继承了万贯家财，她在 20 多岁时就坐拥几十亿美元，过着我们作家所写的闲散生活。"

"'帕里斯富家女'，"我重复道，"有点儿意思。"

"那你是'雅各布公子哥'。"

我笑了起来。"我想没错。各种聚会还有各色女孩。但是……"

"怎么？"

"当你有钱的时候，很难判断一个女孩对你是否真心。"

"我当然知道，我想到了我的第三任丈夫。"

"真的吗？"

"完全正确。谢天谢地，幸好我们签了婚前协议。"她的语气很轻松，如果她曾经为此痛苦过，显然这段婚姻已经久远到足以让她现在拿来开玩笑了，"你只能和那些本身就有钱的女人约会。"

"我想也是。但你知道吗？甚至……"该死，我不是故意要提高音量的。

"你想说什么？"

"唉，知人知面不知心。在我继承家财之前，就有一个叫翠丝塔的女孩，我以为我和她会……"

凯伦挑了挑人造眉毛，没有说话。我可以继续往下说，但如果我不想，也可以就此打住。

我没想到的是，自己竟然想往下说："我以为她真的喜欢我。我彻底爱上了她，大概在我16岁的时候。但是当我约她出去时，她嘲笑我，居然当着我的面嘲笑我。"

凯伦用手轻轻碰了一下我的前臂。"可怜的孩子，"她说，"你现在有妻子吗？"

"没有。"

"也没有结过婚？"

"没有。"

"没找到合适的对象？"

"这倒不是。"

"哦？"

我再次惊讶于自己又往下说了："是这样的，我以前爱过一个叫丽贝卡·庄的女孩——不，应该说现在也是。但是，你知道我身体有问题，于是我……"

凯伦同情地点点头："并非要等到合适的对象出现之后才考虑进

一步发展的可能。如果我像你一样，就不会有前三段婚姻了。"

我不确定我的人造眉毛是否会因为惊讶而自动上扬。当然，如果我还在原本的身体里，我的人类眉毛肯定挑起来了："你结过几次婚？"

"四次。我最后一任丈夫瑞安两年前去世了。"

"可惜了。"

她的声音充满了悲伤："我也觉得很可惜。"

"你有孩子吗？"

"有。"她停顿了一下，"有一个孩子。"

接着她又停顿了一下："应该说只剩下一个还活着。"

"很可惜。"我说。

她点了点头，表示赞同，问道："所以你没有孩子吧？"

我摇摇头，指了指自己的人造身体："没有，以后也不会有了。"

凯伦微笑着说："我相信你会是一个好父亲的。"

"恐怕永远也没有机会……"这具新的身体真烦人！我确实产生了强烈的自我怜悯之情，但我本来并不打算用嘴巴大声说出来的。和之前一样，我还是情不自禁地继续往下说了，说了几个字才打住。"谢谢。"我说，"谢谢你。"

两个永生科技的员工进入休息室，一个是白人妇女，另一个是亚洲男人。他们看到我们在这里休息，显得很惊讶。

"我们刚要走，"凯伦站起来对他们说，"你们继续。"她伸出一只手，想帮我站起来。我不假思索地抓住她的手，凯伦毫不费力地把我拉了起来，几秒之内我就站起身来。"这一天过得太慢了，"凯伦对我说，"你应该想回自己的房间了。"

她停顿了一下，似乎意识到我不可能感到疲惫，又补充说："这样你就可以换掉你的浴袍了，对吧。"

这可是完美的托词。我早先一直在想用什么样的托词能够礼貌地结束练习，因为我现在既不用睡觉也不用吃饭。但我现在改了主意。"实际上，"我看着她说，"如果你愿意帮忙，我还想继续练习一下走路。"

凯伦露出了一个大大的微笑。如果她的脸是肉做的，现在肯定笑得发疼了。"我很乐意。"她说。

"太好了，"当我们走出休息室的时候，我说道，"这样我们还可以多聊一会儿。"

第 9 章
真的在飞去月球的路上了

　　太空飞船仍在爬升。我原以为飞船持续加速会让人很不适应，但事实并非如此。望向窗外，我看到远处的大西洋波光粼粼。我将头转向舱内，坐我旁边的那个可能是红头发的人借机找我搭话。他说："你做什么工作的？"

　　我看了看他。我没有真正意义上的工作，但确实有一个足够贴切地回答："我是做财富管理的。"

　　他一听，皱了皱满是雀斑的额头。"永生科技在月球上招了财富经理？"

　　我意识到他困惑的原因。"我不是永生科技的员工，"我说，"我是客户。"

　　他睁大了浅色的眼睛："哦，抱歉。"

　　"没什么可抱歉的。"我说。

　　"你可是我见过的最年轻的客户。"

　　我露出微笑，希望自己的微笑不会让他提出更多的问题："我比较喜欢尝试新鲜事物。"

"原来如此。"他伸出一只手，手上的雀斑和脸上的一样多，"我叫昆汀·阿什伯恩。"他说。

我和他握了握手。"杰克·沙利文。"我不想继续聊自己的事，于是补充道，"你是做什么工作的，昆汀？"

"维修月球车。"

"月球车？"

"一种远距离地面交通工具，"昆汀说，"实际上，月球车是在地表悬浮行驶的，是快速抵达月球大部分区域的最佳选择。地球的飞船只能带我们到月球表面，所以当我们到达月球的时候，你会乘坐月球车去月球背面。"

"是的。"我说，"我读到过这类说法。"

"月球车很不错。"昆汀说。

"我想也是。"我说。

"你在月球上不能坐飞机，因为——"

"那里没有空气。"我接话道。

昆汀看起来有点儿不满，因为我让他失去了卖弄的机会，但他继续说："所以就要乘坐一种完全不同的载具从 A 点到 B 点。"

"确实如此。"我说。

"而月球车是由火箭推动的，明白吗？有趣的是，我们这样做不会污染大气层，而会给月球创造一个大气层，无穷小的大气层。当然了，它全部由火箭的排气组成。现在，我们用甲基肼[①]来给月球车……"

我可以预见，这趟旅程会很漫长。

---

① 甲基肼是一种致命的挥发性肼类，可作为液体火箭发动机的火箭推进剂。

月球背面的复制者

在凯伦·贝萨里安的帮助下，我渐渐掌握了用新腿走路的技巧。我总是很不耐烦，原因之一是我总觉得自己时日不多了。当然，凯伦80多岁了，一定也觉得自己活不了多久了。但她显然很快适应了自己是不朽之身的想法，而我仍然停留在寿命将尽的心态。

好吧，我相信我很快也会转变心态的。毕竟，老人才是比较顽固不化的，我还年轻。但这样说不公平。人们说你有多年轻取决于你的心态有多年轻，凯伦现在的心态肯定很年轻，也许她的心态一直如此。

除了凯伦和我，还有四个人在今天拥有了新的身体。我确信他们也都参加了之前那个推销会，但除了凯伦，我没有和其他人交谈过，而且他们现在的面孔比我当时看到的要年轻得多，所以我没有认出他们。我们都要在永生科技待三天，接受生理和心理测试（我听到永生科技的一个年轻员工对波特博士说是"硬件和软件问题诊断"，波特博士很严厉地瞪了他一眼）。

我高兴地发现我不是唯一一个有行走困难的人。有一个女孩——她看起来像是只有16岁——也在使用轮椅。当然，永生科技的客户可以选择变成任何年龄段的自己。这种面容减龄技术一定是基于她的平面照片，如果这个女孩和凯伦拥有一样的年纪，她16岁的时候应该是20世纪70年代中期。我想那时的发型都是蓬蓬头，流行蓝色眼影。但不管她的真实年纪有多大，她的打扮并没有还原当年的风格。她留着一头卷卷的短发，这是如今流行的风格，亮粉色的闪粉一直从额头一侧经过鼻梁涂到另一侧，是如今年轻人喜欢的那种妆容。

剩下的三个人中有两个白人女性。像凯伦一样，她们选择了变成30岁左右的自己，这意味着这些比我年长的头脑都配上了比我的新身体还要年轻的身体。剩下的是一个黑人男性。他用了一张50岁左右的平静的脸。事实上，我仔细一想，他看起来很像威尔·史密斯。我想知道他是原本就长这样，还是换了一张新的脸。

凯伦正在和其他几个女人聊天。显然，她至少认识其中一个慈善圈的人。我想这四个老年女人会聚在一起是很正常的，这意味着我得和另一个男人说话。

"我叫马尔科姆·德雷珀。"男人说着伸出一只大手。

"我叫杰克·沙利文。"我回答，并和他握了握手。我们都不愿意玩通过握力来比谁更强壮的愚蠢男性游戏，当然也是因为我们都还不太习惯机械的手。

"你从哪里来，杰克？"

"我就住在本地，多伦多。"

马尔科姆点了点头："我住在纽约曼哈顿。在那里可没有这种手术服务。你是做什么工作的，杰克？"

我最讨厌的问题来了。我说过我实际上没有工作——没有赖以为生的职业。"我是做投资的，"我说，"你呢？"

"我是律师，你们习惯称呼我们为律师，对吗？"

"只有在正式场合才这么称呼。"

"好吧，我的工作就是这个。"

"是什么方面的律师？"我问。

"民权律师。"

我用大脑发出指令，想要用我的五官组合出一个惊讶的面部表情，但我真的不知道自己是否成功了。"生意怎么样？"我问。

"在目前的政治环境下？案件多得很，却该死的很少有胜诉的。

我从办公室的窗户可以看到代表公民自由的自由女神像，他们应该给这个老姑娘改个名字，叫'政府不让你自由女神像'。"他摇了摇头，"这就是我要上传意识的原因，明白吗？我们这一代人已经所剩无几，但只有我们还记得拥有公民自由是怎样的景象。那时国土安全部还没成立，每张美元钞票和每件零售产品都还没装上射频识别技术（RFID）追踪芯片。如果我们仍然任由下一代人将过去渐渐遗忘，那好日子将一去不返。"

"所以你还要继续当律师？"我问。

"是的，确实如此。要是碰上足够有趣的案件，我义不容辞。"他把手伸进口袋，"来，这是我的名片……说不定以后会有用。"

失重的感觉真奇妙！

有几个老人为此感到害怕，始终牢牢坐在椅子上。但我解开了安全带，任凭自己在机舱内飘浮，轻轻地推动墙壁、地板和天花板前行。我们在起飞前都注射了止吐剂，那玩意儿至少对我来说效果不错。我发现自己以身体中线为轴，飞快地旋转，而不会感到头晕。空乘人员向我们展示了一些有意思的现象，包括飘浮在空中自行形成的水球，以及要把东西扔给另一个人有多难——因为大脑拒绝接受以直线为路径扔东西的指令，所以我们通常会不自觉地把东西抛到空中，形成抛物线来抵抗重力。

凯伦·贝萨里安也很享受失重的感觉。机舱的墙上全部覆盖着黑色凹凸泡沫材料，起初我以为是为了隔音，现在才知道其实是为了防止人飘浮起来撞到墙而受伤。不过，凯伦只是简单地活动了一下，没有像我一样胡乱地飘来飘去。

"从右手边的窗户看出去，"空乘人员说，"可以看到国际空间站。"此时我整个人正好上下颠倒，于是我推了一把墙壁，开始向左侧飘移。空乘人员一本正经地说："另一个方向，在您右手边，沙利文先生。"

我不好意思地笑了笑，又用手掌推墙。我在一扇窗户边找到了空位，向窗外张望。国际空间站是由无数圆柱体和直角组成的庞然大物，至今已经被废弃几十年。空间站过大，无法安全地着落在地球的海洋上，所以要偶尔对它发射火箭助推器，让它保持在轨道上。最后一位离开的宇航员留下了两只加拿大制造的遥控臂，它们正在相互握手。

"大约10分钟后，"空乘人员说，"我们将与月球飞船进行对接，请各位系好安全带。但别担心还没尽兴，在飞去月球的路上会有整整三天的失重体验。"

在飞去月球的路上……

我摇了摇头。

我竟然真的在飞去月球的路上了。

第 10 章
第一夜

　　此时已过午夜。波特博士早就回家了，但永生科技的各部门员工还在，以满足我们的各项需求，尽管我们并没有什么需求。

　　我们不用吃东西，所以没有为我们提供豪华自助餐的必要。我早该想到，在扫描意识之前我应该最后吃一顿好的。当然，永生科技也没有提出这类建议，也许因为最后的大餐是留给死刑犯的，而我们是即将获得自由的人。

　　我们也不用喝酒，所以也没有必要为我们提供酒水。实际上，我内疚地发觉自己不记得上一次喝沙利文精选啤酒是什么时候了……现在我永远不会喝了。我想到了曾祖父老沙利文，倘若他泉下有知，得悉自己的子孙竟然为了别的事情，哪怕是长生不老，而放弃了喝啤酒，怕是会气得从棺材里跳出来。

　　最令人震惊的是，我们不用睡觉。过去我经常说，一天的时间真的不够用！现在看来，一天的时间似乎多得用不完！

　　在一间宴会厅里，我们几个刚刚完成手术的人聚在一起过夜。对我们中的大部分人来说，第一个晚上显然是很难熬的。两个永生科技的治疗专家在房间里走来走去，此外还有一个相当于陆地版邮轮总监①的人变着法子组织活动，就是不让我们闲下来。我们现在一直保持清醒，既不会感到疲惫，又不用睡觉，也无法产生睡意，即便对睡眠少到每晚只睡五六小时的老人来说，这种状态也需要一段时间来适应。

我们中有两个女人在聊天，聊的都是我不感兴趣的话题。还有一个女人和马尔科姆正在参与一个竞猜游戏，游戏是邮轮总监用墙上的显示屏设置的，但题目都是关于他们那一代人年轻时的事，我一道都答不上来。

因此，我大部分时间还是和凯伦待在一起。我想一方面也是出于她的善意，她似乎注意到了我的不自在。我们往外面走去，来到永生科技那绿树成荫的户外场地，头顶悬挂着一轮圆月，我不得不为此说点儿什么。"谢谢，"我边走边对凯伦说，"谢谢你一直陪着我。"

凯伦露出了微笑。经过修复后，她现在两边嘴角能完美且对称地扬起了，"别这么说，"她说，"除了你，我还能和谁谈论物理学或哲学呢？对了，我又想到一个笑话。有一天，勒内·笛卡尔②走进一家酒吧，点了一杯酒。酒保把酒端上来。笛卡尔细品了一会儿才喝完。于是酒保问他：'你想不想再来一杯？'笛卡尔回答说：'不想。'然后直接消失了。"

我笑了，尽管我现在的笑声听起来很怪，但我很开心。八月的晚上到处是蚊子，但我很快就意识到人造身体的又一个好处——不会被蚊子咬。"但是，我觉得很奇怪，"我边走边说，"我们竟然不需

---

① 邮轮总监（cruise director），各类船上娱乐和活动的策划人。
② 勒内·笛卡尔（René Descartes），法国哲学家、数学家、物理学家。对现代数学的发展做出了重要的贡献。下文的笑话是关于他的一句名言："我思故我在。"

要睡觉。我以为睡眠对巩固记忆很重要。"

"这是很多人都有的误解,"凯伦说,她那可爱的佐治亚州口音让这句话听起来没有半点儿卖弄的意思,"但事实并非如此。巩固记忆需要的是时间,正常人在长时间巩固记忆的情况下必然会睡觉,但睡觉与巩固记忆本身无关。"

"真的?"

"当然,我们不会有事的。"

"那太好了。"

我们陪伴彼此,默不作声地走了一会儿,接着凯伦说:"说真的,我才应该谢谢你花时间陪我。"

"为什么这么说?"

"嗯,我接受意识上传有一半原因是为了不和老人为伍。你能想象我在养老院的样子吗?"

我笑了起来:"我想象不到。"

"这里的其他人都和我一样老,"她摇了摇头,"他们的生活目标是变成有钱人,听起来有点儿不近人情,也有点儿肤浅。我从来没有想过变成有钱人——但是我有钱了,对此我比其他所有人都惊讶。而你也没有想过要变成有钱人。"

"但如果不是因为有钱,"我说,"我俩很快就会死掉,或者生不如死。"

"我知道,我明白你的意思!但这一定会改变的,现在要获得永生确实昂贵,但早晚会降价。技术总是这样。你能想象在这个世界上存在只在乎自己多有钱的人吗?"

"我感觉你不是很——"该死!我又差点儿说出了自己内心的想法。

"很什么?"凯伦问,"很美国人?崇尚资本主义?"她摇了摇头，"我认为任何正经的作家都不可能崇尚资本主义。你看看我就知道，我是有史以来作品最畅销的作家之一，这点连我自己都觉得惊讶。但我算是有史以来英语写作圈里最好的作家之一吗？显然不是。在写作这个领域，你的经济回报与实际价值往往并不相关。在这一领域工作，你不可能崇尚资本主义。但我也不是说两者呈负相关，毕竟有一些伟大的作家的作品也很畅销。但这两者没有绝对的相关性，只是机遇的问题。"

"那么，你现在是扫描人了，还打算回去写作吗？"我问道。凯伦·贝萨里安好多年没有出新书了。

"是的，我就是这样打算的。事实上，我选择意识上传的主要原因就是想继续创作。我爱我的角色——斯卡尔斯王子，还有希斯医生，所有角色都爱。而且，正如我之前和你说的，我凭空虚构了他们。他们就是从这里来的。"她敲了敲自己脑袋的一侧。

"没错，所以呢？"

"在我的一生中，版权立法都在不断变化，版权史是不同立场的两派之间的斗争史。一派是希望作品版权永远受到保护的人，另一派是认为作品应该尽快进入公共领域的人。在我年轻的时候，作品的版权在作者死后50年依旧受到保护，后来延长到70年，目前仍然是70年，但这还不够长。"

"为什么？"

"如果我今天生一个孩子，然后明天我死了——当然我现在没有生育能力，也并不会死——这么一来，我的孩子就会继续得到我的书的版税，直到他活到70岁。那时候我的孩子是老人了，突然间就没了版税收益，因为我的作品被判定进入公共领域，人们再也不需要为它支付版税。我生理上的孩子再也无法因为我意识生的'孩子'而获益。这是不对的。"

"但是，当作品进入公共领域时，文化不就变得更丰富多彩了吗？"我问道，"你肯定也不希望莎士比亚或狄更斯的作品到现在还受版权保护吧？"

"为什么不呢？安妮·凯瑟琳·罗琳仍然受到版权保护，还有斯蒂芬·金和马科斯·唐纳利也是，但是他们曾经带给我们文化的影响如今依旧强大。"

"好吧……"我说道，但还是不确定。

"你想一想，"凯伦温和地说，"你的祖辈创立了啤酒公司，对吗？"

我点了点头："是我的曾祖父鲁本·沙利文，人们都叫他老沙利。"

"好。你至今依旧从这家公司获得经济收益。在老沙利去世70周年之际，政府是否应该没收沙利文啤酒公司的所有资产呢？知识产权同样是资产，应该受到和人类创造的其他东西同等的保护才对。"

我对此有点儿难以接受。除了开放源代码软件①，我从来没有接触过任何公版产权，而且实物资产和虚拟资产之间是有区别的，准确地说是有实质区别。"所以你是为了确保自己能永远拥有《恐龙世界》的版权收益才选择意识上传？"

"不止这么简单。"凯伦说，"版权收益只是其中一方面。当你的作品进入公共领域时，谁都可以随意地改编你的作品。比如用我创造的角色拍一部色情片，以我笔下的人物为主角写一本烂俗小说。一旦我的作品进入公共领域，就没人管得了了。但这是不对的，这可是我的作品。"

"所以如果你一直活着，就可以保护你的作品？"我说。

---

① 开放源代码软件（open-source software），指源码可以被公众使用的软件，并且此软件的使用、修改和分发也不受许可证的限制。

"正是如此。如果我不死，它们就永远不会进入公共领域。"

我们继续散步。我已经掌握了走路的窍门，我肚子里的发动机可以让我连续走几个星期都不停，波特是这么告诉我的。现在差不多是凌晨5点，我不记得自己上次这个点还没睡是什么时候了。我现在才发现，如果这个点还醒着，在夏天可以看到猎户座。蛤蜊头一定很想我，尽管机器厨房会给它喂东西，我的邻居也说会带它出去散步。

我们经过一盏路灯，我意外地发现自己的手臂湿漉漉的，在灯下闪着亮光。紧接着，我感觉到身体也湿湿的。我用手指摩挲着自己的手臂。"好家伙！"我说，"是露水。"

凯伦笑了起来，一点儿也不紧张："的确是露水。"

"你可真淡定。"我说。

"我试图对一切都见怪不怪，"凯伦回答，"这些都是素材。"

"什么意思？"

"对不起。作家的口头禅'这些都是素材'。这些都会经过筛选。你所经历的一切都是给今后的创作提供素材。"

"呃，听起来像是一种不寻常的生活态度。"

"你这话很像达龙说的。以前我和他去吃饭，当邻桌一对夫妇在吵架时，他会很尴尬，而我总是凑得更近，歪着头，好让自己听得更清楚。我心想：'太好了，这可是难得的好素材。'"

"啊哈。"我回应道。我越来越善于只用语气词表达意思。

"而且，"凯伦说，"我现在装了新耳朵——它们可太灵敏了！谁也别想背着我说悄悄话了。可怜的达龙肯定不喜欢。"

"达龙是谁？"

"不好意思，忘了说，他是我的第一任丈夫，达龙·贝萨里安。我只在嫁给他之后改了姓，之后再也没有。我本来姓科恩。达龙是亚美尼亚人，人很不错，是我读高中时认识的。在某种程度上，我们是一对很有意思的夫妇。我们经常争论谁的民族遭受的屠杀规模更大。"

我不知道该如何接话茬，只好说道："也许我们应该在变得太湿之前进屋去。"

她点点头，我们走进宴会厅。黑人律师马尔科姆这会儿正和其中一个女人在下棋，另一个有着16岁少女模样的女人正在看显示屏。让我吃惊的是，在一个永生科技的私教的监督下，剩下的那个女人竟然正在做跳远训练。我认为这毫无意义，一个上传意识的人造人没有锻炼身体的必要。但后来我意识到，多年来她的身体一直在衰老病变，一下子变得灵活敏捷，想必她一定更加珍惜。

"想看凌晨5点的新闻播报吗？"我问凯伦。

"当然。"

我们走到一条走廊，找到一个房间。我先前就注意到这房间里有一个壁挂显示屏。

"你介意看CBC①吗？"我说。

"当然不介意。我在底特律都会看CBC，这是我了解我的国家以及世界各地真实新闻的唯一途径。"

我用语音命令显示屏开机。我以前在CBC看了几百次新闻报道，但这一次看起来完全不同，是全彩色的画面。我很想知道，我大脑中能够感知到过去从未见过的颜色的神经连接到底从何而来。

新闻播报员是一个戴着头巾的锡克教教徒，我知道他播报的时间会持续到上午9点。他播报着，身后的新闻画面在同步播放："尽管昨日下午，民众于国会山再次发起抗议活动，但几乎可以肯定，加拿大政府将在本月晚些时候继续推进多人婚姻合法化。陈总理预

---

① CBC是加拿大广播电视台的缩写。

计于今日上午举行新闻发布会，而且……"

我注意到凯伦摇了摇头。"你不赞成？"我问道。

"不赞成。"她说。

"为什么呢？"我尽可能保持温和的语气，好让自己听起来不那么具有挑衅意味。

"不知道。"她非常和蔼地答道。

"你不赞成同性婚姻？"

她的语气略显不满："不，我可没那么老派。"

"抱歉。"

"没关系，你的想法情有可原。毕竟加拿大同性婚姻合法化时，我已经40多岁了。实际上，我在那年夏天来过多伦多——是几几年来着？我认识一对美国女同性恋，他们在这里结婚，我是来参加婚礼的。"

"在美国同性恋不能结婚。我记得当时通过的宪法修正案将其定为非法。"

凯伦点了点头："在美国有很多事情都不合法。相信我，我们中多数人对美国右倾感觉不太舒服。"

"但你反对多人婚姻。"

"没错，我反对。但我可能表达不清其中的原因。是这么回事，我见过很多很出色的单亲母亲——包括我姐姐，愿上帝保佑她的灵魂安息。所以我对家庭的定义当然不限于双亲婚姻。"

"那单亲父亲呢？单身同性恋父亲呢？"

"当然也没问题。"

我欣慰地点点头，这么开放的老人可不多见。"所以多人婚姻有什么问题？"

"我认为只有一对一的夫妇才能拥有足以忠诚的婚姻关系。多一个人都会削弱这种关系的忠诚度。"

"哦，我觉得不是。大多数人的爱并不会局限于一个人，问问那些在大家庭里长大的人就知道了。"

"我猜，"她说，"你是赞成多人婚姻的吧？"

"当然，不过我自己没有步入多人婚姻的打算，但重点不在这里。这些年来，我认识了不少三人婚姻，还有两个四人婚姻的家庭。他们都是真心相爱的，婚姻关系也长期稳定。难道他们无权把他们拥有的关系称为婚姻？"

"因为这本来就不算婚姻关系。"

我自然不想和她争论，所以没有继续说下去。我回头看电视，主播正在播报美国前总统帕特·布坎南去世的新闻。他于昨日去世，享年106岁。

"好消息。"凯伦看着屏幕说。

"你很高兴？"我说。

"难道你不高兴吗？"

"哦，我也说不上来。他当然不是我们加拿大的朋友，但是你知道，他给我们取了'苏维埃加拿大斯坦'的绰号，它已经成了我们这一代人的战斗口号。'要对得起这个绰号'诸如此类的。我觉得，加拿大变得这么激进，就是为了报复他。"

"也许你赞成多人婚姻，也只是为了区分你们和美国的不同之处。"凯伦说。

"完全不对，"我说，"我已经说过我赞成的原因了。"

"那我错了。"她瞥了一眼屏幕。布坎南去世的报道已经结束，但显然她不想结束这个话题："我很高兴他死了，我觉得这也许代表了一个时代的结束。毕竟驳回罗诉韦德案[①]的那个最高法院大法官是他选出来的,所以我无法原谅他。但是他比我大20岁,我们的价值观存在代沟。现在,他死了,我想也许美国还有希望做出改变。但是……"

"嗯?"

"但是我可没死,对吧?你那些朋友,那些希望自己的关系被承认为多人婚姻的人,还得和我这样的人继续抗争,而我们会坚决反对,固守己见,阻挡他们进步的道路。"她望着我,"但正因如此,每一代人才会真正地取得进步,不是吗?我的父母从未理解过同性婚姻。而我父母的父母也从未理解过取消种族隔离的做法。"

我对她另眼相看——这是比喻,当然我的眼睛也确实换过了。"你真的是一个很有见地的人。"我说。

"也许是吧。我想所有优秀的作家都是这样。"

"但不管怎么说,你说得有点儿道理。在学术界,你说的情况被称为'新旧交替'……"

"'新旧交替'?"凯伦说,"哦,我喜欢这个词!在我长大的佐治亚州,我也看到过类似的情况:我们在民权上取得的巨大进步,并不是因为改变了民众的思想——没有谁会突然拍脑袋感叹:'这些年我做了多少蠢事啊!'相反,之所以有进步,是因为最坏的种族主义者都死光了,这些家伙还一直想着回到种族隔离甚至奴隶制的好日子呢。"

---

① 罗诉韦德案是指1972年得克萨斯州两名年轻女律师为帮助想要堕胎化名为简·罗(Jane Roe)的21岁女孩,将达拉斯地方检察官亨利·韦德(Henry Wade)告上法庭,要求得克萨斯州取消堕胎令。几经周折,1973年1月22日,美国联邦最高法院最后以7:2的表决,确认妇女在是否决定继续怀孕的权利上受宪法个人自主权和隐私权规定的保护,这等于承认美国堕胎的合法化。不过2022年6月24日,美国最高法院推翻罗诉韦德案有关堕胎权的裁决。——编者注

"正是如此。"我说。

"但是，你知道，人的想法确实会随着时间的推移发生变化。有一个颠扑不破的事实：随着年龄的增长，一个人的政治立场就会变得更加保守，但幸好我是个特例。当我得知汤姆·塞莱克的政治立场时，我真的很震惊。"

"汤姆·塞莱克是谁？"

"真可惜。"凯伦说，显然她还没有学会发出表示惋惜的语气词，"他是一个高大帅气的演员，演过《夏威夷神探》。在我十几岁的时候，我的卧室里还贴了他的海报。"

"我以为你贴的是……他叫什么来着？那个演超人的家伙？"

凯伦咧嘴笑了："他的海报我也有。"

我俩都没注意墙上的显示屏，但这会儿，屏幕里已经开始放体育节目了。"哦！"凯伦说，"洋基队赢了。真厉害！"

"你喜欢棒球？"我说，这次我感觉自己的眉毛扬了起来，因为我的眉毛有一种明确的抽搐感。我应该让波特把这一过程拍下来。

"当然喜欢！"

"我也喜欢，"我说，"我小时候的梦想就是当棒球投手。显然这只是个梦想，但是……"

"你是蓝鸟队的球迷？"凯伦问。

我笑了笑："不然呢？"

"我记得他们背靠背①连赢世界职业棒球赛那次。"

"真的吗？哇！"

"是的。那时候达龙和我刚结婚，每年都会一起一边看世界职业棒球赛，一边吃着大桶的爆米花，喝好多苏打水，一直如此。"

---

① 在棒球赛中，"背靠背"（back-to-back）是指一支球队连续打了两场客场比赛，中途没有返回主场休息或者在主场进行比赛。

"那次连赢是怎么样的？大家的反应如何？"

此时正值日出，阳光洒满了屋里。

凯伦微笑："让我来告诉你……"

月球背面的复制者

第 11 章
拒绝

我们从太空飞船转移到月球飞船，月球飞船是只为在真空环境中使用而设计的金属蛛形飞船。我有一间专属的睡眠舱，小得就像东京胶囊旅馆的客房一样。当我出舱的时候，我很享受失重的感觉，尽管昆汀仍在唠叨着月球车和他感兴趣的其他话题。如果他是个棒球迷就好了……

"好了，各位请记住，"在我们航行的第三天早上，永生科技的一名工作人员说，"我们即将降落的月球基地并不是伊甸园，而是一个跨国私营公司的研发基地，不是为游客设立的，也没有豪华的设施。但先别失望。我向各位保证，当各位到达伊甸园时，会十分满意的。"

我一边听着，一边想他说的应该没错。当然，我已经事先在线上参观过，也阅读过了所有相关资料。但是我会想念——应该说已经开始想念蛤蜊头、丽贝卡、我的母亲，还有……

还有我的父亲。我曾将他视作累赘，以为把操心他的事交给另一个我就会感到轻松些，但现在我一想到以后再也见不到他了，就非常难过。

在零重力的环境下，泪水飘浮在空中。太难以置信了。

◆

我去见波特博士，咨询我忍不住大声说出自己心里话的问题。

"是的，"他点点头说，"我碰到过这种情况。我可以给你做些调整，但是你的心声界面出了一点儿麻烦。"

"你必须解决这个问题。除非我明确决定要开口，否则就不该说话。"

"啊，"波特说，他的眉毛欢快地舞动着，"但人说话也不是按照这个方式来的，我指的是生物人。我们做出行动时并非出于意识。"

我摇了摇头："医生，我研究过哲学。我坚信自由意志是存在的。我可不相信我们生活在一个预先决定好了的宇宙。"

"我同意，"波特说，"但你误解了我的意思。假设你走进一个房间，看到一个熟人，于是决定和他握手。当然，你的手不会立刻抬起来。首先，你的大脑中会出现变化，对吗？这种在自愿行动之前大脑中的电流变化被称为准备电位。在生物大脑中，在你的手开始移动之前的550毫秒——刚刚超过半秒——准备电位就出现了。不管你的自愿行为是什么，总之在行为开始前的550毫秒，大脑中出现了准备电位。理解吗？"

"理解。"我说。

"其实不对！你看，如果你要求人们准确地指出他们是何时决定发起某一行为的，他们会报告说自己是在行为开始前大约350毫秒产生了想法时就已经产生。一个叫本杰明·李贝特①的家伙很久

---
① 本杰明·李贝特（Benjamin Libet），美国神经学家，人类意识研究领域的先驱，在意识、行为动机、自由意志等方面有开创性的科研成果。

以前就证明了这一点。"

"但——但是这一定存在测时误差，"我说，"你说的计算单位可是毫秒。"

"不，完全不对。550毫秒和350毫秒之间的差异是1/5秒，这是相当可观的时间量，而且很容易准确地测量出来。自20世纪80年代以来，这一基本测试已经反复进行过无数次，数据绝对没有问题。"

"但这显然不对啊！你都说了——"

"我说的是，我们的直觉告诉我们事件发生的顺序应该是什么，实际上却并非如此。直觉上，我们认为顺序肯定是：第一，你决定与你的老朋友鲍勃握手；第二，你的大脑对这一决定做出回应，开始向你的手臂发送信号，传递握手的指令；第三，你的手臂开始摆动，然后握手。对吗？但真正的顺序是这样的：第一，你的大脑开始发送握手的信号；第二，你下意识地决定和你的老朋友握手；第三，你的手臂开始摆动。在你的意识做出任何决定之前，大脑其实已经发出握手的信号。你大脑的意识负责进行握手的动作，并自认为是自己决定进行握手的动作，但意识实际上只是在旁观，看着你的身体行动。"

"所以你是说自由意志根本不存在。"

"不完全是。我们的意识还是有自由意志的，它能够否决握手的行动。明白吗？准备电位在你进行实际行动之前的550毫秒出现。200毫秒后，已经出现的准备电位引起了你的意识的注意，你的意识有350毫秒的时间在实际行动发生之前进行阻拦。意识不会发起所谓的自愿行为，尽管它可以介入并阻止实际行为的发生。"

"真的吗？"我问。

波特的长脸使劲地上下晃了晃："当然。你仔细想想，每个人都有这样的经历：你躺在床上，悠然自得。你看了一下钟表，心想我确实该起床了，是时候起床去工作了。这样的想法可能会在你脑海中反复出现。接着你突然一下就起床了——你实际行动了起来，却没有意识到自己原来真的决定起床了。这是因为你并非有意识地做出决定，而是你的无意识替你做了决定。你的无意识——而非你的意识——得出了现在要起床的结论，并且迅速采取了行动。"

"可是，当我是生物人的时候，我没有遇到过现在这种情况。"

"很合理。因为化学反应的速度很慢。但你的新身体和新大脑并非以化学反应的速度运作，而是以电的速度，所以有时否决机制启动得太晚，无法有效地发挥作用。不过，我也说了，我可以做些调整。抱歉，我现在必须把你的头皮掀开，打开你的颅骨……"

终于可以回家了。当我到达北约克的房子时，我迫不及待地想见到我那可爱的老爱尔兰猎犬。

"蛤蜊头！"我走进前门喊了一声，"姑娘，快过来！我回来了！"

蛤蜊头从楼梯上飞奔下来。可它一看到我，便愣着不动了。我原以为它会跳起来亲吻我的脸，但没有。相反，它放下前腿，垂下耳朵，蹬起后腿，狠狠地冲我直叫唤。

"蛤蜊头，是我！"我说，"是我呀！"

蛤蜊头又叫了一声，接着狂吠起来。

"蛤蜊头，是我，真的是我！"

它的叫声越发凶猛。前门还敞开着，我有跑出去的冲动。可是该死，我不能跑，这可是我家。

"拜托，姑娘，好好瞧瞧，我是杰克。"

蛤蜊头跳起身来。我吓得后退了半步，它用爪子挠我的胸口，大声地叫着，一遍又一遍。

"蛤蜊头，蛤蜊头！"我说，"坐下，姑娘！给我坐下！"

我以前不知道蛤蜊头还会咬人。我穿了一件短袖衬衫，它咬在了我裸露的前臂上，同时向外拉扯，扯出一块咬烂的塑料皮肤，皮肤底下的光纤神经、弹力材质的肌肉和一条蓝色的金属骨架都露了出来。它趴回地上，嗅了嗅这块塑料皮肤，然后掉头跑上楼梯，嘴里发出呜呜的叫声。

我的心跳没有加快——因为我没有心脏。我的呼吸也没有变得急促——因为我不用呼吸。我的眼睛没有发酸——因为我没法哭泣。我只是站在那里，任时间流逝。我缓缓地左右摇晃脑袋，感受着遭到拒绝的滋味和孤独的心情。

⬡

在亚里士多德环形山附近，蛛形的月球飞船降落在一小片镜面穹顶的建筑群旁边。经过三天的零重力航行，任何重力都会给我们带来压迫的感觉。实际上，月球的引力很微弱，只有地球的六分之一。

永生科技的工作人员有先见之明，早就提醒了我们：这里的月球基地只能照顾到简单的生活需求，就像在潜水艇里。但非常不幸，我们必须在这里住三天，完成身体清洁的环节。地球上的出发点可能有数百个，但月球上的终点只有一个，所以精心设计的清洁基地仅此一处，颇为合理。

这里是人类在月球上建立的首个永久性基地，最初由中国人建造，因此很多标识依旧是中文。如今，它由一个跨国公司管理。基地的正式名称是 LS1——月球移民基地一号，但是为了纪念那些到来的移民，有人竖起了一块大牌子，上面写着"LS岛"①。我好一会儿才明白这是个双关语。

而我确实是一个移民：这个没有空气的世界和满是灰尘的球体，是我余生的家园——不管我的人生还有多长。当然，在月球上，我大脑中的血管受到的压力更小，也许我在这里会比在地球上活得更久。

也许吧。无论如何，如果我发生了……意外，伊甸园的医生会知道该怎么做。我签署的预先医疗指示②是一份合同，而合同是必须遵守的。

"所有永生科技的乘客，"对讲机里传来一个声音，"请到清洁室报到。"

我沿着走廊走去，不自觉地迈出了轻快的步伐。

---

① LS的发音同Ellis，爱丽丝岛（Ellis Island）是位于美国纽约的一个人工岛，曾是美国主要的移民检查站，因此被视为美国移民的象征。
② 预先医疗指示（advanced directive），指尚有决定能力的患者对自身将来丧失表达能力时是否接受医疗照护等条款事先做出的一种安排和指示，包括生前预嘱与预立医疗代理人等。

月球背面的复制者

第 12 章
你好，沙利文先生

我是一个扫描人，一个上传了意识的人造人，我的人格转移到了人造身体里。尽管从我的外表很难看出我作为人类的内在，但我仍然是人类。

几个世纪以来，一直有人自称有灵魂离体的经历。然而，意识如果脱离了身体，还算是意识吗？没有身体这一外在形式的存在，我大脑产生思考的过程将怎么得到记录呢？

灵魂离体是指你可以从上方俯视自己的身体。我一直对这种说法嗤之以鼻：如果你的灵魂可以飘到半空中看到你的肉身，那么你在用什么看？当然不是你的眼睛，它们是你身体的一部分。一个没有肉体的独立存在能产生感知吗？光子需要被捕捉到才能被探测到；它们必须击中某些东西。击中眼睛的后面，我们就能看到光；击中皮肤，我们就感觉到热。一个无实体的灵魂是看不到的。

即使灵魂确实以某种方式产生了感知，也没有人声称在灵魂离体时除了正常视力还有其他感知。他们看到的周围世界和原先一样，只是角度不同。他们既看不到红外线，也看不到紫外线，在没有眼睛的情况下，他们的视觉似乎和有眼睛时完全一样。可是，如果没有眼睛，我们的视觉依旧正常的话，那为什么在现实中我们一旦移除眼睛，甚至只要遮住眼睛，就会看不见任何东西呢？如果说灵魂离体时看到的一切并不是借助眼睛，和眼睛看到的景象相似只是一种巧合，那么为什么像我这样的色盲患者经历灵魂离体的时候，从来没人说他们看到了以前没有见过的颜色？

所以，在没有肉身的情况下，人不可能看到任何东西。"心灵的眼睛"是一种比喻，仅此而已。没有实体的智慧生物根本不存在——至少，不可能有这样的人。我们的大脑属于肉身的一部分，不是独立的个体。

我这个完整的个体，也是大脑和肉身不可分割的组合体。此刻我感到很高兴，因为我回到了自己的家，尽管我不得不承认有一种奇怪的感觉。现在我的色觉恢复了正常，眼前的景象也变得不同。我对这种情况是好是坏并不确定，但我原以为大脑和身体能够配合得很好，现在却产生了违和感。

不仅如此，我的触感也变了。我以前最喜欢坐的椅子不再那么舒适；我光着脚也感受不到地毯的材质；楼梯栏杆的木头纹理非常丰富，有些部位的回旋略微凸起，有些部位的回旋微微凹陷，但我现在完全感受不到任何凹凸，只觉得它光滑平整；我放在沙发靠背上的盖毯摸起来也没有那种舒服的粗糙感了。

蛤蜊头还没有认出我，尽管它警惕地嗅了嗅我的味道后，接受了我的投喂。但当它不吃东西的时候，它会花几小时盯着客厅的窗外，等待自己的主人回家。

明天是周一，我要去探望母亲。和过去一样，我对此并不情愿，只是例行公事。但今晚应该会很有趣，在这个宜人的周日秋夜，在丽贝卡·庄的顶层公寓有一个小型聚会。聚会来得恰好，我正需要热闹的氛围。

我坐地铁去了丽贝卡的家。今天不是工作日，但地铁上仍有不少人，其中许多人毫不掩饰地盯着我看。加拿大人一向以礼貌著称，但此刻这种礼貌荡然无存。

尽管车厢里空位很多，但我还是决定全程背对其他乘客站着，装出一副在查看地铁线路图的样子。从我小时候到现在，地铁线路的扩建一直缓慢而有序地进行着，最近新开了一条通往机场的线路，又把另一条线路延长到了约克大学。

一到埃格林顿，我立刻下了地铁，找到通往丽贝卡公寓楼门口的过道。到了门口，我向门房说明自己的身份。他打电话到丽贝卡的公寓确认了一下，并没有露出奇怪的神情，这实在值得称赞。

我乘电梯上顶楼，经过短短的走廊，来到丽贝卡的家门口。我在门口站了一会儿，鼓起勇气敲了敲公寓的门。不一会儿，门开了，迷人的丽贝卡·庄出现在我面前。"嘿，贝卡。"我正要上前一如往日般亲吻她的嘴唇，她居然后退了半步。

"我的天，"丽贝卡说，"你——你真的去做手术了。之前听你说要去，没想到……"丽贝卡目瞪口呆地僵在原地。

这次我难得地庆幸自己的神情无法表露内心的情绪。半晌后，我说道："我可以进屋吗？"

"当然。"丽贝卡答道。我走进她的顶层公寓，墙上满是虚实交错的美景。

"大家好。"我从大理石地板的玄关走到柏柏尔地毯上。

萨布里纳·邦达尔丘克身材高挑，头发的颜色还是我之前见过的黄色。她站在壁炉边，手里拿着一杯白葡萄酒。见到我，她惊得倒吸一口凉气。

我露出微笑，但心里明白他们已经看不到以往我有的酒窝。"你好，萨布里纳。"我说。

萨布里纳以前每次见到我都会给我拥抱，但是这次她没有任何表示。我见她这般表现，也不好上前拥抱她。

"这东西……太神奇了！"秃头的鲁迪·阿克曼说。他是我的另一位老朋友，在读多伦多大学时，我和他曾在大一过后的那个暑假去加拿大东部和新英格兰地区徒步旅行。鲁迪说的"这东西"是指我的新身体。

我试图保持轻松的语气。"是目前最高的技术水平，"我说，"可以肯定，再过几年，它会做得更加逼真。"

"不得不说，这实在太酷了。"鲁迪说，"所以……所以你现在力大无穷，对吗？"

丽贝卡看起来还是一脸不适的样子，但萨布里纳模仿电视台记者说了起来："他是一个扫描人，她是一个素食的圣徒。他们是打击犯罪的好拍档。"

我笑了起来："不，我的力气和正常人一样。如果想让力气变大，就要额外付钱。但你们了解我的，我主张以德服人，不喜欢用武力解决问题。"

"太……诡异了。"丽贝卡终于开口了。

我看着她，并努力露出和人类一样温暖的笑容。"你是说太诡异，还是说太贵了？"我说，但她听了这个谐音笑话并没有笑。

"你感觉如何？"萨布里纳问。

如果我还是生物人，我肯定会深吸一口气，表现出我在思考答案的神情。"感觉很不一样，"我说，"不过，我在慢慢适应。人造身体还是有一些好处的，比如我没有再头疼了，至少到目前为止还没有。而且，过去我的左脚踝经常隐隐作痛，现在也不疼了，不过……"

"不过什么？"鲁迪问。

"不过我现在的感知能力好像变弱了，无法像以前那样接收到那么多的感知信息。视力方面还好，我不再是色盲了，尽管我现在看到的图像还带有一点儿像素的粗糙感。但我完全没有嗅觉了。"

"当你在鲁迪旁边的时候，没有嗅觉可能算是好事。"萨布里纳说。

鲁迪对她做了个鬼脸。

我一直试图接触丽贝卡的目光。但每次我一看她，她都望向别处。我很希望她能像从前一般轻抚我，比如把手放在我的胳膊上，比如当我们坐在沙发上时，把一条腿搁在我身上。但整个晚上，她没有碰过我一次。她甚至没有看我一眼。

等到鲁迪去卫生间，萨布里纳去倒酒的时候，我终于忍不住了："贝卡，我还是原来的我。"

"什么意思？"她装作听不懂的样子。

"我没有变。"

"是的，你当然没变。"她说。

平时，我们几乎不会用名字称呼对方或者自己。当我们在电话中要说明自己的身份时，会说"是我"。当我们打招呼的时候，会说"你怎么样"。也许是我多心了，但是这一整晚，我印象里没有人叫过我杰克，尤其是我深爱的丽贝卡。

我带着烦躁的心情回到了家。当我走进前门时，蛤蜊头对我大叫了起来，这次我也回吼了它。

❖

"你好，汉娜。"第二天下午，我到了母亲家，从前门进屋时向管家打了一声招呼。

汉娜的小眼睛瞪得大大的，但她很快就收敛了惊讶的表情。"你好，沙利文先生。"她说。

突然间，我不自觉地说出了以前从未说过的话："叫我杰克就好。"

汉娜似乎愣住了，但还是照做了："你好，杰克。"我和她来了个贴面礼。

"她怎么样了？"

"恐怕还不太好。她心情很差。"

我母亲的心情很差。我点点头，向楼上走去。当然，我现在上楼梯毫不费力，这点倒还不错。

我停下脚步，看着我曾经住过的卧室，一方面是想看看房间在全色彩的情况下是什么样的，另一方面是为了拖延时间，好让自己鼓起勇气。我原以为房间的墙壁是灰色的，但实际上是淡绿色的。现在我对真实世界有了更多的认知。我继续沿着走廊前进。

"妈，"我问候道，"你还好吗？"

她待在自己的房间里梳着头发："你是在关心我吗？"

我真怀念那种能够叹气的感觉："我当然关心你。妈，你知道我是关心你的。"

"难道我分辨不出机器人和人类的区别吗？"

"我不是机器人。"

"你也不是我的杰克。杰克到底去哪儿了？"

"我就是杰克。"我说。

"原本的那个杰克，他去哪儿了？"

说来好笑，我好几天没有想起另一个我了。"他现在一定在月球上，"我说，"飞到月球只需要3天，他上周二就走了。今天应该已经走出月球的清洁室了。"

"月球，"母亲摇了摇头，"真的去月球了。"

"我们该出门了。"我说。

"什么样的儿子会把瘫痪的父亲留在地球，自己去月球？"

"我没有抛下他不管，我就在这里。"

她没有正眼看我，而是看着梳妆台的镜子，看着镜子里的我说话："我说的是那个真正的你，他对他爸做的事和他走之前对蛤蜊头做的事一样——让那该死的机器厨房给它喂食。现在你来了，不过是一个会走路、会说话的机器罢了，代替了真正的你，承担了真正的你应该尽的责任。"

"妈，别这样……"

她看着镜子中的我，摇了摇头："你不用再来看我了。"

"别这样说，妈，你不应该替我高兴吗？我再也不会发病了，你不明白吗？我不会像爸那样瘫痪了。"

"你错了，"母亲说，"对真正的你来说，还是会瘫痪。我儿子脑子里还有那个叫动静脉畸形的东西，我儿子还是有可能瘫痪。"

"我——"

"快走吧。"她说。

"你不去看爸了吗？"

"汉娜会送我去的。"

"可是——"

"走吧，"母亲说，"别再来看我了。"

第 13 章
新家

"女士们，先生们。"月球车对讲机里传来一个声音，"各位在显示屏上可以看到，我们即将抵达月球背面。请好好地看一看窗外，珍惜各位看到地球的最后一眼。等到了新家，各位就再也看不到了。"

我转过身，盯着那颗被光线遮挡呈现为月牙状的美丽蓝色行星，那是地球的真实面貌，从我出生以来就为世人所知晓。但当凯伦和其他在场的老人还是小孩的时候，没人见过地球长什么样。

凯伦此刻就坐在我旁边。我在太空飞船上的邻座——昆汀·阿什伯恩正和月球车的驾驶员聊天，为他们的成果感到骄傲和喜悦。凯伦出生于 1960 年，而直到 1968 年 12 月，阿波罗 8 号才抵达离地球足够远的位置，可以拍下地球的全貌。当然，众所周知的是人类在 1969 年首次登月，而不是在那之前一年的圣诞节，第一艘载人飞船离开了地球轨道。我之所以记得这件事，是因为我在主日学校 ① 的老师为了纪念阿波罗 8 号任务成功，在课堂上播放过其中一

---

① 主日学校（sunday school），欧美国家在周日为在工厂做工的青少年进行宗教教育和识字教育的免费学校。

名宇航员读《创世纪》时带有静电杂音的音频。

不过，不管对我还是对凯伦来说，这都将是最后一次见到这颗孕育了我们以及祖先的星球。当然，这一说法并不完全正确。太阳系中的生命可能起源于火星，而不是地球。大约 40 亿年前，生命的迹象出现在那颗离太阳第四近的行星上，并由陨石转移到了地球。尽管地球和月球的距离不到 40 万千米，但是在月球背面的我们将永远无法再见到地球；而火星和月球的距离虽比和地球的距离远，但是我们将时常从伊甸园的夜空中看到那颗显眼的行星，血红得犹如生命一般。

我看着地球的夜半球亲吻着月球灰色的地平线。从眼下的角度来看，它呈双凸透镜状，像猫的黑色瞳孔一般紧贴着新月形的蓝色昼半球。

我必须承认，我不会怀念地球的重力，因为我的左脚一使劲就会产生微微的刺痛感。

但我会怀念地球上的人。首先是我的母亲——虽然她会有一个健康、靠谱的新儿子来陪她。然后是一些朋友——虽然现在想来可能也没有很多。我早已准备好与大多数朋友不再联系，尽管如此，对他们中的大多数而言，我们之间的最后一句话无疑是"再见"。天哪，我真想知道我的朋友们会如何看待另一个我。真想知道啊……

对了，我肯定会特别怀念一位朋友，一位很特别的朋友。

我望向地球，那是丽贝卡所在的地方。

地球的大部分区域消失在了地平线之下，月球车继续加速前进。

我试图弄清楚正对着我的是地球的哪一部分——但浓密的云层让我无法辨别。一切都隐藏其中，根本无法看清楚地表的任何部分。

我看了看凯伦·贝萨里安，她正望着我们这排座位旁边的小窗。那张皱纹很深的脸上满是泪花。"你会想念地球上的生活的。"我对她说。

她点了点头说："难道你不会吗？"

"不会。"我说。我想念的是地球上的那些人。

现在，地球慢慢消失在地平线下面，只能看到一小块蓝色的区域。有那么一瞬间，我以为会看到北极那一抹亮白色——即便如凯伦所说，北极的区域已经比她年幼的时候缩小太多，从近地轨道望去还是能够一眼认出北极。不过，我忘了我们所在的方位：我们的月球车是平行于月球赤道前行的，位于月球赤道以南的不远处，所以地球对于我们是横过来的，它的南北轴也是如此。现在南北极都已经消失在地平线下面了。

"地球就要落下了……"一旁的凯伦轻柔地说道。

地球在黑色的天空中显得格外明亮。如果月球有大气层，地球落下地平线的景象会非常壮观。不过这种景象只有在移动的车辆上才能看到，因为几乎从月球上所有地方看到的地球都是挂在天空中的静物。尽管我是色盲，也知道自己无法像很多人那样欣赏多彩的美景，但我一直很喜欢看日落。

"快落下了……"凯伦又说。地球已经变成了一粒小小的蓝色珠子。

"不见了。"

地球已经完全不见了。我认识的所有人、我去过的所有地方，都再也见不到了。

我的母亲。

我的父亲。

丽贝卡。

都不见了。

都不在了。

月球车加速前进。

在和母亲不欢而散之后，我回到了家里。蛤蜊头继续盯着窗外，还在等待着它的主人回来。

我不记得自己上一次哭是什么时候了——而现在的我已经不能哭了。但我很想哭。哭是一种宣泄的方式，能排出身体中的某些不良物质。

是我的身体。该死的身体系统。

我躺在床上，并非出于劳累。毕竟我再也不会感到劳累。我只是习惯躺在床上思考问题。我抬头望着天花板。换作以前，我可能会在这个时候吃一颗药。现在我却不能这样做。

当然，我可以马上开车，去永生科技位于万锦市的办公室。也许波特博士可以效劳，帮我调整一些该死的——本来就没有生命的电位器，但是……

我在寻求帮助上的毛病又犯了：愚蠢又顽固，但我个性就是如此，而我现在最不想面对的事情就是变得不像自己。否则我会像我母亲、我的狗和我唯一爱的女人那样，开始认为自己是某种人造的冒牌货、拙劣的仿制品、虚假的替代物。

但是，无论如何，我明天都和波特约好了。我们所有刚完成意识上传的人都必须去找他，还要经常进行检查和功能调节，这么说来——

凯伦也必须这么做。

当然，她可能回底特律去了。但每隔几天就要从美国飞过来，显然不太现实。凯伦是个明智的女人，她肯定会选择在多伦多住一段时间。

她住在哪里呢？

费尔蒙特皇家约克酒店。

我人造的脑袋里突然冒出这么一个想法。那里就是他们举办推销会的地方，就在火车站对面。

我看向我的手机："手机，请帮我拨打费尔蒙特皇家约克酒店的电话，不要打开视频。"

"拨打中。"手机回应道。

一位热情洋溢的女性在手机的另一头说话了："这里是费尔蒙特皇家约克酒店。有什么可以帮您？"

"你好，"我说，"你们那儿有一位名叫凯伦·贝萨里安的房客入住吗？"

"我印象里没有。"

唉，看来我猜错了。"谢谢——等一下。"她可是名人，也许会用一个鲜为人知的别名登记，"科本小姐。"我突然想起了她的娘家姓，"有一位叫凯伦·科本小姐的吗？"

"我帮您接通她的房间。"

凯伦肯定知道是谁打来的，酒店房间的电话会告知她我的身份。当然，她可能现在不在房间，不过——

"你好。"一个南方口音的声音说道。

在那一刻，我忽然意识到她不可能和我感同身受。因为她还没有回家面对她的家人和朋友。但正如先前所说，她肯定知道是我打来的，所以我不能就这样挂掉电话。"你好，凯伦。"

"嗨，杰克。"

杰克。

我的名字。

"嗨，凯伦。我——"我不知道从何说起，接着我想到把话题转向她身上，"我猜你可能还在城里。我怕你会寂寞。"

"你真贴心！"凯伦说道，"你有什么好主意吗？"

"嗯……"她在多伦多市中心，就在剧院区旁边，我灵机一动，"你想一起去看戏剧吗？"

"当然。"凯伦说。

我转向我的墙面屏幕："浏览器，请告诉我今晚多伦多市中心哪些剧院有演出。"

屏幕上出现了一个清单，上面罗列了各处剧院的位置和上演的戏剧。"你知道大卫·威迪科姆吗？"我问。

"你当真的吗？"凯伦说，"他可是我最喜欢的剧作家之一。"

"他的《薛定谔的猫》正在皇家亚历山大剧院上演。"

"听起来不错。"凯伦说。

"太好了，"我说，"我 7 点半去接你。"

"好极了，"她说，"很久没有约——看戏了。"

我肯定，她差点儿说出"很久没有约会了"，但我们当然不是在约会。

第 14 章
《猫》

　　和我上车前看到的一样，月球车是一个外形很简单的载具。车子整体呈砖块状，巨大的锥形发动机在尾部突出，车身两侧各绑了一个圆柱形的油箱。车身表面是银白色的，而油箱涂成了另外一种颜色。他们告诉我那叫青色，显然是一种蓝绿混合色。可以看到车子上有好几处现代汽车的标识，靠近车尾部位的两侧各有一面联合国旗帜。

　　车头有一扇宽大的窗户，是给驾驶员看路用的（他显然不喜欢被人叫作司机）。月球车可以容纳十四名乘客：车内一边有八个可旋转的座位，另一边有六个，座位后留有空隙，可以悬挂太空服。每个乘客的座位旁边都有一扇窗户，大小与飞机上的舷窗差不多，甚至和飞机上一样，都装了可以往下拉的乙烯基材质遮光板。在最后一排座位的后方，一边是空间不大的厕所，另一边是迷你的气闸隔间——"曾经有可怜的傻瓜把隔间当厕所了。"驾驶员给我们讲解时这样打趣道。

　　乘客区只占了车内面积的一半，另一半则是货舱、发动机和救生设备。

月球车的行驶路线从月球表面的月球移民基地一号起，先到月球背面的伊甸园，再到同样位于月球背面的切尔尼绍夫环形山。切尔尼绍夫环形山是 SETI[①] 计划观测设备所在地，该地有众多大型望远镜用于检测太空，搜寻外星生命体的无线电通信。永生科技将伊甸园部分区域租赁给了 SETI 小组，并允许他们建造了一个辅助射电望远镜，还为 SETI 研究人员提供了 1 100 千米的基线进行干涉测量。所以，在伊甸园总是可以看到几个 SETI 研究人员。事实上，今天月球车上的乘客除我们这些客户之外，就有两个射电天文学家。

从悬挂在天花板上的显示屏来看，我们离伊甸园越来越近了。我们行驶在坑坑洼洼的灰色月球表面上，车内的扬声器正在播放一首我从未听过的歌曲，很好听。

我旁边的凯伦抬起头来，微笑着说："选得真不错。"

"什么选得不错？"我问。

"这音乐选得不错，是《猫》[②] 里面的。"

"《猫》？"

"是一部音乐剧，在你出生之前就推出了，是根据 T.S. 艾略特的《老负鼠的猫经》改编的。"

"哦？"

"你知道我们要去哪里，对吧？"

---

① SETI，全称为"搜寻地外文明组织"（Search for Extra-Terrestrial Intelligence），在伯克利加州大学成立，旨在借助先进的探测仪器，将太空中的电磁波收集起来，再用电脑进行分析，从中搜寻有可能出现的外星文明。
②《猫》（Cats），英国音乐剧作曲家安德鲁·劳埃德·韦伯（Andrew Lloyd Webber）根据英国诗人 T. S. 艾略特（T. S. Eliot）为儿童写的长诗《老负鼠的猫经》（*Old Possum's Book of Practical Cats*）改编的著名音乐剧。

"伊甸园。"我说。

"没错，它在哪里？"

"月球的背面。"

"对，"凯伦说，"但更具体地说，它在亥维赛环形山①里。"

"所以呢？"我说。

她跟着音乐唱了起来："上，上，上，越过罗素饭店；上，上，上到亥维赛层……"

"亥维赛层是什么意思？"

凯伦微笑着说："别不好意思，我亲爱的孩子。我想大多数看过《猫》的人也不知道这是什么意思。在音乐剧中，亥维赛层对猫咪来说，就像是人类死后会去的天堂。这个词实际上是一个古老术语，指的是电离层。"

我很惊讶会从一个小老太太口中听到"电离层"这个词。但是，我一直提醒自己，这位可是《恐龙世界》的作者。"是这样的，"她继续说，"以前人们发现无线电可以传输到很远的地方，甚至可以越过地球的地平线。对此，他们感到很困惑。因为电磁辐射是直线传播的。接着，一位名叫奥利弗·亥维赛的英国物理学家提出，大气层中一定有个带电层，无线电信号遇上带电层就会被弹开。他是对的。"

"所以人们用他的名字命名了一座环形山？"

"实际上是两座。一座在月球上，另一座在火星上。但我们去的可不仅仅是亥维赛环形山，还是有史以来最棒的地方，最理想的退休社区，'老猫们'的完美天堂。"

---

① 亥维赛环形山（Heaviside），月球背面一个古老的大型撞击坑，约形成于前酒海纪，其名称取自英国物理学家奥利弗·亥维赛的名字，1970年被国际天文联合会正式批准接受。

"天堂。"我重复道，激动得脊柱发颤。

多伦多。八月。从湖面上吹来一阵温暖的微风。

我们看的戏剧非常精彩，也许是威迪科姆最好的作品，而且今晚的天气也温暖宜人。凯伦看起来很美，如果说成可爱，可能有点儿夸张。她是一位外形普通的 30 岁女人，但打扮得很漂亮。有些人盯着我们看，而凯伦会回瞪他们。事实上，有一个男人一直在打量我们，凯伦骗他说如果他再看我们，就用热视线 ① 烧死他。

无论如何，我不应该嫌弃凯伦的外表。当我还是生物人的时候，我的外表也不好看，我知道自己身材太瘦，眼距太窄，耳朵又太大，而且……

而且……

可笑的是，我之所以会记住自己外表的缺点，是因为在高中时我认识一个名叫翠丝塔的毒舌女生。当我想约她出去玩的时候，她曾列举过这些缺点，那算是我逐爱经历中的又一个"高光"时刻。我记得她说的话，但是……

但是，我很难在脑海中回忆起自己的样子。永生科技的心理学家曾建议我们把放在家里的照片全部扔掉，但我家里本来就不放照片。不过，我已经好几天没有照镜子了，现在我不再需要刮胡子，就算照镜子也只是粗略一瞥。我真的会忘记以前的我长什么样吗？

不过，撇开我俩的外表不谈，一个 85 岁的女人把手放在一个 44 岁男人的膝盖上，可比让对方主动碰自己容易多了。

---

① 热视线（Heat Vision），美国超级英雄"超人"的超能力，类似于双眼发射致命的光束。

让我震惊的是，凯伦真的这样做了。看完戏剧，我们来到她的酒店套房里，并排坐在客厅那张豪华的丝质软垫沙发上。她松开放在我膝盖上的手，抬起手来，慢慢地移向我，让我有足够的时间可以通过肢体语言、面部表情或口头语言来阻止她进一步的动作。最后她又把手放在了我右腿的膝盖上。

我感觉到了她温暖的触摸，虽然不是 37 摄氏度，但肯定比室温高。

我也感觉到了压力，感觉到她的手指在我有着机械结构和液压装置的可动塑料膝盖上轻轻收缩。

生物人版本的凯伦不一样，她的手有黄褐斑，半透明的皮肤很松弛，肿胀的关节也不利索。

但是这只手……

这是一只年轻的手，皮肤洁净无瑕，指甲是银白色的。我注意到她没有戴结婚戒指，她在参加永生科技的推销会时还戴着。我猜，也许生物人的她戴着戒指去月球了。

不过，我一想到她原先的手……

她原本衰老的生物手和这只皮肤光滑的全新合成手，两幅画面在我面前交替出现。我微微摇头，试图驱散脑海中的画面。

我记得多年前听过一门心理学课程，教授在其中谈到了意向性，也就是心智能够影响外部现实的能力。"我移动手臂的时候并没有多加思考，"教授这样说，"我没有思考收缩肌肉的步骤，而是直接移动了手臂！"然而，我意识到我接下来的所作所为将带来巨大的影响，我会走上不同的道路，去往不同的未来。我发觉自己有些犹豫——

这时，我的手臂动了。我看到它轻微地抽动了一下。但我一定是阻止了自己的动作，遏制了最初的冲动，行使了波特所说的下意识阻止，因为我的手臂马上不动了。

我心想，快动一下手臂啊！

终于，我的手臂动了起来。我转动肩膀，弯曲手肘，旋转手腕，轻轻弯曲手指，最终把自己的手放在了她的手上。

我可以感觉到自己手掌的温度——

我还感觉到了电流。这是触电的感觉吗？那种痒痒的感觉，那种对他人触摸的反应。没错，该死，来自另一个人的触摸。

凯伦看着我。她的镜头，也就是她那双美丽的绿眼睛，此刻紧紧锁定了我。

"谢谢你。"她说。

我可以在她的镜头中看到自己的倒影。我的眉毛一如既往地向上翘起。"为什么要谢我？"

"因为你看到了我的内在。"

我笑了笑，但她又望向别处。

"什么？"

她沉默了几秒钟。"我……我当寡妇的时间并不长，只有两年，但瑞安……瑞安有阿尔茨海默病。他不能和我做……"她停顿了一下，"已经很久了。你要试试吗？"

我笑了笑："当然。"

凯伦也对我笑了，露出了她完美对称的微笑。她的套房很豪华，有两室一厅。我们结伴到了卧室——"结伴"这个词很有趣，然后我……

我发现自己完全没有兴奋的感觉，但凯伦似乎很享受。我想起了一个老笑话：多年来你每天都吃樱桃圣代，突然你不能再吃了，就会发现自己超级想吃。我想，她几年没吃了，什么样的樱桃圣代吃起来应该都不错……

第 15 章
没有什么可抱怨的

凯伦和我聊了几小时的天。她听得很认真，也很善解人意。我不自觉地和她分享了很多没和别人说过的事。我甚至告诉她我和父亲的那次吵架，包括他在我面前倒下的情形。

但是，我们不可能永远聊下去，等到话题聊得差不多了，我们就暂停了聊天，躺在费尔蒙特皇家约克酒店套房的床上放松。凯伦在看书—— 一本装订成册的实体书，而我则盯着天花板。不过，我并不感到无聊。我喜欢看天花板，看那一片空无一物的白色。

凯伦可能和我不一样，毕竟在她刚成为作家的时候，创作时时常需要面对的是"字打机"还是什么机器中的一张白纸。我猜，对需要填补空白的作者来说，这样空无一物的白色会让他们感到不安。但对我来说，天花板那毫无特色的广阔空间让我感到舒缓平静，特别是卧室的天花板上没有任何吊灯，而照明都是来源于落地灯或者台灯。我可以如常言所说，清楚地听到自己内心的声音。

记不清了……

嗯？

什么都不记得了。你确定吗？

什么意思？虽然我不理解，但如果我能记得这句话，就说明我不会担心自己的记性……

不，我记不清了……

什么？记不清什么？

好吧，如果你要这么问的话，随你开心吧。但现在的情况非常奇怪……

我摇了摇头，试图厘清自己的思绪。虽然这种做法很老套，但对我来说通常很有效——但这次不一样，我内心的声音并没有消失。

我肯定会记起来的……

这不像是真正的声音，因为我没有听到任何声响、音色或者腔调。

难道——

肯定会记起来的，我的记性不错，什么都能记住，不管是大事小事，还是各种数字……

难道这并不是属于我的想法？

你刚说你是谁来着，再说一遍？

我更猛烈地摇了摇头，我的目光从左边的镜面壁橱门转到右边的窗户，看着窗户里自己那模糊的倒影。

好吧。我名叫杰克·沙利文……

奇怪。非常奇怪。

凯伦看了看我："亲爱的，你怎么了？"

"没什么。"我不自觉地说道，"没事，我很好。"

亥维赛环形山相当接近月球背面的中心地带。这意味着地球就在我们正下方，相隔约 39 万千米的虚空。

　　亥维赛环形山直径约为 165 千米，而伊甸园社区占地直径只有 500 米，所以还有足够的空间扩建。据永生科技预计，到 2060 年，每年将有上百万人选择意识上传，而他们的"皮囊"都必须有个归处。当然，一般来说，"皮囊"在伊甸园停留的时间不会很长，可能过一两年就寿终正寝了。尽管永生科技声称他们的意识扫描手术可以完全忠实地复制大脑的结构，但技术的进步总归是日新月异的，没有人会愿意提前接受手术，除非迫不得已。

　　伊甸园包括一家大型的护理养老院、一家临终关怀医院，还有一些豪华的公寓楼。公寓楼是为我们这些不需要全日护理的少数房客提供的。不，我们算不上是房客，而应该算是居民，因为住进来就不会退房了。

　　在伊甸园内部，房间和走廊的天花板都很高，所以人很容易一不小心就飘起来。安全起见，天花板装有软垫，照明设备是嵌进垫子里的。这里到处都是植物，不仅为了美观，而且有助于清除空气中的二氧化碳。

　　我对所有公司的宣传总是不太信任，但到目前为止，永生科技倒是说到做到。我的公寓符合一切宣传，就和当时永生科技提供的 VR 场景里展示的一样。家具看起来和真正的木材一样，像是我最喜欢的天然松木，实际上当然不是。虽然这公司的口号是让客户尽可能拥有奢侈的生活，但我没办法从多伦多把旧家具带过来，只能留给我的……我的仿生品用了，而且从地球买新家具运过来的花销可不小。

因此，我现有的家具都是公寓自带的。我向房间里的家用电脑询问有关情况，它非常有礼貌地回答我说，这些家具是用月球的土壤制成的，土壤经过粉碎、充气等环节被加工改造成一种类似于多孔玄武岩的材料，材料上面覆盖着一层微薄的塑料单板，印有真实的多节松树的超高分辨率图像。明明是人工制造的材料，表面却在模仿天然的材料。但不过多留意就不会感到很不舒服。

起初，我觉得椅子虽然填充得很结实，坐垫却太薄了。但当我坐到椅子上时，才意识到在月球上不需要多厚的垫子就能坐得很舒服。我在地球上体重 85 千克，现在却感觉自己像只有 14 千克，和地球上的小孩子一样轻。

房间的一面墙上有一扇智能窗，简直能以假乱真。即使你把脸贴到窗户上，也无法察觉到上面的电子像素。当前窗户显示的图像是阿尔伯达省班夫附近的路易斯湖——并且是冰川大部分融化并淹没这面湖之前的景观。我相当怀疑这只是计算机模拟生成的图像，我认为在湖被淹没之前，还没有技术能够进行这么高分辨率的扫描并还原出这样的景观——湖面上荡漾着柔和的涟漪，蓝蓝的天空倒映在湖中。

总而言之，这里的条件介于五星级酒店套房和豪华行政公寓之间，设施非常齐全，让人很舒服。

没有什么可抱怨的。

完全没有。

现代人普遍认为，人类之间的大部分交流并不依赖言语表达，通过面部表情和肢体语言，甚至认为依赖信息素的都比口头语言的人多。但每个青少年都知道，这样的说法很荒谬，因为他们可以花几小时打电话用语音聊天，除了对方说的话，其他什么也听不到，还聊得不亦乐乎。因此，尽管我的人造身体在非言语方面的表达能力有所下降，但我依旧能让别人理解最隐晦的言外之意。

也许我只是自欺欺人。但是，第二天早上，在凯伦的酒店套房里，当我又一次看着她的塑料脸，看着她的镜头眼睛时，我发现自己非常想知道她的内心想法。如果我看不出她在想什么，那别人肯定也看不出我在想什么。于是，我采用了最古老也最有用的办法。我直接问道："你在想什么？"

我们还躺在床上。凯伦转过头，看着别处说："我在想，我这年纪都可以做你的母亲了。"我生出一种难以描述的感觉，不像是其他感觉。一秒钟后，我发现这是一种类似于胃部紧缩的紧张感。至少她没有说可以做我的祖母——尽管说实在的，那也没错。

"我在想我的儿子，"她继续说，"他只比你大两岁。"

我缓缓地点了点头："很离谱，是吗？"

"我们的年龄差距很大。人们会怀疑地看着我们，然后说……"

我让自己的声音装置发出笑声，于是我笑了——但我觉得笑声听起来假假的。"说我是为了钱才和你在一起。"

"但这明显是胡扯。你自己就不差钱……对吧？我是说，即便你接受了手术，也还剩下不少财产，对吧？"

"嗯，是的。"

"到底有多少？"

我告诉了她我的股票投资组合资产，还有我名下的房地产。

她把头转过来，面对我，微笑着说："你年纪这么轻就这么有钱，真不错。"

"没那么夸张，"我说，"又不是富可敌国。"

"确实不算富可敌国，"她说完笑了起来，"但也算富甲一方。"

"但话说回来……"我停住了，没有继续往下说。

"我懂你的意思。"凯伦说，"我们确实太疯狂了。我的年纪几乎是你的两倍。我们能有什么共同点？我们在两个时代长大，甚至可以说是两个世纪。"

她说的是事实，我无须多说什么。

"但是，"凯伦仍然看着别处，"我想人生并不是已经走过的路，而是接下来要走的路。"她停顿了一下，"再说了，我现在的年纪可能是你的两倍，等过上千年，我们之间的年龄差就显得很小了。我们都希望一千年后的自己还在，不是吗？"

我停顿了一下，仔细思考："我还是觉得'不朽'这个词不真实。但我觉得你说得对。按照你这样来看，确实觉得这点儿年龄差也没什么大不了。"

"你真的这样觉得？"她说。

我想了一会儿。如果我想玩一夜情，这是完美的脱身机会，非常好的借口。但如果我想认真和她交往下去，那我们就必须把这件事彻底解决掉"是的，"我说，"我真的这样想。"

凯伦翻过身来，面对我。她微笑了："我没想到，你竟然知道艾拉妮丝·莫莉塞特①。"

"谁？"

"她是个歌手。"凯伦说，我可以看到她的塑料脸松弛了下来，"人气歌手。我想起来了，她是加拿大人。"她模仿了一个我从未听过的沙哑嗓音，"我想这句话应该是她那首叫作《讽刺》的歌曲里的。"

"嗯？"我说。

---

① 艾拉妮丝·莫莉塞特（Alanis Morissette），加拿大女歌手、演员、词曲作者。"是的，我真的这样想。"（Yeah, I really do think）这句话是她歌曲里的歌词。

凯伦叹了口气："但你应该没听过。我知道的事情比你多一倍，因为我比你多活了半辈子。"

"给我讲讲。"我直言道。

"讲什么？"

"那些我出生前发生的事，好让我赶上你。"

她望向别处："我不知从何讲起。"

"从大事讲起。"

"那也太多了。"

我轻轻拍了拍她的手臂："讲嘛。"

"好吧——"凯伦说，她的声音拖得很长，"我们上了太空。我们在越南打了一场愚蠢的战争。我们赶走了一个腐败的总统。苏联解体了。欧盟诞生了。微波炉、个人电脑、手机和互联网出现了。"她耸了一下肩，"这是《读者文摘》的版本。"

"《读者文摘》是什么东西？"随后我笑了，"逗你的，我当然知道，我妈在我还是个孩子的时候就订阅了。"

能看出来这个笑话有点儿惹到她了。"我们之间的代沟不是因为这些历史大事，而是因为文化差异。我们从小看的杂志不一样，看的书不一样，看的电视节目不一样，听的音乐也不一样。"

"那又如何？"我说，"什么都可以在网上找到的。"我笑了笑，想起我们之前的讨论，"即使是受版权保护的作品。当我们点击查看这些作品的时候，作者会自动获得小额收益，对吗？所以我可以下载你喜欢看的书，你喜欢的一切作品，你可以和我分享这些作品。毕竟，你说了，我们有的是时间。"

凯伦看起来有点儿兴趣："是的，但我们从哪里开始讲呢？"

"我很想知道你小时候看过哪些电视节目。"

"你不会想看那种过时玩意儿的。二维的画面，而且分辨率很低……有些甚至是黑白的。"

"我当然想看，"我说，"那肯定很有意思。"

我指了指卧室里巨大的墙面屏幕："我们现在就可以选一些看看，开始吧。"

"你真的想看？"凯伦说。

"是的，"我试图学着她模仿那个歌手的声音，"我真的这样想。"

凯伦的嘴唇奇怪地动了一下，也许她在考虑问题时下意识想抿嘴唇。她对套房的电脑下令进入旧电视节目的在线片库。片刻之后，随着鼓声的背景音乐响起，墙上的屏幕里出现了白色的字，一个接着一个地拼出片名：六——

凯伦从床上坐了起来，显得相当兴奋："好的，我已经提前跳到了片头，这样你就能了解背景了，然后我们再看节目预告片。"

——百万——

她说："你看到驾驶舱里的那个人了吗？那是李·迈杰斯。"

——美元先生。

凯伦继续说："他在扮演史蒂夫·奥斯汀，一个试飞宇航员。"

"这个节目是多久以前的？"我问道，也坐了起来。

"这一集是1969年的。"

天哪，那是我出生前的许多年，就像……就像现在离我父亲瘫痪的时候那么久远。"那时六百万不是小数目吧？"

"那可是一大笔钱。"

"嗯。"

屏幕画面里传来试飞员和地面控制中心的对话。"美国宇航局一号看起来不错。"

"好吧，维克多。"

"着陆火箭臂开关已启动。接着是节流阀……"

"你看，"凯伦说，"他正在测试一架实验飞机，但飞机即将坠毁。他会失去一条手臂、两条腿和一只眼睛。"

"那么有些餐馆他去不了了，"我说，同时让自己的笑话保持完美的节奏，"因为那些餐厅里的菜贵得要用一条胳膊、一条腿来换。"

当小小的测试飞机从一架巨型飞机的机翼上落下时，凯伦轻轻地拍了一下我的前臂。这架飞机看起来像个浴缸，难怪会坠毁。"言归正传，"她说，"他们给他换上了超强的核动力假肢，并给他配备了一只 20∶1 变焦的新眼睛，而且能看到红外线。"

对话还在继续：

"出现井喷了，阻尼器 3……"

"俯仰归零。"

"俯仰操纵失灵了！我无法控制高度！"

"更正：阿尔法控制器已关闭。修整选择器，紧急！"

"飞行指挥部，我无法控制。飞机要爆炸了！飞机要爆——"

屏幕里的"浴缸"翻了个筋斗，镜头看起来非常粗糙。"这个镜头取自真实的影像资料，"凯伦说，"真正的试飞事故现场。"

应该是电脑图标之类的东西显示在屏幕上。显然，他们在史蒂夫·奥斯汀的颅骨后面钻了一个洞，给他安上了人造眼睛。很快，经过改造的史蒂夫在跑步机上跑了起来。我看到了跑步机显示屏上的方块数字。"每小时 60 千米？"我难以置信地说道。

"更夸张，"凯伦笑着说，"是每小时 60 英里[1]。"

"他的脸上会沾满死虫子，就像汽车的挡风玻璃一样吗？"

凯伦笑了起来："没有，他跑起来的时候甚至连发型也不会乱。我十几岁的时候，卧室里有他的海报。他长得太帅了。"

---

[1] 1 英里约等于 1.6 千米。——编者注

"我以为你只喜欢那个超人，还有那个家伙叫什么来着，汤姆？"

"汤姆·塞莱克。我都喜欢。我房间里可不止一面墙。"

"所以你要给我介绍那时候的文化，就是通过一个又一个让少女心醉神迷的男神，对吗？"

凯伦笑了起来："别担心，也有女神。我也看过《霹雳娇娃》①。我 17 岁的时候发型就是照着法拉赫·福西特剪的。下次我给你看一集《霹雳娇娃》，你肯定喜欢。那可是第一个'抖动电视剧'②。"

"抖动？"

她紧紧地依偎着我："你看了就会知道。"

---

① 《霹雳娇娃》（*Charlies' Angels*）是 20 世纪七八十年代的一部美国犯罪动作剧，讲述了三位性感女侦探为一家私家侦探机构工作的故事。女演员法拉赫·福西特（Farrah Fawcett）饰演其中一位女侦探，以一头金色卷发及阳光的笑容为经典造型。
② 抖动电视剧（jiggle show）是由《霹雳娇娃》首创的概念，该类电视剧中包含了大量女主人公在奔跑等动作场景中的胸部特写镜头，是利用性感女性来推销电视剧的做法。

第 16 章
大新闻

　　伊甸园的美式餐厅几乎没什么人，几个白人老头围坐在壁炉旁一起吃饭，我推测那壁炉应该是全息影像。还有一个黑人男子在独自用餐，他有一头剪得很短的白发，看起来有点儿像演员威尔·史密斯。这位演员去年因在新版《推销员之死》中饰演威利·洛曼而获得了奥斯卡奖。为了演好角色，史密斯不得不化妆来遮盖自己的眼角纹，但这个像史密斯的家伙在这里没有这样的烦恼。他虽然一个人坐着，但是看起来很有精气神。我头脑一热，走到他的桌前。

　　"你好，"我说，"可以坐你旁边吗？"

　　那人笑了笑说："当然，如果我想一个人用餐，我会在自己房间里吃的。"

　　我拉开椅子坐下来。这时，我突然意识到，这把椅子一定很重，因为人们还是习惯用在地球时同样的力道拉椅子，在伊甸园这种低重力的空间，正常重量的椅子会被直接拉得飞起来。

　　"我叫杰克·沙利文。"我伸出手。

　　"我叫马尔科姆·德雷珀。"他说道。我注意到他的右手食指上有一枚塔福德戒指，由于我是色盲，看不出来是红色还是绿色的。但无所谓，我又不是要向他求婚。我自己的塔福德戒指放在我的套房里，这里都是老年人，我根本用不上它。虽然我也不是没有努力与人交往过，但我过去几年一直是单身状态。而且，自从那个新年夜与丽贝卡·庄有过一段美妙又感伤的时光后，我就再也没有与任何人发生过关系。因此，我肯定能在剩下的几年时间里保持单身，最后要么因卡斯尔曼病发作而死，要么我之前签署的预先医疗指令在我瘫痪的时候被执行。不过，我没戴塔福德戒指，应该会让老女人们望而却步。当然，我的戒指是绿色的，至少售货员告诉我是这个颜色，绿色意味着我是异性恋。但我在女性交往方面的运气很差，我怀疑售货员会不会因为我是个色盲而实际上骗我买了一个红色的戒指。

"很高兴见到你，杰克。"我们握手后，马尔科姆说。

"马尔科姆·德雷珀，"我重复了一遍他的名字，觉得有点儿耳熟，"我们是不是见过面？"

他看起来很警惕："你是联邦调查局的？"

"什么？"

"还是我前妻的律师？"

"对不起，我不是有意打探隐私的。"

他会心一笑："没事，我只是在开玩笑。有些人应该听说过我，我是在德肖维茨教授[①]之后接任哈佛大学公民自由法课的教授。"

"对！没错！你打赢过很多著名的案子，包括那个灵长类研究实验室的案子，对吧？"

[①] 艾伦·德肖维茨（Alan Dershowitz），美国著名律师，哈佛大学法学院名誉教授。成功代理过许多重大案件，包括辛普森案、泰森案、五角大楼秘密文件案、克林顿被弹劾案、美国总统大选案等著名案件。

"是的。美国从此严禁对大猩猩进行活体解剖和非法禁锢。"

"我记得这个。你太牛了。"

他友好地耸了耸肩："谢谢。"

"你看起来年纪不大。"我说。

"我已经74岁了。该死，我还是可以担任最高法院大法官的……我并不是说自由党黑人能够一直坐在那个位置上。"

"嗯，"我不知该做何回应，"你曾经在他们面前参与过辩论吗？"

"谁？"

"最高法院的人。当然了，我说的是美国的最高法院。我是加拿大人。"

"你以前是加拿大人，"马尔科姆说，"现在你不属于任何地方。"

"嗯。"我说。

"言归正传。你问得没错，我在最高法院辩论过几次。最近一次是在麦克洛克诉马里兰州案中①。"

"那是你代理的案子？"

"是的。"

"哇，见到你真高兴，德雷珀先生。"

"叫我马尔科姆就好。"

他看起来很精神，完全看不出是行将就木之人。"所以……你只是来参观的吗？"

"不，我住在这里。我也做了手术。法律界的马尔科姆·德雷珀仍然在地球上从事法律工作，还有很多官司要打，还要把很多出色的年轻人培养成法学精英，但我太累了，不能继续做那么多的工作了。医生说我起码还能活20年，只是不能再那么拼命工作了。所

① 麦克洛克诉马里兰州案是美国联邦最高法院1819年受理的一个重要案件，在这起案件中的判决大大强化了美国联邦政府的权力，这一判例在美国宪法的发展史上特别是在处理联邦与各州之间的权限上，具有深远的影响。

以我退休到这儿来了——医生说，在这种温和的重力环境下，我还能多活 30 年。"

"30 年……"

他看着我，出于礼貌，他没有多问我的情况。我觉得很有意思，律师在法庭上可以提出任何相关的问题，无论多直接，甚至涉及个人隐私，但是在法庭外却还是得遵从社会礼节保持社交距离。但我没有理由不告诉他："我可能活不了多久了。"

"你还年轻呢！拜托，沙利文先生，你起码还能再活……"

"我是说真的。我脑血管有问题。医生能够查出我的病，却没办法治好。我随时都可能会死，更糟糕的是，我会瘫痪，成为植物人。"

"哦，"马尔科姆说，"好吧。"

"没事。"我说道，"至少另外一个我还能继续活下去。"

"没错，"马尔科姆说，"我也是这样想的。而且我确信，无论是另一个你，还是另一个我，都会表现得很出色。"他停顿了一下，"你打算在这里找个伴儿吗？"

他的问题很直接，我惊得无话可说。

"我看到你和那个女作家凯伦·贝萨里安在一起。"

"所以呢？"

"她似乎喜欢你。"

"她不是我喜欢的类型。"

"你是说不符合你的年龄要求。"

我没有回答。

现在我有了全新的身体，我很高兴自己不会再出汗、打喷嚏，或者感到疲劳和饥饿。我的脚趾不会被扎伤，皮肤也不会被晒伤，鼻子不会流鼻涕，脑袋也不再犯疼。左脚踝再也不痛了，也没有腹泻，没有头皮屑，没有大腿抽筋，没有尿道疼痛。不用再刮胡子、剪指甲、擦体香剂。我不会被纸切伤手指，不会放屁，不会得丘疹，也不用再忍受脖子僵硬。

我很高兴自己再也不用缝针，也不用做血管成形术、疝气手术和重新连接视网膜的激光手术。虽然蛤蜊头咬伤了我的手臂，但是伤口几分钟就自动修复了，完好如初。我的身体无论受到什么伤害，都可以得到同样的修复，不用麻醉，也不留疤痕。而且，正如他们推销时说的，我不用担心糖尿病、癌症、阿尔茨海默病、心脏病、类风湿性关节炎，还有该死的卡斯尔曼病，这实在很令人欣慰。

我可以连续读好几小时的书。虽然我和以前一样，碰到难读的书就读不下去。但我再也不用因为眼睛疲劳而不得不停止阅读，也不会因为光线昏暗而读得吃力、感到头疼。的确，自从我上学以来，我还没有连续读过这么久的书。

有什么我怀念的吗？当然有。所有我喜欢的食物——墨西哥辣椒、爆米花、果冻和比萨饼上的干酪都吃不到了。我很怀念以前打完哈欠后放松的感觉，还有把冷水泼在脸上的凉爽感。我怀念怕痒的感觉，怀念丝织品的柔软触感，怀念笑到头疼的感觉。

也许这些东西会回来的。10年或20年后，随着技术的持续进步，我还会再次拥有这些感觉。我可以等，一直等下去。

虽然我的时间很充裕，但是我和凯伦的进展非常快。凯伦退掉酒店套房，搬到了我的家里。当然，她只是为了方便而暂住，因为她还得在多伦多待上一段时间，每周去找波特做两三次检查和调节。

我近期依旧打算住在北约克。因此，我正在思考如何利用厨房。厨房这么大，但是我们现在再也用不上了，实在有点儿浪费。

坦白地说，留着厨房也不太好，我们一看见厨房，就会想到自己再也不能享受美食。当然，考虑到会有其他人到家里做客，我把浴室保留了下来。酒水吧台和咖啡壶也是我很需要的，可以招待一下客人。厨房很大，窗户采光不错，还可以看到庭院里的风景。这个房间条件很不错，也许我会考虑把它改成一间台球室。我一直想要一个打台球的地方。

当我在琢磨如何改造厨房的时候，凯伦一如既往地坐在椅子上，浏览数据平板上的内容。她更喜欢看纸质书，但为了看新闻，她也不介意使用平板。

突然，我听到她发出了模拟叹息的声音。"怎么了？"我问。

"达龙去世了。"

我一下子没反应过来："谁？"

"达龙·贝萨里安。我的第一任丈夫。"

"哦，天哪。"我说，"请节哀。"

"我和他很久没见了——天哪，有30多年了。自从他的母亲去世就没见过了。他母亲对我很好，在达龙和我离婚之后，我们都一直保持着联系。我还去参加了她的葬礼。"凯伦停顿了一会儿，然后果断地说，"我很想去参加达龙的葬礼。"

"什么时候？"

她低头看了看平板说："后天。在亚特兰大。"

"你——你想让我陪你一起去吗？"

凯伦想了一下，说道："当然想，你介意吗？"

事实上，我讨厌参加葬礼，但我从未参加过陌生人的葬礼，也许不会那么糟糕。"嗯，当然不介意。如果能陪你去，我当然很——"我刚想说"高兴"两个字，但是似乎用在这里不太恰当。这一次，我在话没说完前成功停了下来。"很愿意。"

凯伦果断地点点头。"那就这么定了。"

我必须为蛤蜊头做点儿什么。它需要有人陪伴，但无论我如何努力，它都不肯接纳我或者凯伦。事实证明，它不接纳我们这样的人造人。但是，凯伦和我要去佐治亚州，并决定回程途中去她底特律的家里稍做停留。如果把蛤蜊头一直交给机器厨房来管，实在有失妥当。

该死的是，我是个不识趣的白痴。我不肯就此罢休，忍不住要再试一次，再努力一次。

于是我给丽贝卡·庄打了电话。

我想，如果我打电话的时候选择不打开视频，事情可能会更顺利。她会听到我的声音，感觉到其中的温暖和感情，但看不到我的塑料脸。

她当然知道是我的电话，因为有来电显示。因此，只要她接听电话，那就说明……

"你好。"是她的声音，语气礼貌而生疏。

我有种心理层面的感觉，就是过去所说的心一沉的感觉。"嗨，贝卡。"我试图让自己的声音听起来更欢快活泼。

"你好。"她重复了一遍，仍然没有称呼我的名字。我的名字就在她面前，在她的呼叫显示屏上有一串像素字，是一串电子识别码，但她装作看不见。

"贝卡，是我家蛤蜊头的事，"我说，"你能——你愿意照顾它一段时间吗？我——它——"

丽贝卡很聪明，这也是她让我着迷的原因之一。"蛤蜊头认不出你了，是吗？"

我沉默了很久，比一般在电话交谈中的停顿时间还要长，最后我说道："是的，它认不出我了。"

我又停顿了一下，说道："我知道你一直很喜欢蛤蜊头。你的公寓楼允许养宠物吗？"

"可以养。"她说，"我也很乐意照顾蛤蜊头。"

"谢谢。"我说。

也许狗的事情触动了她，所以她施舍了我一些善意，就像给狗扔一根骨头。"毕竟我们可是好朋友。"

我坐在月球公寓的客厅里，在数据平板上看新闻。当然，显示的新闻内容是依据我的关键词筛选过的。

天哪！

我的天！

这不是骗人的吧？

我点开文章，读了一遍，然后又读了一遍。

昌德拉古普塔。我以前没有听说过这个名字，他研究的不可能是这个领域，不然的话——

点击超链接，我看到了他的简历。我错了，他的确是这方面的专家，好吧，所以……

我的心怦怦直跳，我感到视线模糊。

天哪，我的天哪！

也许我应该给他发电子邮件，但是——

但是，该死，我不能这样做。虽然我们在月球上可以查看地球新闻，毕竟如果不能继续看蓝鸟队的比赛，我绝对不会来，但永生科技禁止我们与地球上的人以任何方式联系。

天哪，为什么这不是几周前的新闻？不然我根本不会花这么多钱接受意识扫描手术，还跑到月球来。真是浪费一大笔钱！

但钱并不是重点，钱只是身外之物。这篇新闻才是最重要的。

这是大新闻。

这新闻彻底改变了一切。

我又读了一遍新闻，以确定自己没有看错。我没有看错，千真万确。

我欣喜若狂、兴高采烈地跑出了我的公寓，几乎是雀跃地来到了永生科技的办公室。

伊甸园的首席管理员是一个叫布莱恩·哈迪斯 [①] 的人：五十出头，高个子，浅色的眼睛，银灰色的头发扎成马尾，胡子花白。我们刚到这里时都见过他，我还开玩笑地说他的名字真好听。尽管他的语气总是很平和，带着笃定，但当时他那长满胡须的下巴紧绷着，表明我不是第一个拿他名字开玩笑的人。这里没有什么官僚主义，我可以直接走进他的办公室打招呼。

"沙利文先生，"他立刻招呼我，从他那半弧形的办公桌后面站了起来，这里的居民还没有多到他记不住名字的地步，"有什么可以为您效劳的？"

"我要回地球。"

哈迪斯挑了挑眉毛说："我们不同意您回去。您知道规矩的。"

"你不明白，"我说，"他们找到治疗我的方法了。"

"治疗什么？"

---

① 哈迪斯（Hades），希腊神话中的冥王。

"卡斯尔曼病，是一种大脑动静脉畸形的病症。我来这里就是因为得了这种病，但现在有新技术可以治好我了。"

"真的？"哈迪斯说，"那真是个好消息。怎么治疗？"

我对这个领域的词汇早就了如指掌，毕竟我已经与这种病相处了这么久。"他们利用纳米技术在血管内将颗粒引入动静脉畸形处，堵塞住病灶，这样就可以完全封住动静脉畸形处。因为这些颗粒使用的是碳基纳米纤维，身体不会产生排斥反应，甚至不会注意到这些颗粒的存在。"

"那意味着……您能够和普通人一样寿终正寝了。"

"是的！没错！所以，你看——"

"那真是太好了。他们在哪里能提供这类手术？"

"约翰斯·霍普金斯大学。"

"好吧，您不能去那里，但是——"

"什么意思，我不能去那里？这可以救我的命！我知道你们有规定，但……"

哈迪斯举起一只手说："我们的规定没有例外。不过别担心。我们会代表您联系那里的人，把一个合适的医生送到我们这里的机构。您的医疗福利是无限额的，虽然……"

我知道他想说什么。我的会计师——老好人拉里·汉考克肯定会发现……什么？几百万？做这个手术要花一百万。但哈迪斯并没有明白我的意思。"不，你没理解我的意思。现在一切都变了。我没有理由留在这里了。"

哈迪斯的语气里满是恳求："先生，很抱歉。我们当然会安排您接受治疗，而且是立即就安排。我明白您目前的健康状况很不稳定。但您不能离开这里。"

"你们必须放我回去。"我说，语气不太好听。

"我们做不到。您在地球上已经没有家了，也没有钱，更没有身份，什么也没有。月球是您唯一能住的地方。"

"不，你不明白……"

"不，我明白。您看，您现在多大年纪了？"

"44 岁。"

"想想您有多幸运！我都 52 岁了！可我还得再工作好多年，您比大多数人早一二十年就退休了，而且享受的是绝对奢华的生活。"

"但是——"

"我说错了吗？您对这里有什么不满意吗？我们为自己的服务感到自豪。如果有什么服务达不到您的标准，尽管开口吩咐，我们会竭力满足"

"没错，住在这里是不赖，但是……"

"沙利文先生，没有什么好担心的。您在地球拥有的东西，在这里照样有。"

"有些东西没有。"

"那么请告诉我您要什么东西。我会尽一切方法让您在这里过得满意。"

"我想回家。"这句话听起来很寻常，就像很多很多年前，我参加夏令营时说的一样。但我现在只想回家，这比世界上其他一切事情都重要——不管是在地球，还是在月球。我想回家。

"真的很抱歉，沙利文先生，"哈迪斯说着，缓缓摇了摇头，马尾随之左右摇晃，"我不能允许您回家。"

第 17 章
两个杰克

  要从加拿大去美国，必须在多伦多的皮尔逊机场通过美国海关，然后才能登上去往美国的飞机。我一直担心我们会过不了关，但我们的新身体用于识别身份的关键部位和旧身体的生物特征相吻合，因此我们毫无困难地通过了自动安检。我以为凯伦会出问题，因为她现在的脸比护照照片上的脸年轻得多，但不管使用的是什么面部识别软件，应该是基于皮下骨骼结构之类，因此软件认证照片上的人和她是同一个人。

  我从十几岁起就没有坐过飞机。我的医生叮嘱我不要坐飞机，因为飞行中的压力变化可能会引发我的卡斯尔曼病。当然，现在的我根本感觉不到压力变化。我想知道这些年来航空公司的食物是否有所改善，但我没法判断。

  身体不再出汗的一大好处是，我们旅行时不用带过多的衣服，也不需要办理行李托运，随身带个包就行。我们一到亚特兰大，就直奔赫兹租车^①柜台，租了一辆蓝色丰田迪拉。我们没有在酒店梳

---

① 赫兹租车（Hertz），全球著名的汽车租赁公司。

洗的必要，于是直接开车去了殡仪馆。

凯伦的驾照依旧有效。尽管她说自己多年没有开车了，担心反应能力已经变得非常迟钝，但她现在很高兴地负责驾驶。我不记得自己上一次坐在副驾是什么时候了，不过这倒是让我有了欣赏风景的机会。佐治亚州真的有不少桃树。

路上，凯伦和我说起达龙的情况。"他是我的初恋，"她说，"第一次恋爱的感觉总是比较特别，当时我不知道我们会不会走下去……我想没有人能预知这种事情。"

"你们当年为什么离婚？"这是我最想问的问题，我想现在已经酝酿得够久了，是该问出口了。

"有很多原因，"凯伦说，"从根本上说，我们对生活的追求不同。我们在读大学的时候结婚了。他想成为一名印刷销售人员，像他的父亲一样，当年在印刷行业工作算是很体面的职业。他希望我也能尽快找工作，但我想继续读研究生。他想搬去郊区房子住，那儿的家有个大院子。我想去旅行，不想定居下来。他想马上建立家庭，我想等一等再生孩子。事实上……"

"怎么说？"

"算了，没什么。"

"快告诉我。"

汽车继续行驶，凯伦好一阵子没有说话。最后，她开口道："我堕过一次胎。我怀上了——很傻，对吗？我没有吃避孕药。不管怎么说，我甚至连堕胎的事都没有告诉达龙。他知道了肯定会坚持要我生下孩子的。"

我有意识地抑制了自己眨眼的冲动。他们是在 20 世纪 80 年代结婚的，而现在是 21 世纪 40 年代。如果当年凯伦没有打掉那个孩子，那孩子活到现在应该有 60 岁了……而那个孩子也可能正在路上，准备去参加生父的葬礼。

我几乎能想象当年哪怕微乎其微的改变，也可能会给凯伦带来多么不同的生活。如果凯伦没有在几十年前堕胎，而是为了孩子选择和达龙在一起，那么她可能永远不会写出《恐龙世界》，写出该系列所有的书。因为是她的第二任丈夫鼓励她创作小说的。那么，她也不可能负担得起永生科技的服务。她现在就只是一个年迈的妇人，全身关节疼痛，行动不便。

我们把车开到殡仪馆的停车场。这里空位很多，凯伦却停在了残疾人的车位上。

"你在干吗？"我问。

"什么？哦，"她把车倒出车位，"习惯了。我以前开车的时候，我们有权使用这些位置——我那可怜的瑞安要靠助行架走路。"她又找了一个停车位停好，我们就下车了。我以为八月的多伦多已经够热了，但是这里就像鼓风炉似的，而且空气黏糊糊的。

另一对伴侣——"伴侣"，多么富有情感的词——就在我们前面，正在进入大楼。他们清楚地听到了我们的脚步声，那个男人帮我们扶着门，同时转过身来。

他张大了嘴巴。该死，我已经受够了被人这样盯着看。我强行挤出一个微笑，是那种我希望特别标准的微笑，然后扶住了门。凯伦和我走了进去。看来今天有三个家庭在这里举行葬礼。大厅里的牌子指引我们找到了正确的房间。

棺材是敞开的。即使从远处，我也能看到那具尸体，看起来就像假装活着一样。

没错。就像我假装自己会说话一样。

屋里所有人的目光很快都集中在我们身上。一个女人从教堂长椅上起身，向我们走来。她看起来肯定有 80 多岁了，和凯伦实际年龄相仿。"你是谁？"她说着看了看我。她的声音很急促，眼睛也红了。

这个问题我其实想了好几天也没想明白。不过，在我能回答之前，凯伦说道："他是陪我来的。"

面前这个老妇人又转向凯伦，问："你又是谁？"

"我是凯伦。"她说。

"什么？"女人急促地吐出这两个字，显得非常困惑。

凯伦似乎不想连名带姓地介绍自己。在这里，周围都是贝萨里安家族的人——无论是在这个家族出生的，还是嫁到这个家族的——也许她觉得自己没有资格用这个姓。但最后她又开口了："我是凯伦·贝萨里安。"

"我的……天哪。"那女人说。她端详凯伦那张年轻的合成脸，眼睛眯了起来。

"那你是……"凯伦问。

"朱莉。朱莉·贝萨里安。"

我不知道她是达龙的姐妹还是现任妻子。凯伦可能知道，她应该记得自己前夫姐妹的名字。

凯伦伸出双手，似乎想握住朱莉的手以示同情。但朱莉只是看着她的手。"我一直想知道你长什么样子。"朱莉说完，目光回到凯伦的脸上。

看来她是我猜测的后者。"现在你知道了，"凯伦微微仰起头，挑衅地回答，"事实上，我现在的样子就如同当年和达龙在一起的时候。"

"很……很抱歉，"朱莉说，"失礼了。"她看了看她死去的丈夫，又看了看凯伦，"我想让你知道，在我们结婚的 52 年里，达龙从未说过你的坏话。"

凯伦微笑了。

"他很高兴你能取得这样的成就。"

凯伦的头点了一下，说："谢谢。达龙的家人都有谁来了？"

"我们的孩子来了，"朱莉说，"但你应该不认识。我们生了两个女儿，她们很快就回来了。"

"他的哥哥呢？妹妹呢？"

"格里高尔两年前死了，纳琳在那儿。"

凯伦转过头，看到了另一个老妇人，她用助行架支撑着身体，正在和一个中年男子聊天。"我……我想过去打个招呼，"凯伦说，"表达一下悼念。"

"当然可以。"朱莉说完，带着她走开了。我不自觉地往前走去，走到房间的前面，俯视着死者的脸。我并非有意识地要这么做，但当我的身体明显要行动时，我也没有加以阻拦。

我不会说自己的思想全是仁慈或恰当的，也常常希望这些念头根本就不会萌生。但它们就是会油然而生，而我必须直面它们。这个男人如今躺在棺材里，却做了我永远做不到的事——感受凯伦真实的肉体，和她一起感受真正而原始的激情。是的，那是 60 年前……早在我出生之前。我并没有因此而怨恨他，我羡慕他。

他就躺在那里，似乎很平静，双手交叉在胸前，安详，衰老，满是皱纹，脸上的皱纹尤其深，头发几乎没了。我试图想象他过去的容貌，猜想他年轻时是否英俊，想知道易逝的外表对凯伦来说是否重要。但我真的无法想象出他 21 岁时的样子，他娶她的时候就是 21 岁。唉，好吧，也许不知道反而更好。

不过，我的目光还是无法从他的脸上移开，那是现在的我永远不会有的脸。但比起外表，我们之间更大的差距在于达龙·贝萨里安已经死了，而……我还在试图明白死亡是怎么回事……很可能我永远也想不明白。

"杰克？"

我回过神，抬起头来。凯伦迈着小碎步走过来，而朱莉扶着凯伦的人造手臂，似乎已经很习惯和它接触。

"杰克。"凯伦走近，说道，"原谅我没有早点儿向你介绍。这位是达龙的妻子朱莉。"她这句话说得略友善，没有说是"第二任妻子"。

"我为你先生的去世感到非常抱歉。"我说。

"他是个好人。"朱莉说。

"肯定是的。"

朱莉沉默了一会儿，说道："凯伦已经把你们两个人的情况告诉了我。"她用一只枯瘦的手指了指我的身体，"我听说过这类事，我还没有老到不看新闻的地步，虽然大部分新闻真的算不上好消息。不过，我从未想过我会遇到这么有钱的人，负担得起……"她没有再说下去，我不知该做何回应，只好等着她继续说下去。最后，她还是开口了。

"对不起。"朱莉说。她看了看那口棺材，又看了看我，说："无论如何，我做不到像你们这样——即便没有达龙，我肯定也不会像你们这样。"她用人类的手臂碰了碰我的合成前臂，"但我确实羡慕你们。达龙和我在一起只有 50 年的时间。但你们两个人，有那么多时间可以在一起！那么多时间！"她的眼睛又湿润了，她回头看了看死去的丈夫，"我真的很羡慕你们……"

到达月球后不久，我就听人调侃说，在月球生活的一大好处就是这里没有律师。但是，此话也并不完全正确：我的新朋友马尔科姆·德雷珀就是一名律师，尽管根据他自己的说法，他现在是一名退休的律师。不过，他显然还是可以为我的困境提供建议。我用伊甸园的内部电话系统给他打了电话，这是居民唯一可以使用的通信设备。"嘿，马尔科姆，"当他那张颇有特点的脸出现在屏幕上时，我说道，"我想和你谈谈。有空吗？"

他扬起他那灰白的眉毛问："怎么了？"

"可以见面说吗？"我说。

"当然。"马尔科姆说，"我们在温室碰面，怎么样？"

"很好。"

温室是一个边长 50 米、高 10 米的房间，里面全是树木和其他热带植物。这里是伊甸园中唯一一个空气潮湿的地方。即使对我这样的色盲来说，如此多数量的花看起来也颜色非常丰富，我无法想象马尔科姆看到的色调和光影是多么眼花缭乱。当然，温室里的植物不仅是为了让居民缓解对地球的思念之情，也是空气循环系统的组成部分。

以前在多伦多时，我偶尔会去参观温室，艾伦花园①是我最喜欢的去处，我习惯于安静地漫步参观，就像在博物馆里一样，从一块标语牌走到另一块标语牌。但在月球上走路的感觉很不同。我看过阿波罗号宇航员行走的历史资料，他们穿的宇航服和自身的重量差不多，但他们行走的时候还是蹦蹦跳跳的。更何况，我和马尔科姆只穿着运动短裤和宽松的 T 恤衫，每走一步都不由得要飘起来。这种情形看起来肯定很滑稽，但我的心情并不愉快。

"怎么回事？"马尔科姆问，"表情怎么这么臭？"

---

① 艾伦花园（Allan Gardens），多伦多标志性的建筑物之一，花园内足足有六个大温室，从热带仙人掌到各类花卉，应有尽有。

"他们已经找到能治好我的病的方法了。"我看着一丛藤蔓说。

"真的吗？那太好了！"

"但是……"

"但是什么？你应该乐得上蹿下跳。"他笑了，"好吧，你的脚步的确很轻快，但你的语气听起来并不是很高兴。"

"能够把病治好，我当然高兴。你不知道这些年我是怎么过来的。但是，我和布莱恩·哈迪斯谈过了。"

"是吗？"马尔科姆说，"那个马尾辫男人有什么要说的？"

"即使我的病能够被治好，他也不让我回家。"

我们蹦蹦跳跳地走了几步。马尔科姆的手臂偶尔伸展开来，以便稳住身体。他的脸色凝重，显然在仔细思考接下来要说的话。最后，他开口了："这里就是你的家，杰克。"

"天哪，你也这么想？我同意来这里，是因为我有疾病，现在这个前提条件已经变了。我知道合同法不属于你的专业领域，但我一定可以成功。"

"成功回到地球吗？可另外一个你还在地球，那个人造的你。他住在你的房子里，过着你的生活。"

"但我是原版。我更重要。"

马尔科姆摇了摇头。"《重返唐人街》。"他说。

我看着他顺手打掉了几片半空中的树叶："什么？"

"看过吗？我最喜欢的电影之一《唐人街》的续集，里面有两个叫作杰克的男人①。《唐人街》很精彩，但它的续集很糟糕。"

我没有掩饰自己的烦躁情绪："你想说什么？"

"现在有两个杰克，你不明白吗？也许你是对的，也许原作比

①《重返唐人街》(*The Two Jakes*)，这部影片原名的字面意思为两个杰克，因为主人公侦探叫杰克，而他的雇主也叫杰克。此处为意译。

续集更好看。但除了你和我，你很难向任何人证明这一点。"

"你不能帮帮我吗？你可是律师啊！"

"律师只有在支持诉讼的社会系统中才有用武之地。可这里是'旧西部'，是无法之地。这里没有警察，没有法院，没有法官，没有监狱。在地球上的另一个你也许能改变你的现状，但我看不出他有什么理由会帮你。而在这里，你什么也做不了。"

"那我就要在这里生活几十年了。"

马尔科姆耸了耸肩。"我也一样，我们会一起度过一段美好的时光。"他指了指我们周围的花园，"这真是一个好地方。"

"但是……但是在地球上有个人，一个女人。现在情况变了，或者说就要变了。一旦我接受了治疗，一切就会不同。我必须离开这里，我必须回家，回到她身边。"

我们又走了一段路。"格林斯伯勒市。"马尔科姆轻轻地说，几乎是自言自语。

我仍然很恼火："又是一部我没看过的电影？"

"不是电影。是历史，我们国家的历史。在美国南部，过去人们使用公共设施都要遵循种族隔离制度。好的设施只给白人用。1960年，四名黑人大学生在伍尔沃斯百货公司的白人专用午餐柜台坐下来，要求得到就餐服务。他们遭到了拒绝，店员要求他们离开。他们没有照做，而是开始静坐。这种抗议行动蔓延到整个南部地区白人专用的午餐柜台。"

"然后呢？"

马尔科姆叹了口气，应该是对我的无知表示震惊："他们通过和平抗议赢得了胜利。午餐柜台从此取消了种族隔离制度，黑人获得了与其他种族同等的就餐权利。抗议者迫使当权者认识到，你不能因为某人的肤色就把他赶出去。听好了，我的朋友，你只不过是一个'皮囊'。也许你确实应该享有平等的权利。但是，就像那些勇敢的年轻人一样，如果你想获得，就必须主动去争取。"

"怎么争取？"

"占领某个地方，并拒绝让步，直到你的要求得到满足。"

"你认为这样做有用吗？"我问。

"以前有用。当然，不要进行暴力抗议。"

"我？决不会使用暴力。"

第 18 章
泰勒

　　凯伦和我在佐治亚州待了 4 天，四处赏景，然后向北飞往底特律，这样凯伦就可以回家处理一些事情。

　　底特律。你很难想象在这里会住着一个有钱的作家，她明明可以选择在其他地方安家。20 世纪，大多数加拿大人都尽可能住在靠近美国边境的地方，并非因为我们有多喜欢美国这个邻国。相反，我们只是在不离开自己国家的情况下，尽可能往南，到暖和的地方定居。但现在的情况正好相反。为了躲避炎热的天气，美国人在不离开国土的情况下尽可能地往北，这就是凯伦住在这里的原因。

　　她的家是一座漂亮的豪宅，里面摆满了她依靠写作获得的荣誉奖杯、出版的原创作品及三十多种语言的译本，甚至还有一些道具和布景，出自由她小说改编而成的电影。

　　这里还摆满了她上一任丈夫瑞安的东西，他两年前去世了。瑞安生前喜欢收集化石。和有关自然环境的大部分爱好不同，如今收集化石实际上变得更容易了，由于南北极区域缩小，地球的河流流量增加，侵蚀现象加剧，很多埋藏在地底的化石得以重见天日——凯伦是这么跟我说的。瑞安的藏品包括好几排三叶虫的化石，这些也是我唯一能当场识别的无脊椎动物化石。此外还有许多奇异的化石。

凯伦想在底特律暂作停留主要是为了看看她的儿子泰勒，他也住在这座城市。自从接受意识扫描手术后，她和泰勒通了几次电话，但都没有打开视频。她告诉我，她希望儿子能当面看到她的新面孔，而不是隔着屏幕，让人觉得冰冷和生疏。

晚上6点左右，凯伦的门铃响了。客厅墙上的显示屏立即出现针孔摄像机拍摄的画面。"泰勒来了。"凯伦点头说。我知道他现在46岁。他的头发是浅棕色的，而且已经有点儿秃顶。凯伦从沙发上站起来，向玄关走去。我跟在后面。玄关的光线很暗。凯伦开锁，打开了前门。

"你好，"泰勒说，声音听起来很惊讶，"我叫泰勒·霍罗威茨。我是来找我的……"

"泰勒，是我。"凯伦说。

他愣住了，张大了嘴。我迅速算了一下，泰勒出生于1999年，而凯伦的新脸是根据她1990年30岁时的样子设计的。即使在泰勒小的时候，他也没见过母亲30岁的样子。

"妈？"他难以置信地轻声说道。

"进屋吧，儿子，来吧。"她让开路，他进了屋。

凯伦转过来朝着我。"杰克，"她说，"我想让你见见我儿子泰勒。泰勒，这就是我跟你说过的新朋友。"

即使在昏暗的灯光下，泰勒也一定看出了我的身体是人造的，因为当我伸出手的时候，他看着我的手，仿佛我伸出的是什么可怕的机械爪子。他最终还是和我握了手，但只是敷衍地碰了一下。"你好，泰勒。"我说，努力让我的电子合成声音听起来充满热情。

虽然泰勒看起来比现在的凯伦大了近 20 岁，但他显然就是凯伦的儿子，他的面部轮廓和他母亲非常相似：脸很宽，鼻子小小的，绿色眼睛，眼距很宽。"你好。"他说道，语气故作平淡。

我笑了笑，他把目光移开。我知道我的笑容显得有点儿不自然。天哪，可是他母亲以前因为中风笑起来比我还要奇怪呢！"很高兴见到你。"我说，"凯伦和我说过你的很多事情。"

他突然皱了一下眉头。也许他不喜欢我直呼他母亲的名字。

凯伦把我们领到客厅，我在沙发上坐下来，跷起二郎腿。泰勒还站着。"你母亲和我说，你是个历史教授。"我说。

他点了点头说："在密歇根大学。"

"你研究的领域是什么？"

"20 世纪的美国历史。"

"是吗？"我由衷地希望他会喜欢我，通常让别人谈谈他们的工作，会让对方感到亲近，"涉及哪些历史事件？"

他看着我，似乎在决定是否要接受我的好意。最后，他耸了耸肩："各种事件都有。斯科普斯审判[1]、大萧条、第二次世界大战、肯尼迪被刺、古巴导弹危机、越战、阿波罗计划、水门事件、伊朗·康特拉事件[2]。"

---

[1] 斯科普斯审判(The Scopes Trial)，起因是 1925 年 3 月 23 日美国田纳西州颁布法令，禁止在课堂上讲授"人是从低等动物进化来的"。不久，由美国公民自由联盟唆使的田纳西州的生物教师斯科普斯便以身试法，制造了当时轰动美国乃至整个世界的历史性事件，该事件由此得名。这一审判又被称为"猴子审判"。

[2] 伊朗·康特拉事件（Iran-Contra），1985 年夏，即两伊战争爆发后的第五年，美国总统里根撕毁"保守中立"条约，同意由以色列出面秘密出售导弹给伊朗政权。次年二月，里根又密令由美国直接向伊朗出售武器。又因美、以两国把向伊朗出售武器的大部分盈利用于支持尼加拉瓜反政府武装——康特拉，故又被称为"伊朗·康特拉事件"。

阿波罗计划指的是美国登月,第二次世界大战和越战是战争,剩下的我就不太清楚了。天哪,20 世纪,那是凯伦生活的时代。

"改天有机会想听你详细说说。"我说,仍然想赢得他的好感,"听起来很有意思。"

他看着我。"你肯定记得其中的一些事件。"他说,"我的意思是,我知道你现在是选了年轻的模样,但是……"

凯伦瞥了我一眼,我耸了一下肩。早晚都要告诉泰勒我的真实情况。"其实这张新脸只是比我原来看起来年轻了一点点。"我停顿了一下,"我 44 岁。"

泰勒眨了眨眼说:"44 岁? 天哪,你比我还年轻!"

"是的,我是 2001 年出生的,是在 1 月 1 日。我……"

"你比我年轻,"泰勒重复道,"但你在和我母亲约会。"

"泰勒,别这样。"凯伦说。她来到沙发边,在我旁边坐下。

他的目光仿佛要把她看穿似的,好比翡翠色的激光:"嗯,你在电话里说的就是这个,想让我见见你正在约会的对象。妈,你都 85 岁了,都比他多活了半辈子。"

"但我不觉得自己已经 85 岁了,"凯伦说,"我现在看起来也不像。"

"这都是假象。"泰勒说。

"不,不是假象。"凯伦坚定地答道,"都是真实的。我是真实的,我是活生生的人,而且这些年来我第一次感觉自己如此有活力。杰克是我的朋友,我很喜欢和他在一起。你难道不希望我快乐吗,泰勒?"

"当然不是,但是……"他看了看凯伦,"但是,老天……"

凯伦皱起眉头,她很少会做出这种表情。当她皱眉的时候,下唇和下巴之间会有一个奇怪的突起,看来要让波特博士来修复这个问题。"'老天',"凯伦重复道,摇了摇头,"你想让我和同龄人约会，那些即将死掉的老头子？还是你希望我压根儿别找男人？"

"我爸会——"

"你知道我爱你的父亲，我对瑞安·霍罗威茨的爱天地可鉴。但这和他没有关系。"

"他才死了两年。"泰勒说。

"到十一月就三年了，"凯伦说，"而且……"

"你想说什么？"泰勒问，似乎看准她不敢细说。我知道凯伦想说什么，在瑞安去世之前，他已经患了多年的阿尔茨海默病，他们很久没有夫妻生活了。但凯伦并不打算被泰勒牵着鼻子走。相反，她的回应诠释了她的习惯、她的天赋、她的存在和理由——她讲了一个故事。

"泰勒，当我 19 岁的时候，爱上了达龙·贝萨里安，一个很帅的非犹太裔男孩。我想，你应该不太记得你的外公了，但他是犹太人大屠杀的幸存者，他不希望我和非犹太裔的男孩约会。他一直对我说：'如果他们又想屠杀我们，这个男孩会把你藏起来吗？当他们试图让你家破人亡的时候，他会为你出头吗？'我说：'他当然会，达龙会为我做任何事。'但是我父亲不相信，所以当我和达龙结婚的时候，他拒绝来参加婚礼。你看，后来我和达龙还是离婚了，但那是出于我们自身的原因。我当时没有让我的父亲决定我的约会对象，我现在也不会让我的儿子有这样的权力。所以，泰勒，注意你的言行，坐下来，好好和我们待在一起。"

泰勒深吸一口气，又粗声地吐出。"好。"他环顾四周，找到离我最远的那把椅子坐了下来，"什么时候吃饭？"

我把目光投向地板。

"哦，问错了，"泰勒说，"我什么时候吃饭？"

"亲爱的，你想什么时候吃就什么时候吃，"凯伦说，"订个比萨什么的。你……"

我确信她本来想说"你小时候就喜欢吃比萨"之类的话，但最后估计还是不说为好。这话太像年迈的母亲在感叹她的小儿子如今长大了。

泰勒想了一下，点了点头："我喜欢比萨。可以找一个本地的比萨店吗？像是那种夫妻小店。"

我想我还可以努力一把："你也不喜欢大型连锁比萨店？"

泰勒看着我，似乎在为我找到了我们的共同点而感到不快。但是，过了一会儿，他说："是的，我不喜欢。你的父母也是做小本生意的？"

"嗯，算是家族生意……"我说。

泰勒好奇地眯起了绿色的眼睛："什么意思？"

"他们是做啤酒生意的。"

"怎么说？类似小型啤酒厂？"

我想着早晚也要把这一点告诉他："不，不是小型啤酒厂，"我说，"我姓沙利文，所以——"

"沙利文，"泰勒抢先说道，"沙利文精选的那个沙利文？"

"是的，我父亲是副总裁。"

泰勒点了点头，仿佛我刚刚下达了一份起诉书。"裙带关系，"他说，"肯定是个有钱的胖老头。"

我本想置之不理，但凯伦听不下去了："实际上，杰克的父亲在39 岁时遭受严重的脑损伤，现在成了植物人，已经有近 30 年了。"

"哦，"泰勒轻声回答，"很抱歉。"

"没关系。"我说。

"这么说来……"泰勒也许在想，刚才我们提到的这些事情从时间节点来看是多么荒谬。他比我年纪大，而我父亲在我们这个年龄段就成了植物人，40多岁的男人和80多岁的女人在约会，男人是本世纪出生的，而女人是上世纪长大的。

"听着，"我说，"我知道这很尴尬。但事实是，凯伦和我决定在一起了。如果你我能和睦相处，对我们来说都不是坏事。"

"谁说不能和睦相处呢？"泰勒回答说，带着反驳的语气。

"是的，我们可以和睦相处，"我停了下来，尝试另一种处理方式，"让我们重新认识一下对方，好吗？"

我站起来，走到他身边，再次伸出手："我是杰克·沙利文。很高兴见到你。"

泰勒看起来似乎在考虑是否要接受这种方式。但是，过了一会儿，他握住了我的手，但也仅限于此，没有重新自我介绍。

"好了，"凯伦说，"你要不叫那家比萨店的外卖吧？名叫路易吉老爹比萨的那家。这几年我虽然吃不了比萨，但听说他家不错。"

"电话，"泰勒对着空气喊道，"给路易吉老爹比萨打电话。"

电话接通，泰勒点了外卖。

我再次坐下来，这次坐在了一把直背木椅上。如果我的身体像以前那样能感到疲劳，坐这把椅子会让我觉得很不舒服。我们尴尬地聊了一会儿。泰勒问了很多关于意识扫描的事，凯伦一一回答了他的问题。

比萨外卖预计在30分钟内送到，超时就不收钱。但为了结束目前紧张的谈话，我希望让比萨快点儿过来。终于，门铃响了。凯伦不顾泰勒的抗议，坚持要付钱。（"你都吃不了比萨，付钱干吗？""但确实是我邀请你来吃晚饭的。"）她把比萨盒拿到厨房里，放在烤箱上，然后给泰勒拿了一个盘子。泰勒自己切了一片热气腾腾的奶酪比萨。奶酪是拉丝的，他不得不用手指来断开。比萨上的配料包括意大利辣香肠、洋葱和培根，看起来非常诱人：意大利辣香肠片的边缘微微翘起，中间油滋滋的；酥脆的培根条在平坦的奶酪上纵横交错；切成半圆的洋葱圈顶端紫得发黑。

比萨看起来很好吃……

但我根本闻不到它。我的嗅觉传感器只针对那些危及性命的气味，比如煤气泄漏的气味、木材燃烧的气味。肉、洋葱、西红柿酱、热乎乎的面包皮——这些都不在探测范围内。

但通过泰勒的反应，我能够想象到那气味是多么诱人。我确信他不是故意馋我们的，但我可以看到他深深地吸气，吸入那些香喷喷的气味——可想而知，一定非常香。他的脸上渐渐出现期待的神情。他咬着那块比萨，表情看起来既享受又略带痛苦，看来他的嘴巴被比萨烫到了。

"味道怎么样？"我问道。

"喔哦……"他停顿了一下，咽了一口说，"蛮好的。"

多么美味的罪恶。但话说回来，如果有了溶解动脉斑块的非处方药，还有其他防止脂肪堆积的药物，这倒也算不上什么放纵——对他而言。对我而言，那是我永远不能再享受的美味。

不，不是永远。杉山说了，我们现在的身体只能算是目前最先进的版本。我们的身体可以不停地升级。最终……

最终我也能享受到那样的美味。

我眼巴巴地看着泰勒享用比萨。

泰勒离开后，凯伦和我坐在她家客厅的沙发上聊天。"你觉得泰勒怎么样？"凯伦问。

"他不太喜欢我。"我说。

"没有孩子会喜欢和他母亲约会的男人。"

"话是这样说，但是……"我撇了撇嘴，过了一会儿，继续说道，"我不应该抱怨。但是，至少你儿子现在看起来比较能接受成为扫描人的你，而我母亲对我完全是拒绝，我的朋友们也是。"

她问我怎么回事，我和她说了在母亲家里的那次心酸经历。凯伦非常温柔地安抚着我，在我说话时握着我的手。但我想当时我心里很不爽，等我反应过来的时候，我和凯伦已经吵起来了。我很讨厌和人争吵。

凯伦说："你母亲的看法其实并不重要。"

"不重要？"我反驳道，"你能想象这对她来说有多难以接受吗？我在她的子宫里长大，然后出生。她用母乳喂养我。但是现在的这个我并不是她喂养长大的孩子。"

"我自己也是母亲，"凯伦说，"我和泰勒也是这样。"

"不，你没有，"我回答，"是月球上的那个凯伦做的。"

"从事实上来说，你说得没错。但是——"

"这不仅仅是事实，这可不是无关紧要的问题。唉，我太烦了，我讨厌别人把我当成什么奇怪的东西，成天盯着看。也许他们是对的。可是连我的狗都认不出我了。"

"你的狗很蠢，所有的狗都很蠢。你的朋友和你的母亲都错了。他们是一群傻瓜。"

"他们不傻，别这样说他们。"

"好吧，但他们对你的态度肯定有问题。我想他们都比我年轻。如果我能够接受这一点，他们应该也能，而且——"

"凭什么你说的就是对的？"唉，我的心情的确很糟，"因为你是个了不起的小说家，所以能给这个故事安排一个圆满大结局？"

凯伦放开我的手。过了一会儿，她说话了："并非如此。只是人们应该更加理解这件事。我是说，我们可是花了那么多钱。"

"花多少钱有什么区别呢？再多的钱也买不到别人的接纳。"

"当然买不到，但是——"

"你也不能强迫别人把你当作正常人来看待。"

我确信凯伦有点儿生气了，尽管一般来说，生气时人通常表现出脸红、高声说话等生理特征，但她都没有。"你错了，"她说，"我们有权……"

"我们什么权利都没有。"我说，"我们希望别人接纳我们，却不能要求别人这样做。"

"没错。如果我们——"

"我们的想法只是一厢情愿。"我说。

"不，该死。"她把双臂交叉在胸前，"这就是我们的权利，我们必须让别人知道这一点。"

"你是在做梦。"我说。

现在她的声音确实变了，话语变得含混不清："这不是在做梦。我们自己首先要表现得笃定。"

我也变得越发激动。"我做不到——"我没有继续往下说，而是感到了一种强烈的焦虑。我在争吵时总是这样。我望着远方说道："好吧。"

"怎么了？"凯伦说。

"你说得对。我认输。你赢了。"

"你不能就这样认输。"

"没什么好吵的。"

"吵架不是坏事。"

我仍然感到焦虑，甚至感到心慌。"我不想吵了。"我说。

"伴侣都会吵架，杰克，这是健康的相处模式。这样一来，我们才能弄清楚事情的真相。我们不能在问题没有解决的情况下就停止争吵。"

我产生了一种类似于心跳加速的感觉。"争吵解决不了任何问题。"我说，但还是望向别处。

"该死，杰克。我们可以表达不同的看法——哦，"她停了下来，"我明白了。原来如此。"

"什么？"

"杰克，我内心可不脆弱。我不会在你面前突然倒下的。"

"什么意思？哦……"是因为我的父亲。天哪，她很有洞察力，我自己都没有发现这一点。我回过头来面对她："你是对的。老天，我自己都没发现为什么我害怕吵架。"

我停顿了一下，调整回吵架的状态，用最响亮的声音说："该死，凯伦，我不同意你的观点！"

她大笑了起来："这样就对了！不，我的观点没有错——错的是你！让我来说服你……"

第 19 章
蓝色预警

　　我现在被困在了月球上，我对此非常生气。所以，当遇到另一个同龄人很向往这边的生活时，我感到很吃惊。潘迪特·昌德拉古普塔博士就是那个人。

　　"谢谢你，"在布莱恩·哈迪斯的办公室里，昌德拉古普塔一遍又一遍地说着，"谢谢你，谢谢。我一直想去太空，肯定很刺激！"

　　我坐在一把椅子上。布莱恩·哈迪斯坐在另一把更大的椅子上，在他的半月式办公桌的另一边。昌德拉古普塔则站在圆窗边，望着窗外的月球地表。

　　"我很高兴你能来，医生。"我说。

　　他转过身来看着我。他的脸很瘦，皮肤、头发、眼睛，还有胡子都是黑的。"哦，哪里的话！我很高兴！"

　　"那好，"我又补充说，"我想我们达成了共识。"

　　"你一定也很高兴！"昌德拉古普塔说，"你的情况相当罕见，但我已经做过两次这种手术，而且都成功了。"

　　"手术完成后，我们要为沙利文先生提供什么特殊的照料吗？"哈迪斯问。

送我回家，我心想。

昌德拉古普塔摇头说："没有什么需要特别注意的。当然，这是脑部手术，尽管不会留下任何创口，但还是要谨慎照料。毕竟大脑本身是很脆弱的。"

"明白。"哈迪斯说。

昌德拉古普塔再次望向窗外的月球地表。"奥尔德林是怎么说的？"他问道，我不知道奥尔德林是谁。"'壮美的孤寂'[①]。"他摇了摇头，"很恰当的说法。一点儿也没错。"

他慢慢地转过身来，背对窗户，声音充满遗憾："但我想我们必须开始工作了，不是吗？治疗手术要好几小时。你会和我一起去手术室吗？"

治疗手术，我感觉我的心跳得很厉害。

凯伦在自己的书房里回复着书迷的邮件——她每天都会收到几十封，虽然她设置了一个邮箱小程序，可以对每条信息做出粗略的回答，但她总是仔细检查这些回答，并经常亲自修改。

我在客厅里，看着墙面屏幕上的棒球比赛，是蓝鸟队在洋基体育场[②]上的比赛。比赛结束了，蓝鸟队真的要在投手方面想想办法了。我关掉屏幕，发起了呆。

[①] 巴兹·奥尔德林（Buzz Aldrin），美国飞行员、美国国家航空航天局宇航员，在执行第一次载人登月任务阿波罗 11 号时成为继巴尔·奥尔登·阿姆斯特朗之后第二个踏上月球的人，他形容月球的景色是"壮美的孤寂"。
[②] 洋基体育场（Yankee Stadium），位于美国纽约布朗克斯的棒球场，为美国职棒大联盟纽约洋基队的主场。

你说我不能回家是什么意思？

那声音又出现了，虽然没有任何声响，但完全清晰。

是你说的，做完初步测试，我就可以回家了。

"杰克？"我大声喊出自己的名字，我想我从来没有这样做过。

谁在叫我？

"杰克？"我又喊了一遍。

我在？你是谁？

即时性的回答，没有时间差。"你在月球上吗？"

月球？不，当然不在。那是原本的生物人的去处。

"那你在哪里？你是谁？"

我在——

就在这时，凯伦进入房间，那个奇怪的声音——其实也算不上是声音——消失了。"亲爱的，你一定要听一下，"她拿着一份电子邮件的打印稿说道，"这是委内瑞拉的一个 8 岁女孩写给我的。她说……"

我在伊甸园的恢复室里醒来，刺眼的荧光灯照进我的眼睛。但至少我没有化作灵魂，从肉体上空俯视自己……

我头疼得很厉害，很想要小便，但我肯定还活着。我想到了另一个我，在地球上的我，我更加难受了。他永远不会再头疼，也不需要小便。

我可以看到昌德拉古普塔医生和一个姓吴的女医生在房间另一边交谈。昌德拉古普塔似乎讲了一个笑话，我听不太懂。从吴医生的表情来判断，她似乎在等着他把笑点说出来，期待他的笑话足够好笑。我想这是好的征兆：如果外科医生的手术不顺利，那么在术后是不可能有心情说笑话的。我一直等着，直到昌德拉古普塔把笑话说完，吴医生的等待得到了回应，最后她被逗得哈哈大笑。她拍了拍昌德拉古普塔的胳膊，感叹："这太好笑了！"

昌德拉古普塔笑得很开心，显然为自己的幽默沾沾自喜。我想说话，但喉咙很干，什么也说不出来。我强行吞了一下口水，又试了一次："我——"

吴医生先注意到了我，昌德拉古普塔接着也转了过来。他们穿过房间，来到我面前。

"你醒了。"昌德拉古普塔说，他微笑着，黑色的眼睛眯了起来，"感觉怎么样？"

"渴。"

"好的。"昌德拉古普塔四处寻找水龙头，但这是吴医生工作的地方，显然她才知道水龙头在哪儿。她很快给我递来一个装满凉水的塑料杯。我强迫自己从枕头上抬起脑袋来。我没有感觉头很重，但太阳穴一直在猛烈跳动。我喝了一口，又喝了一口。"谢谢，"我对她说，接着看向昌德拉古普塔，"怎么样？"

"我很好，你呢？"

"不，我是问你手术怎么样。"

"总体来说很顺利。有一点儿小麻烦——病灶是最难处理的，非常棘手。但是，最后还是成功了。"

我感到自己脸红了："所以我已经好了？"

"是的，你已经好了。"

"我的血管不会连续破裂了吧？"

他笑了笑说："和正常人一样，只要你注意控制胆固醇。"

我感到全身轻飘飘的，不是因为月球的低重力环境。"我会注意的。"我说。

"好。不过另外一个你——"

他的话没有说完。我觉得他本来想说另外一个我不必注意胆固醇，但是我需要注意。

另一个我，正过着我的生活。我必须——

"蓝色预警！"墙上的扬声器中传来一个女人的声音。

"怎么了……"我问。吴医生飞奔出去。

"蓝色预警！"

昌德拉古普塔医生在冲出门的时候差点儿撞到头。

"医生，怎么了？"我在他后面叫道，"出什么事了？"

"蓝色预警！"

"医生！"

我以为畅销书作家会整天对着电脑通过语音输入来创作。相反，凯伦似乎大部分时间在打电话，交谈的对象包括在纽约的文学经纪人、在好莱坞的电影经纪人、在纽约的美国编辑，以及远在伦敦的英国编辑。

她有很多事要和他们谈。现在，她正在向他们介绍自己身为扫描人的新身份。我忍不住偷听到了一部分，我真的不是故意的，是我的新耳朵实在太灵敏了。所有人听到凯伦的消息后似乎都很兴奋，不仅是因为她打算起笔一部新的小说——她说自己多年没有像现在这样精力饱满了。而且，他们似乎都认为如果她这本书出版，会产生轰动性的宣传效果：凯伦可是有史以来第一个接受了意识上传的作家。

我在凯伦的房子里到处转，房子真的很大。她在第一天就带我快速参观了一下，看得我眼花缭乱。不过，她告诉我可以随便看，所以我看了墙上的画（当然都是真迹），还看到了数以千计的纸质书，还有她摆放各种荣誉的柜子，还不止一个柜子。从各种奖杯、证书到奖章，有一个雨果奖①的大奖杯，还有一个叫纽伯瑞②的奖杯。这些东西估计有几十个。

……不清楚这是怎么了……

我停在原地，努力听着。

……可能发生了错误……

房间里的空调发出微弱的风声，我身体里的某个装置运作的声音更微弱。但是，我心里感知到了一些只字片语。

如果你明白我的意思……

"你好？"周围没人，我这样大声说话其实很滑稽，"有人吗？"

什么？谁在说话？

"是我。我是杰克·沙利文。"

我也是杰克·沙利文。

"很显然。而且你不是原本的那个生物人，是吗？"

什么？不，他在月球上。

"但扫描人应该只有一个才对。"

对。所以你到底是谁？

"呃，我是杰克·沙利文意识上传后的合法版本。"

是吗？你怎么知道我不是合法的？

"你在哪里？"

---

① 雨果奖（Hugo Award），科幻小说最重要的国际奖项之一。
② 纽伯瑞儿童文学奖（Newbery Medal），又称纽伯瑞奖，是国际最重要的儿童小说大奖。

我应该还在多伦多。至少，我不记得自己有被带到过其他地方。

"具体在哪里？"

我想是在永生科技的机构里。但我从未见过这个房间。

"房间里有些什么？"

墙壁是蓝色的——顺便一提，我已经不是色盲了。你呢？

"我也一样。"

很神奇，对吗？

"房间里还有什么？"

桌子。一张床，就像医生的办公室一样。一面墙上有一张大脑的图示。

"有窗户吗？你能看到外面吗？"

没有，只有一扇门。

"你可以自由进出吗？"

我——我不知道。

"你还记得昨晚发生了什么吗？"

我不记得了。应该是在这里……

"你现在是实体吗？在一个合成的身体里？"

是的，就是我原本预定的那具身体。

"我也是。你周围还有其他人吗？有其他扫描人吗？"

没有，一个也没有。那你呢？你在哪里？

"在底特律。"

你在底特律干什么？

"没什么大事。"真有意思，我不知道我为什么隐瞒自己的行动——而且还是对我自己，"但我已经去过我们在多伦多的家了。"

所以你是官方公认的版本了？

"是的。"

那么我就是……盗版……

"看来是如此。"

但为什么会发生这种事?

"我不知道。这完全不对。应该只有一个扫描人才对。"

如果你找到我,你会怎么处理我?

"你说什么?"

你想把我彻底关掉,对吧?我的存在,是对你自我意识的一种侮辱。

"嗯,好吧……"

我不确定我是否应该协助你。我是说,虽然我不喜欢被困在这里,但这也比被直接关掉要强。

"听好了,不管永生科技要做什么,必须有人阻止他们进一步行动。"

我……也许……如果你……

"你那边声音不太清楚。好像我们之间要失联了……"

有人来了……我……

我再也感受不到他了。我只希望他能够坚持住,不要束手就擒——虽然他的手可能是电池驱动的电子手。

凯伦·贝萨里安去世了,月球上所有的人都颇为震惊。我的意思是,虽然从理智层面上说,所有的"皮囊"都会在不久的将来去世,但任何人的离世都会触动整个社区的人。

我喜欢凯伦,也喜欢看她的书。住在月球上的人大多数彼此感情还不深,因为我们相处的时间还不够长。但是凯伦确实对很多人的生活产生了影响，尽管我说不准对那些哭泣的人来说，有多少泪是为她而流的，又有多少是为他们自己而流的——因为他们在凯伦身上看到了自己的影子。我陷入了复杂的情感中，因为凯伦的死亡紧随我的康复之后。我不敢细究精神层面上的因果，但似乎有某种生命力在此消彼长。

我很高兴看到他们为凯伦举行了追悼会。我知道永生科技不会把她的死讯通知给地球上的任何人，但公司仍然意识到安息的重要性，无论是从字面的意思还是从比喻的含义来说。

在"猫咪天堂"亥维赛，人们没有什么宗教信仰。我想也不奇怪，相信来世的人不可能接受意识扫描手术的。不过，一个很不错的小个子男人主持了一个有爱又接地气的追悼会。他名叫加布里埃尔·斯迈思，一头白发，肤色红润，操着一口有教养的英国口音。大多数老人参加了追悼会，总共有大约二十人。我坐在马尔科姆·德雷珀旁边。

追悼会在一个小厅里举行，有十几张圆桌，每张都大到可以坐四个人。这个厅是用于玩桌面游戏、开小讲座等活动的。没有给凯伦准备棺材，但墙上的屏幕中连续播放着凯伦的照片，可以看到她那歪嘴的微笑。房间的尽头放着很多悼念的花，但我来得比较早，知道只有几束是真花，大概是从温室里采集的。其余几百朵花都是全息影像，我到的时候，技术人员还没打开设备。

斯迈思身着黑色高领毛衣和深灰色夹克，站在房间的前面。"凯伦·贝萨里安并没有死。"他戴着半框眼镜，透过眼镜框望着众人说道，"她活在数百万的书迷心中，还有根据她的书改编成电影的影迷心中、改编成游戏的玩家心中。"

几个服务员保持安静，到处走动，给大家递上华丽的红酒杯。我对此感到惊讶。凯伦是犹太人，但我只在天主教追悼会上见过礼仪用酒。我接过酒杯，尽管我还是头疼。到底什么时候才能不疼呢？

"不仅如此，"斯迈思说，"她的确还活着，活在地球上。虽然我们为这里发生的事而悲伤，但我们同时也应该感到高兴。因为凯伦及时接受了意识扫描手术，转移了自己的意识，她能够以另一种方式活下去。"

观众席上有人低声赞扬凯伦，也有人在小声啜泣。

斯迈思显然察觉到了大家的反应。"是的，"他说，"凯伦离开了我们，这实在是令人难过。我们会怀念她的智慧和勇气，她的坚强和她作为南方人的魅力。"在服务员发完最后一个高脚杯时，斯迈思停了下来，"凯伦不是虔诚的天主教徒，但她对她的犹太血统非常自豪，所以我想提议用《塔木德经》①来敬酒。女士们，先生们，各位手中的酒完全符合犹太教教规。如果各位愿意举起酒杯……"

我们都举杯了。

斯迈思转向一旁的墙壁，朝着屏幕里凯伦的脸，看着她那平静的歪嘴微笑。他对画面举起高脚杯，说道："干杯！"说完，他喝了一口。

"干杯！"我们都重复着，也喝了起来。

干杯！敬生命！

在底特律凯伦的家中，我们坐在客厅看着墙上的电视。这时，电话铃声响起。凯伦低头看了看来电信息。在摁下一个控制按钮之

---

① 《塔木德经》，犹太教口传法律法集，继《圣经》之后的主要经典。它被誉为犹太人的智慧基因库，是犹太人律法、思想和传统的集大成之作。——编者注

前，她"嗯"了一声。视频电话的画面转接到电视屏幕上，画面被放大，分辨率变低了。也许凯伦的人造眼注意不到。

"奥斯汀，"她向屏幕上的鹰脸男人问好，"怎么了？"

"你好，凯伦。和你在一起的是谁？"

"这位是奥斯汀·斯坦纳先生，这位是雅各布·沙利文先生。"

"斯坦纳先生，你好。"我说。

"奥斯汀是我的律师，"凯伦说，"我的律师之一。有什么事吗，奥斯汀？"

"嗯，是比较……"

"比较私人的问题？"我说完，站了起来，"我去——"

我本来打算说"去倒个咖啡"，但这话仔细一想太可笑了。"我先回避一下。"

凯伦笑了："谢谢，亲爱的。"

我走的时候，感觉斯坦纳的眼睛在盯着我看。我走到另一个房间里，这里专门存放瑞安的藏品，那些早已死去的东西的残骸。我正四处张望时，隐约感觉到隔壁传来轻柔的声音——是凯伦在叫我的名字："杰克！"

我赶忙回到客厅。

"杰克，"凯伦继续呼唤，声音更轻了，"我想你应该一起听一下。奥斯汀，再和杰克说一遍刚才的事情。"

斯坦纳的脸更加紧绷，好像尝到了什么难吃的东西："好的。贝萨里安女士的儿子泰勒·霍罗威茨找到了我，要求对贝萨里安女士的遗嘱进行检验。"

"她的遗嘱？"我说，"但凯伦还没有死。"

"泰勒似乎认为凯伦的生物人版本已经去世。"斯坦纳说。

我看了看凯伦，人造面孔不太容易显露感情。我想知道她在想什么。过了一会儿，我又转向斯坦纳。"即使如此，"我说，"凯伦仍然活着，就在这里，就在底特律。而生物人版本的凯伦希望这个凯伦拥有她的合法人格权利。"

斯坦纳扬起黑黑的细眉毛："显然，泰勒想让法院来决定这种做法是否有效。"

我摇摇头："但是，即使凯伦的……怎么说来着？"

"'皮囊'？"斯坦纳说，"是这个词吗？她的'皮囊'？"

我点了点头："即使她的'皮囊'已经过世，泰勒又是怎么知道的呢？永生科技不会对外透露这种信息的。"

"也许是贿赂，"斯坦纳说，"他收买了伊甸园的某个员工，让他在'皮囊'过世的时候告诉他，这会花很多钱，但这事关很大一笔财产……"

"财产很多吗？"我说，"我不是指整个遗产——我是指你专门留给泰勒的那部分。"

"数目不小。"凯伦说，"奥斯汀？"

"尽管凯伦把一部分遗产留给了慈善机构，"他说，"但泰勒和他的两个女儿是凯伦遗嘱仅有的个人受益人。他们将继承超过四百亿美元的遗产。"

"我的天。"我说。我不确定我妈会给我留下多少钱，但也不会超过这个数目太多……

"你不能把这事弄上法庭，凯伦。"斯坦纳说，"这太冒险了。"

"那我应该怎么做？"凯伦问。

"收买他，给他一笔现金报酬。比如说，他可以继承遗产的百分之二十，这些钱也够他花的了。"

"你是说和解？"凯伦说，"我以前也遭到过不公平的起诉，奥斯汀。"她看了看我，"所有成功的作家都碰到过这种事。我的原则是，永远不为息事宁人而选择和解。"

斯坦纳蹙拢眉头："但是和解比上法庭更安全。你的人格转移到人造人身体里，有关这方面的立法根本站不住脚，这是全新的概念，而且没有案例。如果你输了官司……"斯坦纳的目光再次落在我身上，"……那么和你同样遭遇的人都会输。"

斯坦纳摇了摇头："听我一句劝，凯伦。趁着事态没有扩大，把泰勒收买了。"

我看了看凯伦。她沉默了一会儿，摇了摇头。"不，"她说，"我就是凯伦·贝萨里安本尊。如果有人需要我证明这点，我乐意奉陪。"

第 20 章
死亡证明

凯伦追悼会后的第二天，我醒来时感觉头痛欲裂。当然了，我指的是地球概念的"第二天"，因为月球的一天还远没有结束：太阳从月球的地平线升起到落下需要地球概念里两周的时间。但是伊甸园保持着基于地球自转的昼夜时钟，而永生科技粗暴地将北美东部时区作为标准时间。我们甚至打算从10月起转换为夏令时。

但我当时没有想这么多，头疼的感觉占据了我的整个大脑。我在地球上偶尔会犯偏头痛，但这次情况很严重。不只是脑袋一侧，痛感似乎蔓延到了我头顶中央的位置。我下床，走进套房的浴室，用冷水洗了洗脸，但是没有得到缓解。我仍然觉得像是有人在用凿子敲打我的头盖骨，试图把我的大脑劈成两半。我现在明白"头痛欲裂"这个词是怎么来的了。

我吃了一点儿药，希望能有用，但效果甚微。于是我找了把椅子坐下，打电话给医院。"早上好，沙利文先生。"接电话的是医院的一个年轻妇女。

"你好。"我说，"请问昌德拉古普塔医生在吗？"

"很抱歉，先生，他已经离开伊甸园，正在返回月球移民基地一号的路上。还有什么可以帮您的吗？"

我刚想开口回答，发现头疼好了一点儿；也许药品起了一点儿作用。"没事了，"我说，"没什么。我相信我会好起来的。"

◇

凯伦待在自己的书房里，与她另外几个律师、投资顾问以及其他顾问一起讨论，试图想出办法来解决她儿子准备申请遗嘱检验的问题。

我躺在凯伦的床上，习惯性地盯着卧室天花板那一片白色。我当然不会感到疲惫，再也不会了。但像这样躺着是我思考时的惯用姿势，比罗丹的作品里那种坐马桶上的姿势[1]更适合思考。

"你好，"我说，抬头看着天花板上的空白，"喂？你在吗，杰克？"

没有任何回应，完全没有。

我试着厘清思绪，把泰勒、丽贝卡、蛤蜊头给我带来的伤痛抛诸脑后。

"喂，"我再次尝试，"在吗？"

终于，在我的感知深处，传来一种微弱的瘙痒感。

是谁——

联系上了！我松了一口气，喜出望外。"你好，"我又说了一遍，轻声但很清楚，"是我——另一个版本的雅各布·沙利文。"

另一个版本？

"在地球的版本，我现在过着生物人杰克的生活。"

---

[1] 此处是指法国雕塑家奥古斯特·罗丹（Auguste Rodin）创作的雕塑《思想者》（Le Penseur）。

你是怎么和我交流的？

"你——你不就是之前和我联系的那个扫描人吗？我们昨天有过类似的对话。"

我不记得了……

我停顿了一下。我这次会不会联系到了一个新的扫描人？"你在哪里？"

应该在某个实验室里。这里没有窗户。

"墙壁是蓝色的吗？"

是的，你怎么会……

"还有，一面墙上有一张大脑的图示吗？"

是的。

"这可能还是同一个房间。或者……或者和它完全一样的房间。看看那张图。具体是什么？是海报吗？"

是的。

"印在纸上的图片？"

是的。

"你能在上面做个记号吗？你有笔吗？"

没有。

"好吧，在上面撕开一个小口子。走过去，然后在左下角往上十厘米的位置撕出一个一厘米长的小口。"

简直疯了。这太疯狂了。我脑子里有个声音！

"我想这是量子纠缠引发的。"

量子——真的吗？好酷。

"把海报撕开。这样我就能知道下次联系到的扫描人是在同一个房间，还是在另一个相似的房间。"

好的。在左下角往上十厘米的地方。我撕好了。

"很好。现在到了棘手的部分。你说自己是在预定的人造人身体里，对吗？"

我没有这么说过。你怎么知道的？

"你昨天告诉我的。"

我说过吗？

"是的，或者是另外一个版本的扫描人说的。现在，我需要你用某种方式在你的身体上做个标记。你有什么办法吗？"

为什么要做标记？

"这样我就能确定下次我是不是在和同一个扫描人联系了。"

好。这里的架子上有一把小螺丝刀。我会在我的塑料外皮上划出一条不显眼的痕迹。

"好极了。"

对方没有说话了。过一会儿，他说：

好的，我在我的左前臂外侧划了三个小小的X，就在胳膊肘下方。

"好。很好。"我停顿了一下，试图记住这一细节。

等等。有人来了。

"谁？谁来了？"

早，医生。我要——躺下吗？当然，我能躺下。嘿，你这是干吗——你疯了吗？你不能——

"杰克！"

我——嘿！这是在干什……

"杰克！你还好吗？杰克！你听得到吗？"

我想，虽然奥斯汀·斯坦纳是一个很有能力的家庭律师，但这个案子至关重要，凯伦需要请最好的律师。很幸运，此刻我很清楚应该给谁打电话。

马尔科姆·德雷珀的脸出现在墙上的屏幕里，非常有年轻版威尔·史密斯的风采。"怎么了——是杰克·沙利文，对吗？"

"是我，"我说，"我们在永生科技见过，记得吗？"

"当然记得。找我有什么事吗，杰克？"

"你在密歇根州有执业资格吗？"

"是的，密歇根州、纽约州、马萨诸塞州。而且我有合伙人，他们——"

"好。好极了。我这里有一个案子。"

他的眉毛挑了起来："什么案子？"

"嗯，简单来说是遗嘱检验。但是——"

马尔科姆摇了摇头："对不起，杰克，我应该和你说过我的业务范围是公民自由和民权。我相信我的秘书可以在密歇根州为你找到一个顶尖的遗嘱检验类专家律师。"

"不，我想你会感兴趣的。需要受到遗嘱检验的人是凯伦·贝萨里安。"

"你说的是那个作家？"

他不知道凯伦的真实身份。"你在永生科技也见过凯伦。那个有佐治亚州口音的女人。"

"她就是凯伦·贝萨里安？我的天……哦，天哪。谁在试图检验她的遗嘱？"

"她的儿子，名叫泰勒·霍罗威茨。"

"但生物人版本的凯伦还没有去世。密歇根州的法院无疑——"

"不，那个凯伦已经死了，至少泰勒是这样断言的。"

"天哪。那她转移得很及时。"

"显然如此。你可以想象，这个案子的复杂程度超出了通常遗嘱检验的范畴。"

"没错，"马尔科姆说，"完美的案子。"

"你说什么？"

"全世界一直在等待这种案子的出现。意识上传概念出现的时间不长，而且到目前为止，还没有人质疑人格转移在法律层面能否得到承认。"

"所以你会接她的案子吗？"

他停顿了一下，说道："不会。"

"什么？马尔科姆，我们需要你。"

"不能让我当你们的律师，我自己也是扫描人，别忘了。你们不能让一个机器人来为另一个机器人的权利辩护。你们需要的是有血有肉的人类律师。"

他说得很有道理。"我想你说得对。你有推荐人选吗？"

他笑了笑："是的，确实有一个。"

"谁？"

"当你打电话时，我们律所的接待员怎么说？"

我皱了皱眉头，他真的很喜欢打哑谜。"嗯，好像说的是'欢迎致电德雷珀父子律所'。"

"没错，你们要找的人就在里面。我的儿子德肖恩·德雷珀。"

"你们父子关系不错吗——我是说，你做完意识扫描手术之后也是？"

马尔科姆点了点头。

我哼了一声："真好。"

我们预计在第二天下午进行初步动议听证会。德雷珀父子乘早上8点的飞机从曼哈顿飞来底特律，航班时间很短，不到一小时。凯伦让她的豪华轿车司机等着接机，把他们带到她的豪宅。不出意外，这里就是我们作战的大本营。

"你好，杰克。"马尔科姆走进前门的时候说道，"还有凯伦，你好！我们之前见面时，我不知道你竟然就是那位大作家。我必须说，我很荣幸。这是我的儿子，也是我的合伙人——德肖恩。"

德肖恩是个30多岁的男人，头发剃了个精光，黑人剪这种发型很帅，换作白人就很难看了。

"凯伦·贝萨里安！"德肖恩说着，惊讶地摇摇头。他用双手握住她的一只手："我父亲说得没错。您不知道，我能见到您是何等荣幸！我实在太喜欢您了，太喜欢看您写的书了，言语根本无法表达！"

我装出微笑的表情，相信我终会习惯自己宛如皇室配偶的感觉。

"谢谢，"凯伦说，"我也很高兴见到你。请进。"

凯伦带我们经过一条长长的走廊。大宅里有一些房间我还没有去过，我们到的这个房间便是其中之一。这是一个狭长的房间，类似会议室。三面墙都是书柜，剩下的一面是一个墙面屏幕。好吧，凯伦这个名字本身就代表着大生意，我想她家里有一个开会的地方也很合理。

马尔科姆对凯伦的房间非常赞赏，而我还没有注意到其中的奥妙。"这是弗里欧书社[1]出的书？"他看着一本本装在函套里的精装书。

---

[1] 弗里欧书社（Folio Society），英国伦敦的一家私人出版商，专门制作各种收藏级别的精装书。

凯伦点了点头："全套——他们发行过的每一卷。"

"很棒。"马尔科姆说。这里有一张长桌，周围有转椅。凯伦坐在桌子的一头，并示意我们也坐下。除了德肖恩，我们都不需要喝东西，而他似乎只要在凯伦旁边就非常开心。

"先生们，"凯伦说，"非常感谢你们的到来。"她在房间里指了指四周，但我认为她的真正意思也包括房间之外的一切。"正如你们想象的那样，我不想失去这一切。我们要如何才能阻止这种情况发生呢？"

马尔科姆双手紧握，放在身前的桌面上："正如我和杰克说的，德肖恩将担任你的首席律师——我们需要一个生物人律师。当然，我会在幕后工作，我们在纽约的几个同事也会一同跟进。"他看了看自己的儿子，"德肖恩？"

德肖恩穿着灰色的西装，打着绿色的领带。我正在学着欣赏绿色。"您把这个官司的事情告诉永生科技了吗？"

我看了看凯伦。"没有。"她说，"为什么要告诉他们？"

"他们应该会想参与进来，"德肖恩说，"毕竟，这个案子涉及他们推销卖点的核心。如果法院裁定您并不是凯伦·贝萨里安本人，而是一个新的人，无权获得她的资产，那么永生科技的麻烦就大了。"

"我没有想过这个问题。"凯伦说。

德肖恩看了看他父亲，又看了看我们，说道："还有一点需要考虑。在结案之前，您的儿子泰勒肯定会提出要冻结您的账户，而且法官可能会接受这个提议。法官倒是不会强迫您离开您的住处，但您可能会无法使用银行账户。"

"我有钱。"我马上说，"我们会挺过去的。"

"除非也有人要和您打官司。"德肖恩说。

我皱起眉头。他说得没错。即使加拿大人不像美国人那样爱打官司，我母亲也表明了自己的态度，她不承认我是杰克。"那么，我们该怎么做？"我问道。

"首先，"马尔科姆说，"请理解，我们不是怕你们付不起钱，这是为你们着想。另外，也请理解，我们完全希望能够打赢官司——取得最终的胜利。"

"最终的胜利？"我说，"要花多长时间？"

马尔科姆看向德肖恩，但德肖恩的脑袋朝着他父亲仰了仰，表示让父亲来说。"在民事案件中，"马尔科姆说，"你可以等待开放的审判名额出现，或者你可以在拍卖会上进行竞标。现在各州会通过这种方式筹集大量的资金。我查过底特律的法院积案清单。如果你愿意，比如说花五十万，就可以在几周内有一个完整的陪审团审判。但这仅仅是个开始。除非在审判前撤销诉讼或达成和解，否则无论遗嘱检验法庭的审判结果如何，最终这个案子都会上交到最高法院。无论怎样，贝萨里安诉霍罗威茨案都将成为法律史的里程碑。"

凯伦无奈地摇了摇头："我整个职业生涯都在努力树立我的名誉，我不想落得像罗伊那样的下场。"她停顿了一下，"有趣的是，很多作家都用假名作为笔名，但贝萨里安是我的真名。是我随了第一任丈夫的姓。不过，罗伊是个假名，不是吗？"

"是的，简·罗伊。"马尔科姆说，"因为他们在法庭上已经有个简·多伊了[1]。简·罗伊的真名是诺尔玛·麦科维。多年后她自己公开透露了这个名字。"他耸了耸肩，"讽刺的是，她后来成了一名反堕胎的倡导者。在罗伊诉韦德案宣判结果出来和结果被推翻的时

---

[1] 简·多伊（Jane Doe）是美国法律案件中为保护女性当事人隐私而采取的通用化名。关于此案的介绍在后文会提及。

候，没有多少人像她一样能够为两次结果都叫好的。"

凯伦又摇了摇头："贝萨里安诉霍罗威茨。好家伙，明明是一家人却要闹成这样。"

德肖恩显得很同情。"当然了，"他说，"也不是非要进入审判的阶段。"

"我不打算和解。"凯伦断然说道。

"我明白，"德肖恩说，"但我们会在每个阶段都努力让他的诉讼被驳回。事实上，我们希望能在今天下午的初步动议听证会上就驳回他的诉讼请求。"

"怎么做？"凯伦问，"我是说，如果可以实现，那就太好了，但怎么做呢？"

"很简单，"德肖恩说，他现在双手紧握着放在桌子上，和他父亲的动作一模一样，"伊甸园建在月球的背面是有原因的。我的意思是，虽然那里确实是一个适合养老的好地方，但选址的意义不止于此。月球背面地区不属于任何政府的管辖范围。当——应该怎么称呼他们来着？'皮囊'？"

马尔科姆点了点头。

"当'皮囊'在那里死亡时，"德肖恩继续说，"没有任何书面记录，也没有死亡证明。如果没有死亡证明，泰勒的诉讼就无从谈起。因为在这个州，没有死亡证明就不能进行遗嘱检验。"

受理此案最初动议的法官是塞巴斯蒂安·赫林顿，一个看起来40多岁的白人男子，但网上的简历说他实际上已经60多岁了。我想这对我们来说是件好事：接受过抗衰老医美技术的人可能会更认同凯伦的立场。

"好吧，"法官说，"案子现在是什么情况？"

这只是一个初步听证会，还没有向媒体透露消息；法庭上除了我和凯伦、德雷珀父子，还有一个约35岁、神情严厉的西班牙裔女人，她是泰勒的律师，此外没有其他人。在回答法官的问题时，她站了起来。"法官大人，"她说，"我叫玛丽亚·洛佩斯，是泰勒·霍罗威茨的律师。泰勒是作家凯伦·贝萨里安唯一的孩子，而凯伦·贝萨里安已经去世。"洛佩斯有一头棕色短发，漂染了一点儿金色。她五官看起来很刻薄，但额头高高的，看起来很聪慧。

"贝萨里安女士是个寡妇，"洛佩斯说，"泰勒和他的未成年子女，也就是贝萨里安女士的两个孙女，是她遗嘱中指定的唯一继承人，也是她唯一的法定继承人，是她最合理的遗赠对象。此外，泰勒在贝萨里安女士的遗嘱中被指定为个人代表。泰勒已经代表自己和他的孩子们，以遗嘱的唯一继承人的身份，提交了一份请求书。他想继续处理她的遗产，并寻求法院的批准。"她坐了下来。

"在我看来，这案子听起来并不复杂。"赫林顿法官说，他的脸比我还长，下巴像鞋拔子一样。他转向我们说："但我注意到今天上午我们这儿有一群很特别的人。你们哪一位是律师？"

"法官大人，"德肖恩站起来说，"我是德雷珀父子律师事务所的德肖恩·德雷珀，我们的总部在曼哈顿，但在密歇根州也有执业资格。"

赫林顿的嘴巴很小，此时噘成了一个完美的半圆形。他用手轻轻一挥，指了指我们——坐在桌前的三个人："那这是？"

"我的搭档，马尔科姆·德雷珀。凯伦·贝萨里安。还有雅各布·沙利文，他是贝萨里安女士的朋友。"

"我是说，"赫林顿说，"这些是什么东西？"

德肖恩的声音很镇定，丝毫不为所动："法官大人，他们是扫描人，接受了意识上传。这三个人的本体都接受了永生科技公司提供的意识扫描手术，将他们的人格权利转移到这些新的身体上。而他们的本体已经去往月球背面地区。”

赫林顿的五官现在扭成了一个疑惑的表情。在他那长长的黑眉毛下面，一双棕色的眼睛睁得很大。“当然，德雷珀先生，我知道你们公司的声誉，但是……”他皱着眉头，咬着薄薄的下唇好一会儿，“时代变得真快。”他说。

“是的，法官大人。”德肖恩热情地说，“确实如此。”

“很好，”赫林顿说，“我想你对霍罗威茨先生的请求有异议？”

“是的，法官大人。”德肖恩说，“我们的立场很简单。首先，也是最重要的一点，这位就是凯伦·贝萨里安本人。”凯伦坐在我和马尔科姆之间，身着一套端庄且迷人的深蓝色女式商务套装。凯伦点了点头。

赫林顿低头看了一下手中的数据平板：“资料上说，贝萨里安女士出生于 1960 年。这个机器人似乎……”

“我把脸做成了自己年轻时候的样子，”凯伦说，“并非出于虚荣，而是……”

赫林顿对她点了点头：“显然，对于这位是否真的是凯伦·贝萨里安本人，我想保留判断。不过如果你是本人，那么很高兴见到你。我非常喜欢凯伦·贝萨里安的小说。”他回头看了看德肖恩，“你还有什么证据支撑吗？德雷珀先生。”

“法官大人，该拿出证据的不该是我，而是洛佩斯女士。”德肖恩显然在克制自己语气中的得意，但并不是很成功，“您面前有一个女人，说自己就是凯伦·贝萨里安，这就是一个活生生的证明。在没有死亡证明的情况下，法庭必须假定她说的是实话。”

赫林顿法官又露出刚才那种疑惑的表情。他睁大眼睛，扬起眉毛。"我不明白。"他说。

德肖恩也做出了习惯性的疑惑表情。"在遗嘱检验开始之前,"他说,"如果遗嘱人真的过世了,主治医生或县法医通常会开具一份死亡证明。但既然没有开具死亡证明,显然——"

"德雷珀先生,"赫林顿法官说,"你似乎搞错了。"

"我——"德肖恩要往下说,但还没等他说下去,玛丽亚·洛佩斯就站了起来。

"他确实搞错了,法官大人,"她非常得意地说,"我们这里就有一份凯伦·贝萨里安的死亡证明。"

第 21 章
遗嘱

"该死，那张死亡证明对我们非常不利，"马尔科姆·德雷珀一边说着，一边来回踱步——即使他成了扫描人也习惯边走边思考。这会儿我们回到了凯伦家的会议室里。"我们这下有大麻烦了，得证明凯伦并没有死才行。"

凯伦脱下身上的西装外套，并不是因为热，应该也是以前的习惯。她坐在我右边，德肖恩坐在我左边。凯伦面无表情地点点头。

"但至少赫林顿法官同意进行陪审团审判，"马尔科姆说，"我认为有陪审团比没有陪审团要好。"他走到一半时停了下来，转过身来。

"那个叫洛佩斯的律师，"我问道，"我们对她了解多少？"

德肖恩面前就有一个数据平板，但他没有查看资料。"玛丽亚·特蕾莎·洛佩斯，一位优秀的年轻律师。"他说，"她就是遗嘱检验专业律师，虽然这次案子涉及的一些问题可能不属于她的专业范围，但是我觉得不能掉以轻心。她在哈佛大学读书的时候成绩是班上第三，也曾为《哈佛法律评论》① 撰文，并担任过密歇根州总检

---

① 《哈佛法律评论》（*Harvard Law Review*），哈佛大学法学院主办的一个法学研究学术期刊。

察长的书记员。"

马尔科姆点了点头："我一向不会低估对手。"

"看来会是一场持久战了，"我说，"而且法官确实对凯伦的资产发出了临时冻结令。"事实上，赫林顿已经冻结凯伦的大部分资产，只留下了五十万美元，好让她能够承担家庭日常开支和法律费用。

"我以后要用的钱，可远不止五十万，对吗？"凯伦抿了抿她的塑料嘴唇，接着说道，"好吧，我想想能做些什么。"她仰起头，对着空气说道："电话，联系艾丽卡。"接着她又对我们说，"艾丽卡·科尔是我的文学经纪人。"

"欢迎致电艾丽卡·科尔事务所。"男接待员说，墙面的大屏幕上出现了他的脸。在凯伦说话之前，他说道："哦，凯伦，是你呀。我直接帮你转接。"

屏幕上出现表示"转接中"的图标，三秒钟后，一个大约50岁的白人妇女出现了。她简直就像一张以几何圆形为主题的试画稿——脑袋圆圆的，头发打着圆圆的卷，圆圆的眼睛上戴着一副圆框眼镜。"你好，凯伦，"她说，"有什么事吗？"

"艾丽卡，这是我的朋友杰克·沙利文。这两位先生是我的律师，马尔科姆·德雷珀和德肖恩·德雷珀。"

"马尔科姆·德雷珀？"艾丽卡说，"是我知道的那位律师吗？"

马尔科姆点头。

"哇，我们应该聊聊。"艾丽卡说，"你有经纪人吗？"

"你是指文学经纪人？没有。"

"那我们真该好好聊聊。"艾丽卡果断地点头。

凯伦用机械音发出咳嗽声，艾丽卡的眼睛转向她："不好意思。"

"你知道我一直说着要写新书。"凯伦说。

艾丽卡期待地点点头。

"如果条件谈妥，我打算动笔了。"

"你有什么想法？《恐龙世界》系列的新作？"

"没错。"凯伦说。

"呃，"马尔科姆说，"请原谅我打断一下……"

我们都看向他。

他抱歉地耸耸肩。"在官司结束之前，"他说，"你最好别碰一切没有明确所有权的财产。"

这是我第一次在凯伦的脸上看到了愤怒。"什么？《恐龙世界》就是属于我的！"

"出什么事了？"艾丽卡问。

德肖恩和马尔科姆花了几分钟时间向艾丽卡说明泰勒的行为，而我则看着凯伦发怒。我差点儿告诉凯伦，即使我们输了官司，她只要再等 70 年，《恐龙世界》系列就会变成公版，她愿意怎么写续集都没人能管了，但我认为现在不是说这个的时候。

"好吧，"凯伦最后说，双手交叉放在胸前，"那就不写《恐龙世界》系列续集，但那将是我时隔 15 年的新作。"

"你有大纲了吗？"艾丽卡问，"写样章了吗？"

如果你是一位大作家，不用多说，别人自然就知道。"我不需要这些东西。"凯伦断然说道。

我把目光转回墙上的屏幕，正好看到艾丽卡点了点头。"你说得没错，"她说，"你不需要。"

"到目前为止，给作者的新作最多预付过多少钱？"凯伦问。

"一亿美元，"艾丽卡马上说，"当时是给芭芭拉·盖格的新书预付款。"

凯伦点点头："圣马丁公司仍然拥有我下一部小说的期权，对吗？"

"对。"艾丽卡说。

"好。"凯伦说,"打电话给他们公司的浩。给他 72 小时,让他先出价,出价要超过一亿,否则你就拿去拍卖。告诉他我需要百分之五十的签字费,而且要在完成交易后一周内拿到。一旦你拿到支票,我会让你根据需要,代表我用它支付资金。但首先,我应该有些周转资金,所以要给我十万现金。"

"你多久能交稿?"艾丽卡问。

凯伦想了一会儿,说:"我再也不会感到疲惫了,所以不会浪费时间去休息。告诉他我将在 6 个月内交稿,他能在 2046 年圣诞节前出版。"

"你想过书名了吗?"

凯伦没有半点儿迟疑:"想过了,告诉他,这本书叫《现在谁也别想阻止我》。"

◈

和马尔科姆相比,让他儿子德肖恩担任凯伦的首席律师有一个缺点:德肖恩需要时间来休息。凯伦的豪宅里有六间客房,德肖恩正在其中一间里呼呼大睡。与此同时,马尔科姆在会议室里用墙上的屏幕查询判例。而凯伦则在自己的书房里为新作查阅资料——和她先前说的一样。

剩下我一个人在客厅里。我正在体验乐至宝牌 ① 皮革躺椅。当我还是生物人的时候,我从来不喜欢皮革家具,因为它总是会让我热得冒汗,但现在的我不会出汗。我靠在椅背上,盯着墙面屏幕被关掉后留下的灰色空白发呆。

---

① 乐至宝(La-z-boy),美国高端功能沙发品牌。

"杰克？"我轻轻地说。

没有任何回应。我又试了一次："杰克？"

怎么回事……

"是我。另一个杰克·沙利文，在外面世界的那个。"

你在说什么？

"你不记得了吗？"

什么意思？我怎么会听见你说话？

"你记得我吗？我们不久前还交谈过。"

你是什么意思——"交谈"？

"好吧，不是口头交谈。但我们交流过，通过思维进行交流。"

太疯狂了。

"这句话你之前就说过了。看看你的左胳膊肘，你的手臂外侧，是不是有三个小小的 X 形划痕？"

你怎么知道……确实有。我手臂上怎么会有划痕？

"是你自己弄出来的，你不记得了吗？"

不记得了。

"你也不记得以前和我交流过？"

是的。

"那你记得什么事情吗？"

很多事情都记得。

"最近发生了什么，你还记得吗？昨天发生了什么？"

不太记得了，没什么特别的。

"好吧。嗯……让我想想……有了。去年的圣诞节呢？说说去年圣诞节发生了什么事。"

去年圣诞节下雪了，多伦多已经很多年没有在圣诞节的时候下雪，但我记得去年平安夜确实飘雪了，雪一直下到节礼日才停。我给妈买了一套银质餐盘作为圣诞礼物。

我吓了一跳："然后呢？"

她送了我一套漂亮的玛瑙棋子。布莱尔叔叔来家里吃圣诞晚餐，然后……

"杰克。"

怎么了？

"杰克，今年是哪一年？"

2034 年。当然，如果你是指去年圣诞节，那是 2033 年。

"杰克，今年已经是 2045 年了。"

胡说。

"不，是真的，现在是 2045 年 9 月。布莱尔叔叔 5 年前去世了。我记得你说的那年圣诞节，我也记得下雪，但那已经是 10 多年前了。"

胡说八道。这到底是怎么回事？

"我也想弄清楚。"我停顿了一下，脑子飞速地运转着，试图厘清这一切，"杰克，按你说的，如果今年是 2034 年，你又怎么会跑到一个人造身体里？"

我不知道。我本来就觉得很奇怪。

"那时候还没有上传手术呢。"

上传？

"永生科技公司发明的手术，意识扫描手术。"

算了，我还是没听懂。但我无法反驳这个事实，我的确在某种合成身体里。但是你说现在是 9 月。

"没错。"

你错了。现在是 11 月底。

"如果现在已经 11 月，树叶应该都掉光了，前提是你仍然在多伦多或附近的地方。你今天看到外面的景色了吗？"

今天没有。但昨天——

"你认为的昨天并不是实际的昨天。"

这个房间里没有窗户。

"蓝色，对吗？房间是蓝色的。"

是的。

"一面墙上有一张大脑结构的图示，对吗？我让你在图片左下角往上十厘米的地方撕了一个口子。"

不，你没有。

"我让你撕了。就在我们上次进行思维交流的时候。你去看看，肯定会找到的。一条一厘米长的口子。"

我找到了，但这只能说明你以前来过这个房间。

"不，不对。图片上的撕口，还有你胳膊上的三个 X，意味着你和我之前联系过的那个实体是同一个。"

但这是我们第一次交流。

"并不是，尽管我知道你以为是第一次。"

如果我们以前交流过，我肯定会记得。

"是你自认为的罢了。好吧，我不知道，好像你丧失了长期记忆的能力，记不住最近发生的事情。"

这种情况已经持续 11 年了？

"不，这才是奇怪的地方。生物人版本的杰克·沙利文上个月才接受意识扫描手术，所以你不可能在 11 年前就存在了。"

我不确定你是不是在胡扯——但是，为了避免争论，让我们假设你说的都是真的。既然你所说的"上传手术"出了差错，导致我失去长期记忆的能力。那么，我又怎么会丢失整整 10 年的记忆呢？

"我不知道。"

今年真的是 2045 年？

"真的。"

对方停顿了好一会儿。蓝鸟队现在怎么样了？

"打得一直很差。"

好吧，至少我没有错过什么精彩的比赛……

圣马丁出版社站了出来，愿意为凯伦·贝萨里安的下一本书支付一亿零一千万美元的版税预付款。同时，永生科技公司在得知情况后，同意支付一半的诉讼费用，并力所能及地提供各方面的支持。

凯伦花了六十万美元在拍卖会上拍到了最优先审理的名额，我觉得非常可耻，但应该只是我这种加拿大人才会这样觉得。在美国，如果你有足够的钱，你可以插队看病，司法程序又怎么不能接受插队呢？总之，依照德肖恩说的，由于凯伦买下了优先审理的名额，所以现在这个案子里，她是起诉方。

德肖恩·德雷珀和玛丽亚·洛佩斯花了几天时间挑选陪审员。当然，德肖恩想选凯伦作品的粉丝，不管是她的书迷，还是小说改编电影的影迷都可以。他还希望陪审团中有黑人、西班牙裔和同性恋者，他和我们聘请的顾问都认为这些群体可能更容易接受对于人格的广泛定义。

德肖恩还想选有钱人来加入陪审团，但是很难办，因为有钱人往往会找借口推卸公民责任而不参与陪审。"死亡和税收是不可避免的，"德肖恩对我们说，"但穷人知道，有钱人多的是办法来偷税漏税。不过，穷人至少还有一点值得欣慰，那就是死亡对于每个人都是平等的。但在永生科技出现之后，就连死亡也不再是平等的。穷人会憎恨凯伦找到了逃避死亡的方法。而有钱人都很抵触贪婪的亲属，所以会很反感泰勒。"

我还沉浸在预审时的震惊之中，而正式审判马上就要开始了，七人陪审团也已经就位：六名正式陪审员加上一名候补陪审员。在人选上，德肖恩和洛佩斯谁也没有占上风，最后的成员包括四名异性恋女性，其中两名是黑人，两名是白人；一名黑人同性恋、一名白人异性恋男性，还有一名西班牙裔异性恋男性，所有人都在60岁以下。洛佩斯成功剔除了与死亡问题切身相关的老年人。这些成员中不存在有钱人，尽管其中两个人肯定属于中上阶层，但对陪审团来说只占到了近三分之一。只有那名西班牙裔的陪审员读过凯伦的书，但他读的是续作《重返恐龙世界》，还说自己对这部作品无感。

终于，庭审开始了。法庭的装修很简约，风格很现代，墙壁上是木制红漆的护墙板。在法警的指挥下，我们全体起立，就像电视播放的那样。受命审理此案的法官正是我们在最初动议听证会时见过的塞巴斯蒂安·赫林顿。他走了进来，在和护墙板同样的木制红漆长椅上就座。长椅的后面一边是密歇根州的州旗，另一边是美国国旗。长椅旁边就是证人席。

德肖恩和凯伦坐在原告席上，位置比较靠近陪审团席。泰勒和洛佩斯坐在另一张款式相同的桌子上，相对较远。两张桌子的前面有一块宽敞的开放区域，地上铺着黄色瓷砖。马尔科姆告诉我，这个区域叫作律师席。

我在这起案子里没有特殊身份，所以我坐在旁听席上，但是和我在电视上看到的大多数法庭不同。现实中旁听席并不在法庭的后面，而是在旁侧，能够清楚地看到原告、被告、法官和证人的脸。马尔科姆·德雷珀坐在我旁边。旁听席上还有泰勒的两个女儿，分别是 12 岁和 8 岁，泰勒的妻子陪在一旁。孩子们看起来非常可爱，让她们出席显然是为了让陪审团认为我们无情地剥夺了她们的合法继承权。

审判正在进行实时转播，其余的席位都坐满了人，大部分是记者。永生科技也派人出席了，是从多伦多过来的。

"请双方律师进行开庭陈述。"赫林顿法官说，一只手支撑着他的"鞋拔子"下巴，"从原告的律师开始，有请德雷珀先生。"

德肖恩站了起来。他今天穿着一套深蓝色的西装，内搭一件浅蓝色的衬衫，而领带的蓝色不深不浅。"陪审团的女士们、先生们，"他说，《圣经》说得很清楚，应当孝敬父母，这并非只是建议，而是十诫之一。我们今天聚在这里，恰恰是因为一个贪婪的男人选择了违反这条诫命。"他走到凯伦身后，把手放在她的肩上，"我想让各位见见这个人的母亲，凯伦·贝萨里安，一位著名的作家。多年来她非常努力地工作，创造了现代文学中一些非常令人难忘的人物形象。她因此赚了很多钱，这是她应得的回报。这就是美国梦的体现，不是吗？努力工作，你就能出人头地。但是现在她的儿子，就是站在那里的那个男人——泰勒·霍罗威茨，他却选择用最为极端、残忍、离谱的方式来羞辱他的母亲。他说她已经死了，而且他想要她的全部财产。"

"在此次审判中，你们会了解凯伦·贝萨里安的为人。她有爱心，很温暖，乐善好施，心地善良，而她并不会索要任何金钱赔偿或惩罚性赔偿，只是想要阻止她的儿子企图执行她的遗嘱而已，因为她并没有死。"德肖恩依次看向每一名陪审员，和他们眼神交流，"对一位母亲来说，这样的要求难道很过分吗？"他坐下来，轻轻拍了拍凯伦的手。

赫林顿点了点头，晃了晃他的鞋拔子脸："谢谢你，德雷珀先生。接下来有请洛佩斯女士。"

玛丽亚·洛佩斯站了起来。她穿着一件外套，颜色是一种我从未见过的深红色，真没想到我还能看见新的色彩。她的裤子是黑色的，外套里是深灰色的上衣。"陪审团的女士们、先生们，这个案子和贪婪没有关系。"她摇了摇头，无奈地笑了笑，"和钱也没有关系。只不过是一位儿子希望让他深爱的母亲能够安息而已，是为了哀悼，是为了让她能够体面地死去。"她停顿了一下，也依次和每位陪审员进行了眼神交流，"处理双亲的丧事，是每个孩子最悲伤的职责。令人心痛，但不能不去做。任何人若试图延长可怜的泰勒的痛苦，都是过于残酷的做法。凯伦·贝萨里安已死，我们会证明这一点。她死在了月球上。至于坐在那里自称是贝萨里安女士的……机器人，我们将证明它只是一个冒牌货，它试图索取的，是它本来就没有权利拥有的财产。让泰勒好好地为母亲下葬吧。"

"我同意原告律师的一点看法。真正的凯伦·贝萨里安是一个乐善好施的人。她在遗嘱中将超过一百亿美元作为善款捐赠给众多慈善机构，包括美国癌症协会、美国人道协会、无国界医生组织等。有了这笔钱，他们可以做很多善事。听闻贝萨里安女士的死讯，最伤心的莫过于她那孝顺又有爱的儿子泰勒。他急切地想看到他母亲的财富帮助其他人，而她生前的打算也正是如此。让我们不要阻碍一位伟大女性的遗愿。谢谢。"

"那好，"赫林顿法官说，"德雷珀先生，请陈述原告案情。"

第 22 章
贿赂

我来到伊甸园的美式餐厅，发现马尔科姆·德雷珀独自坐着，拿着一个数据平板在看东西。我迈着在月球上特有的轻盈步伐，来到他的身边："你好，马尔科姆。"

他抬起头来："杰克，请坐吧！"

我拉开他对面的椅子，坐了下来。"你在看什么？"

他举起平板，给我看上面显示的内容，正是《恐龙世界》。他耸了耸肩说："我儿子非常喜欢这本书，但我还没看过。必须说，这本书还挺有意思的。"

我摇摇头："作者本人一死，作品会卖得更火，这不是很正常的一件事吗？"

他摁了一下，关闭了平板。"不过，凯伦·贝萨里安并没有死，"他说，"扫描人版本的凯伦会继续拿到版税收益的。"

我哼了一声："不劳而获。"

马尔科姆的桌上有一杯白葡萄酒。他喝了一小口说："你得明白，这是她应得的。"

我又哼了一声，马尔科姆友好地耸了耸肩。他一定看到我身后有个服务员，因为他招了招手，手上的塔福德戒指在灯光下闪闪发光。过了一会儿，果然有一个女服务员过来了。她是白人，看起来大概25岁，不仅头发很卷曲，身材的曲线也很明显。

"晚上好，先生们，"她说，"两位要吃点什么？"

"给我一份凯撒沙拉，"马尔科姆说，"不要放面包块，谢谢。烟熏培根卷菲力牛排，牛排要三分熟，配大蒜土豆泥，还要豌豆和胡萝卜。可以吗？"

"没问题，德雷珀先生。您想吃什么都可以。您呢，沙利文先生？"

我冲她眨了眨眼。她怎么会知道我的名字？我是说，虽然她之前给我上过几次菜，但是……

这一天很难熬，我又开始头疼了——也许是因为这里的空气太干燥。总之，我不想再研究菜单，就说："一样的也给我来一份就行，但我要芦笋条，不要豌豆和胡萝卜。对了，沙拉里要放面包块。"

"牛排也要三分熟吗？"

"不，我要生一点儿。要阿尔伯塔牛肉①。"

"完全没问题。要酒吗？"

我决定刁难她一下："给我来一杯老沙利高级黑啤酒。"

"好的，先生。我马上……"

"你们这里真的有这个酒？"我说，"老沙利？"

"当然，先生。我们专门为您储存了这种酒。我们掌握着这里每位居民的详细资料。"

我点了点头，她走开了。

---

① 阿尔伯塔省是加拿大最大的牛肉生产地之一。因此，阿尔伯塔牛肉也是该省最著名的特产之一，其肉质细嫩、多汁，并且富含蛋白质和其他营养物质。

"看到了吗？"马尔科姆说，像是在特意强调一样，"这地方真不错。"

"好了。"我说，"知道了。"我环顾房间。我在这里吃过几次饭，但从来没有仔细瞧过这个地方。当然，这里的装饰很华丽，就像最上流的牛排馆一样，有深色的木制护墙板——虽然可能实际上只是加工过的月球土壤而已。白色桌布，极简风格的灯，这一切看起来都很棒。"你真的喜欢这里吗？"我问马尔科姆。

"你为什么不喜欢这里呢？"

"不自由，而且……"

"而且什么？"

我揉了揉脑袋："没什么。你继续看书吧。"

他皱起了眉头："我有点儿认不出你了，杰克。"

他不了解我的心情，所以并非有意说出这句伤人的话。我的态度却不自觉地变得恶劣。"你当然认不出我了，"我厉声道，"因为地球上的那个家伙才是真正的我。至少他们是这么说的。"

马尔科姆挑了挑眉毛："杰克，你还好吗？"

我深吸一口气，试图控制住情绪："对不起。我的头很疼。"

"又疼了？"

我不记得自己和马尔科姆提起过头疼的事，那种颅骨顶上抽疼的感觉。我眯起眼睛："是的，又疼了。"

"你应该去看医生。"

"医生什么都不懂，别相信他们。"

他笑了笑："这话说的，最近可是刚有个医生救了你的命。"

女服务员给我上了啤酒。啤酒装在一个精美的陶瓷啤酒杯里。等她快步离开后，我喝了一口——脑袋一阵刺痛，就像头被冰锥刺了一下似的。马尔科姆一定注意到了我痛苦的表情。"杰克？杰克，你还好吗？"

"没事，"我说，"啤酒太冰了。"

我感觉头疼好些了，又喝了一口。

"吃点儿东西，感觉会好点儿。"马尔科姆说。

我心想，这可是专门为我准备的食物。但我又开始思考什么方法简单可行，可以让永生科技放我回地球。我感到脑袋一阵绞疼，就像地震后的余震。"算了，"我站起来，"我还是不吃了。我回去躺一会儿。"

马尔科姆脸上露出关切的神情。但过了一会儿，他做了个揉肚子的动作："我走运了，两块牛排都是我的了！"

我苦笑了一下，走向门口。但我知道他肯定不会碰那份搭配芦笋的牛排。马尔科姆·德雷珀可没有那么蠢。

⬢

"请陈述并拼写你的姓名，以便记录在案。"书记员这样说道。他是一个瘦小的黑人男子，留着一撇淡淡的小胡子。

一个棕色皮肤的男人面对着书记员，一只手从几本用于宣誓的装订版《圣经》中拿起了一本："名字：潘迪特，P–A–N–D–I–T。姓氏：昌德拉古普塔，C–H–A–N–D–R–A–G–U–P–T–A。"

"请坐。"书记员说。

昌德拉古普塔坐下，德肖恩随即站了起来。"昌德拉古普塔医生，"德肖恩说，"凯伦·贝萨里安的死亡证明是你开的，对吗？"

"是的。"

"你是凯伦·贝萨里安的私人医生吗？"

"不是。"

"以前是吗？"

"不是。"

"你以前接诊过她、给她看过病吗？"

"没有。"

"她有没有私人医生？"

"有。也就是说，我知道她死前是谁在给她看病。"

"请说出医生的名字。"

"唐纳德·科尔。"

"科尔医生是你的同事吗？"

"不是。"

"昌德拉古普塔医生，你在哪里工作？"

"巴尔的摩市①的约翰斯·霍普金斯医院。"

"那你是在约翰斯·霍普金斯医院确认凯伦死亡的吗？"

"不是。"

"你行医执照的执业地是？"

"马里兰州和康涅狄格州。"

"凯伦是在马里兰州死亡的吗？"

"不是。"

"凯伦是在康涅狄格州死亡的吗？"

"不是。"

"你是有执照的法医吗？"

"不是，但是——"

"请注意回答我的问题，医生，"德肖恩坚定而礼貌地说道，"你是有执照的法医吗？"

---

① 巴尔的摩市（Baltimore），美国马里兰州北部的海港城市。

"不是。"

"你是州或县的验尸官吗？"

"不是。"

"但你在这个案子中开具了死亡证明，是吗？"

"是的。"

"你是在哪里开具这份死亡证明的？我问的是你开具证明的地点，而不是你声称的凯伦死亡的地点。"

"在巴尔的摩市。"

"你是自愿开具死亡证明的吗？"

"是的。"

"昌德拉古普塔医生，请如实回答。让我再问一次：你是出于自己的意愿开具所谓的死亡证明，还是应某人的要求开的？"

"呃，如果这样说的话……是应某人的要求。"

"谁的要求？"

"泰勒·霍罗威茨的。"

"也就是本案的被告？"

"是的。"

"他要求你开具死亡证明？"

"是的。"

"是他主动联系你的，还是你主动联系他的？"

"我先联系他的。"昌德拉古普塔说。

"你联系泰勒时，是否知道他有可能继承数百亿美元？"

"我不清楚具体情况。"

"但你应该有所推测？"

"是的，合理地推测过。"

"你有没有向他收取任何费用？"

"开具死亡证明当然要收费。"

"当然要收费。"德肖恩说道，语气里带着某种敌意的暗示。他意味深长地看了一眼陪审团席。陪审员们都回过头来，但我还看不出他们此时的想法。

"德雷珀先生，容我多说一句。"昌德拉古普塔摊开双手，"我知道加拿大就位于这座城市的河对岸，而且我们法庭上有一些来自加拿大的朋友。但说实话，医生服务收费，并无不妥之处。"

"是的，"德肖恩说，"我同意这句话。"他走到陪审员席前，站到一边，仿佛成了第八名陪审员，"不过，请告诉大家，你到底收了多少费用。"

"我承认，霍罗威茨先生出手很大方，但是——"

"请说出具体金额。"

"他给了我十二万五千美元作为报酬。"

德肖恩看着陪审员，似乎是在等他们吹口哨，结果真的有一个人吹了。

"谢谢你，昌德拉古普塔医生。我的提问结束了，有请洛佩斯女士。"

"昌德拉古普塔医生，"她说着，从泰勒旁边的座位上站起来，"你说自己是一名医生？"

"是的。"

"你专攻哪个领域？"

"我是一名外科医生，专攻脑血管循环领域。"

我在座位上动了一下。我很好奇，他对卡斯尔曼病是否有研究。

"贝萨里安女士是在哪里去世的？"

德肖恩站起来："反对，法官大人。这是毫无证据的假设。我们并没有确定贝萨里安女士已经死亡。事实上，我们的主张恰恰相反。"

赫林顿法官皱起薄薄的嘴唇："德雷珀先生，底特律不是你的主场。这里的律师大多知道，我讨厌咬文嚼字。"

听到这里，我的心一沉。但赫林顿继续说："不过，我承认，你说得确实有点儿道理。反对有效。"

洛佩斯优雅地点点头："好的。昌德拉古普塔医生，在你看来，凯伦·贝萨里安是否已经去世？"

"是的。"

"那么在你看来，凯伦·贝萨里安是在哪里去世的？"

"在月球背面的亥维赛环形山。"

"你是怎么知道的？"

"因为我当时就在那里。"

我看到有几名陪审员听到这句话后挺直了身子。

"你当时在月球上做什么？"洛佩斯问。

"他们安排航班让我到那里做手术——他们需要我的专业技能。"

我想，这一点倒是令人欣慰。看来我们给永生科技花的钱没有打水漂。

"亥维赛环形山没有别的医生了吗？"洛佩斯继续问。

"哦，有几个医生——也许有十几个。而且，他们都算得上是不错的医生。"

"即便如此，他们还是需要你亲自去做手术？"

"对。"

"你到月球去治疗的病人并不是贝萨里安女士，是吗？"

"是的。"

"那么，你怎么会在那里接触到贝萨里安女士？"

"她去世的时候，我就在附近。"

"请说明具体情况。"

"当我在亥维赛环形山的医院时，蓝色预警突然响了起来。"

"蓝色预警？"

"这是医院用来通报紧急情况的一种方法，蓝色预警代表病人有心脏骤停的情况。别忘了，我是脑血管循环方面的专家。当我听到预警的时候，跑到走廊，看到其他医生和护士也都赶了过来。事实上，月球的引力比较小，与其说是跑，不如说是连跑带跳。我跟着他们一起赶到贝萨里安女士的病房，她的专属医生也正好到了。"

"她的专属医生就是你刚才提到的唐纳德·科尔医生？"洛佩斯问。

"是的。"

"然后呢？"

"科尔医生给贝萨里安女士做了心脏电除颤。"

"结果如何？"

"没有起作用。贝萨里安女士当场去世。我必须说，科尔医生的表现没有任何问题，他完全尽力了。而且，科尔医生发自内心地为此感到难过。"

"不难理解。"洛佩斯说。她意味深长地看着陪审团，"因为我们都很难过。"她的声音不太能传递同情，但她表现得很努力，"但是，一般情况下，负责开具死亡证明的人是科尔医生吧？"

"但这并非一般情况。"

"什么意思？"

"他告诉我，他不打算开具死亡证明。"

"他为什么和你说？"

"是我主动问的，"昌德拉古普塔说，"因为贝萨里安女士去世后，我很好奇他们会做何处理。毕竟去世的地点不太寻常，是在月球上。我就问科尔医生打算怎么开具死亡证明。"

"他怎么说？"

"他说不需要死亡证明。他说，像贝萨里安女士这样的人到了月球上，就表示已经不在地球社会的管辖范围之内了。"

"所以开具死亡证明也没有必要了，对吗？"

"对。"

"他们会通知死者的直系亲属吗？"

"科尔说不会。"

"为什么呢？"

"他说，他们和客户的协议就是这样规定的。"

洛佩斯意味深长地看着陪审团席，仿佛昌德拉古普塔刚刚揭露了一个可怕的阴谋。接着，她慢慢地转过身来，看着昌德拉古普塔："你对此有何看法？"

很显然，昌德拉古普塔有摸胡子的习惯，因为他现在就在摸。"我感觉很不舒服。这种做法似乎有点儿问题。"

"等你回到地球，你做了什么？"

"我联系了在底特律的泰勒·霍罗威茨。"

"为什么？"

"他是贝萨里安女士的直系亲属，是她的儿子。"

"好，让我们回到刚才的话题。你怎么确定死在月球上的女人就是凯伦·贝萨里安本人？"

"首先，其他医生都那样称呼她。"

"还有其他原因吗？"

"我认出了她。"

洛佩斯挑起了眉毛。她的眉毛修得很精致，而且眉毛的边缘也染了些金色。"你认识她？"

昌德拉古普塔又捋了捋胡须："我们并不相识。但我给孩子读过很多次她的书。我也经常在电视上看到她。"

"你确定死者真的是她吗？"

最后，昌德拉古普塔将手从胡子上拿开，用力地一挥，摊开手掌："十分确定。那就是凯伦·贝萨里安。"

"好。然后你就联系了她的儿子，对吗？"

"对。"

洛佩斯又挑起了眉毛："为什么？"

"我觉得他有知情权。想想看，他的母亲去世了！作为儿子，他有权得知此事。"

"所以你给他打了电话？"

"是的，虽然于心不忍，但是我有责任这样做，而且这对医生来说是很寻常的事。"

"泰勒有没有要求你做什么？"

"他要求我开具一份死亡证明。"

"为什么？"

"他说，他知道月球上的医生是不会开的，而他想帮自己的母亲善后。"

"所以你同意了？"

"是的。"他的手放回到了胡须上，"我以前就开具过死亡证明。我的电脑本地文件就有死亡证明的电子模板。我填写了一份，并署上我的电子签名，将文件电邮给了霍罗威茨先生。"

"再问一次，你真的确定死去的女人是凯伦·贝萨里安吗？"

"百分之百确定。"

"你真的确定她已经死了吗？"

"百分之百确定。我亲眼看着她停止呼吸，心电图波变平，脑电图波也变平。我亲眼看到她的瞳孔放大。"

"瞳孔放大？"

"到了最大程度，只能看到最薄的一圈虹膜。这就是脑死亡的标志。"

洛佩斯微微一笑："谢谢，昌德拉古普塔医生。对了，还有一个问题，关于你的费用。德雷珀先生一直在强调你开死亡证明的收费问题。你对此有什么想说的吗？"

"有。霍罗威茨先生主动提出要给我这笔钱。他说这是我应得的，为了奖励我的善举，是一种道谢的方式。"

"他提出要给你这笔巨额的费用，是在你同意提供死亡证明之前，还是之后？"

"之后。当然是之后。"

"谢谢，"洛佩斯说，"我没有其他问题了。"

德肖恩站起来："法官大人，请求再次询问。"

赫林顿点了点头。

"请问昌德拉古普塔医生，"德肖恩说，"在马里兰州开具死亡证明的正常收费是多少？"

"我得查一下。"

"估算一个数字就行。几位数？"

"好吧，四舍五入一下，将近一千美元。"

"大约是一千美元，对吗？"

"对。"

"现实中，马里兰州的医生在开具证明文件的时候，会收费超过一千美元吗？"

"据我所知不会。"

"那好，"德肖恩说，"你和被告协商收费十二万五千美元的事情，是发生在你同意开具死亡证明之后，对此你确定吗？"

"是的，"昌德拉古普塔轻蔑地瞪了德肖恩一眼，"如果我没记错的话。"

　　我起初觉得很奇怪，德肖恩·德雷珀为什么一开始就选择传唤昌德拉古普塔上庭，这位医生似乎完全是站在泰勒一边。但我很快就明白了其中原因：昌德拉古普塔的询问环节一结束，德肖恩就立即要求进行简易判决，理由是死亡证明无效。赫林顿法官因为动议和反动议的争议，便解散了陪审团。德肖恩希望法庭不采纳死亡证明作为证据，因为昌德拉古普塔在自己行医执照属地之外的地方开具了这张死亡证明，而且他有可能是收受了贿赂。

　　作为反驳，洛佩斯搬出了昌德拉古普塔行医执照属地马里兰州的旧海事法规。该法规规定，如果将某人尸体运到岸上是不切实际的、不可能的或违背死者意愿的，任何医生都可以在国际水域开具死亡证明，这一点允许了海军人员在执勤期间死亡后可直接海葬。她还针锋相对地说，德肖恩只是在影射证人接受了贿赂，可这并非既定事实。两人对密歇根州和马里兰州法律的许多细枝末节进行了辩论，最终赫林顿法官裁定，死亡证明可以作为依据，证明生物人版本的凯伦·贝萨里安的确已经死亡。

第 23 章
一美元

    德肖恩和洛佩斯花了一上午时间争论动议，我不知道还剩多少时间可以浪费。午餐之后，我们终于进入了正题。

    "请说出你的名字以便记录。"书记员说。

    凯伦穿着一套款式简单、价格便宜的米色西装。"凯伦·辛西娅·贝萨里安。"她说。

    "请坐。"

    凯伦坐下，德肖恩站起来，两人的动作就像在玩跷跷板一样。

    "你好，凯伦，"德肖恩说，热情地笑着，"你今天感觉怎么样？"

    "很好，谢谢。"

    "真好，"德肖恩说，"我想你已经没有健康问题了，是吗？"

    "是的，谢天谢地。"

    "你的声音听起来似乎轻松了不少。你以前有健康问题吗？"

    "对我这个年纪来说，问题不算太多，"凯伦说，"当然也够受的了。"

    "没错，我明白。"德肖恩说，"我不是故意打听。不过，你愿意和我们分享一下吗？"

"比较常见的包括扁桃体炎到髋关节置换①之类的。"凯伦停顿了一下，"我想最糟糕的是乳腺癌。"

"天哪，太可怕了，"德肖恩说，"你是怎么治疗的？"

"最初接受了放射治疗和药物治疗。肿瘤是没了，但还有再次长出肿瘤的风险。值得庆幸的是，我现在不用再担心了。"

"因为你的意识已经上传到了这个耐用的身体里？"

"不，因为我进行了基因治疗。我有两个关键基因片段会让女性容易患乳腺癌。大约 20 年前，我接受了基因治疗，从我的身体中消除了这些基因片段。所以我再次患乳腺肿瘤的可能性降到了非常低的水平。"

"我明白了。好吧，很高兴听到这个好消息。让我们回归正题。凯伦，自从你成为扫描人之后，你有没有离开过美国？"

"有。"

"你去了哪里？"

"加拿大的多伦多。"

"也就是说，你在意识扫描后，有穿越过美国和加拿大的国界，是吗？"

"是的，我是乘火车进入加拿大，坐汽车返回的。"

"你最近有没有坐过航班？"

"有。"

"从哪里出发的？"

"从多伦多的莱斯特·波尔兹·皮尔逊国际机场出发，目的地是佐治亚州的亚特兰大。"

---

① 髋关节置换，指将包含股骨部分和髋臼部分的人工假体，用骨水泥和螺丝钉固定在正常的骨质上，以取代病变的关节，重建患者髋关节的正常功能。

"目的是？"

"参加葬礼。"

"不会是你自己的葬礼吧？"几个陪审员笑了起来。

"不，其实是我第一任丈夫达龙·贝萨里安的葬礼。"

"哦，天哪，"德肖恩表现出意外的样子，但是非常自然，"很抱歉听到这个消息。不过，当你在穿越国界，也就是从温莎①到底特律的时候，你肯定要接受海关检查，对吗？"

"对。"

"当你从多伦多飞往亚特兰大时，你也要过海关，对吗？"

"对。"

"所以，事实上你既要通过美国海关，又要通过加拿大海关，对吗？"

"对。"

"在过关的时候，海关有没有要求你提供身份证明？"

"当然。"

"你出示了什么证件？"

"我的美国护照，还有美国国土安全部发放的个人身份卡。"

"你手上有这两样证件吗？"

"有的。"

"可以拿出来看看吗？"

"当然可以。"

凯伦带了一个小钱包，她从里面取出护照和较小的个人身份卡。

"我想把这些作为证物，"德肖恩说，"并标记为原告的持有物。"

"没问题吧，洛佩斯女士？"

"法官大人，她只是实际占有——"

----

① 温莎（Windsor），加拿大安大略省南部城市，紧邻美国底特律市。

赫林顿摇了摇他的那张长脸："洛佩斯女士，请停止咬文嚼字。你对提出的证据有异议吗？"

"没有，法官大人。"

"那好。"赫林顿法官说，"请继续，德雷珀先生。"

"谢谢，法官大人。那么，凯伦，正如你向我们展示的一样，你拥有凯伦·贝萨里安的身份证明文件，对吗？"

"当然，"凯伦说，"因为我就是她。"

"好，虽然你有凯伦的身份证件，但让我们看看有没有更有力的证明。"德肖恩从桌上拿起一个东西，举到大家面前。这东西大约一副扑克牌大小，其中一小块闪着银色的光泽，其余部位都是哑黑色。"你知道这是什么吗？"

"一个交易终端。"凯伦说。

"没错，"德肖恩说，"就是一个再普通不过的无线交易终端。你在商店和餐馆里遇到的那种，有了它，你就可以从自己的银行账户中转账给其他人，对吗？"

"看起来是这样的。"凯伦说。

"我可以向你保证，这不是一台模型机，而是真的可以使用的终端机，和全球金融网络相连接。"

"好。"

德肖恩从口袋里掏出一枚金色的钱币："这是什么，凯伦？"

"一个里根。"

"你指的是一美元的美国硬币，对吗？一面是美国鹰，另一面是前总统罗纳德·里根，对吗？"

"是的。"

"那好，你现在可以进入你的银行账户吗？"

凯伦的语气拿捏得当："赫林顿法官大人很有智慧，在这个案子得到判决之前，他给我设置了取款上限。但是，我应该能够进入我的账户。"

"好极了，"德肖恩说，"我想做的是，我把这个一美元的硬币给你，于公于私都算是一笔债务。作为偿还，我希望你能从自己的主要银行账户中转出一美元到我的账户。你愿意吗？"

凯伦笑了笑："当然愿意。"

德肖恩看向法官，法官点了点头。于是他越过律师席，把硬币给了凯伦。"省着点儿花，"他说完，几个陪审员都笑了。德肖恩为人亲和，也很机智，我相信他正在慢慢地获得陪审员的好感。

"现在，有请……"他把交易终端递给凯伦。

凯伦将拇指放在终端机小小的扫描屏上，机器上的一盏绿灯亮了。她把机器举到右眼上，另一盏绿灯也亮了。

"等等！"德肖恩说，"在你继续操作之前，你能向法庭宣读一下现在交易终端机显示屏上显示的内容吗？"

"没问题，"凯伦说，"显示屏上是'身份确认：贝萨里安·凯伦·C'。"

德肖恩从她手中接过机器，走到陪审团席前，依次向每个陪审员展示显示屏，这一行为不言而喻：终端机识别了凯伦的指纹和视网膜的扫描结果。

"所以，在边境的时候，海关通过你携带的证件证明了你的身份——具体地说，是根据你所拥有的身份证件，对吗？"

"对。"

"现在，交易终端根据你的生物识别数据成功识别了你的身份，对吗？"

"在我看来是这样的。"

"好。"德肖恩从上衣口袋里翻出自己的身份证件，"我想让你转入一美元的账户就在这卡里。"说完他把卡递给凯伦。

凯伦接过卡，把它放在设备的扫描仪附近，另一个 LED 灯随之亮起。凯伦在键盘上敲了几下，然后……

"等等！"德肖恩说，"你刚才是在做什么？"

"我输入了密码。"凯伦说。

"你的账户密码？"

"是的。"

"那终端机验证成功了吗？"

凯伦举起了机器，上面绿色的 LED 灯非常显眼，即使在陪审团席上也能看清楚。

"除你之外，还有谁知道这个密码吗？"

"没有了。"

"你有没有把它写下来，让别人看到过？"

"没有，银行不建议我们这样做。"

德肖恩点了点头："你很聪明。所以，这个终端机现在不仅根据你的生物特征识别了你，还验证了只有凯伦·贝萨里安才可能知道的信息，对吗？"

"完全正确。"凯伦说。

德肖恩点了点头："好了，恳请你完成转账，一美元可不是一笔小钱……"

这句玩笑话对陪审团很管用。凯伦在终端机上敲了几个键。"交易完成。"说完她举起终端机，终端上显示的 LED 照明模式表明转账成功。

演示的过程简单而优雅。在我看来，至少有些陪审员很吃这套。"谢谢，"德肖恩说，"有请洛佩斯女士。"

"休庭。"赫林顿说，"我们明天早上继续。"

第 24 章
冒牌货

那晚，在大约凌晨 3 点的时候，我告诉了凯伦我遇到的怪事，关于我和其他版本的我之间的交流。那会儿，我们在外面散步，就在她家修剪整齐的草地上。昆虫嗡嗡作响，蝙蝠在半空中飞来飞去。夜空中高悬的新月仿佛在嘲笑我们，当然了，在那月亮的背面某处，有另外一个生物人版本的我——本来我和他应该是这世上唯二存在的我才对。

"我相信你知道，"我说，"在量子物理学中有一种现象叫量子纠缠，无论距离多远，两个量子会瞬时产生连接，其中一个的变化会影响另一个，反之亦然。"

凯伦点了点头："嗯哼。"

"而且，多年以来，一直有学者提出理论，认为研究人类的意识在本质上要从量子力学入手——最有名的应该是罗杰·彭罗斯[1]，他在 20 世纪 80 年代就提出了这一观点。"

---

[1] 罗杰·彭罗斯（Roger Penrose），英国哲学家、物理学家，20 世纪 90 年代提出量子力学可以解释人类意识的神秘复杂性的理论。

"没错，"凯伦友好地说，"所以呢？"

"所以我认为——不要问我其中的原理是什么，因为我也不清楚运作的机制——永生科技把我的意识复制了很多个版本，而且不知何故，我还能偶尔地与这些意识产生联系。我假设这是量子纠缠的现象，也可能是别的原因。但无论如何，我听到了他们的声音，就像从我脑海中产生的一样。"

"像……像是心灵感应？"

"我不太喜欢这个词，感觉有点儿神神道道的。再说，我也听不到别人的想法，只能听到我自己的……从某种程度上说是这样。"

"不好意思，杰克，但我觉得更可能是你的新大脑有些功能出错了。我相信如果你告诉波特博士这件事，他一定会……"

"不！"我说，"不，永生科技在做坏事。我——我有这种感觉。"

"杰克……"

"这种坏事，正是意识扫描技术本身存在的一个漏洞，他们可以用这种技术将某个人的意识复制出无数的版本。"

凯伦牵着我的手，对生物人来说这是一种亲密的行为，我现在却感受不到血肉之躯时的亲密感觉。但话说回来，至少我的手掌没有出汗。"但他们为什么要这样做？"她说，"有什么好处呢？"

"窃取公司机密。窃取个人安全密码。勒索我。"

"为什么要勒索你？你做了什么事？"

"嗯……我倒是真没做过什么亏心事。"

"真的？"凯伦带着半开玩笑的语气。

我想要说回正题，但她的问题让我想了一阵。"真的，我没什么事是要花大钱来封别人口的。但这不是问题的关键。他们可能是在放长线钓大鱼，看看能挖出什么值得勒索的东西。"

"比如老沙利高级黑啤的配方？"

"凯伦，说真的。我感觉这里面有蹊跷。"

"我相信你，"她说，"但是你知道，我也经常听到脑子里的声音，那是我笔下角色的声音。对作家来说，这不是什么稀奇事。你会不会也是类似的情况？"

"我可不是作家，凯伦。"

"那行吧。你看过朱利安·杰恩斯[①]的书吗？"

我摇摇头。

"哦，我读大学的时候就很喜欢他!《二分心智的崩塌：人类意识的起源》是一本很了不起的著作。多么好的书名啊！我的编辑不会让我起这样的书名！在书里，杰恩斯提出人左右两边的大脑基本上是独立思考的，古时候的人们声称自己听到天使和魔鬼的声音，实际上是他们另一边的大脑在说话。"她看着我，"也许你新大脑的整合功能有些问题。你让波特博士调整一下，我相信声音会消失的。"

"不，"我说，"声音真的存在。"

"你现在能和另一个你进行连接吗？"

"这种连接不是我能够控制的，而且偶尔才会发生。"

"杰克……"凯伦轻柔地说道，她的声音飘荡在夜晚的空气中。

"不，是真的，"我说，"真的存在。"

她的语气很是温柔："杰克，你知道辅助写作吗？还有通灵板[②]？错误记忆综合征？人类的大脑会自欺欺人，认为一切事情都

[①] 朱利安·杰恩斯（Julian Jaynes），美国心理学家，其著作《二分心智的崩塌：人类意识的起源》（ *The Origin of Consciousness in the Breakdown of the Bicameral Mind* ）最为人所知。该书提出，人的右脑主要负责讲述，而左脑则负责论证右脑的讲述，从而接受与行动。人类的行动都是靠一侧头脑听从另一侧头脑的诉说去指引，而这种幻觉的声音被称为"心的独白"。当一个人能够意识到脑中的独白就是自己本身时，二分心智随即崩塌，人的意识就产生了。

[②] 通灵板，有时也被称为灵应板或沟通板，泛指一切书写着文字、数字与符号的板子作为"底板"，让使用者用另一块"乩板"与灵界的存在进行沟通的方式，至今这种通灵方式仍有人在使用。——编者注

存在于外部现实，存在于自身之外。但实际上，它们都是大脑自己杜撰出来的。”

“我的情况不同。”

“真的不同吗？你脑海里的……声音有没有说过什么你自己不知道的事？某些你不可能得知的事情。我们可以调查一下，看看这些事情是不是真的。”

“不行，做不到。因为其他版本的我被困在了某个地方。”

“为什么会有这种事？为什么我没有碰上这种情况？”

我稍稍耸了耸肩：“我不知道。”

“你应该问问波特博士。”

“不。”我说，“你也别和他说起这事，等我先弄清楚这到底是怎么回事。”

第二天上午 10 点，凯伦来到证人席，接受玛丽亚·洛佩斯的询问。

“早上好，贝萨里安女士。”

“早上好。”凯伦说。

“从我们上次出庭到现在，你在这段间隔期里怎么样，过得愉快吗？”洛佩斯问。

“愉快。”

“请问，你在这段时间里做了什么？”

德肖恩开口了：“反对，法官大人！这是无关提问。”

“法官大人，请放宽一点儿限制吧。”洛佩斯说。

“好，”赫林顿说，“贝萨里安女士，请回答她的问题。”

"好的，让我想想。我读了书，看了电影，动笔写了新小说，上网冲了浪，还出去散了散步。"

"非常好。还有别的吗？"

"还有一些零零散散的小事。我真的不知道你想让我说什么，洛佩斯女士。"

"那好，我直接问你：你睡觉了吗？"

"没有。"

"你没有睡觉。也就是说，你没有做梦，对吗？"

"很明显，我没有。"

"你为什么不睡觉？"

"因为我的人造身体不需要睡觉。"

"如果你想要睡觉，你能睡觉吗？"

"我……我不太明白。如果一个人不需要睡觉，那又有什么理由想睡觉呢？"

"你这是在提问，而不是在回答。你能睡觉吗？"

凯伦沉默了一会儿，然后说道："不，显然不能。"

"自从有了人造身体，你根本就没有睡过觉，对吗？"

"没错，是的。"

"所以你也没有做过梦，对吗？"

"没有。"

德肖恩站了起来："法官大人，这是无关提问。"

"对不起。"洛佩斯说，"现在是早上，所以我想和凯伦女士寒暄几句。"她从桌上拿起一份大大的纸质文件，站起身来，"我们来聊聊你的身体参数，贝萨里安女士。先从简单的开始吧，你的年龄？"

"85 岁。"

"出生日期？"

"1960 年 5 月 29 日。"

"你是怎么出生的？"

"我……你说什么？"

"是顺产、剖宫产，还是其他生产方式？"

"顺产，至少按照当时的标准来看算是顺产。我母亲接受了重度麻醉后才引产的，而我父亲不能进产房陪产。"凯伦直视着陪审团席，想要抓住机会赢得一些同情，"从那时起，我们家就很不容易。"

"正常分娩，"洛佩斯说，"你通过扩张的产道，来到人世间。护士轻轻打了打你的屁股——我想在那时，这种做法还很流行。"

"是的，很常见。"

"然后你发出了第一声啼哭。"

"是的。"

"当然，护士剪断了你的脐带。"

"没错。"

"当你还是胎儿的时候，你通过脐带，从你的母亲那里获得营养物质，从而发育。对吗？"

"是的。"

"剪掉脐带以后，你的肚子上会留下一道疤痕，我们把它叫作肚脐眼，对吧？"

"对。"

"而这种疤痕有两种形态——通常被称为内凹型和外凸型，是这样吧？"

"是的。"

"你的肚脐眼是哪一种，贝萨里安女士？"

"反对！"德肖恩说，"这是无关提问！"

"昨天，是德雷珀先生首先提出生物结构的问题，"洛佩斯说，张开双臂，"当然，我也有权探究一下能够证明贝萨里安女士身份的生物特征，除了德雷珀先生拿来耍花招的那些特征。"

法官那张鞋拔子脸上下动了动："反对无效。"

"贝萨里安女士，"洛佩斯说，"你的肚脐眼属于哪一种——内凹型还是外凸型？"

"内凹型。"

"我们可以看看吗？"

凯伦昂起头来："这样做没有任何意义，而且我相信法官也会同意，在法庭上做出这样的举动有失体面。你希望我身上没有肚脐眼，这样就可以提出你薄弱的论点。但是，我当然有肚脐眼，我的身体结构是健全的。所以，当我露出我的肚脐眼之后，你又会回过头来拿出一些更为无足轻重的论点，说我的肚脐眼不是由真的疤痕组织构成的，仅仅是一个雕刻好的凹痕。让我帮你省点儿麻烦。我承认，我的肚脐眼确实是雕刻出来的，但考虑到肚脐眼没有任何功能，这并不是什么大事。我的肚脐眼和其他人一样好，"她直视着陪审团席，露出了胜利的微笑，"甚至还会收纳从衣服上掉下来的毛絮呢。"

陪审团甚至法官都笑了起来。

"请继续提问。"赫林顿说。

"很好，"洛佩斯听起来有些懊恼，"法官大人，我请求呈上被告的一号证物。一份纸质的使用手册，是关于如何使用德雷珀先生昨天出示的交易终端的。"

"德雷珀先生？"赫林顿法官问。

"没有异议。"

法官说："请呈上该证物。"

"谢谢。"洛佩斯说着穿过律师席，走近证人席，将手册递给凯伦，"你可以看到，我在某一页上夹了书签。你能打开手册直接翻到那一页吗？"

凯伦照做了。

洛佩斯问道："你能读一下我事先标记好的段落吗？"

凯伦清了清嗓子，虽然作为人造人，这动作有点儿多余。"这台扫描仪使用生物识别数据来确保交易安全，通过指纹扫描和视网膜扫描来验证用户身份。没有任何人的指纹是完全相同的，也没有任何人的视网膜图案是相同的。该设备通过检测这两大身体特征，以保证交易的安全性。所以你看——"

"听起来很唬人，对吧？"洛佩斯说。

"是很唬人，但问题是，终端机的确能够——"

"请原谅我，贝萨里安女士，你只能回答我提出的问题。"洛佩斯停顿了一下，"很抱歉，我不是故意失礼。你是有什么意见要补充吗？"

"呃，终端机的扫描仪确实能识别出我就是凯伦·贝萨里安。"

"是的，它识别出了。在关键的生物识别特征上，你显然与原来的凯伦·贝萨里安一样，或者至少说你们达到了所需的相似度。"

"没错。"

"好的，如果法庭允许，我想做一个实验。法官大人，请求呈上被告的二、三、四号证物。二号证物是一只人造手，三号证物是一只人造眼睛。而四号证物是一份出处文件，证明二号和三号证物由位于杜塞尔多夫①的莫雷尔有限公司生产，这家公司是世界领先的假体部件制造商。事实上，莫雷尔公司是永生科技公司的供应商，永生科技使用的许多人体替换部件都是他们生产的。"

在法官接受证物之前，双方律师大约花了 15 分钟在反对和争

---

① 杜塞尔多夫（Dusseldorf），位于莱茵河畔，是德国北莱茵‐威斯特法伦州首府。

论上。最后，双方还是回到了实验本身，洛佩斯将假手交给了凯伦："请你把人工手的拇指摁在终端机的扫描板上，好吗？"

凯伦很不情愿地照做了。一盏绿灯亮了起来——我以前讨厌使用这类东西，因为我无法分辨出灯会变绿还是变红。

然后，她又把人造眼睛递给凯伦："你能把这个举到终端机的镜头上吗？"

凯伦也照做了，另一盏绿色的 LED 灯亮了。

"好了，贝萨里安女士，请你向法庭宣读显示屏上的内容，好吗？"她把设备交给凯伦。

凯伦看了一眼："这……"

"怎么了，贝萨里安女士？"

"上面显示'身份确认：贝萨里安·凯伦·C'。"

"谢谢，贝萨里安女士。"她从凯伦无力的手中拿回设备，慢条斯理地摁了几下按键，完成后，再次把设备递给了凯伦。

"好了，我想让你帮我做一件事，和德雷珀先生让你做的一样：把一美元转到我的银行账户上。当然，要做到这一点，我们需要你的密钥密码。"

凯伦皱起眉头。"密码就够了。"她说。

洛佩斯一时显得很困惑："你说什么？"

"密钥就是密码的意思，你的说法是多此一举。"

赫林顿法官听了，薄薄的嘴唇露出了笑意。

"好的，"洛佩斯说，"我们现在需要你输入密码，这样我们才能完成交易。"

凯伦双臂环抱在胸前："法院可不能强迫我当众说出密码。"

"不，当然不能。个人隐私非常重要。请让我试试。"洛佩斯伸手去拿终端机，凯伦把机器给了她。她在机器上摁了几下数字，然后递回给凯伦。"你看看，显示屏上显示了什么？"

虽然凯伦的塑料脸不像人脸那样有弹性，但我可以看出她惊愕的表情。"显示'密码正确'。"

"是的，你发现了吗？"洛佩斯宣布，"不用你的指纹，不用你的视网膜，也不用你提供任何隐私信息，我们也成功进入了你的账户，对吗？"

凯伦一言不发。

"对吗，贝萨里安女士？"

"看来是这样。"

"好吧，既然如此，我们为什么不继续往我的账户里转一美元？你就是这样给德肖恩先生转账的。"

"我看还是算了。"凯伦说。

"怎么了？"洛佩斯说，"哦，我明白了。没错，你说得没错。因为这交易一点儿也不公平。毕竟，德雷珀先生先给了你一美元。我想我也应该给你个里根。"她把手伸进上衣口袋，拿出一枚硬币。

凯伦双手抱胸，没有收下她的钱。

"好吧，没事。"洛佩斯说着，剥开"硬币"的金箔，露出里面压印的巧克力。她把巧克力塞进嘴里，嚼了起来。"反正这本来就是个冒牌货。"

第 25 章
做梦

再奢华的监狱，也是监狱。

我现在恢复了健康，还有几十年的人生要过，而我不想在伊甸园度过余生。

等等——我真的恢复健康了吗？我的意思是，虽然昌德拉古普塔用他的医术应该是把我治好了。但是……

但我的头还是会阵痛。谢天谢地，疼痛来得快，去得也快。如果一直疼，我可受不了，可是……

可是我也束手无策，没有长期治疗的方案，也没有立竿见影的办法。

我不相信这里的医生。我的意思是，看看可怜的凯伦沦落到了什么下场！蓝色预警，去他的……

不过——我必须行动起来。我不是机器，不是机器人。我不像另一个我，那个人造人，什么痛楚都感受不到。我的头很疼，疼起来的时候真要命。

我离开了我的套房。在月球引力的作用下，我连蹦带跳地向医院走去。

接下来出庭的证人是安德鲁·波特，他从多伦多赶来，和在场的六七名永生科技的员工穿着一样的套装。"波特博士，"德肖恩说，"你的教育背景是什么？"

波特身材高大，在证人席显得有点儿局促，他只好把腿侧向一边站着。"我拥有卡内基梅隆大学认知科学博士学位，以及加州理工学院电子工程科学和计算机研究硕士学位。"

"你得到过任何学术任命吗？"

波特的眉毛一如既往地紧皱着："有过几次。最近一次是担任麻省理工学院人工智能实验室的高级研究员。"

"我很喜欢洛佩斯女士刚才的硬币把戏。"德肖恩说，"但是我知道你有一枚货真价实的金质奖章，对吗？"

"是的，我有。或者说，是我们团队共有。"

"你今天带来了吗？我们可以看看吗？"

"当然可以。"

波特从上衣口袋里掏出一个大盒子，并打开。

"我请求呈上原告的三号证物，法官大人。"德肖恩说。

双方律师来回辩论了几句，法官接受了证物。德肖恩将奖章举到摄像机前，先展示一面，然后展示另一面，摄像机拍摄的图像直接投到波特身后的墙壁屏幕上。奖章的一面是一个五官精致的年轻人，他半侧着脸，上面还刻着斜体的引语——"机器能思考吗？"和艾伦·图灵① 的名字；另一面是一个戴眼镜的大胡子男人，名字是休·勒布纳②。奖章两面都有"勒布纳奖"③字样，每个字都紧贴着奖章的弧形边缘排列。

"你们为什么会获得这个奖项？"德肖恩问。

"因为我们是有史以来第一个通过图灵测试的团队。"

"你们是怎么做到的？"

"我们完全复制出了一个人的大脑。那人名叫西摩·温赖特，以前也是麻省理工学院的。"

"你还继续从事这方面的工作吗？"

"是的。"

"你现在在哪家公司工作？"

"永生科技。"

"什么职位？"

"我是高级科学家，确切的头衔是实体技术部总监。"

德肖恩点了点头："你的工作内容主要是什么？"

"我负责监督将意识从生物大脑转移到纳米凝胶基质的全过程。"

"纳米凝胶基质是你制造人造大脑的材料？"德肖恩说。

"没错。"

"所以，永生科技雇用你作为意识转移手术的研发人员，并且

① 艾伦·图灵（Alan Mathison Turing，1912年6月23日—1954年6月7日），英国计算机科学家、数学家、逻辑学家、密码分析专家、理论生物学家，"计算机科学之父""人工智能之父"。——编者注
② 休·勒布纳（Hugh Loebner，1942年3月26日—2016年12月4日），美国发明家、慈善家。——编者注
③ 勒布纳奖（Loebner prize）创立于1991年，旨在奖励最擅长模仿人类真实对话场景的机器人。比赛分金、银、铜奖，从1991年至今，尚无程序达到金奖或银奖的标准。——编者注

你现在仍负责监督永生科技的意识转移工作，对吗？"

"对的。"

"那好，"德肖恩说，"你能为我们解释一下人脑是如何产生意识的吗？"

波特摇了摇他那长长的脑袋："不行。"

赫林顿法官皱起了眉头："波特博士，你必须回答问题。我不想听你说什么这是商业机密的废话，或者——"

波特试着转动一下椅子，但失败了。"完全不是这么回事，法官大人。我无法回答问题，因为我根本不知道答案。在我看来，没有人知道答案。"

"让我直说吧，波特博士，"德肖恩问道，"你不知道意识运作的原理。"

"没错。"

"尽管如此，你还是可以复制意识？"德肖恩说。

波特点了点头："我只能复制而已。"

"这话是什么意思？"

波特看起来似乎在努力思考从哪里讲起比较好，其实这都是他演出来的，我们已经反复排练过他的证词，不过他的演技不错。"一个多世纪以来，计算机程序员一直试图将人类的思维复制到计算机上。有些人认为通过正确的算法就能做到，有些人认为关键在于数学模拟神经网络，有些人认为这和量子计算有关。但没有人成功。德雷珀先生，现在的计算机确实很智能，但是没有人能够凭空制造出像人类这样有自我意识的计算机。比如说，没有一台计算机会自发地说：'请不要把我关掉。'从来没有一台计算机自发地思考过生命的意义。从来没有一台计算机写出过畅销小说。我们以为我们能让机器人做到这些，但到目前为止还无能为力。"他看了看陪审团，又看了看德肖恩，"但是，我们制造的生物思维转移的载体可以做到这些，甚至不止于此。其他人能够完成的一切精神成就，他们都可以达到。"

"既然你说我们是其他人，"德肖恩问，"那么你认为复制人也是人？"

"当然。正如那枚奖章所表明的，复制人完全、完美地通过了图灵测试：你可以问他们任何问题，他们的回答与其他人的回答并无不同。他们就是人。"

"他们有意识吗？"

"当然。事实上，尽管电压不同，但在正确校准的脑电图上，复制大脑和原大脑的电特征是完全一样的。"

"但是——不好意思，博士，我并不想打断你——但是如果你不知道意识是什么，你又怎么能复制它呢？你怎么知道自己要复制意识的哪些东西？"

波特点了点头："打个比方，我对音乐一无所知。在我上学的时候，大家都觉得如果让我演奏乐器，会对所有听力正常的人造成损害，所以我被分到了声乐班，和所有其他音痴一起学习。所以，我根本不明白贝多芬第五交响曲到底伟大在哪里。但我是一名工程师，如果你给我一张贝多芬第五交响曲的 CD 录音，让我把它拷贝到记忆晶圆上，那我完全可以做到。我不在 CD 上寻找音乐或者贝多芬有关的东西，我只不过将一切复制到新的媒介上而已。我们在转移意识时也是这样做的。"

"但是，如果你不知道自己在寻找哪些东西，是不是有可能错过一些关键的东西呢？"

"不，大多数心理学家都会赞同，即使我们转移的只是神经元之间的连接以及不同层次神经递质的分布结构，我们也是转移了所有构成大脑意识的重要部分。我们也确实做到了这一点。"

"听起来好像涉及大量的数据。"德肖恩说。

"没有你想象的那么多。"波特回答，"我们在很多信息数据中发现了分形共振，这意味着相同的模式在不同的分辨率下重复出现。如果有人想记录这些数据，那么这些数据都能被压缩。"他说这话的时候，我在椅子上挺直了腰，但由于我在凯伦的身后，因此她没有注意到我。

"复制了这些信息，你也就复制了意识？"德肖恩问，"仅仅复制神经元网络和神经递质水平就可以？"

"是的，有些人认为真正在生理上构成意识的物质并不是神经元和神经递质。换句话说，没有它们，意识思维也依旧存在，并且他们用草履虫作为例证。"

"草履虫？"德肖恩重复道。

"是。法官大人，我可以站起来吗？"

赫林顿点了点头，波特从证人席上站了起来，因为不用再忍受局促的空间而松了一口气。他从夹克的口袋里掏出一个小遥控器，墙面的屏幕上开始出现图像。

"草履虫是一种原生动物，"波特说，"也就是单细胞生命体。草履虫没有神经系统，因为神经系统是由专门的神经细胞组成的，而单细胞生命体显然不可能有任何专门的细胞。可是，草履虫既没有神经元，也没有神经递质，却依然可以学习。我承认，它学得不多，但还是有学习能力的。你可以训练它，如果它走到一条分岔的通路上，向左走每次都会受到轻微的冲击，而向右走能得到食物。"图像显示的正是草履虫的实验，"不知何故，尽管草履虫根本没有神经系统，它却学会了往右走。这至少表明了一种可能性：意识的产生并不是因为神经网络。"

"那好，"德肖恩说，"那么意识是怎么产生的？"

屏幕上出现了不同的图像。

波特说道："有一种观点认为，构成细胞骨架的微管就是一切生物的极微量意识存在的地方，无论是人类还是草履虫都是如此。微管就像内部掏空的玉米棒子，里面是空的，但上面长满了玉米粒。而且，就像玉米棒子一样，玉米粒是整齐排列的，可以形成不同的图案。有人认为，这些排列顺序形成的图案就像元胞自动机一样移动和复制，而且——"

"元胞自动机？"德肖恩说。

屏幕上出现了更直观的图像——看起来像有动态效果的填字游戏板。

"是的，没错。"波特说，"我们可以把微管的表面看作卷成管状的网格。想象一下，是黑白格子相间的网格，就像我刚才提到的玉米棒子一样。再想象一下，这些方格能对简单的规则做出反应。比如，如果你是一个黑色格子，但是当你周围其他八个格子中有三个变成黑色时，你就会变成白色。"图像的动态效果在演示他所说的话。

"看到了吗？"波特说，"规则非常简单。但遵循这些规则，网格上就会出现复杂的图案。例如，你可以得到回旋镖形状，这是由实际在网格上协同移动的一列方格图案组成的，每应用一次基本规则，整列方格就可能向左移动一排。你还可以得到吞并其他图形的图形，以及分裂成两个图形的图形。分裂出来的两个图形除了尺寸更小，其他方面完全相同。"我们都看着屏幕上的图像变化，它正在演示这些情况。

"现在，试想，这些所谓的规则是来自外界的刺激，而这些图形的排列变化是对刺激的一种反应。是的，对刺激产生反应是生命的标准之一。图形在运动，同样，运动也是生命的标准之一。图形会吞并其他图形，同样，吞噬是生命的第三个标准。这些图形会繁殖，当然，繁殖也是生命的标准之一。事实上，元胞自动机长期以来被人们称为人造生命的一种形式，尽管我认为不应该说是'人造生命'，但这就是生命的一种形式。"

德肖恩说："所以你们团队的意识扫描过程是复制元胞自动机的模式？"

"算是间接复制。"

"间接？那么你有可能遗漏掉什么——"

"没有，不会。我们复制的信息绝对与原版一模一样，只是从物理学上来说，要真正扫描元胞自动机的构造是不可能的。"

"为什么？"

"正如我所说，我们复制了神经网络的构造，也就是大脑中每个神经元的位置和连接，但是我们没有复制这些神经元内微管表面的元胞自动机的排列。你看，微管蛋白，也就是构成微管的小核仁，可以在两种状态之间变化。这种变化形成了你在微管表面看到的复杂动画图形。我在这里用黑白两色的图形显示了这两种状态，但实际上它们并非像真正的黑白颜色那么简单，而是由电子位于微管蛋白 α 亚基口袋或 β 亚基口袋的不同位置而形成的两种状态。"他对陪审员们笑了笑，"我知道，我的话听起来像在胡言乱语。但问题是，这种状态变化是一个量子力学过程。这意味着我们甚至无法在不干扰的情况下从理论上测量它们的状态。"

波特回头面对德肖恩："但当我们的量子雾凝结成大脑的纳米凝胶时，它与原大脑发生了短暂的量子纠缠，因此元胞自动机的模式是完全吻合的。而且，如果微管确实是意识的来源，那么意识就是在量子纠缠的时候转移到复制体上的。当然，纠缠很快就会解除。但当纠缠解除的时候，在新的元胞自动机中的规则又会重新启用，因此，回到我们之前的比喻，格子能在不同状态之间来回变化。"

波特看着坐在原告席上的凯伦："因此，不管意识是由什么构成的，神经网络也好，微管表面的元胞自动机也罢，都不成问题。我们对意识进行了全面、完整、完美的转移。新的人工大脑和旧的大脑一样有自我意识，一样真实，一样会产生意识，而且完全来自同一个人。毫无疑问，坐在那里的那位可爱的女士就是凯伦·贝萨里安本人。"

德肖恩点了点头："谢谢你，波特博士。我没有问题了。"

永生科技规定我们永远不能和地球上的人有任何的通信往来，这一次却打破了这条一直强调的规定。当我坐在吴医生办公室的椅子上时，她桌面的显示屏上正是潘迪特·昌德拉古普塔那张轮廓分明、满是胡须的脸，他抬起头来看着我。这个幸运的家伙现在回到了地球，在巴尔的摩市，而我还被困在月球上。

"你应该早点儿说的，沙利文先生。"他说，"我们只能治疗自己关注到的疾病。"

"我刚做完脑部手术，"我气喘吁吁地回答，"我以为头疼是正常现象。"

我等待着，因为我的话传到地球，他的话传回给我，都有一定的时间差。"不，这不是正常现象。不过我相信头疼会自己消失。因为我认为这是由神经递质失衡引发的。我们从根本上改变了你大脑的供血路径，可能干扰到了再吸收，因此导致了你所描述的那种头疼。你的大脑会自我调节，最终一切都会恢复正常。当然，我相信吴医生会开一些止痛药，但那只是治标不治本。"他转移视线，看着坐在我旁边的女人，"吴医生，你怎么看？"

"我的想法是给他服用托拉普雷可星，除非病人有什么不能服用的身体原因。"

她停顿了一下，说道："不，应该没问题。比如从 200 毫克开始，一天两次，怎么样？"

"好的。我会让我们的药房……"

但我猜身处地球的昌德拉古普塔并没有打算结束和月球的对话，因为他还在继续说："沙利文先生，神经递质水平的大幅波动还可能带来其他问题，比如抑郁症。你有感到心情低落吗？"

"没有。"我说。但是我感到愤怒，可是我的愤怒情有可原。

他停顿了一下，点点头，又说："还有可能引起情绪的突然波动。你有碰到这种情况吗？"

我摇了摇头："没有。"

他愣了一下，说道："妄想症呢？"

"没有，医生。"

昌德拉古普塔点了点头："很好。如果有类似情况发生，请告诉我们。"

"当然。"我说。

大家都休庭去吃午饭了，或者至少休息一下，喘口气。凯伦、我和马尔科姆当然什么都没吃，而德肖恩吃了两个芝士汉堡，还喝了不少可乐，比我想象的还要多。再次开庭后，轮到玛丽亚·洛佩斯对波特开火了。

波特看似镇定，尽管一直在上下挑着眉毛。他比洛佩斯高了大半个头，即使坐着的时候似乎也比她高出一大截。

"波特先生。"她开口说道，但波特打断了她。

"我不是小题大做。"他说着，对着法官微笑了一下，"但实际上应该叫我波特博士。"

"没问题，"洛佩斯说，"不好意思。你说自己是永生科技的雇员，对吗？"

"是的。"

"你也是股东吗？"

"是的。"

"你在公司的持股值是多少？"

"大约八十亿美元。"

"这可是一大笔钱。"洛佩斯说。

波特友善地耸了耸肩。

"当然，这毕竟只是股票，对吧？"洛佩斯问。

"嗯，是的。"

"如果永生科技的股价下跌，这些钱就化为了泡影。"

波特说："这么说倒也没错。"

洛佩斯看着陪审团："所以，你当然希望我们相信永生科技的技术真的像你说的那么先进。"

"我相信，如果你们有专家不同意我的观点，你们会传唤他们出庭作证。"波特说，"但事实上，无论是作为科学家、工程师还是作为一个普通人，我都可以为我的证词负责。"

"但你的证词也说了，连你自己都不知道意识到底是什么。"

"没错。"

"可你很肯定，你成功复制了意识。"洛佩斯说。

"是的。"

"做到了还原的复制。"

"是的。"

"做到了精准的复制。"

"是的。"

"做到了完整的复制。"

"是的。"

"那么请告诉我们，波特博士，你制造的机器人为什么不睡觉？"

波特明显有些慌乱，他都忘挑眉毛了："我制造的不是机器人。"

"好，"洛佩斯说，"我可以收回'机器人'这个说法，但是人都会睡觉，为什么你们公司这些意识转移的人造人却不需要睡觉呢？"

"没有——没有必要让他们睡觉。"

"贝萨里安女士也是这样告诉我们的，她肯定是在你们的推销手册中读到过。但他们不用睡觉的真正原因是什么呢？"

波特一脸警惕："我——我不太明白你的意思。"

"为什么你们的扫描人从不睡眠休息？"

"正如我所说，他们不需要睡眠。"

"也许这是真的。但他们也不需要性爱，毕竟，他们无法通过这种方式或其他方式进行繁殖。可你的扫描人是可以进行的，对吗？"

"对，因为人们享受性爱，而且——"

"也有人享受睡觉。"洛佩斯说。

波特摇了摇头："不，这不能说是享受。他们喜欢恢复到以前的活力状态，但睡眠本身是无意识的。"

"是吗，博士？真的是这样吗？那么做梦呢？做梦也是无意识的吗？"

"这……"

"博士，说吧。在你的领域里，肯定会涉及做梦。那么，做梦是一种无意识状态吗？"

"不是，做梦一般不会被归为无意识状态。"

"深度睡眠时，人是不会做梦的。人们在这个睡眠阶段的时候，α波[①]会趋于稳定，并且没有快速眼球运动，这才是无意识状态，对吗？但做梦不是，对吗？"

"嗯，是的。"

"人们在做梦的时候，是有自我意识的，会产生意识。"

"我想是的。"

"波特博士，你是大脑方面的专家。请回答我，是吗？"

"是的。"

"做梦是一种有意识的活动，对吗？"

"呃，是的。"

"因为具有可以识别的自我意识，对吗？"

"是的。"

"但是你的机器人——不好意思，是你的人造人——不做梦。"

"我们并不需要保留一切形式的有意识活动，洛佩斯女士。就像我很希望我们的人造人不会经历恐惧或惊恐发作，而这些都是有意识的状态。"

"非常聪明的回答，波特博士，"洛佩斯说着，慢慢地鼓掌，"好

[①] 在脑电图上，大脑可产生四类频率不同的脑电波。当人在紧张状态下，大脑产生的是 β 波；当人的身体放松，大脑比较活跃，灵感不断的时候，就会产生 α 波；当人感到睡意蒙眬时，脑电波就变成 θ 波；进入深度睡眠时，变成 δ 波。

极了！但事实上，你是在回避问题。做梦与其他意识状态不同，并不受外界的影响，不是吗？"

"在某种程度上，是的。"

"你的回答过于保守了。做梦是我们精神生活的本质体现，不是吗？真正的意识，生物人凯伦·贝萨里安所拥有的那种意识，包括在不受外界环境的影响下自行生成想法的能力。而你创造的东西不具备那种意识。"

"不是这样——"

"你没有让他们睡觉，难道你要否认这一事实吗？因为如果他们睡觉，他们就以为自己会做梦。可当他们醒来时，却完全没有做梦的记忆。很快，他们就会发现他们无法做梦。对他们来说，人类内心世界最隐秘的部分——梦是完全不存在的。难道不是这样吗，波特博士？"

"我——你说得不对。"

"但如果他们是人类精准的复制品，就应该会做梦，不是吗？你说他们会像人类一样回答任何问题，这就是你赢得那枚精美奖章的原因，对吗？但问他们关于做梦的问题呢？"

"你是在小题大做。"波特说着，双手抱胸。

洛佩斯摇了摇头："哦，我做梦也不会想到要小题大做。但我的确会做梦，可不像那边那个装成凯伦·贝萨里安的东西。"

"反对！"德肖恩说，"法官大人！"

"留到结案陈词时再说吧，洛佩斯女士。"赫林顿说。

洛佩斯优雅地向法官鞠了一躬："当然可以，法官大人。我没有问题了。"

第 26 章
"我的母亲是活生生的人"

　　我回到我位于伊甸园的房间——我不想把这里称为我的"家"——服下了第一片托拉普雷可星止痛片。我躺在沙发上，揉着额头，希望药片能起效。我命令系统关掉了墙上路易斯湖的图像，打开了 CBC 新闻频道。我想知道永生科技是否会监控我们正在收看什么节目。哪怕他们在监控，我也不会感到奇怪。我打赌，他们甚至都——

　　突然，我的心猛地一紧，就像胸口被人打了一拳。

　　他们正在报道关于凯伦·贝萨里安的新闻。

　　是另一个凯伦·贝萨里安的新闻。

　　"放入收藏夹！"我对着空气喊道。

　　屏幕下方显示地点是在"底特律"。一个白人女记者站在一栋有些年头的建筑外面，说道："我现在在密歇根州的法院外，此时法院里正在发生一场离奇的庭审。庭审与畅销书作家凯伦·贝萨里安有关，她曾创作出人气小说系列《恐龙世界》。她的儿子遭到了一个自称凯伦·贝萨里安的人造人起诉……"

我目不转睛地看着屏幕，花了一些时间才认出那人是凯伦，她选择了一张更为年轻的人造脸。但是，看了一会儿庭审录像后，我确认那人明显是她——或者，至少是人造人版本的她。

她声称自己是凯伦·贝萨里安本人，她的身份是合法的。但是在庭上，她的说法受到了质疑！记者并没有对审判的走向发表自己的看法，但我一想到人造人的身份会被否认，就感到非常振奋。这样一来，布莱恩·哈迪斯肯定不能把我继续关在这里！他必须让我回到地球，恢复原来的生活！否则就等于非法劫持……

"原告传唤泰勒·霍罗威茨。"德肖恩站起来说。

我看到凯伦在自己的座位上不自在地动了一下，德肖恩现在就站在她旁边。

德肖恩开始提问时，证人席上的泰勒露出蔑视的神情。"霍罗威茨先生，你的辩护人以某种方式得知了你母亲的账户密码。这事和你有关吗？"

"依照宪法第五修正案规定，我有权保持沉默。"

"霍罗威茨先生，获得他人的账户密码并不是犯罪，如果对方不小心泄露了密码，那是对方的问题，与你无关。当然，除非你用密码来骗取你母亲的财产，只有在这种情况下，你提到的宪法第五修正案的规定才适用于你①。所以，你的确是想要骗取她的钱财。"

---

① 美国宪法第五修正案为个人提供保护，使其不被强迫自证其罪。根据这项宪法权利，个人有反对自证其罪的特权，可以拒绝回答问题，拒绝做出可能入罪的陈述，或拒绝在任何刑事案件的审判中作证。此处德肖恩是反向利用了泰勒自己觉得犯罪了，所以引用这一规定的心虚心理。

"我没有动过我母亲的一分钱。"泰勒语气尖锐地说道。

"是的，你当然没有，"德肖恩说，在一段恰到好处的停顿后，他又补上一句，"到目前还没有。"

洛佩斯站了起来："反对，法官大人！"

"反对有效。"赫林顿说，"注意你的措辞，德雷珀先生。"

德肖恩将光头发型的脑袋转向法官的位置："抱歉，法官大人。霍罗威茨先生，如果你想动用你母亲的银行账户，而且希望我坐视不管，我可以做到。"

"该死，你在歪曲事实。"泰勒说，"我——听好了，几年前，我母亲提到过她的密码，是她怀我的时候所在工作单位的分机号码。她当时在佐治亚州立大学从事募捐工作。当洛佩斯女士问我的时候，我就给那里的档案管理员打了电话，并让他查了一下当年大学的内部电话簿。你看，就这样，没有什么见不得人的事情。"

德肖恩点了点头："当然没有。"他沉默了几秒钟，最后赫林顿法官提示他发言："德雷珀先生？"

德肖恩假装要坐下，似乎已经问完了。但他屁股还没碰到椅子，就又站了起来，用洪亮的声音说："霍罗威茨先生，你爱你的母亲吗？"

"我非常爱她，"他说，"她现在已经过世。"

"是吗？"德肖恩说，"你不知道坐在我身边的这个女人就是你的母亲吗？"

"那不是女人，甚至不是人。它是一个机器人，一台机器。"

"但你所说的机器人拥有你母亲的记忆，不是吗？"

"据说是的。"

"那么，她的记忆准确吗？你有注意过，她对一些你自己也记得的事情在细节上有说错吗？"

"这倒是从来没有。"泰勒说,"她的记忆的确很准确。"

"那么她哪里不算是你的母亲呢?"

"她哪里都算不上。"泰勒说,"我的母亲是活生生的人。"

"我懂了。那好,我想问你一些更细的问题。我们都知道,你的母亲出生于1960年,而20世纪的牙科技术还很落后。"德肖恩一想到20世纪牙科的情况便颤抖了一下,"据我所知,她补过不少牙,对吗?"

"补过。"泰勒说,"是的,我想是补过。"

"那好,她牙齿的部分天然釉质被一种叫作汞合金的东西代替了。这种东西是银和汞的合金,没错,是汞!在你看来,她还是你的母亲,对吗?"

"她补牙的时候,我还没出生呢。"

"说得对。但你并没有把她补牙用的合金材料视为异物,这些材料只是你母亲身体的一部分。"

泰勒眯起眼睛:"我想是的。"

"我知道你母亲15年前做过髋关节置换手术。"

"是的,没错。"

"事实上,她的髋关节是人造材料做的,但她还是你的母亲,对吗?"

"是的。"

"我知道你母亲没有扁桃体——20世纪医学落后的又一例证。那时候,医生可以随意切除患者身体的一部分。"

"没错,是的。"泰勒说,"她没有扁桃体。"

"但在你眼里,这并不意味着她不再完整了,对吗?"

"嗯,是的。"

"而且,你母亲为了改善视力,做了激光手术来改变眼球的形状。这是不是真的？"

"是的，没错。"

"那你对她的看法有所改变吗？"

"没有，不过她看我的方式倒是变了。"

"你说什么？真是漂亮的双关。无论如何，我想近年来，你的母亲也安装了人工耳蜗，以提高听力。是这样吗？"

"是的。"

"那你对她的看法有所改变吗？"德肖恩问。

"没有。"泰勒说。

"而且，正如你母亲之前在证词中所说，她接受了基因治疗，改变了自己的DNA，消除了导致她患乳腺癌的致病基因，但这并没有改变你对她的看法，是吗？"

"没有。"

"所以，切除她身体的一部分，比如扁桃体，你依旧觉得她是你的母亲，是吗？"

"是的。"

"替换她身体的一部分，比如补牙和置换人工髋关节，你也依旧觉得她是你的母亲，是吗？"

"是的。"

"改变她身体的某些部分，比如通过激光手术改变她眼球的形状，你也依旧觉得她是你的母亲，是吗？"

"是的。"

"在她的身体里植入新的东西，比如人工耳蜗，你也依旧觉得她是你的母亲，是吗？"

"是的。"

"再进一步，即便改写她的遗传DNA，去除不良基因，你也依旧觉得她是你的母亲，是吗？"

"是的。"

"在以上这么多的情况下，你都觉得凯伦·贝萨里安还是你的母亲。那你是否能好好地说明一下，今天坐在法庭上的凯伦·贝萨里安，究竟哪里让你觉得她不是你的母亲？"

"可她本来就不是我的母亲。"泰勒直言道。

"你指的是哪一方面？"

"哪一方面都不是。她不是。"

"霍罗威茨先生，你已经两次选择了否认，还有第三次吗？"

洛佩斯又站了起来："法官大人！"

"我撤回提问。"德肖恩说，"霍罗威茨先生，如果法庭同意你对你母亲的遗嘱进行遗嘱检验，你可以继承多少遗产？"

"很多钱。"泰勒说。

"请说出具体金额，你肯定知道。"

"不，我不知道。我通常不处理我母亲的财务事务。"

"有数百亿吗？"德肖恩问。

"应该有。"

"这比三十枚银币值钱多了，不是吗？ ①"

"法官大人，看在上天的分儿上！"洛佩斯说。

"我撤回我的话。"德肖恩说，"洛佩斯女士，该你提问了。"

午餐后，玛丽亚·洛佩斯站起身，走过律师席，面对她的委托

---

① 在《圣经》中，犹大为了三十枚银币出卖了耶稣,此处是德肖恩暗讽泰勒没有仁义。

人。泰勒看起来疲惫又慌乱，身上的深橄榄色西装看起来皱巴巴的，略秃的头发凌乱不堪。"德雷珀先生要求你阐明，本案的原告和你真正的母亲相比哪里有差别，"洛佩斯说，"你在午休时间已经仔细考虑过这个问题了。"

我听了这话，简直想翻白眼，但我还不知道怎么翻白眼。当然，她隐含的意思是，他们在午休时间做了商议，而她已经教会他如何做出妥当的回答。

洛佩斯继续说道："你能不能再回答一遍，为什么这个自称凯伦·贝萨里安的人造人实际上不是你已故的母亲？"

泰勒点了点头："因为她充其量只是我母亲在某些方面的复制品，没有人格的连续性。我母亲生来就是一个有血有肉的人。当然，在某个时刻，她的大脑经过了扫描，这个……这个东西……就是从中创造出来的。但是，我真正的母亲并没有在扫描完成的那一刻就不存在了，并不是说复制的东西接替了原来的她。相反，我真正的母亲乘坐宇宙飞船飞往近地轨道，又乘坐飞船飞去月球，并在月球背面的养老殖民地定居了。以上这一切都发生在这个复制品出现之后，而这个复制品不记得这一切。即使我们承认这个复制品在生理层面与我的母亲完全相同——我对此持有保留意见——她们的经历也是不同的。这个复制品不是我的母亲，就像我母亲的同卵孪生姐妹不能算是我的母亲一样。当然了，我母亲实际上并没有姐妹。"

泰勒停顿了一下，接着说道："坦白说，我真的不关心人造人是否还算人类。这不是问题的关键。关键在于这些人造人和原本的生物人是否算同一个人。在我的内心深处，在我的认知里，不管怎么想，我都知道并非如此。我的母亲已经过世。我真的希望她没有过世。但是，事情已经发生。"他闭上眼睛，"事实就是事实。"

"谢谢你。"洛佩斯说。

"德雷珀先生，"赫林顿法官说，"你可以传唤下一位证人了。"

德肖恩站了起来。他看了看泰勒，又看了看赫林顿，然后低头看了看坐在他旁边的凯伦。最后，他张开双臂说道："法官大人，原告要求休庭。"

第 27 章
僵尸

现在我的大脑已经痊愈，我开始做一些更剧烈的运动了——我现在能够承受这类运动，而且我需要保持腿部力量，以便回到地球时，它们还能适应那里的重力环境。因此每天中午，我和马尔科姆都在伊甸园的篮球场打球。

当我今天到球场的时候，他已经在那里定点投篮了。篮筐很高，足足有十米，需要手眼协调才能进球，但他的表现还不错。

"嘿，马尔科姆。"我走进球场说道。我的声音在这个空旷的地方产生了回音。

"雅各布。"他看着我说，语气似乎有点儿警惕。

"怎么了？"我说。

"我希望你别把我的脑袋扯下来。"马尔科姆说。

"啊？很抱歉，我不知道自己之前到底怎么了。话说回来，你看地球的电视节目了吗？"

马尔科姆投球，球飞了起来，穿过篮筐，最后慢悠悠地落了下去。"看了一些。"

"看新闻了吗？"

"没有。不看新闻才不闹心。"

"好吧，"我说，"你儿子上头条了。"

马尔科姆接住球，转向我："真的吗？"

"是的。他代表凯伦·贝萨里安打官司——我是说那个扫描人凯伦，因为她儿子否认了她身份的合法性。"

马尔科姆运了一下球。"不愧是我儿子！"

"别介意我说实话，"我说，"我希望你儿子输官司，因为我希望那个凯伦输。"我举起双手，马尔科姆把球扔给了我。

"为什么？"

我说道："现在我痊愈了，我想回家。布莱恩·哈迪斯说我不能回家，因为另一个版本的我才是合法的。但如果扫描人身份的合法性被否决了……"我一边运球，一边在球场上移动起来，然后猛地跃起，越跳越高，远远超过马尔科姆的头顶，最后将球抛入篮筐。

当我飘回地面时，马尔科姆说："审判进行到哪一步了？"

"他们说还会再持续几天。"我完全弯曲双腿，以减缓落地时的冲击，但冲击力很轻。

"你认为这场审判的结果很快就会改变你的处境吗？"马尔科姆问道，同时弯腰捡球。

"当然，"我说，"不然呢？"

他转过身，轻轻地拍了几下球："法律这种东西急不来。假设德肖恩赢了——他是个出色的律师，他很可能会赢——"他瞄准篮筐，出手。球在空中高高飞起，在下落的过程中穿过了篮筐，"赢了这次也不会怎么样。"

他大跨步地跑过去，在球落地之前接住了球。"对方会提出上诉，他们就得再审一次。"

他又把球扔了出去，但这次我认为他是故意失误，似乎是为了说明他的观点。"假设德肖恩输了，"他说，"那么，他这一方也将提出上诉。"

我去捡球："是的，但是……"

"像这样的案子，会一直上诉到最高法院。"

我拿着球，但只是握在手里："没必要闹这么大吧。"

"你在开玩笑吗？"马尔科姆说，"这可不是小事！"他让最后两个字回响了几秒钟，然后说道："遗产税可能因此成为历史。毕竟，人如果永生不死，就不会产生遗产。不仅如此，我相信税务局也会参与这个案子。这场审判将拖上好几年……而且无论如何，这一切都只是在美国。你是加拿大人，美国法律不适用于你。"

"是的，但加拿大可能也会有类似的案子。"

"干吗呢，你别拿着篮球又不动。"

我把球扔给了他。

"谢谢。"他开始运球，"永生科技会选址加拿大，就是因为那边的法律很宽松。"他停顿了一下，然后看着地板，"我是说地球那边。但到目前为止，有多少加拿大人选择了意识上传？永生科技大多数客户都是有钱的美国人或欧洲人。"他一跃而起，越飞越高，来了个扣篮。当他下落时，他说道："你没有孩子吧？"

我摇了摇头。

落到地上后，他说："那没人会争你的遗产了。"

我的心一沉："也许你是对的，但是……"

他走去捡球："另外，即使美国否决了人格转移的合法性，加拿大可能也不会——这两个国家处理很多问题的做法截然不同。你真的能活到你的国家严禁意识上传的那一天吗？"

"也许能。"我说。

他又拿起了球："也许能。但这需要很多年。很多年！等这一切有了结果，你和我早就死了。"他把球扔给我，但我没有接住。球砸在地上，球的落地声和我脑中再次响起的砰砰声重合在了一起。

⬡

当赫林顿法官进入法庭时，我们都站了起来。我注意到他神色疲倦，看来昨晚睡得不太好。当然，我不需要任何睡眠，一想到波特删除了人造人的睡眠功能，我就心烦意乱。对不起，我说了"删除"吗？我想说的是"协助掩盖"。天哪，看来，只要有人质疑我们不属于人类，我都会感到难过。

大家都坐下了。马尔科姆在我右边，我的左边是泰勒的妻子和孩子。

"洛佩斯女士，"法官点点头说，"你可以陈述了。"

玛丽亚·洛佩斯今天穿着橙色的衣服，不知什么原因，她头发和眉毛上染的金色不见了。她起身向法官鞠躬："谢谢，法官大人。我们请求传唤迦勒·坡教授。"

"传唤迦勒·坡。"书记员叫道。

一个衣冠楚楚的中年白人男子走上前来，进行了宣誓。

"坡教授，"洛佩斯说，"请介绍你的工作。"

"我是密歇根大学的哲学教授。"他的声音很好听，腔调丝滑。

"身为哲学教授，你是否思考过意识的含义？"

"思考过。事实上，我出了一本书，就叫《意识》。"

然后，我们花了一些时间查看他的各类证书。洛佩斯说："以你的专业眼光来看，坐在那里的虽然自称凯伦·贝萨里安，但真的是她本人吗？"

坡断然摇头："绝对不是。"

"何出此言？"

坡显然也排练过，他毫不犹豫地开始说明："哲学上有个概念叫'僵尸'。这个词不太恰当，因为哲学上所说的僵尸和伏都教传说中复活的死人完全不同。相反，这里说的'僵尸'就好比行尸走肉。'僵尸'看起来是清醒的、有理智的，还会有复杂的行为，却没有意识。'僵尸'不是人，但其行为与人无异。"

我看着陪审员们。他们至少看起来睡眠充足，似乎在饶有兴趣地听着。

"事实上，"坡继续说，"我认为，所有的人首先都是'僵尸'，只不过内在搭载了意识这种东西。让我先说清楚其中的区别：'僵尸'身上所谓的意识在于它对环境有反应，但也仅此而已。正如我稍后要论证的，真正的意识实际上是指主观意识，是自己能够明白自己行为的含义。"

"你这话是什么意思？"洛佩斯问道。

坡是那种多动的人，他在证人席上左右摇晃身子："我举一个典型的案例，就拿约翰·塞尔①反对人工智能的著名论点来说吧。想象一下，一个人在一个房间里，门上有一个投递口，就像老式门上方便邮递员投递纸质信件的小口子。明白了吗？现在，想象这个人坐在房间里，手头有一本大书，上面有奇怪的方块字。接着，有人从房间把一张纸从投递口送进房间里，那张纸上也有一行方块字。这个人的任务就是对照这些方块字，在他的大书上找到与之形状完全一致的方块字，然后把书上这一行方块字的下一行直接抄在那张纸上，再把纸从投递口推出去。"

---

① 约翰·塞尔（John Searle），美国哲学家和语言学家，因其在意义和语法领域的研究而闻名。

坡一边说着，一边模仿着动作。

"其实，房间里的人并不知道，"坡继续说，"这些方块字是中文，而这本书正是用中文写的问答集。因此，当'你好吗'这个问题被用中文写在投递的纸片上时，这个人就会在书中查找到'你好吗'三个字的中文，并发现合适的答案是'我很好'的中文。

"你看，对房间外那个用中文提问的人来说，房间里的人似乎是懂中文的。但事实上他不懂，他甚至不知道自己行为的意义是什么。他肯定不会有那种懂中文的人在进行交流的感觉，就像不懂古典音乐的人不知道如何欣赏古典音乐一样。房间里的人就像一具'僵尸'。他的举止表现得像是有意识的行为，但是，事实上他并没有主观意识。"

坡又调整了一下坐姿："这种情况，我们在生活中或多或少都经历过。比如你开车去某个地方，一边开车，一边想事情。当到达目的地时，你完全不记得自己曾经开过这段路。那么，司机是谁？作为'僵尸'的你！它扮演司机的角色，它负责开车。而有主观意识的你扮演了普通的乘客，在做其他事情。"

洛佩斯点点头，坡继续说："仔细想想，你有多少次会突然想到'我今天中午吃的是什么来着？'我们经常在吃饭的时候忽略自己正在吃的食物。但是，请想象一下，你在吃饭或开车时，你的意识被其他事情分散了，可你还能照常吃饭和开车，这是一种没有主观意识参与的暂时性行为。既然如此，那么这种行为也有永久性的，这就是'僵尸'的行为。它只是在做事，只是在扮演。它是在没有主观意识的情况下完成一切行为的东西。"

"也可以完成非常复杂的行为。"洛佩斯说。

"是的，确实如此。"坡说，"驾驶机动车辆可不是简单的事，要遵守交通规则，要在停车前扭头检查视野盲区，"他演示起他所描述的动作，"要和其他驾驶员交换手势，甚至还要听取交通路况并因此改变行驶路线。这些行为都可以，也确实发生在驾驶员没有主观意识的时候。"

洛佩斯从被告席后走到律师席："这不可能，坡教授。我承认有些行为是出于习惯自发的，就像本能一样，但听交通路况并因此选择路线。这肯定需要主观意识，不是吗？"

"你说得不对。如果你再好好想想，应该会同意我的说法。"他张开双臂，仿佛要把我们都囊括到他讨论的对象之中，"毫无疑问，法庭上的每个人都有过这样的经历：你在读一本小说，突然间你会想不起来上一页的内容。为什么呢？因为你的注意力已经转移到其他事情上了。毫无疑问，你已经读完了上一页，但你没有意识到；事实上，你很有可能在阅读时点击了数据平板上的翻页键。你的眼睛扫过几十或几百个文字，却完全没有读进去。"

"那是谁在阅读呢？作为'僵尸'的你！很幸运，'僵尸'没有感觉，所以当有主观意识的你发现自己漏了一页或更多的文字时，你会说'等等，翻回去'，然后重新阅读'僵尸'已经看过的内容。"

"'僵尸'很乐意重读，因为它永远不会感到厌倦，厌倦是一种主观意识才有的状态。于是，两个版本的你——有主观意识的你，以及'僵尸'的你，你们一起读了一遍。但实际上'僵尸'的你在前台，而有意识的你在后台，就好像有意识的你在'僵尸'的肩膀上看着，跟着'僵尸'一起阅读。"

"还有其他例子吗？"洛佩斯问道，她把屁股倚在了被告的桌子上。

坡点了点头："当然有。你们遇到过这种情况吗？你躺在床上睡觉，电话铃响了。"他假装气喘吁吁地举起一个老式听筒，"你接了电话，回复了对方。可等你挂了电话，你完全不记得自己刚才说了什么。或者睡在你旁边的伴侣对你说，你们昨晚说过的一些事情，当时你应该是醒着的，到了早上你却完全不记得了。这种情况经常发生。如果有意识的你不接电话或不回应对方，'僵尸'的你就会代为效劳。"

"但'僵尸'肯定只能做出机械的行为反应。"洛佩斯说。

坡摇了摇头，又在座位上调整了一下坐姿："并非完全如此。事实上，我们说出的大部分内容都来自'僵尸'。不然呢？你可能会想说一句话，而这句话最后会变成二三十个字。难道你觉得在你开始说话之前，你已经在大脑中想好了整句话吗？现在请停下来，想一想'我今天要在从法院回家的路上买些面包和牛奶'。你花了相当长的时间才想到这件事，我们却可以长时间不停地说话，不会刻意停顿下来，以便说出我们要表达的想法。不，在大多数演讲中，我们会在说话的同时才察觉到我们要说的是什么——就像那些听我们说话的人一样。

坡看了看陪审员们，又看了看洛佩斯："你有没有被自己的话吓到的经历？肯定有过——但如果你事先知道自己要说什么，这种情况就不会出现。事实上，心理师的谈话治疗为什么会管用，就是基于这一原则。心理师强迫你专注地倾听'僵尸'的你所说的话，接着你会惊呼：'我的天！原来这才是我真实的想法！'"

"好吧，也许你说得对，"洛佩斯说，她和坡配合得很好，一个唱白脸一个唱红脸，"但是说话这件事本身就很简单，就像开车一样，除非出了状况。然后，你的主观意识肯定会接管——可以说是从'僵尸'那里抢回了方向盘。"

"不，完全不对。"坡说，"实际上，如果主观意识完全掌握了控制权，就会出大乱子。我再举一个例子，打网球。"他假装挥动了球拍，"主观意识绝对只能在一旁观赏，而不能参与网球运动。网球来回的速度太快，主观意识无法处理网球运动的轨迹、速度等。

"事实上，网球比赛是有小把戏取胜的。如果你想在网球比赛中击败一位经验丰富的职业选手，不妨这样做：让他在练习赛中把你彻底击败，然后称赞一下他的球技。接着，请他演示一下他哪些地方做得比你好，让他说清楚其中的动作步骤，并用慢动作演示。然后，你再重新和他比赛。这样一来，他的主观意识会开始仔细琢磨网球要怎么打才好，哪个动作应该怎么做。他的主观意识便干扰到了'僵尸'的行动。只有当他的主观意识退居其次，让'僵尸'自主打球时，他才能回到最佳的状态。"

坡再次张开双臂，仿佛要表明自己说的都是显而易见的道理："开车其实也是一样。当你要撞上另一辆车的时候，你不能仔细考虑要踩刹车这件事，或者如何转弯以避免追尾。这时候，如果你的主观意识参与进来，你会送命的。你必须让'僵尸'的你做出反应，主观意识会造成实际行为的延迟。"

"坡教授，能劳驾你再为我们多解释几句吗？"洛佩斯说着，但她不是看着坡，而是看着陪审员们，好像她在代表他们说话，"我的意思是，我知道我是有意识的，也知道我不是'僵尸'。但是，如果我们相信你所说的话，那你就可能是一具'僵尸'，只是在没有主观意识的情况下来到这里，为我们提供专家证词。这不就像唯我论一样粗暴吗？我才是唯一真正的存在，其他一切不过是因为我存在而存在？"

坡点了点头："如果是一两年前，我会同意你的观点，唯我论是一种傲慢无礼的论点，因为没有任何合理的理由能够让你相信，为什么偏偏只有你是唯一真正的存在，是唯一有主观意识的人。但是如今永生科技改变了这一点。"他竖起两根手指，"现在世界上已经出现了两种行动者。一种是生物人，他们从最早的单细胞生物，也就是波特博士提到的草履虫，到鱼类、类哺乳动物、爬行动物、两栖动物，再到早期哺乳动物、灵长类、原始人类，经过漫长的进化而来。"

"另一种是永生科技所说的扫描人，即获得意识的人造人。一个有理智的人可以从自己的内心活动推断出其他人也有意识，或者更准确地说，其他人在他们的'僵尸'身体里有一个有意识的自己。但在我看来，永生科技所证明的，只是他们可以再造'僵尸'。法庭上没有任何证据表明生物人凯伦·贝萨里安的主观意识得到了复制。是的，坐在那里的那个东西，就是行尸走肉而已。扫描人从不做梦，这一点就是极为有力的证明。"

坡看了一眼旁听席，越过我来到波特博士所在的位置，用手指着他，同时指责道："事实上，安德鲁·波特也承认自己不知道意识到底是什么，他说的什么微管变化不过是混淆视听。不管意识到底是什么，都没有确凿的证据表明意识在意识扫描手术中得到了转移。"

坡双手交叉抱胸："永生科技有责任证明他们的确成功转移了意识，但是正如我所说，目前没有丝毫证据可以表明这一点。"

第 28 章
灵魂

    我再次来到了布莱恩·哈迪斯在伊甸园行政楼的办公室，我必须说，这次他有点儿烦我了："沙利文先生，说真的，我已经对您的请求做出了明确的回复。您不能回到地球，所以请放松，享受这里的服务吧。您甚至还没有怎么享受过我们提供的服务呢。"

    我很确信，他们给我开的药是镇静剂。他们想让我昏昏欲睡，保持平静。所以我把剩下的药都倒进马桶冲走了。"地球的秋天到了，"我说，"至少在北半球，现在是秋天。你能让我在落叶中散步吗？很快，冬天也要来了。你能让我在结冰的池塘打冰上曲棍球吗？能让我滑雪吗？日落可不只是光球从满是岩石的地平线上落下，还有在云雾笼罩下展现的斑斓景色。"

    "沙利文先生，讲点儿道理。"

    "讲点儿道理！我从来没有申请……成为一名该死的宇航员。"

    "实际上，您申请过。话说回来，在这里有很多事情也是您在地球上永远做不到的。您试过在空中飞吗？您知道吗？在这里您凭借自己的力量就可以飞行，只要绑上足够大的滑翔翼。我们体育馆就有这种服务。"

他停顿了一下，似乎期待着我的回应。我没有回答。

"还有登山！您知道，我们很希望您到外面去玩玩。在低重力的条件下，攀岩的体验非常棒，亥维赛环形山非常适合攀岩。"

哈迪斯大概从我的表情中看出了我并不买账，于是又试探着说道："沙利文先生，我们这里有全地球——不，全太阳系最出色的女孩，很会服务，体力很好，而且没有任何疾病。"

"我不想只是为了快感。"

"您还可以在这里谈恋爱。"他继续说，"虽然我理解您为什么不愿意和我们这里年迈的客户交往，但这里有很多和您年龄相仿的工作人员。而且，像您这样英俊潇洒、聪明睿智的男人在这里并不是没有恋爱机会。我们公司的政策并不禁止员工与客户谈恋爱。"

"我不要。我在地球上有一个喜欢的人。"

"哈。"哈迪斯说。

"我想去找她，我必须试一试。我以前太蠢了，没有追求她，但现在情况不同了。"

"她叫什么名字？"哈迪斯问道。

我被这个问题问得一愣，然后回答了他："丽贝卡。丽贝卡·庄。"

"沙利文先生，"哈迪斯说，他的声音非常柔和，"您有没有想过，地球上现在有另外一个您，那个不再患有卡斯尔曼病的您？这意味着几周前，他的感情可能和现在的您一样。也许他和丽贝卡早就在一起了……回去也是多余的。"

我的心怦怦直跳——这是那一个我永远无法体会的心跳感觉。"不，"我说，"不，这……这不可能。"

哈迪斯扬了扬眉毛，似乎在说："怎么不可能？"但他没有把这句话说出来，这次他总算对我口下留情了。

午餐结束，轮到德肖恩询问哲学教授迦勒·坡了。

"你的声音很好听，坡博士。"德肖恩站在原告席后面说。

坡惊讶地竖起了眉毛："谢谢。"

"非常动人，"德肖恩继续说，"抑扬顿挫的。以前有人说过吗？"

坡歪着头："确实有人说过。"

"这是当然。你可能唱歌也不错。"

"谢谢。"

"你会唱歌吗，坡博士？"

"会唱。"

"在什么场合唱？"

"反对，"洛佩斯张开双臂说，"无关提问。"

"很快就有关了。"德肖恩看着法官说。

赫林顿皱了一下眉头，然后说："我对'很快'的定义比较严格，德雷珀先生。请继续。"

"谢谢。"德肖恩说，"坡博士，你一般在什么场合唱歌？"

"在上学的时候，去夜店、婚礼和一些公司活动上驻唱。"

"但你现在不上学了，"德肖恩说，"还有机会一展歌喉吗？"

"有的。"

"在哪里呢？"

"唱诗班。"

"教堂唱诗班，对吗？"

坡在座位上微微动了一下："对的。"

"什么教？"

"天主教。"

"所以你在基督教堂的唱诗班唱歌，是吗？"

"是的。"

"这是每周日教堂正式仪式的一部分，对吗？"

"法官大人，"洛佩斯说，"再次反对，这是无关提问。"

"很快就要进入正题了，法官大人，"德肖恩说，"请让我问完。"

"好吧。"赫林顿说，不耐烦地用触屏笔敲着长椅。

"你为教堂唱圣歌？"德肖恩回头看着坡说。

"是的。"

"你觉得自己是一个虔诚的信徒吗？"

坡略带挑衅意味地说："我想是的。但我不是宗教狂热分子。"

"你相信有上帝吗？"

"这是信教的必要条件。"

"所以你相信上帝的存在。那你相信有魔鬼吗？"

"我会选择性地相信其中的内容。我认为宇宙有100多亿年的历史。我认为生命是通过自然选择从更简单的形式进化而来的。我不相信神话故事。"

"你不相信有魔鬼？"

"不信。"

"地狱呢？"

"地狱是诗人但丁的发明，而不是理性神学的产物。"坡说，"当神职人员必须和不识字、没受过教育、不懂世故的信徒打交道时，才会把地狱和魔鬼搬出来说。但我们不属于这样的信徒，我们可以遵循道德论证，做出合理的道德选择，而不是因为害怕妖魔鬼怪的威胁才去行善积德。"

"很好，"德肖恩说，"非常。这么说，你摒弃了原始宗教中大多数愚蠢的说法，是这样吗？"

"我不想用你这种不礼貌的方式来谈论此事。"

"你不相信有魔鬼？"

"不信。"

"你也不相信有地狱？"

"不信。"

"你不相信有诺亚方舟？"

"不信。"

"你不相信人有灵魂？"

坡沉默了。

"坡博士，请回答我的问题好吗？你真的不相信人有灵魂吗？"

"这……我不同意。"

"你是说你相信人有灵魂？"

"嗯，我……"

德肖恩走到他的桌子前面："你相信你自己有灵魂吗？"

"是的，"坡说，鼓起了勇气，"是的，我相信。"

"你是怎么会有灵魂的？"

"是上帝赐予了我灵魂。"坡说。

德肖恩意味深长地看了陪审团一眼，然后回头望向坡："你能向我们解释一下，在你的概念中，灵魂到底是什么东西吗？"

"灵魂是我的根本所在，"坡说，"是我体内神圣的火花，在我死后，灵魂会留存下来。"

"那么根据你的理解，每个活人都有灵魂吗？"

"当然。"

"没有例外吗？"

"没有。"

德肖恩已经走到律师席，他回头指着坐在原告席上的凯伦说：

"现在，请看看这位贝萨里安女士。她有灵魂吗？"

凯伦看起来全神贯注，绿色的眼睛炯炯有神。

坡的声音很坚决："没有。"

"为什么没有？你怎么知道没有？"

"她——它——它是人造的东西。你还不如问我炉子或汽车有没有灵魂。"

"我理解你的话。但除了依据先驱的信仰，你怎么能断定贝萨里安女士没有灵魂呢，坡博士？你能做测试来证明你有灵魂，而她没有吗？"

"没有这种测试。"

"确实没有。"德肖恩说。

"反对，"洛佩斯说，"这是无效提问。这不是一个问题。"

"反对有效。"赫林顿法官说。

德肖恩勉强点点头："好吧，"他说，"坡博士，你听好，你相信上帝会在你死后对你进行审判吗？"

坡沉默了一会儿，他的表情就像一只知道自己沦为猎物的动物。"是的，我相信。"

"那上帝怎么审判你呢？"

"审判我这一生的行为是否符合道义。"

"是的，但他在审判你的哪一部分？记住，此时你已经死了。上帝显然不是在审判你已经死去的肉体，对吗？"

"对。"

"上帝也不会审判你的大脑。你的大脑已经完全死亡，对吧？"

"对。"

"那么上帝在审判什么？你的哪一部分？"

"审判我的灵魂。"

德肖恩看着陪审团，张开双臂："好吧，这似乎不太公平。我是说，肯定是你的身体或大脑做出了不道德的行为，但你的灵魂只是乘客罢了。"

"这……"

"难道不是这样吗？当你刚才用你那华丽的哲学术语，说意识只是搭载在人体内的东西。你给我们介绍'僵尸'和主观意识的时候，你所指的意识其实就是灵魂，不是吗？这难道不是你的根本论点吗？"德肖恩让最后几个字在空气中回响了一会儿。

"嗯，我……"

"坡博士，如果我弄错了，请你纠正我。用通俗易懂的话来说，你所谓的主观意识和我们其他人理解的灵魂，这两者没有任何本质上的区别，对吗？"

"我可没有这样说过……"

"那请你告诉我有什么区别，教授。"

坡张了张嘴，但什么也没说。他现在看上去很像他先前列举过的那些原始的动物祖先。

"坡博士？"德肖恩说，"法庭在等你回答。"

坡闭上了嘴，用鼻子深吸了一口气，似乎在思考。"通俗地说，"他最后说，"我承认这两个词是一个意思。"

"你承认你的哲学概念里叠加在'僵尸'身上的主观意识，以及宗教概念里叠加在肉体上的灵魂，本质上是同一回事？"

过了一会儿，坡点了点头。

"请口头回答，教授——我们需要记录下来。"

"是的。"

"谢谢。刚才我们谈到上帝会审判死后的灵魂。为什么上帝要这样做呢？"

坡在椅子上有些躁动："我——我不明白你的问题。"

德肖恩张开双臂："我是说，上帝审判灵魂有什么意义？人们所做的，不正是上帝希望他们做的事情吗？"

坡眯起眼睛，他显然在提防德肖恩的圈套，却看不出其中的名堂。说实话，我也看不出。"不。灵魂会自行选择作善或作恶，最终上帝会让灵魂为自己的选择负责。"

"好，"德肖恩说，"那么灵魂是有自由意志的，是吗？"

坡看着洛佩斯，似乎在寻求她的指导。我看到她微微耸了耸肩。教授将目光移回到德肖恩身上。"是的，当然。"他最后说，"这就是最关键的，上帝赋予了我们自由意志，而行使自由意志的是灵魂。"

"换句话说，"德肖恩说，"灵魂可以做出任何选择，哪怕是违背上帝的意愿，对吗？"

"你这话是什么意思？"

"我的意思是，上帝希望我们做好人，遵守十诫的戒律，或者登山宝训，但他并不强迫我们去做好人。我们可以按照自己的想法做事情。"

"没错，就是这样。"

"事实上，既然是灵魂真正让我们做出选择，那么灵魂就是可以按照自己的想法做事情的，对吗？"

"是的。"

"那好，灵魂的物理特性如何？在死亡之前，灵魂是在每个人的体内吗？"

"什么意思？"

"我是说灵魂不是四散各处，而是特定的，对吗？每个灵魂特定存在于某个人的体内。"

洛佩斯再次抗议："法官大人，反对。无关提问。"

但赫林顿听得入了神："反对无效，洛佩斯女士，在证人作证的过程中不要再用这个反对的理由来烦我。坡教授，请回答德雷珀先生的问题。灵魂是否特定存在于人体内？"

看到法官对花钱请他做证的律师有些不满，坡显得有些慌乱，但他终于开口了："是——是的。"

"那人死了以后呢？"德肖恩问，"灵魂会怎么样？"

"灵魂就离开了肉体。"

"灵魂看得见吗？摸得着吗？是像能量波一样，还是其他什么样的存在形式？"

"灵魂是非物质的，超越了我们的时空概念。"

"真是万能的说法！"德肖恩说，"那让我们再深入讨论，好吗？灵魂不需要呼吸，对吗？也不需要进食？也就是说，灵魂可以在没有肉体的情况下继续存在？"

"当然。"坡说，"灵魂是不生不灭的，也是非物质的。"

"然而它有一个特定的位置。你的灵魂死前在你体内，而我的灵魂在我体内，对吗？"

坡张开双臂："德雷珀先生，如果你要我在核磁共振或X线片上指出灵魂在哪儿，我承认我做不到。"

"不，不会的。我只是想确保我们的观点是一致的。我们都同意，灵魂是特定存在于人体内，你的灵魂在你体内，我的灵魂在我体内。"

"是的，没错。"坡说。

"人死后，灵魂可以从肉体离开，对吗？灵魂可以上天堂吗？"

"是的，如果上帝允许它上天堂的话。"

"它能去别的地方吗？"

"什么意思？"

"我的意思是，人死后，灵魂不会死，仍然有意志，不是吗？你的灵魂没有变成元胞自动机，对吗？也没有变成'僵尸'吧？"

坡在证人席上调整了一下坐姿："没有。"

"那么，坡博士，既然灵魂不需要肉体的营养补给，也不需要其他方面的供养，而又在肉体死亡时离开肉体，并且能够超越时间和空间，在离开原来的肉体后移动到一个新的地方，那灵魂在人死后就仍然能够自由行动。那么你怎么断言，生物人凯伦·贝萨里安过世后，她的灵魂没有选择移动到这里，从而进入原告办公桌前的这位人造人的体内？"

"我……这……"

"难道没有这种可能吗，坡博士？根据你自己描述的灵魂特性，是有可能的吧？凯伦·贝萨里安的肉体显然已经死亡。但很明显，贝萨里安女士想把她的人格转移到坐在法庭上的这具人造身体里，不是吗？鉴于这是她本人的愿望，也就是她灵魂的愿望，她的灵魂现在是不是很可能已经住进这个人造人的身体里了呢？"

坡一言不发。

德肖恩礼貌地朝他点点头："我承认我说得有点儿绕，坡博士。但我最后想问一个问题，你必须回答我。"

"好吧，如果你想要无理取闹……"

"无理取闹，坡博士？这可是你自己说的，生物人有灵魂，而人造人没有，这一点很重要。事实上，你用哲学的语言告诉我们，法庭上的凯伦·贝萨里安肯定没有灵魂，你把这种情况描述为'僵尸'。可你自己也承认你无法检测、测量或指出灵魂的具体位置，你这才是无理取闹。"德肖恩走到原告桌子后面，他站在凯伦身后，将双手分别搭在她的肩膀两侧，"即便灵魂是上帝创造的，无法经由凡人的手段来进行复制，那么现在贝萨里安女士的灵魂为什么不可能居住在这具人造躯体里吗？她现在应该也比生物人版的凯伦去世前更像是活人了吧？"

"嗯，我……"

"你能否认这种可能性吗？"德肖恩说。

坡长长地叹了一口气。"不能，"他最后说，"我不能否认。"

第 29 章
独立的人

在见完布莱恩·哈迪斯之后，我跟跟跄跄地走了好几小时——在月球上这样行走很奇怪，因为你的脚步本身会轻得和提线木偶一样。他说的有可能发生吗？难道另外那个机器人版本的我已经和丽贝卡在一起了？天哪，我多么思念她啊，甚至感到了痛彻心扉的滋味。我一直没有意识到，为了让丽贝卡免受心碎，我以前不停地压抑自己对她的爱。现在我不用再压抑了，却因此快要喘不过气来。我醒着的时候有一半的时间在思念她，每次做梦都会梦到她。我必须再见到她，必须弄清楚我们能否再续前缘……

如果答案是否定的呢？如果我们之间的调情、缠绵、吻别，甚至那一夜的鱼水之欢，只是对我而言很特别呢？

不，我不会弄错的。我和她之间一定存在某种特别的东西。我必须在那个该死的机器人追求她之前回到地球。

我不知道怎么才能回去。但我会等待时机，直到我能够成功离开为止——

可在此之前，哈迪斯说得也没错。我都还没有了解清楚这里的服务。既然我已经下定决心，无论如何都要离开月球，那么我至少应该尝试一下他提到的那些服务。毕竟，我不可能再回来了。

我选了一个美丽娇小的日本女人，她有一双棕色的大眼睛，我选她时也没有多想。后来我才意识到，她是所有人里长得最像丽贝卡的。

最后，我得到了生理上的满足，我很感谢她。

但她不是我爱的那个女人。

玛丽亚·洛佩斯抬起头："被告请求传唤阿丽莎·聂鲁达教授。"

一个高挑的褐发女子走上证人席，她大概60岁，可能是亚欧混血儿。

"请庄严宣誓，"书记员说，"你在本庭待审案件中将如实作证，绝无欺骗，愿上天保佑你。"

"我宣誓。"聂鲁达说。

"请在证人席就座，"书记员说，"请陈述并拼写你的姓名，以便记录在案。"

聂鲁达坐了下来："我叫阿丽莎，A–L–Y–S–S–A，聂鲁达，N–E–R–U–D–A。"

"谢谢。"书记员说。

洛佩斯起身："聂鲁达教授，你现在在哪里工作？"

"耶鲁大学。"

"担任什么职务？"

"我是生命伦理学教授。"

"终身教职？"

"是的。"

"你有什么高级学位①？"

"我获得了哈佛大学的医学博士学位。"

"医学博士？"

"是的。"

"你还有其他高级学位吗？"

"我获得了耶鲁大学的法学硕士学位。"

"法学硕士？"

"是的。"

"也就是说，你同样是一名律师？"

"是的。我有康涅狄格州和纽约州的律师从业资格。"

"法官大人，"洛佩斯说，"我们现在提交聂鲁达教授的履历，长达四十六页。"她将一份纸质文件递给书记员。

"聂鲁达教授，"洛佩斯继续问道，"你是否曾被传唤在下级法院审理的案件中作证，而案件最终由美国最高法院审理？"

"有过。"

"那些案件中是否涉及人格的定义？"

"有。"

"请进行说明。"

"利特勒诉卡维案。"

"什么时候在美国最高法院审理的？"

"2028 年 8 月。"

"请告诉我们诉讼当事人是谁。"

"利特勒是原告，是提起诉讼的人。他的全名叫奥伦·利特勒，

---

① 高级学位，学士以上的学位，包括硕士、博士等。

居住在田纳西州布莱索县。被告卡维当时正在与原告交往，全名叫斯特拉·卡维，也来自布莱索县。"

"请简要地说明，利特勒先生为什么要起诉卡维女士？"洛佩斯问。

"利特勒和卡维交往了大约两年，两人发生过性关系。大约在2028年5月1日，卡维女士怀孕了。而在2028年5月25日，她使用家用验孕工具得知自己怀孕的事实。她将此事告知利特勒先生，两人同意结婚，并计划生下孩子共同抚养。"

"请继续，教授。"洛佩斯说。

"怀孕6周后，卡维女士和利特勒先生吵了一架。卡维女士取消了婚礼，并试图结束两人的恋爱关系。她还告诉利特勒先生，她打算把孩子拿掉。利特勒竭力反对，他希望她把孩子生下来，并愿意承担孩子的全部监护权，对孩子负责。

"卡维女士拒绝了他的好意，于是利特勒先生以法律规定胎儿应被视为独立个体为由，向法院申请禁止卡维女士堕胎。请注意，签发禁令的法官并未裁定利特勒先生把胎儿视为个体的论点是否成立。相反，该法官作为一名男性认为利特勒先生的论点具有足够的说服力，因此应由陪审团对这一问题作出裁决。"

洛佩斯看着我们的陪审团席："陪审团是如何裁决的？"

"他们裁定，鉴于罗伊诉韦德案的先例，卡维女士完全有权利堕胎。"

"事情就此结束了？"

聂鲁达摇了摇头："并非如此。利特勒先生提出上诉，上级法院推翻了下级法院的判决，案件提交至最高法院，进入速裁程序①。"

---

① 速裁程序（fast-track），对于民事案件，法院设立的由法官独任审判的审判庭，更为简易和灵活。

"速裁程序？"洛佩斯说，"为什么？"

"虽然当年审判罗伊诉韦德案的法官都不在位，但法院回顾了这起案件的审理情况。在此案中，采用简·罗伊这一假名的匿名女子起诉要求获得合法堕胎的权利。韦德全名是亨利·韦德，他担任得克萨斯州达拉斯县的地方检察官，而罗伊就住达拉斯县。韦德当时负责维护其辖区内堕胎禁令的执行。无论从当时还是现在看来，罗伊诉韦德案在许多方面都存在争议，但算是一个典型的例子，恰恰体现了'迟来的正义并非正义'[①]。当最高法院开始审理罗伊诉韦德案时，简·罗伊已经生下了女儿，并将女儿送人收养。是的，她最后赢得了堕胎的权利，但这个审判结果对她而言来得太迟，毫无用处。正因如此，最高法院同意尽快审理利特勒诉卡维案。"

洛佩斯点了点头："最高法院在利特勒诉卡维案中做出了什么判决呢？"

"在六比三的裁决下，法院认定斯特拉·卡维未出生的孩子确实算是独立个体，享有宪法第五、第八、第十三和第十四修正案赋予人的全部权利。"

"所以……"

"所以卡维女士被判禁止堕胎。"

"对比罗伊诉韦德案，人们通常如何看待利特勒诉卡维案？"洛佩斯问道。

"此案经常被引用为推翻了罗伊诉韦德案的案例。"聂鲁达说。

"在美国，当胎儿发育超过一定阶段后进行堕胎再次成为非法行为？"

[①] "迟到的正义并非正义。"（Justice delayed is justice denied.）一句英国流传的谚语，意思是即使司法裁判的结果是公正的，如果过迟作出裁判或者过迟告知当事人，程序上的不公正也将使裁判成为非正义的，体现了对司法程序正义而非实体正义的格外强调。

"没错。"

"那么如今利特勒诉卡维案的情况如何？"

"美国法律依旧承认该案的审判结果。"

洛佩斯点了点头。"好了，刚才我说过，利特勒诉卡维案的结果表明，当胎儿发育超过某一个阶段后再堕胎是非法的。你能向陪审团解释一下，在利特勒诉卡维案中，判断胎儿是否算独立个体的标准是什么吗？"

"当然可以。利特勒诉卡维案正是围绕下面这个问题引发争议的：胎儿到底长大到什么程度才算是一个人？"聂鲁达说，转身快速看了赫林顿法官一眼，"毕竟如果我们不知道胎儿从什么时候可以算是人，我们就没法判断它什么时候不算是人。"

法官点了点他那长长的脑袋，说道："请继续。"

"没问题，"聂鲁达说，"如何确定胚胎和人之间的区分界限，是生命伦理学面临的最大挑战之一。当然，反对堕胎的人表明了坚定的态度，即在卵子受孕的那一刻，一个拥有人格权的新生命就诞生了。相反，支持堕胎合法的人则认为，胎儿只有到了出生阶段才算是人，大约在怀胎9个月之后。事实上，自20世纪70年代以来，还有过一种更为偏激的观点：胎儿即使出生之后也不能算作人，并且还有人争辩说，在婴幼儿两三岁具有明显的认知能力之前，他们并没有真正的人格。抱有这种观点的人认为，将襁褓中的婴儿进行安乐死和堕胎一样，都是道德上可以接受的行为。"

我看到几位陪审员的反应很惊恐，但聂鲁达继续说道："当然，从时间上来算，受孕和出生都发生在具体的时间点。虽然直到1969年，我们才真正能测出女性受孕的时间。但在此100年之前，我们已经通过研究动物得知，当精子和卵细胞结合时，受孕便发生了。"

"卵细胞？"洛佩斯说。

"女性的生殖细胞。门外汉一般称之为'卵子'。"①

我身边的人被聂鲁达这一句无心的文字游戏逗笑了。

"明白了，"洛佩斯说，"受孕发生在精子和卵子结合的时刻。"

"是的，就发生在那一瞬间。当然，我们也可以非常精确地测出胎儿的出生时间。事实上……"聂鲁达突然不说了。

"怎么了，教授？"

"是这样的，和坐在那里的沙利文先生有关。"

这些天来，我总是坐得笔直，因为放松机械的身体并没有任何舒适的感觉。

"沙利文先生怎么了？"洛佩斯问道。

"嗯，他现在是扫描人，但我知道，生物人的他是 2001 年 1 月 1 日午夜之后，在加拿大多伦多出生的第一个孩子。"

"被告提交十号证物，"洛佩斯说，举起一张纸，"一份 2001 年 1 月 2 日星期二《多伦多星报》的剪报，上面报道了此事。"

法庭接受了提交的证物，聂鲁达教授继续说道："因此，撇开我之前提到的偏激分子，我们普遍认为，胎儿在出生时就可以被看作人。但是，也有一些奇特的案例体现出这个特定标准还有值得商榷的余地。"

"请举例。"洛佩斯说道。

"卫生与公众服务部诉马洛尼案。"

"是什么样的案子？"

"是 2016 年的案子。布伦达·马洛尼居住在纽约布朗克斯区，是一名情绪不稳定的女性。她当时已经怀孕 39 周，在被推进产房时，她看到为另一位病人准备的食物托盘上放着一把牛排刀。她抓

---

① 此处是一个英文双关笑话，lay men 在英语中是"门外汉"的意思，但 lay 这个单词本身搭配 egg（卵子）一词是"产卵"的意思。

起刀子刺入自己的腹部，导致胎儿在出生前一刻夭折。"我再次看到陪审员们表露出惊恐的神色，聂鲁达继续说道，"马洛尼女士是否犯有谋杀罪？最终，由于马洛尼女士的情况被认定不适合出庭受审，此案从未开庭审理，但确实激发了公众舆论。此后，'胚胎在出生前不能被视作人'这一观点的支持者大大减少。"

"换句话说，"洛佩斯说，"原本支持堕胎合法的人认为胎儿在出生前不能算作人，但因为马洛尼案的出现，他们的观点变得不再那么有说服力了，对吗？"

"是的，当然这是我对那个时期法律观点的解读。"

"你刚才说过，只有两个绝对精确的时间点是在生物学层面非常直观的，可以作为判断胎儿是否为人的标准，那就是受孕和出生，对吗？"

"没错。"

"我确信，在马洛尼案和其他案件出现后，大多数立法者和政治家认为出生的时间点也不一定能作为标准，对吗？"

"对。"聂鲁达又说道，"在他们看来，除了受孕或剪断脐带，其他时间点都存在变数。甚至出生也是如此，因为你可以选择药物引产，或者剖宫产。

"事实上，我们势必很快就能实现胎儿在人造子宫中生长的愿景。以典型的科幻情节为例，将胎儿养在一个装满液体的玻璃瓶中。胎儿已经发育了近9个月。此时我拿出一支枪，向玻璃瓶射击。如果我的子弹击中胎儿并穿过其心脏，这就是堕胎行为。而如果子弹没有打中胎儿，只是打碎了玻璃瓶，胎儿提前离开了玻璃瓶的环境，这反而变成了分娩行为。这些界限很难划分。"

"的确如此，"洛佩斯说，"事实上，法律是不是也曾试图将生命的起点定义为第三种时间点，即受精卵着床的时间点？"

"是的，没错。"聂鲁达说，"但这同样行不通。"

"为什么？"

"受孕毕竟不是在子宫内进行的。而受精卵形成后通常会沿着输卵管进入子宫，然后在子宫壁着床。这一过程曾经被认为是胎儿可视为人的开始，但最高法院在利特勒诉卡维案中驳回了这一观点。"

"为什么？"

"因为科学技术是在不断进步的，洛佩斯女士。虽然当年的技术无法做到让胚胎在人造子宫中生长——即便是今天，我们也没有完全做到。但正如我前面所说，我们意识到这种情况早晚会成为现实。法院如果以受精卵着床作为标准，那么体外发育成熟的胚胎就不能算作人了。他们想要寻找一个符合胚胎自然属性的判断标准。"

"那好，既然法院并不愿意采纳出生时间点作为划分标准，那么受孕的时间点似乎是更显而易见的选择，不是吗？你说过受孕的时间点是很容易算出来的。"

"是的，确实如此。"聂鲁达点点头说，"在受孕之前，生物体是不可能有 46 条染色体的，当然也有唐氏综合征 ① 或特纳综合征 ② 那样的特殊情况。但是，一旦受孕，整个人的基因就完整形成了，胎儿的性别等一系列生物学上的特征也因此确定。"

"所以，在利特勒诉卡维一案中，法院是否裁定胎儿在受孕时就可以被视作人类？"

聂鲁达摇了摇头："不可能——如果这样做，数百万美国人都等

---

① 唐氏综合征（Down syndrom），又称 21- 三体综合征、先天愚型，是由于二十一号染色体异常导致的染色体病。临床表现为智力落后、特殊面容和生长发育迟缓。
② 特纳综合征（Turner syndrome），先天性卵巢发育不全，是最常见的性染色体疾病，只影响女性。由于全部或部分体细胞中一条 X 染色体完全或部分缺失或结构发生改变所致，临床表现为女性表型、身材矮小、青春期乳房不发育和内外生殖器幼稚型、相关躯体异常（如肘外翻）。

同于犯下了谋杀罪。"

洛佩斯歪了一下脑袋："什么意思？"

聂鲁达深吸一口气，再缓缓地呼气："《牛津英语词典》告诉我们，'节育'一词是在1914年出现的。但这个词的字面意思并不符合其真正的含义，'节育'实际上并不是指控制胎儿生下来，而是在9个月前防止胎儿形成！事实上，尽管受孕和分娩在我们讨论的时间跨度中是两个不同的时间点，但我们仍将'避孕'和'节育'作为同义词来使用。

"现在，我们有各种真正的避孕工具，例如避孕套、避孕膜和杀精剂，通过简单应急的方法阻止精子和卵子结合，或者在精子和卵子结合前，将精子杀死，从而避免受孕。当然，对男性或女性进行绝育手术也能防止受孕，禁欲也是如此。如果你非常幸运且非常小心，安全期避孕法也能防止受孕。

"但是，当时最常见的'节育'手段——让我们换个说法吧——最常见的'计生'手段和以上的方法都不一样，是所谓的避孕药，或者是避孕贴片、避孕植入物等，它们起到同样的作用。

"避孕药有时可以防止受孕，这是避孕药的作用之一。但避孕药也会产生其他作用：防止受精卵在子宫内着床。如果法院裁定生命始于受孕，那么等于间接承认避孕药是会杀死生命的，因为它剥夺了受精卵在子宫着床后继续生存的条件。

"但美国人很青睐避孕药这一类计生用品。这种计生措施会使子宫壁变硬，从而使受精卵无法着床。最初的避孕药于1960年问世，此后我们一直在不断改进，如今避孕药几乎没有任何副作用。但是，在这样一个政治保守的国家里——在帕特·布坎南担任总统前就已经很保守了——人们一方面希望将未出生的胎儿视作神圣的生命，另一方面又喜欢使用避孕药这种方便的计生措施，因此就又得提出一个新的定义，即在受孕之后，胎儿才能算作人。这样一来，用避孕药阻止受精卵在子宫着床的做法就不算是谋杀了。"

"在利特勒诉卡维案中，法院就是这么做的，对吗？"

"对的。"聂鲁达也准备了图表，并在墙面的屏幕上展示给大家看，"美国最高法院裁定，人格始于独立生命体出现的时候，即受孕后的 14 天内，一个受精卵可以分裂成双胞胎或多胞胎的时候。事实上，双胞胎的专业术语是同卵双胞胎，因为它们是由同一个受精卵形成的双胞胎；受精卵就是由一个精子和一个卵子结合形成的细胞。也就是说，如果胚胎仍有形成不同个体的可能性，或者说，它还没有确定为单一个体，那它是不能算作人的。你们明白了吗？"

我当然明白了她话里有话，但从凯伦的神情来看，我想她还没有反应过来。

洛佩斯说："根据国家法律，只有当胚胎不会变成多个生命的时候，才可以视为一个独立的人，对吗？"

我看到德肖恩也对此做出了反应，他都快把眉毛扬到天上去了。我们根本没有预料到他们会采取这种策略，还真有点儿高明。

"没错，"聂鲁达说，"法律上的观点是，一旦你成为独立的人，你就享有人格权。"

洛佩斯走过律师席，站在陪审员席附近："好了，聂鲁达教授，以你的法律观点来看，这个结论和我们手头的案子有什么关联？"

聂鲁达张开双臂："你还不明白吗？凯伦·贝萨里安——不好意思，我想这里用她娘家的姓氏更为合适。凯伦·科恩是在 1960 年 5 月出生的，但是在 1959 年 8 月的某个时候，她的母亲就受孕了。接着，在 15 天左右后，她母亲子宫的胚胎不再具有形成不同个体的可能性。也就是在这个时候，凯伦开始被视作一个独立的人。"

洛佩斯看了看陪审员们，确保他们都听明白了。"好的，教授，"

她说，"请继续。"

聂鲁达一边微笑着，一边开始盖棺论定："好吧，既然个体化是法律上的检验标准，那么凯伦——现在的凯伦·贝萨里安——在法律的眼中可能早就不是一个独立的人了。也就是说，凯伦并非死在月球上后才不算是人，而是早在她的意识被扫描的那天开始，她就已经不能算是人了。因为从那一天开始，世界上出现了两个凯伦。从法律上来说，凯伦·贝萨里安实际恢复到了出生不满 15 天的胚胎状态。而从她不再是独立个体的那一刻起，她就失去了人格权。你们明白了吗？凯伦·贝萨里安作为法律意义上的个体，从她完成意识扫描的那一刻就不复存在了。当然，个体一旦不存在，就等于永远不存在了。"

如果我的身体不是人造的，此刻我听到这里，肯定已经瘫坐下来，目瞪口呆。洛佩斯巧妙地绕过了我们的所有策略——她说，如果法庭要挑战她的结论，那么必然是在挑战现行堕胎法的基本逻辑。想都不要想，赫林顿法官不会希望事情闹到那一步。

法官看起来和我一样震惊，他说道："我们稍作休息。"

第 30 章
请原谅我

我希望能看到地球所在的位置，这样当我在思念丽贝卡时，就有了一个具体的对象。但地球现在已经落到我们脚底下的另外一边，而盯着地板看并不足以缓解我的思念之情。当然，最好的办法还是见到她本人。

丽贝卡认为宇宙会给她某些信号——她说一开始这些信号很微弱，但如果她没有接收到，信号就会不断加强，变得聒噪。

我不相信她的话。我知道宇宙对我毫不关心。不过，也许是出于对丽贝卡的尊重，我发现自己也开始去看、去听、去观察、去关注，希望宇宙能够给我某个信号，为我指一条明路。

与此同时，我采纳了布莱恩·哈迪斯的另一个建议，希望不会像上次那样让我在事后自觉很龌龊。我决定尝试在月球上登山。这是我在地球上从未做过的事——加拿大东部没有什么高山。但登山听起来似乎很有趣，所以我在娱乐服务中心咨询了一下。

结果发现，通常带领登山探险的人是我的老旅伴昆汀·阿什伯恩，维护月球车的工程师。月表只允许结伴行动，潜水的常识性安全规则在这里同样适用。因此，昆汀对我想要登山这件事感到非常高兴。

我听说，过去宇航服必须是量身定做的，但新型塑性面料改变了这一点：伊甸园的宇航服只有三种男式尺寸和三种女式尺寸。想都不用想，我应该穿男式中号尺寸。

昆汀帮我穿上宇航服，确保所有地方都连接正常。接着，他从更衣室的开放式架子上拿了一些特殊的登山装备，其中有些我能认出来，比如尼龙绳。但是有些我从没见过，特别是其中的一件东西，它的外形像一把又短又粗的手枪。

"这是什么？"我问。

"这是钉枪。"他说，"发射岩钉用的。"

"但愿我们不会碰到什么怪物。"我说。

昆汀笑了："岩钉是一种金属钉子。"

他打开枪膛，取出一根岩钉给我看。这种钉子大约有十厘米长，前端尖尖的，末端有一个洞眼，绳子可以穿过洞眼。"我们将岩钉射入岩石中，以此作为支点或扶手，或者用来固定我们的绳索。在地球上，人们通常直接用手往石头里打钉，但这里的岩石比地球硬，手套破裂后暴露在真空中的风险太大，所以我们使用钉枪。"

我身为加拿大人，有生以来从没拿过枪，我为此感到自豪。但我还是接过了枪，并学着昆汀的做法，把枪塞进了右大腿侧面的大口袋里。

最后，我们戴上了鱼缸头盔。昆汀告诉我，鱼缸头盔用类似电子墨水的东西浸泡加工过，因此头盔的任何部分都变得不透明，以便遮住阳光。然后，我们一前一后地穿过气闸，气闸恰好与月球车着陆的平台相邻。

"你为之骄傲和喜悦的月球车不见了。"我指着空荡荡的停机坪，用对讲机说道。

"车子已经离开好几天了，"昆汀回答说，"像往常一样去移民基地一号了。但它明天会回来，载一些学者去 SETI 装置那边。"

SETI 装置，研究学者在那里倾听来自宇宙的信号。

此刻我也似乎接收到了宇宙为我指出的明路。

我们继续前进，在月球的土地上行走。虽然太空服重达 20 千克，但我仍然感觉比在地球上轻得多。太空服里的空气和外面有些不同，不带任何味道，但我很快就习惯了——

我刚以为自己又要头疼了，但这种感觉几乎一下子就不见了。

环形山就在我们前面。我们走着走着，山那边的太阳消失了，星星变得清晰可见。我不断抬头仰望黑漆漆的天空，寻找地球的位置。当然，从这里根本看不到地球。不过……

"那是火星吗？"我指着一个明亮的光点说，这个光点的颜色深度看起来和星星不一样，应该不是红色就是绿色的，但我知道绿色的行星是不存在的，所以只有可能是红色的。

"显然是的。"昆汀说。

我们花了大约 10 分钟，连蹦带跳地走到了环形山的岩壁旁。这里岩石陡峭，拔地而起。由于我们处于环形山的阴影里，昆汀打开了胸前的灯，又伸手打开了我衣服上的开关，启动了我的胸灯。

"天哪，"我抬头看着黑暗的石壁说，"看起来……很难爬。"

"是很难，"昆汀友好地说，"如果很容易，那还有什么好玩的呢？"

他很明智地没有等我回话，因为我此时无言以对。他解开大腿上的口袋，掏出钉枪。"看到了吗？"他用另一只手指着岩壁说，"要瞄准岩石上的裂缝射钉子。"

我点了点头。

他用枪瞄准石缝，然后开枪。周围寂静无声，但昆汀的手受到了后坐力的影响，向后回弹了一下。一根金属钉无声无息地射进了岩石里。昆汀试了一下，确保钉子插得很牢，再把绳子穿了进去。"就这么简单。"他说。

"枪里能装多少颗钉子？"

"八颗。不过，我们每个人的口袋里还装了很多，所以不用担心。"

"这枪看起来很有杀伤力。"我指着枪说。

"你可以设置枪的发射力度。"昆汀说，"但是，一般用来对付花岗岩之类的才会把力度调到最大。"他调整了枪上的一个控制器，沿着陨石坑壁发射。钉子飞过真空，射中的地方扬起了一团尘土。

我点了点头。

"来吧，"昆汀说，"让我们行动起来！"

我们开始攀登岩壁，越爬越高，向着光亮处爬去。

这感觉太兴奋了。我身处户外，不再面对房间的墙壁，至少这一会儿时间里，我觉得自己不再是囚犯。我们爬到了环形山边缘的顶部——

猛烈的阳光射入我的眼睛，头盔随即变暗，但是我的头已经因此开始发疼。天哪，我真希望我的脑袋不要再疼了……

我们在灰色的地表上走了一会儿，地表弯曲着延伸到地平线。地平线现在看起来近在咫尺。"壮美的孤寂"——这是昌德拉古普塔引自某人的话，此刻却无比贴切。我一边沉醉于这荒凉的美景，一边努力忽略头疼引发的耳鸣。

最终，头盔的扬声器里响起了警告声，似乎呼应着我疼得直跳的神经——我们的空气马上要耗尽了。

"走吧，"昆汀说，"该回家了。"

回家，是的，他说得没错。这个该死的月球车工程师说得没错。我该回家了，回去就不会再回来。

休庭的这段时间里，德肖恩和马尔科姆一直在研究和讨论。当我们回到法庭时，我听到德肖恩对凯伦说自己"已经准备好了"。赫林顿法官一到，我们重新坐好，轮到德肖恩询问耶鲁大学生命伦理学家阿丽莎·聂鲁达了。

"聂鲁达博士，"他说，"我相信你关于人格与非人格'格里蝾螈'[①]式划分的讨论，应该引起了陪审团的兴趣。"

她冷冷地回答说："我可不敢说国家最高法院划分的标准是'格里蝾螈'式的。"

"好吧。但你在提到人不只是独立个体的说法时，有一个很明显的疏忽，不是吗？"

聂鲁达看着他："哦？"

"是的，"德肖恩说，"我是说，克隆人在技术上成为可能，是从什么时候开始的？2022年左右？"

"我记得第一个克隆人诞生于2013年。"聂鲁达说。

"那是我记错了。"德肖恩说，"但克隆不就是把一个人变成两个人吗？原版和复制品的基因是相同的，但他们肯定都有作为人的权利，都算作人，对吗？"

"你来我的课上听一听，德雷珀先生。你提出的确实是一个很有意思的理论，但和美国的法律并无关系。首先，没有一个明智的人会说本人和克隆人是同一个体。其次，克隆人技术在美国一直是

[①] 格里蝾螈（Gerrymander）是一种骗票的方式，以欺骗的方式来获取选票。具体的后文有介绍。——编者注

明令禁止的，甚至在加拿大也是，因此美国法律没有必要将克隆人的概念纳入有关人格的定义中。"她双手交叉，表现出一副占理的样子，"美国的法律关于人格的定义是无可争议的。"

如果德肖恩有些沮丧，那他也完全没有表现出来。"谢谢你，博士。"他说，"我没有问题了。"

"今天到此为止，"赫林顿法官说，"陪审团的成员们，让我再次告诫你们……"

我有一段时间没有和其他版本的我联系了。但是这天晚上，当我在看蓝鸟队的比赛时，这种感应再次出现。当时蓝鸟队的表现很差，我都开始走神了。也许作为"僵尸"的我愿意看着他们被打得落花流水，但我的主观意识无法忍受，于是——

突然间，从我的脑海里传来声音——是另一个版本的我出现了。我下令关掉墙壁上的屏幕，努力倾听。

真奇怪……

"你好！"我说，"你好，能听见吗？"

怎么回事？谁在说话？

我叹了口气，浪费口舌重新解释了一下我是谁，最后说道："我知道，你以为今年是 2034 年，但实际上是 2045 年。"

你在说什么？

我又说了一遍："现在真的是 2045 年。"

当然是 2045 年，我知道。

"原来你知道？"

当然。

所以现在和我交流的并不是之前那个记忆错乱的版本。天哪，我在想他们到底做了多少个版本的我。"你一开始的时候是说什么很奇怪？"

什么？哦，对。

"所以你指的是什么？"

我掉了一支笔。

"那又怎样？"

我竟然在它掉到地上之前接住了它。

"嗯，因为你以前身体的反射机制是缓慢的化学反应，"我说，"现在，是电动系统，如同光速一样快。"

不是这个意思。我能看到笔落下的过程，清楚地看到它缓缓落下的样子。

"我不知道自己的视觉什么时候变得这么灵敏了。"

我认为和视觉没关系……好了，我刚把它捡起来，又往地上扔。笔落下的速度还是很慢，就像慢镜头一样。

"慢镜头……这怎么可能？"

我不知道，除非……

"哦，天哪。"

我是在天上。

"你在月球上。我是说，你可能在任何一个重力比地球小的地方，甚至是一个缓慢旋转的空间站里，只是它模拟出地球的重力环境。但既然我们都知道永生科技在月球上建了一个园区……"

是的，但如果我在月球上，我和你的交流不会发生延迟吗？月球离地球约有 40 万千米。

"差不多。光的传播速度是每秒 30 万千米——让我想想——应该有 1.5 秒左右的延迟。"

也许真的有延迟。说不准。

"我们测试一下就知道了。我数到五；当你听到我数到五的时候，你就开始数数，从六数到十，然后，我再从十一数到十五。好吗？"

好的。

"一。二。三。四。五。"

六。七。八。九。十。

"十一。十二。十三。十四。十五。"

我没有发现数数的时候有任何延迟。

"我也是。"

那怎么会……

"安德鲁·波特说过，他们是利用量子雾对人的大脑进行无创扫描的……"

你认为所有复制出来的大脑的量子都发生了纠缠？

"是发生量子纠缠，不是量子发生纠缠。"

我明白。

"我知道你明白。"

量子纠缠，所以我们之间的联系是即时的。

"没错，也就是爱因斯坦所说的'超距幽灵作用'①。"

我想有这种可能性。

"但为什么永生科技会在月球上制造另一个版本的我？"

我不知道。我脑海中的声音说。但我不喜欢待在这里。

"即便你不喜欢，你也不能到地球来。这里只能有一个杰克·沙利文。"

---

① 超距幽灵作用（spooky action at a distance），美国物理学家爱因斯坦提出的概念，用于表示在量子纠缠的状态下，一个粒子对另一个粒子的影响速度超过光速的情况。

我知道。你这个幸运的家伙。

我想了一下:"确实幸运。"

　　　　　　　◈

凯伦又回到了证人席上。这次传唤她的人是玛丽亚·洛佩斯,而不是德肖恩。

"就在刚才,"洛佩斯说,"在你的律师德肖恩先生盘问阿丽莎·聂鲁达教授的时候,他用到了'格里蝾螈'这个词来谈论生死的区别标准。你还记得吗?"

凯伦点了点头:"是的,我记得。"

"你是职业作家,我相信你的词汇量一定很丰富。你能告诉我们这个听来有些奇怪的词是什么意思吗?"

凯伦歪着脑袋:"意思是为了政治利益而重新划分某种边界。"

"事实上,"洛佩斯说,"这个词源于埃尔布里奇·格里在担任马萨诸塞州州长时的做法。他当时重新划定了该州的政区,以便得到对他的政党更有利的选举结果,是不是?"

"是埃尔布里奇·戈里。"凯伦说,发了一个重音,"不是格里。我们在说'格里蝾螈'时发的是'格里'的音,但是当时的州长——后来他成了副总统——在念他的名字时发的是'戈里'的音。"

凯伦总能找到很礼貌的方式来表达对于自作聪明之人的鄙夷,我不由得笑了。

"好吧,是的。"洛佩斯说,"无论如何,州长最终重新界定了埃塞克斯县①的边界,新的边界线看起来像一只蝾螈的形状。所以,

————————

① 埃塞克斯县(Essex),美国马萨诸塞州一个县。

我重申一次，'格里蝾螈'就是为了政治或个人的权宜之计而公然移动某种边界或标准，对吗？"

"可以这么说。"

"而原告律师就是在指责最高法院为了找到政治层面上可接受的结果，随意更改生死的区分标准，对吗？"

"对，这就是德肖恩先生的意思。"

"但是，你自然也希望陪审团的各位能更改另一个区分标准——大脑是否死亡的清晰明了的标准，对吗？"

"这可不是我说的。"凯伦冷冷地说。

"而且，其实你个人以前就玩过这种'格里蝾螈'的把戏，对吗？"

"我不记得有过。"

"贝萨里安女士，你有孩子吗？"

"当然，我有一个儿子，就是泰勒。"

"本案的被告，是吗？"

"是的。"

"还有其他孩子吗？"

我看着凯伦的表情，却不知道怎么形容比较妥当。她那张塑料脸第一次发生那么明显的扭曲。我看不出那是出于什么样的心情。

"泰勒是我唯一的孩子。"凯伦最后开口说道。

"不，应该说是你唯一活着的孩子，"洛佩斯说，"对吧？"

有时你会在小说中读到，人们的嘴角由于惊讶会变成完美的 O 形。有血有肉的脸不可能做出这种夸张的表情，但当洛佩斯说出这一句的时候，凯伦的人造脸完美地还原了它。她的神情很快从惊讶变为愤怒。

"同为女人，你怎么能问出这样残忍的问题？"凯伦说，"我的女儿确实夭折了，和眼前的案子又有什么关系？你难道不知道我曾为此哭到失眠吗？"

这次，玛丽亚·洛佩斯显得措手不及："贝萨里安女士，我……"

凯伦继续道："看在上天的分儿上，洛佩斯女士，你竟然……"

"真的，贝萨里安女士，"洛佩斯惊呼道，"我真的不知道！我不知道会这样。"

凯伦双手交叉抱胸。我瞥了陪审团一眼，他们现在看起来都很厌恶洛佩斯。

"真的抱歉，贝萨里安女士。我很遗憾听到这事。真的，凯伦，我——请原谅我。"

凯伦还是一言不发。

洛佩斯转向赫林顿法官，说道："法官大人，也许我们可以暂停一下……"

"休息 20 分钟。"赫林顿说着敲了敲槌子。

第 31 章
劫持月球车

月球车的气闸控制装置就在气闸门旁边，这个设计很合乎逻辑。幸好，驾驶员还没来。我先上了车，等其他乘客上车。我真的只需要一个乘客就够了，但——该死，来了两个人，一个白人女子和一个亚洲女子，她们是一起上车的。那好吧。

我走到气闸控制装置前，正准备摁下开关，就看到布莱恩·哈迪斯沿着登机通道而来，脑后的马尾辫在低重力的环境下摆动着。我是让他待在车子里比较合适，还是应该把他关在车外？我必须立刻作出决定。我一想，如果他也在车里，我的筹码就更大了。所以，等他上了车，我再摁下紧急控制按钮，气闸"砰"的一声关上了。

两位女乘客已经就座，但没有坐在一起。我猜，虽然她们刚才在聊天，但实际上并不算朋友。而哈迪斯还站在那儿，听到气闸关闭的声音，他惊讶地转过身来。

他转过身之后才注意到我，眼睛立刻瞪得大大的。"沙利文？"

我把手伸向我放在身旁座位上的小背包，从里面掏出钉枪。车内空气很干燥，我清了清嗓子："哈迪斯先生，两位女士——失礼了，我……"我停顿了一下，头顶传来一阵刺痛。我等待着疼痛稍稍减轻。

"哈迪斯先生，两位女士，"我重复了一遍，好像刚才没有说话一样，"我现在要劫持这辆车。"

我不知道他们的反应会是什么：尖叫还是呼喊？都不是，他们三个看着我，愣住了。

最后，哈迪斯说道："你在开玩笑吧？"

"不，"我说，"是动真格的。"

"你不能劫持月球车，"亚洲女人说，"你能把车开到哪儿去呢？"

"哪儿也不去。"我说，"我们就待在这里，开着伊甸园的生命维持设备，直到他们满足我的要求为止。"好吧，虽然这和沃斯百货公司的午餐柜抗议行动比不了，但也能管用。

"你的要求是什么？"白人妇女问道。

"哈迪斯先生知道的，我稍后会告诉你们两个。但首先我要说，我不想伤害你们，是他们先伤害了我。我的目标就是让你们和我都能安然无恙地下车。"

"沙利文，别这样。"哈迪斯说。

"别这样？"我嗤之以鼻，"我以前是怎么求你的？我请求你，乞求你，你却拒绝我。"

"一定还有更好的解决办法。"哈迪斯说。

"当然有，但是你不接受。现在，让我们直奔主题吧。哈迪斯先生，坐到前面第一排。"

"不然呢？"哈迪斯说。

"不然，"我努力保持声音的镇定，"我就杀了你。"

说着，我举起了钉枪。

"你手上拿的是什么？"亚洲女人问道。

"月表登山用的钉枪，"我说，"射出的金属尖刺可以穿透胸膛。"

哈迪斯思考了一下，然后弯下瘦长的身子，挤进了前排，坐到了其中一个座位上。接着，他把座椅旋转过来，面对着我。

"好极了！"我说，"我受够了被人监视的滋味。现在你们每个人把手伸向身旁的窗户，拉上遮光板。"

谁也没有动。

"快！"我厉声道。

亚洲女子先拉上了遮光板，接着是白人女子。哈迪斯装作要拉帘子，却转过身来对我说："卡住了。"

我可不会上前去试一试。"骗人。"我直言道，"拉上。"

哈迪斯想了一下，假装用力拽了拽遮光板，然后拉了下来。

"这样好多了。"我说完，指了指白人女子，"你，站起来，把其他遮光板都拉下来，谢谢。"

"谢谢？"她嘲笑地看了下我，又看了下哈迪斯，"你是想说，如果我不照做，你就杀了我吧？"

我不打算和她吵。"我是加拿大人。"我说，我的手仍然握着枪，但没有举起来，"我忍不住要说'谢谢'。"

她愣了一下，然后耸了耸肩。她站起来，在车子里走动了一圈，拉下了剩余的遮光板。"好了，把驾驶室的门也关好。"我说。

她关好了门，这样从车里就看不到驾驶室那一块环绕式前窗了，这也意味着外面的人无法看到我们的情况了。"谢谢，"我说，"现在，回到位置上坐好。"

气闸的外侧传来敲门声，有人企图让我们打开气闸。我没有理会，而是走向气闸附近的通信面板。面板上有一个 20 厘米长的视频通话屏幕。

屏幕上出现了一个迷人的深发女子，有着一双深色的眼睛。"亥维赛中转控制中心呼叫四号月球车。"她说，"怎么回事？你们的气闸出故障了吗？发生泄漏了吗？"

"呼叫亥维赛，这里是四号月球车。"我对摄像镜头说，"我叫雅各布·沙利文。车上还有三个人，包括布莱恩·哈迪斯。现在请按我说的做。任何人不得强制进入这辆月球车。我对月球车的操作非常熟悉，不信的话，你可以去问昆汀·阿什伯恩。如果你们不满足我的要求，我就打开右舷燃料箱，里面的单肼会升华形成易爆炸的气体，而我会启动主发动机，点燃气体，引发的爆炸会炸掉半个伊甸园。"

她瞪大眼睛。"可是你也逃不了。"她说，"动手的话，你会被炸死的！"

"我现在和死了也没什么差别。"我喊道。该死，我试图集中注意力，但头疼得越来越猛烈。"我现在成了'皮囊'，成了被遗弃的那一个。我没有了身份，也不再是人。"我深吸一口气，咽了下去，"我已经一无所有。"

"沙利文先生——"

"不，不要再劝我了。我不想和你这样的交通管制员多说一句，找你们能做主的人和我谈话。在那之前——"我狠狠摁下了通话关闭键。

我真不想把其他人牵扯进来，但我没有别的办法。不然他们可能会从伊甸园撤离，或者找到远程控制月球车的方法。我需要人质作为筹码，而不仅仅是劫持一辆月球车，车子的设备再贵也贵不过人的性命。

"好了，"我看着两个女人和哈迪斯说，"是时候自我介绍一下了。我叫雅各布·沙利文，来自多伦多。我得了一种绝症，所以把自己的意识复制到一个人造的躯体中。但现在我的病好了，我想回家，这是我唯一的要求。我真的不想伤害你们任何人。"我朝亚洲女子做了个手势，用的是空着的左手，而不是拿着钉枪的右手。"轮到你了。"我说。

那女子先是一脸不满，然后似乎觉得配合我一下也无妨。"我叫内山明子。"她说道，她长相普通，身材很瘦，短发染成了浅色，"是切尔尼绍夫环形山 SETI 机构的射电天文学家。"

她停顿了一下，补充了一句："我有一个丈夫和一对 6 岁的双胞胎女儿，我不能没有他们。"

"我也不想把你关在这里。"我说。我转头看向那个白人女子，她很漂亮，长着一双大眼睛，有一头黑发。"该你了。"

"我叫克洛伊·汉森。"她说，"是伊甸园的首席营养学家兼营养师。"

"原来是你干的。"我说。

"我怎么了？"

"你在我的食物里放了东西。"

我得承认，她真的很会装模作样。"你在说什么？"

我没理她，转身面对哈迪斯。"毫无疑问，克洛伊认识你，我当然也认识你。但我们几个可能会在这里待很久，所以你向明子介绍一下自己吧。"

哈迪斯双手交叉放在胸前，皱了皱眉头，但还是照做了："我叫布莱恩·哈迪斯，是伊甸园的总负责人。"

明子眯了眼睛。"所以他是冲你来的，"她指着我说，"满足他的要求，我们就不用待在这里了，对吗？"

"我做不到。"哈迪斯说，"他自己签过合同的。而且，我们的整个商业模式会因此——"

"去你的商业模式！"明子骂道，"照他说的做。"

"恕难从命。地球上那个人造人版的他也享有人权，而且——"

"我也有人权。"明子说，"克洛伊也有，对吗？我们都有人权啊！"

"是的，你们都有。"我说，"而我没有——现在没有。这就是最大的问题。等我恢复了人的身份，这一切就结束了。"

电话"哔"地响了一声。我走到面板前，按下了接听键。"你好，"一个带着优雅英国口音的男人说道，"请问是沙利文先生吗？"

"正是在下，"我说，"请问阁下是哪位？"听到这优雅的英国口音，我也得斯文一点儿。

"我叫加布里埃尔·斯迈思，在我们协商解决问题的时候，我有幸担任你的主要联络人。"

斯迈思——我听过这个名字。我皱了皱眉头，然后想起来了。他就是给凯伦·贝萨里安举行追悼会的那个身材矮小、头发花白的男人。

"你在控制中心吗？"我问道。

"是的，我和博尔托洛托女士在一起。你刚才和她说过话。"

"我记得你。是你给凯伦举行了追悼会，但你不是拉比[①]……对吗？"

"我不会骗你的，沙利文先生，我向你保证。我是永生科技的首席心理学家。"

"首席心理学家。"我笑了笑，"我猜是没有其他人了。"

"请你——哦，我明白你的意思。好吧。"

我深呼吸了一下，月球车里的空气干燥得令人不快。"我没疯，斯迈思医生。"

"你可以叫我加布。"

---

① 拉比（Rabbi），犹太教对神职人员的称呼。

我不想听他的，我们现在可不是朋友。他是敌人，我必须记住这一点。不过，叫他"医生"会抬高他的地位。"好吧，加布，"我最后说，"我没疯。"

"没人说你疯了。"加布回答。

"那为什么派你来和我谈判？"

"我们这里没有职业谈判专家，总得有人站出来，而厨师之类的显然不太合适。而且，我们的总负责人哈迪斯先生已经被你挟——不，扣留了。"

有趣的是，他在说出"挟持"这个词之前意识到了要谨慎用词。他的面前可能放着一本人质谈判手册，上面可能写着要避开这类词。他的做法值得肯定，我自己也不喜欢这个词。但我要得到他的重视。

"那好，"斯迈思继续说，"首先，我想问一下，和你在一起的其他人有什么特殊需求？有人出现身体问题吗？"

没错，他肯定正照着书上的问题念呢。

"大家都很好。"

"你确定吗？"

我看着身后的三个人，他们都在座位上看着我。"大家都还好吗？"我问道。

明子看起来想说什么，但最终放弃了。其他人也不说话。"是的，"我说，"大家都很好。我不想伤害任何人。"

"很高兴听到你这么说，杰克。真的很高兴。你看，现在你可以打开你那边的镜头吗？人质……"他想到了要换个说法，"……他们的家属肯定想看看他们现在的情况。"

"不，别逼我枪打出头鸟。"我故意提到了这个词，好吓吓他。和心理学家玩心理战很有意思。如果"人质"是个禁词，那么"枪"

无疑也是。

"那算了。"斯迈思说,"没问题。有什么……有什么是我能帮你的吗?"

要求。他肯定是想问我有什么要求,但又换了说法。因为我们是在谈判。谈判的目的是双赢,需要双方换位思考。如果只是按照我的要求去做,谈判就无法进行。

我决定再吓他一下:"我只有一个要求。我要求恢复我作为人的身份。把我送回地球,让我恢复原来的生活。只要你答应我,他们都可以安全下车。"

"我会尽力满足你的。"

表达出肯定的意思,但同时要含糊其词——我怀疑这也是他从手册上看来的,千万别承诺毫无把握的事情。

"别逗我了,加布。你没有办法恢复我作为人的身份。但有一个人可以,另一个雅各布·沙利文。他是一个机器人,却复制了我的意识。他就在地球上。"

"问题就在这里,杰克。你肯定也知道,地球离我们很远。你应该也清楚,我们合同里规定永远不会联系另外一个你。他必须忘掉你还存在的事实。"

"存在"。他用的词是"存在",而不是"活着"。"规定是死的,人是活的。"我说,"马上用无线电联系另一个我。"

"我们在月球的背面,杰克。"

"你可以通过月球赤道上方的同步轨道通信卫星,反弹无线电信号。我不傻,加布,我早就搞清楚了。等你们接通了他,再来找我。"

说完,我切掉了通信。

第 32 章
不可剥夺的权利

凯伦因为女儿的事还在颤抖。我搂着她在法院走廊里走了一会儿。当然，陪审团在休庭期间是待在等候室里的，所以他们没能看到这一幕，不过也好，本来这也不应该被公众看到。我用人造手抚摸凯伦的人造头发，希望能带给她一些安慰。过了 20 分钟，凯伦的情绪有所缓和。我们再次回到法庭。我在旁听席上坐下，马尔科姆·德雷珀已经坐好。德肖恩也已经回到自己的桌前。我看着玛丽亚·洛佩斯进来。她的神情，我不知道该如何形容，也许是沮丧，或者是挑衅。事情并没有像她之前计划的那样发展。我想知道她到底在打什么算盘。

法官的房间门打开了。"全体起立！"书记员喊道，所有人站了起来。赫林顿从门里走出来，在法官席就座，敲了敲槌子，说："贝萨里安诉霍罗威茨案庭审继续。洛佩斯女士，你可以继续对贝萨里安女士进行询问。"

洛佩斯站了起来，我看到她深吸了一口气，似乎有些犹疑。"谢谢，法官大人。"但她没有继续说下去。

"怎么了？"大约 15 秒后，赫林顿问道。

"很抱歉，法官大人。"洛佩斯说。她看向凯伦。确切地说，她的目光越过了凯伦，偏向凯伦的右侧，仿佛在注视密歇根州的州旗，而没有直视证人。"贝萨里安女士，请允许我重新提问。你堕过胎吗？"

德肖恩立刻站了起来："反对，无关提问！"

"洛佩斯女士，你的问题最好和本案有关。"赫林顿说，听起来很生气。

"当然有关。"洛佩斯说，火气似乎又上来了，"请给我一点儿周旋的余地。"

"只能给你一点点余地，比如从这里到沃伦①那么远，别把我们带跑偏到地球的另一边去。"

洛佩斯做了一个很标准的鞠躬动作："没问题，法官大人。"

她又重复了一遍问题，好让陪审团听到问题最后的几个关键字。"贝萨里安女士，你堕过胎吗？"

凯伦的声音很微弱："是的。"

法庭上议论四起。赫林顿法官微微皱起眉头，敲了敲槌子。

"好了，我们不想把你说成罪犯，贝萨里安女士，"洛佩斯说，"我们不希望陪审团误会你最近做了这种事，好吧？你能告诉法庭你是什么时候堕胎的吗？"

"嗯……是在 1988 年。"

"1988 年，那应该是在 57 年前？"

"是的。"

"所以如果你没有堕胎，你现在就会多一个孩子，儿子或女儿。"

---

① 沃伦（Warren），位于美国密歇根州的工业城市，北与底特律相邻，是底特律郊外住宅及工业城市。

"应该是的。"

"应该？"洛佩斯说，"我想答案是肯定的。"

凯伦低着头："是的。"

"如果你的孩子活到现在，那也是一个56岁的中年男人或女人，很可能自己都有孩子了。"

"反对，法官大人。"德肖恩说，"这是无关提问！"

"请继续，洛佩斯女士。"

她点了点头："重点在于，你是在1988年堕胎的。"她特别强调了"是在"两个字，"让我想想……那是在罗伊诉韦德案被利特勒诉卡维案推翻之前40年。"

"你说得没错。"

"罗伊诉韦德案在当时让妇女暂时拥有了堕胎权，对吧？"

凯伦说："'暂时'这个词用得不对。"

"不好意思，"洛佩斯说，"我只想向法庭说明，你堕胎的行为在当时的美国是合法的，是吧？"

"是的，完全合法。我就是在一家公立医院做的。"

"的确如此。我们可不想让陪审团联想到在暗巷里秘密交易的画面。"

"可你就是在暗示这种印象。"凯伦轻蔑地说，"堕胎本来就合情合法，很常见。"

"常见！"洛佩斯的话里有话，"你说得没错，是很常见。"

"反对！"德肖恩张开双臂说道，"洛佩斯女士根本不是在提问——"

"不，我马上就要问了。贝萨里安女士，你为什么要堕胎？"

德肖恩有点儿生气了，虽然他的表情依然镇定，声音却很激动。"反对！无关提问。"

"洛佩斯女士，请直奔主题。"赫林顿说，用一只手撑着他那尖尖的下巴。

"少安勿躁，法官大人。贝萨里安女士，你为什么要堕胎？"

"我当时不打算要孩子。"

"所以堕胎的确是出于自愿的选择？"

"是出于经济的情况。当时我和我丈夫都初入职场。"

"所以是为了不让孩子受苦。"

德肖恩张开双臂："反对！法官大人，求你了！"

"我撤回提问。"洛佩斯说，"贝萨里安女士，你在堕胎的时候，并不会认为自己杀死了一条生命吧？"

"当然不会。当时这是完全合法的做法。"

"确实。所以人们有时候把那个时期称为'黑暗时代'。"

"恕难认同。"

"你当然不认同。请告诉我们，为什么堕胎不算谋杀？"

"因为这本来就不是谋杀。美国最高法院裁定这是合法的。"

"是的，我知道当时的法律是这样规定的。我想问的是，从你个人的道德观来看，为什么堕胎不是谋杀？"

"因为胎儿不算人，在我眼里不是，从法律层面来看也不是。"

"现在的法律并非如此。"

"那只能说我和现在的法律有着不同的观点。"

我的身体畏缩了一下。凯伦太好斗了，洛佩斯抓住了她的好胜心。"你的意思是，你的标准要高于法律标准？"

"我的标准不会受到外界组织或政治观念的影响，这样说才比较准确。"

"所以你现在还是认为胎儿不算人？"

凯伦没有说话。

"请回答我的问题，贝萨里安女士。"

"不算。"

法庭上又是一阵议论声，接着传来槌子的敲击声。

"你是说，胎儿不算人？"洛佩斯确认道。

"是的。"

"你拿掉的胎儿，是你和你已故的第一任丈夫——愿上天安息他的灵魂——爱的结晶。胎儿有 46 条染色体，并继承了你丈夫和你的独特遗传特征。"

凯伦没有说话。

"即便如此，你还是认为胎儿不算人，对吗？"

凯伦沉默了一会儿，然后说道："对。"

"你怀孕多久之后选择堕胎的？"

"9 周……不对，10 周之后。"

"你不确定？"

"那是很久以前的事了。"凯伦说。

"确实很久了。你为什么要等那么长时间再去堕胎？你是过了 10 周才发现自己怀孕了吗？"

"我在受孕第 4 周就发现了。"

"那为什么那么晚才去堕胎？"

"我需要时间来考虑清楚。"凯伦实在受不了对方的挑衅，直接爆发了，"利特勒诉卡维案中是用胚胎发育的 15 天来限制女性的合法堕胎时间，对吧？洛佩斯女士，你有没有想过，如果只是把合法堕胎的时间限制在怀孕初期，女性会因此被迫匆忙地做出决定。如果给她们更多的时间来考虑自身的感受，她们可能就会做出不同的选择。"

"不好意思，现在负责提问的人应该是我，贝萨里安女士。实际上，假设你意外怀孕发生在利特勒诉卡维案之后，你会遵照法律规定在 15 天里做出决定吗？"

"法律是法律。"

"是的，但你是个有经济条件的女人，贝萨里安女士。你可以在 15 天的期限过了之后，再去进行一次没有法律风险的堕胎手术。比如出境去堕胎之类的。"

"我想是的。"

"那你会觉得这种做法合情合理吗？出于自身方便，对胎儿算不算人的区分标准做一点儿灵活的调整。"

凯伦没有回答。

"请回答问题。你会为了自身方便而随意改变这一标准吗？"

凯伦仍然沉默。

"法官大人，请指示证人回答。"

"贝萨里安女士？"赫林顿法官说。

凯伦点了点头，把头偏向一边，看了看德肖恩，又看了看我，然后看了看陪审团席，又看了看洛佩斯。"是的，"她最后说，"我应该会这样做。"

"我明白了，"洛佩斯说，她也看了看陪审团席，"在座的各位都明白了。"洛佩斯打消了先前的犹疑，"现在，贝萨里安女士，我再问你一下，那个由男人和女人结合而来的可怜胎儿究竟哪里不能算人？而你这个人造人又有什么特别之处，让你觉得自己算人？"

"我……这……"

"回答我，贝萨里安女士！难道你词穷了？你可是职业作家！"

"这……"

"问题很简单：你拿掉的胎儿和现在人造人的你相比，一定是缺失了什么东西。否则，这两者都是人，即使不算法律意义上的人，也算是你自己道德观念里的人，不是吗？"

"我有人生阅历。"

"这些人生阅历，并非你的亲身经历。我是说，那些不是我们眼前这个……这个人造人直接经历过的事情。你所拥有的'人生阅历'是从过世的凯伦·贝萨里安那里复制来的，不是吗？"

"是从那个早期版本的我身上转移来的，并得到了她的同意，遵照的是她的意愿。"

"我们现在也只能相信你的一面之词，不是吗？不好意思，但是凯伦·贝萨里安本人已死，死无对证，不是吗？"

"我知道我的肉身活不了多久了，所以我才安排转移到现在这个更耐用的身体里。"

"但并非一切东西都转移到了这个身体里，对吗？"

"你这话是什么意思？"

"我的意思是，贝萨里安女士的记忆是被转移了，但一些琐碎的东西，比如在接受意识扫描时，她胃里消化的食物并没有复制到人造的身体里。"

"是没有。"

"当然没有。那毕竟无关紧要。就像贝萨里安本人脸上的皱纹一样。"

"我选择了自己年轻时候的脸。"凯伦不满道。

"法官大人，提交十二号被告证物。这是去年凯伦·贝萨里安的照片。"

凯伦的脸出现在墙面的屏幕上。我都忘了她以前苍老的模样：白发苍苍，满脸皱纹，肤色呈现半透明状，眼眶凹陷，中风后只有一侧的脸能扬起微笑。我发现自己移开了目光。

"这就是你，对吗？"洛佩斯问道，"原来的你？"

凯伦点了点头："对。"

"真正的你，曾经作为——"

"反对！"德肖恩喊道，"重复提问。"

"反对有效。"赫林顿说。

洛佩斯低了一下头："很好。请原谅我很直接，贝萨里安女士，但你只是选了年轻时的脸，而没有选择整容。"

"我没那么虚荣。"

"了不起。不过，很明显，你认定自己有某些特征，所以你才觉得自己是真正的人，对吧？那么，我再问一次，你觉得和你的胎儿相比，你少了哪一部分？"

"思想。"凯伦说，"如果现在坐在你面前的是胎儿神经连接的复制品，我想你也不会认为它算一个人。"

"这么说，人之所以为人，是因为有思想。"洛佩斯扬起眉毛说。

"对，是的。"

"所以胎儿不算人。"

"是的。"这就是凯伦，坚持自己，毫不动摇。法庭上不少人都猛地吸了一口气。"我的意思是，"凯伦继续说，"根据现行法律，这种情况下，胎儿算人，但……"

"但你不同意现在法律的规定，对吧？"

"妇女为了争取对自己身体的控制权，进行了艰苦的长期斗争，洛佩斯女士。我承认，从我年轻的时候起，主流观点已经右倾了，但是……"

"不，贝萨里安女士。你不能指责现在的主流观点是狭隘的。从你那个时代起，我们就扩大了对于人类的定义范围，已经把胎儿也包括在内。"

"是的，但是……"

"当然，扩大的范围也许和你希望的不一样。我们保护的是无辜的新生儿，你却要否认他们作为人的身份，反而让人们认可人造人，难道不是这样吗？对你来说，胎儿活9个月都嫌多，可是作为人工合成物的你，活9年甚至几个世纪却是合理的。你是这个意思吗，贝萨里安女士？"

"既然你这么问，我就告诉你，我认为，一旦法律赋予某人人格权，那么这种权利就是不可剥夺的。"

洛佩斯显然一直在等凯伦说这句话。她几乎是一跃而起，回到自己的桌前，拿起一个数据平板。"被告提交十三号证物，法官大人。"她举起平板说道。她穿过律师席，把平板递给了凯伦。"贝萨里安女士，请你点击'图书信息'的图标，告诉法庭目前平板上显示的是哪本书？"

凯伦照做了："《美国传统英语词典》，第九版，全本。"

"很好。"洛佩斯说，"现在，请你点掉图书信息，阅读屏幕上的文字。"

凯伦摁了几下控制按钮："是'不可剥夺'一词的定义。"

"没错。你可以读一下吗？"

"'不可转让给他人的权利：不可剥夺的权利。'"

"不可转让，"洛佩斯重复道，"你同意这个定义吗？"

"呃，我相信在大多数人看来，'不可剥夺'指的是其他人不能从你身上夺走。"

"真的吗？你愿意再查一下其他词典吗？《韦氏词典》？《电子百科全书》？《牛津英语词典》？这个数据平板里什么词典都有，贝萨里安女士，我可以向你保证，无论是哪本词典，'不可剥夺'的意思都是一样的，都是用来形容不能转让的东西。而你刚刚也说了，你认为，人格权是不可剥夺的。"

德肖恩张开双臂:"法官大人,反对——无关提问。您第一天就指责我在语义上做了微不足道的区分,但是现在——"

"对不起,德肖恩先生。"赫林顿说,"反对无效。洛佩斯女士的观点非常有道理。"

洛佩斯向法官点了点头:"谢谢,法官大人。"然后,她又转向凯伦,"所以词典定义是对的?还是说我们现在是在'爱丽丝的仙境'里,所有的词义都是可以根据个人需求来随意更改的呢?"

"别得寸进尺。"赫林顿温和地说。

"当然没问题,法官大人。"洛佩斯回答道,"怎么样,贝萨里安女士?人格权到底是可以转让的东西,还是像你自己刚才说的那样,是不可剥夺的东西?"

凯伦欲言又止。

"不回答也没关系,贝萨里安女士。"洛佩斯说,"我很乐意把这个问题作为开放式提问留给大家。我相信陪审团的女士们和先生们心里自有答案。"

她转身面向法官席:"法官大人,我的提问结束了。"

第 33 章
你好，兄弟

月球车内装了摄像头，平时应该是关闭的。

但是，不怕一万，只怕万一。

我拿了一管太空服修补胶水，给每个摄像头都喷上胶水，看着胶水迅速硬化，形成了一层没有光泽的表面。我唯一没有喷胶水的摄像头是气闸旁边的视频通话装置。装置很快传来"哔哔"声，提示有来电。我摁下接听键，加布里埃尔·斯迈思那张花白的脸出现在我眼前。

"加布，你好。"我说，"你们联系到人造人版本的我了吗？"

"是的，我们联系到了，杰克。他就在多伦多，很愿意和你谈一下。"

"和他连线。"我说。

他出现在了屏幕上。在我进行意识扫描之前，我就见过这个人造身体，但还没见过它获得意识之后的样子。这家伙看起来像是一个简化版本的我，有一张略显年轻的脸，看起来有点儿塑料感。

"你好。"我说。

他没有马上做出回应，我正想质问这是怎么回事时，他说话了："你好，兄弟。"

我明白了，是时间差。我的话传到地球上需要 4/3 秒，而他的回复传到我这里又需要 4/3 秒。尽管如此，我还是不放心。"我怎么知道你真的是另外一个我？"我问。

一秒，两秒——

"真的是我。"他说。

我回答道："你顶多算是我们中的一个版本。我要确保你是我要找的那个。"

过了一会儿，他说："向我提问。"

我需要问的事情，除了杰克不可能有其他人知道——至少是我不会告诉别人的事情，虽然我想那个女生也许会告诉别人，但考虑到当时她正在和我最好的朋友交往，我想她大概率不会告诉别人。"第一个和我们有亲密关系的女生叫什么名字？"

"卡莉，"另一个我说，"当时我们在高中学校后面的田野里，发生在排练完短剧《凯撒大帝》的庆祝派对之后。"

我笑了："很好。保险起见，我再问你一下。在进行意识扫描手术之前，我没有把自己的一个小秘密告诉永生科技的人。提示你一下，和交通信号灯有关。"

"交通信号灯？对了，我是红绿色盲。我分不清红色和绿色。或者说，至少以前我分不清，现在我能分清了。"

"所以呢？"

"怎么说呢……"

"来吧，和我形容一下红色和绿色。"

"嗯……红色给人温暖的感觉，你知道吗？尤其是深一点儿的红色，比如褐色。而绿色——我不知道该怎么描述，不像蓝色那样冰冷，看起来更鲜艳。而且……算了，我也不知道怎么说。不过我喜欢绿色，这是我现在最喜欢的颜色。"

"草地是什么样的？"

"草地是……"

斯迈思的声音插了进来："请原谅，杰克，但我们还有更重要的事情要讨论。"

我仍然想听他描述下去，但斯迈思说得没错。我可不想和这个假冒的我产生什么情感共鸣。"好吧，听好了，我的副本。你很清楚，我为什么同意接受复制，因为我以为生物人版本的我很快就会死掉，或者变成植物人。但现在我的病已经治好了，还可以活几十年的时间。"

过了一会儿。"真的吗？"

"是的，他们找到了治好我的办法，而且已经治好了。我不会变得像爸那样了。"

过了一会儿。"真是太好了。我很高兴。"

"我也很高兴，那么粉红色到底是什么样子的？算了，没关系。你看，我们都知道我才是真正的人，不是吗？"

过了好一会儿。"别这样，"另一个我说，"你完全同意了永生科技的合同条件。你要明白，现在，我才代表真正的杰克，而不是你。"

"但你一定也看了新闻。你一定知道密歇根州正在审理凯伦·贝萨里安的案子。显然有人对扫描人的身份表示怀疑。"

过了一会儿。"不，我不知道。而且——"

"你怎么会不知道？我们都喜欢看新闻的。"

"密歇根州发生了什么都不——"

"蓝鸟队现在怎么样？"

"——重要。律师怎么看这个问题并不重要，我和你需要达成一致。"

我等了足足两秒多。但人造人版本的我只是站在那里，看着摄像头外。我推测，如果他在多伦多，摄像头外的人很有可能就是安德鲁·波特博士，而波特应该对棒球的问题爱莫能助。

"我问你蓝鸟队怎么样了。"我重复了一遍，等待他回答。

"他们打得不错。他们刚刚击败了魔鬼鱼队①。"

"不，他们没有。他们表现得一塌糊涂，已经两周没赢过一场比赛了。"

"好吧，我没有关注……"

"那么哪位前任总统刚刚过世了？"我问。

"你是说美国总统？"

"你不知道吧？希拉里·克林顿刚刚过世了。"

"哦，是那位……"

"不是克林顿，我故意蒙你的，你这个骗子。是布坎南。"没错，当我问他草地是什么样子时，斯迈思阻止他回答，是因为这个人造人压根儿没见过草地。"我的天，"我说，"你根本不是地球上的我。你只是个备用人造人。"

"我——"

"闭嘴，给我闭嘴。斯迈思，给我出来！"

摄像头转向斯迈思。"我在这里，杰克。"

"斯迈思，别再要我了。你再敢试试看。"

"对不起，我知道我们干了件蠢事。"

"不只是蠢事，你也许会害死人。快把地球上人造人版本的我

---

① 魔鬼鱼队的全称为"坦帕湾魔鬼鱼队"（Tampa Bay Devil Rays），美国球队，成立于1998年，2008年正式更名为"坦帕湾光芒"，并在当年夺下了美国联盟的冠军。

找出来。我要见他，让他亲自过来，带一份纸质的报纸……"

我想想，现在哪家报社还有纸质版？"带一份《纽约时报》，上面要有他离开地球的日期，至少可以证明他是从地球上来的。他还得向我证明，他才是拥有合法人格权的杰克。"

"我们办不到。"斯迈思说。

我的头疼得厉害。我揉了揉太阳穴。"别和我说什么办不到的废话。"我说，"无论如何，他都要到月球。你听到了我的要求，现在就满足我的要求。让他来这里，把他带到月球上来。"

斯迈思张开双臂："即使我同意联系他，他也同意来，但把他带到月球上也要三天时间，而从移民基地一号乘坐月球车到这里又要一整天时间。"

我用余光瞥到哈迪斯想从座位上站起来。我举起钉枪对准了他。"别动歪脑筋。"我说。

我回头看了看屏幕上的斯迈思，"用货运火箭把他送过来，"我说，"头一小时采用高功率加速度，反正他的身体结构并不像我们生物人这样脆弱。我敢肯定，他能承受那样的加速度环境。"

"那可要花上不少钱。"

"比我炸掉这辆月球车和半个伊甸园要便宜得多。"

"我需要得到公司授权。"

"别听他的！"我转过身，哈迪斯在大喊大叫，"加布，你听到了吗？这是我的命令！"

加布听起来很慌张，但他说："我看看怎么办比较好。"

"该死的，加布！"哈迪斯喊道，"我是永生科技在月球上的高级职员，我命令你停止行动。"

"闭嘴！"我对哈迪斯说。

"不，"加布说，"没关系，杰克。我很抱歉，布莱恩，真的很抱歉。但你现在不是我的上级了。你也许猜到了，我们现在有地球的顾问在线，我和各类专家都联系过了。他们的观点一致，在你被挟持——不，是被扣留的情况下，我们不会听从你的命令，不管你的职级有多高。因为你的命令可能是受人胁迫。你必须相信我的判断。"

"该死，斯迈思，"哈迪斯说，"你被解雇了！"

"先生，如果我把你从这个烂摊子中解救出来后，你还想解雇我，请便吧。但现在，你根本没有资格解雇任何人。沙利文先生——杰克，我会尽力而为。但我需要时间。"

"我可不是一个有耐心的人。"我说，"也许是因为我曾经生活在绝症的恐惧中，我现在还没适应过来。无论如何，我不想等太久。货运火箭可以在 12 小时内抵达这里。我再给你 12 小时来进行沟通联络，说服人造版本的我上火箭来月球。这样算起来，如果我不能在 24 小时内和那个人造人面对面交谈，这里就会有人死去。"

斯迈思叹了口气："杰克，你知道我是心理学家。我看过你的档案。这不是你会做的事，你变得不像你自己了。"

"我已经脱胎换骨了，"我说，"这不就是手术的目的吗？现在你们看到的是全新的杰克·沙利文。"

"杰克，我这里有信息表明，你最近刚做了脑部治疗手术——显然还是纳米手术，不过……"

"不过什么？"

"手术后，你的神经递质水平出现了失衡，你还在服用托拉普雷可星吗？如果没有，我们可以——"

"我不会再吃你们给的任何药。"

"杰克，你大脑的化学……"

我用拳头狠狠地砸向开关，切断了通信。

赫林顿法官宣布今日的庭审结束，我和凯伦回家了。我一想到洛佩斯对着证人席上的凯伦那般攻击，心里就很恼火。凯伦自己倒是没受到什么影响，这让我心里稍微好受些，但还不够。虽然现在我的脸色不能发生变化，但我感觉自己的脸因为愤怒而发青，并且这种感觉无法自行消散。

换作以前，如果我生气了，我会自顾自走开，走出家门，绕着街区溜达几圈。但现在，我可以走数英里，情绪却得不到一点儿缓解——我这样说只是打个比方，但是凯伦能对此感同身受。

同样，当我以前情绪低落时，我会开一袋薯片，找一盒蘸酱，然后狼吞虎咽一番。或者，如果我真的觉得今天很难受，就会爬回床上打个盹儿。当然，来上一杯冰镇的沙利文精选是最让人放松的选择。

但现在我不能吃东西，也不能喝酒，甚至无法入睡。我找不到缓解情绪的简单办法。

可我还是会有情绪。事实上，我记得以前读到过这样一种说法：“情绪”是人类意识的重要定义项之一，你也可以称之为“感受”“情调”或者“滋味”，随便你怎么比喻都行。一个人的情绪和他当下的自我意识相关。

而我现在要气炸了。“气炸了”是我一个朋友在生气时很喜欢用的说法。这显然是比较强烈的说法，足以表达我的心情。

那么，我该怎么做才能消气呢？也许我应该学习冥想。在不借助化学物质的情况下，冥想是一种由来已久的方法，能够实现内心的平静。

当然，至少对生物人而言，因为他们的情绪都会受某些化学物质的影响，例如多巴胺、乙酰胆碱、血清素、睾酮。但是，如果你变成了人造人，不再受化学物质的影响，那情绪又是如何产生和消失的？我们作为第一代意识上传的人造人，还有很多问题没有得到解答。

外面下雨了，那是连绵而冰冷的雨水，但我的情绪不会因此受到影响。对我而言，冰冷是抽象的温度数据，而雨水只是一种滴落的物质。我走出家门，沿着通往街道的人行道走去。硕大的雨珠打在我头上的声音，就像令人心烦的鼓声。

当然，我们的小区里没有其他人在散步，不过偶尔会有经过的车辆。我在人行道上看到了蚯蚓。我还记得童年时闻到的蚯蚓的那种独特气味。有趣的是，随着年龄的增长，我们很少在雨中走路了。不过，我的嗅觉传感器没有感受到那种气味。

我继续往前走，试图思考目前发生的一切，试图控制住自己的愤怒。一定有什么办法能让我摆脱愤怒的情绪。想一些快乐的事情，这不是很常见的做法吗？我想到了我平时喜欢看的喜剧节目，想到了当正好击中棒球时，球棒发出的那一声好听的脆响。还有——

愤怒的感觉消失了。

不见了。

就像我摁下了某个开关。不知怎的，我一下子感觉不到消极的情绪了。难以置信。我想知道是什么样的想法、在什么样的心理状态下产生了这种效果，不知道以后有没有可能重现。

我继续往前走，一如往常地迈着完美、匀称的步伐。但我感觉步伐变得轻快了——这是一种比喻的说法，和我腿上的减震线圈并没有关系。

不过，如果有某种办法可以随意关掉愤怒的开关，那么是否也有办法可以随意打开快乐的开关、关掉悲伤的开关、打开兴奋的开关、关掉……

　　这个念头一下子击中了我，我就像狠狠挨了一拳。

　　关掉爱的开关。

　　我并不想关掉对凯伦的爱的开关，一点儿也不想！但是，从以前的我身上复制下来的意识中还残留着对丽贝卡的爱，而且因为她对我的爱没有做出回应，我依然为此感到痛苦。

　　如果我能找到那些感情的开关，能关掉它，能结束这种痛苦就好了。

　　那该有多好啊！

　　雨还在下。

第 34 章
选我?

我站在月球车中间过道的后排,看着我的三个人质——该死,我讨厌"人质"这个词!

"说实话,"我说,"我不想伤害任何人。"

"但如果被逼急了,你会动手的。"布莱恩·哈迪斯说,"你是这么和斯迈思说的。"

"斯迈思不会袖手旁观的,"我说,"我相信他不会。"

但是哈迪斯摇了摇头,在车顶的灯光下,他的白发闪着光。"他必须袖手旁观。永生科技为意识扫描技术花费了数千亿美元,而这一切都建立于一个前提之下:人造人版本的你才是真正的你。我们不能让这个前提……这种设想……遭到任何人的动摇。你不能,地球上的人也不能。不然我们就会破产,而我们人造人的客户就会陷入困境!"

哈迪斯从椅子上站了起来,似乎只是想伸展一下他的长腿。他瞥了一眼明子和克洛伊,然后转向我说:"听好了,这里没有法律,没有警察,没有政府。所以你的行为还没有构成犯罪。我也听见斯迈思的话了，你现在的情况完全可以理解，因为你的手术——"

"你肯定巴不得我当时就死在手术台上！"

哈迪斯张开双臂。"这不是你的错，"他说，"你不需要对此负责任。把钉枪给我，然后离开这里。永生科技不会拿你怎么样，也不会产生任何后果。就像一切都没发生过。"

"我办不到。"我说，"我也希望一切都没有发生过，但我不知道还有什么办法能争取到我要的东西——我应得的权利。"

"天哪，你太自私了。"明子说，"真不敢相信他们竟然会选你。"

我眯起眼睛："选我？选我做什么？"

但明子假装没听到我的问题："那我们呢？看看你对我们做了什么好事！"

"他们不会放任你们受伤害的。"我说。

"不会？"明子说，"你觉得他们会让你挟持整个伊甸园多久？其他居民还要多久才会陷入恐慌？他们必须快刀斩乱麻。"

"不会有事的。"我说，"我保证。"

这下克洛伊说话了："你保证？你的保证有什么用？"

我向两个女人凑近了一些。我想让她们冷静下来，放松一点儿。

谁知，哈迪斯一下子跳了过来。很多人以为，在月球上，人的动作会变得很缓慢，其实是错的。物体下落确实会变慢，但如果你用尽全力蹬一脚地板，就会像蝙蝠一样飞得老远。哈迪斯离我有五米远，但他轻轻松松地起跳就飞出了很远的距离。他一下子撞上我，导致我向后飞去，身体砸在了月球车的后舱壁上。

突然，两个女人也行动了起来。明子从椅子上起身，朝我们蹿来。克洛伊抓起一个金属设备箱，向我们飞奔而来。看样子，她打算用箱子砸我的脑袋。

我的右手仍然紧握着枪。但哈迪斯将我的手臂按在舱壁上，我无法朝他们开枪。

非常时刻要采取非常措施……

我死命地转动手腕，开了一枪。在车厢里，枪声震耳欲聋。几乎就在一瞬间，钉枪射中了目标。我本想直接在车身上打出一个洞，但我没有瞄准，最后钉枪击中了一扇车窗，穿透了宛如纸巾一样脆弱的乙烯基遮光板，打碎了窗玻璃。机舱里的空气开始"咝咝"地往外冒，"呜——呜——呜"的警报声开始响起。遮光板被小洞往外扯。听声音判断，遮光板后面的钢化玻璃已经完全碎裂，唯一能阻止空气大面积逃逸的办法，就是堵住遮光板上的小洞。

我们都在看着乙烯基遮光板不断地向外弯折，它随时都会被气流撕裂，到时候整扇窗户就都没了。一旦出现那么大面积的破洞，车内就会在几秒钟之后变成真空环境。

哈迪斯看起来非常愤怒，脑后的马尾辫在气流中左右甩动。他仍然想压制住我，但他知道，如果不尽快采取行动堵住遮光板，我们都死定了。他沮丧地大叫一声："该死！"

接着他放开我，对女乘客喊道："快！找东西把窗户封住！"

乙烯基遮光板的边缘在不断裂开，空气逃逸的速度不断加快。克洛伊犹豫了起来——到底是用手中的铁箱子暴打我一顿，还是先选择自救。最终她扔掉了铁箱子，箱子咣当一声掉在地上，弹起有半米高，然后又落地。她闪到最近的一把椅子上，试着拆下坐垫——当然，月球车从不在水上飞行，所以坐垫的设计不是可拆卸的悬浮结构。

与此同时，明子跑去驾驶舱入口旁边的墙上，拿来了急救箱。她慌忙打开箱子，找到了一包纱布。很显然，这包纱布没有她想象的那么结实，但她还是将一些纱布塞进了遮光板的洞里。

空气逃逸的气流声减弱了一些，但遮光板的边缘仍在不断裂开。我想过让所有人都挤进驾驶舱，因为驾驶舱的门看起来密不透风。事实上，哈迪斯已经跑进驾驶舱里了。有那么一瞬间，我担心他会锁上驾驶舱的门，留我们在外面窒息而死。但过了一会儿，他从里面跑出来，手里拿着一张巨大的层压月球地图！他冲到窗前，就在乙烯基遮光板彻底破开的一瞬间，他摊开地图，紧紧贴在弯曲的舱壁上。地图牢牢地吸在墙上，但形状没有和洞口完全吻合，所以空气不断"咝咝"地涌出去。

明子从急救箱里找出胶带，开始粘住地图的边缘。与此同时，我把所有管状太空服修补胶水都拿出来，扔给克洛伊。她开始在地图边缘喷胶水。哈迪斯仍然张开双臂，扶着地图。

视频通话电话发出了来电信号。天知道信号响了多久。直到空气的气流声变轻了，我们才听到电话声。我把钉枪对准哈迪斯的后背，走过去接通了电话："我是沙利文。"

"沙利文先生，天哪，大家都没事吧？"是斯迈思的声音，带着些许惊慌。

克洛伊已经快把地图的边缘都粘住了。哈迪斯放下紧绷的双臂，转过身来面对我。当看到枪口直指自己的胸口时，他挑起了灰色的眉毛。

"没事。"我说，"大家都没事了……暂时没事。我们遭遇了空气泄漏。"

另外一个耳熟的声音出现了："雅各布，我是昆汀·阿什伯恩。你们依旧连接着伊甸园的生命支持系统。因为系统的设计，月球车里不会迅速增压。但如果空气泄漏的情况得到控制，车里的气压应该能在一小时内恢复正常。"

我的目光越过哈迪斯。克洛伊刚固定好了地图。"已经得到控制。"我说。

我听到昆汀重重地呼了一口气，说："那就好。"

斯迈思又接过电话："到底发生了什么事？"

"你们的哈迪斯先生想袭击我，我不得不开枪。"

电话那头，斯迈思沉默了一会儿，最后说："好吧，布莱恩没事吧？"

"没事，大家都很好。但我希望你明白，我是动真格的。另一个版本的我来月球的事有什么进展吗？"

"我们还在联系他，他不在多伦多的家里。"

"我的天，他有手机。号码是——"我背了出来。

"我们打他手机看看。"斯迈思说。

"快打吧，"我揉着太阳穴说，"留给你们的时间不多了。"

第 35 章
为道义，为公正

玛丽亚·洛佩斯起身，代表泰勒·霍罗威茨进行被告结案陈词。她礼貌地向赫林顿法官鞠躬，然后转身面对六名陪审员和候补陪审员。

"女士们，先生们，问题很简单：个人的身份到底是由什么组成的？显然不仅仅是生物特征那么简单。我们已经看到，只要有适当的技术，任何人都可以冒充别人。但我们内心很明白，我们之所以是人，存在着某种不言而喻的理由，那是物理无法测量的理由，也是让我们每个人独一无二的理由。"她伸手指着今天身着灰色裤装的凯伦，"而这个机器——这个东西——却要我们相信，它就是凯伦·贝萨里安女士本人，仅仅因为它模拟了已故的凯伦·贝萨里安的身体参数。

"但它并不是本人。真正的凯伦·贝萨里安用自己的作品给数亿人带来了欢乐，因此，我们当然不希望看到这位深受喜爱的故事大王离去。但她已经离去，离开了这个世界。我们会缅怀她，我们会永远记得她，但我们也要怀有让她长眠安息的勇气。如果她没有拒绝立下墓碑，碑上一定写着这样体面的几个字：我们要怀有勇气。正如她的儿子所表现的那样，他比任何人都爱她，但他的勇敢实在令人钦佩。

"已故的凯伦·贝萨里安是原版，而人类总是特别珍视原版的东西，无论是原版小说还是画作真迹。而假钞、伪造的护照则不同，因为它们不是真的，所以不会获得人们的认可。你们是优秀的陪审员，有能力制止无稽之谈，制止这种将人与数据等同的观念。这种观念认为人可以复制，就像复制一首歌或一张照片的数据那样简单。可我们不仅仅是数据。你我都很清楚这一点，但我们要确保全世界都知道这一点。

"我们听过了哲学家坡博士提出的观点，也许你们会表示同意，坐在那边的根本不是人，而是一具'僵尸'。"洛佩斯耸了耸肩，"也许你认为它是一个人。但即使它是人，也绝对不是凯伦·贝萨里安本人，它是另一个人，一个被全新创造出来的人。如果你愿意，请用这种方式去接纳它，但不要让它伪装成其他人。已故的凯伦·贝萨里安应该得到我们的尊重。"

"《独立宣言》中有不少真知灼见。"洛佩斯闭了一会儿眼，睁开后，她带着崇敬和赞叹的语气说道，"其中就有'我们认为下述真理是不言而喻的：人人生而平等，造物主赋予他们若干不可剥夺的权利，其中包括生存权、自由权和追求幸福的权利'。"

她停顿了一下，让大家回味了这句话片刻，接着高声道："这是造物主赋予的权利！亲爱的陪审员们，'造物主'这词肯定是指上帝，而不是指多伦多的某个工厂！而'不可剥夺的权利'，也就是和我们今天定义的一样，指的是不可转让的权利。本杰明·富兰克林和托马斯·杰斐逊等伟人起草并签署《独立宣言》时想表达的初衷也是如此。今天，我请求你们秉承他们的智慧，向他们致敬。"

"物理层面上不同的个体——用专业术语说是不同的实体——绝不可能是同一个人。德肖恩先生用低劣的言论嘲弄了基督教传统，可根据《圣经》的说法，当耶稣基督死而复生的时候，他也是从同一具肉身上复活的，是原本的肉身形态，而不是另一个全新的躯体。事实上，任何人若自认为被耶稣或其他逝者附身，在我们看来都是精神错乱的表现。因为你仅仅模仿某人的行为，但不代表你就是他本人。你和他有着不同的身体，你就不是他。

"我们不是在讨论从无到有的人工智能是否应该享有人格权，这是题外话了，除非有人真的能制造出来。不，现在要讨论的是，是否应该让人玩弄科学的花招，用高科技的障眼法来把生死当作儿戏。我的答案是不行，绝对不行！

"在密歇根这个伟大的州，我们驳回了杰克·凯沃尔基安①的病态主张。他试图随心所欲地控制他人的生死。50 年前，你们挺身而出，反对了无稽之谈。如今，命运再次召唤密歇根州善良的人民成为理性的代言人，你们代表的是国民的良心。

"这个国家的法律对生死已经作出了明确规定：当胚胎不再具有形成不同个体的可能性时，就应被视为一个生命；当大脑中的生物活动停止时，生命就此结束。任何人都不得为了个人便利或者凭借一己私欲——"说到这里，她直视着凯伦，"就逃避这一规定。女士们，先生们，请阻止这种疯狂的举动，阻止这种为个人而改动规则的做法。只有这样做才符合道义。如果各位不认定凯伦·贝萨里安已经死了，那不就是在嘲弄她的人生吗？她努力生存过、爱过，她生过孩子、对抗过癌症、创造过艺术、哭过、笑过，有过快乐，也有过悲伤。如果我们拒绝承认她死去的事实，不就是否认她曾经

---

① 杰克·凯沃尔基安（Jack Kevorkian）曾是密歇根州的一名医生，倡导"死亡权利"，于 1990—1998 年协助 130 余位患者自杀，因此得到"死亡医生"的绰号。

存在过吗？

"不要否认她曾经存在过。不要否认凯伦·贝萨里安曾经来过这个世界。最重要的是，不要让她悲痛欲绝的儿子失去最后的机会，无法让他的母亲好好安息。谢谢你们。"

洛佩斯的话显然打动了陪审团。我看到其中两名女性和一名男性反复点头。洛佩斯一说完，有两名陪审员就开始讨论，而赫林顿很快就用槌子敲了一下，制止了他们的行为。

德肖恩·德雷珀今天在衣襟上别了一朵白玫瑰，这显然是他进行结案陈词时的一种仪式。"被告的律师刚才一直大谈《独立宣言》，"他开口道，对洛佩斯点头，"你们会注意到，她并没有提到《美国宪法》或《权利法案》，这些文件实际上构成了美国法律的基础。洛佩斯女士不能称呼《独立宣言》的作者为'国父''宪法制定者'，因为这不适用。《独立宣言》比《宪法》早出现了10多年。"

"实际上，《独立宣言》签署至今已有260多年之久，却一字未改。《宪法》却完全不同，我们法学家对《宪法》里每一个字的定义都反复推敲。我们都能看出来，《独立宣言》是时代的产物，是对当时英国国王乔治三世爆发的积怨。

"我们必须用现代人的眼光来客观看待《独立宣言》。例如，当我们听到'人人生而平等'这句话时，我们如今相信这里指的不仅是男人生而平等，而是所有人生而平等，女性同样有权享有生命、自由和追求幸福的权利——可是18世纪写下《独立宣言》的人想说的并不是这个意思。

"而且，当杰斐逊签署这份文件时，他所说的'人'实际上专指白人男性。在他眼里，像我这样的黑人男性不算人；毕竟，他拥有奴隶，因此对剥夺他们的自由人权负有直接负责。综上，我们不应该从《独立宣言》中寻找答案。事实上，我相信法官也会告诉你，

《独立宣言》不具有任何司法效力。

"但我的确相信，以史为鉴是对的。因此，对于人格的问题，请允许我借用另一段话来做评价，"德肖恩的声音响起，模仿得很像，"'我梦想有一天，这个国家会站立起来，真正实现其信条的真谛：我们认为这些真理是不言而喻的——人人生而平等。我梦想有一大，我的四个孩子将在一个不是以他们的肤色，而是以他们的品格优劣来评价他们的国度里生活。'①"

德肖恩依次向每位陪审员微笑："一个人的品格优劣才是最重要的！而且，我们已经证明了，原告的品格与她的生物原型是完全一致的。

"虽然如此，我们还是不该过多地引经据典，因为我们现在的问题是面向未来的。凯伦·贝萨里安所经历的意识扫描手术要花费很多钱……但所有的新技术一开始都是这样的。陪审团中的各位没有人超过60岁，有几位还更为年轻。到了未来，当你们和凯伦·贝萨里安一样面对衰老的难题时，那时候手术费不会这么昂贵，你们也有机会接受意识扫描手术。不要拒绝这种可能性。你们的生命可以延续下去，就像如今的凯伦·贝萨里安一样。

"坐在那边的女人——无论从哪方面，她都是女人，而不是机器——就是凯伦·贝萨里安本人。她记得自己还是小女孩的时候是20世纪60年代，记得自己是在佐治亚州长大的。她记得20世纪70年代自己第一次和男生接吻的事。她记得自己在佐治亚州生下儿子泰勒，用母乳喂养他长大。她记得自己的书第一次出版时的激动心

---

① 这一段话出自美国黑人民权运动领袖马丁·路德·金发表的著名演讲《我有一个梦想》(*I have a Dream*)。

情。法律中有一个概念叫作'明知'[①]，指的是一个人所拥有的认知。我们眼前的凯伦·贝萨里安和生物人的凯伦·贝萨里安有着同样的认知，所以她们是同一个人。

"不仅如此，她还有着同样的情感体验，也会满怀希望和志向，也会想要提笔创作，也会有生存的渴望。你们应当重视她的需求，她想要的就是这么简单。生物人的凯伦·贝萨里安希望这个人造人的自己来代替她，管理她的资产，住在她的房子里，继续享受她的生活，继续为风靡世界的角色续写故事。这就是凯伦·贝萨里安想要的，是她自己做出的决定，而这一决定绝对不会伤害到任何人，除了她贪婪的亲人。我们有什么资格来反对呢？

"再仔细想想，你们的决定不仅关系到凯伦·贝萨里安的命运，还涉及像她一样的人，"突然，他指着我，"那个男人，他是凯伦的男朋友杰克。"他稍微移动了一下手指，"还有他旁边的那个男人，我的亲生父亲。他虽然成了扫描人，但我完全接纳了他。"

"如果你们判定被告有罪，这些温暖、有爱、体贴的人会遭遇什么呢？如果你们认为那边的女人不是凯伦·贝萨里安，她就会一无所有。没有钱，没有名誉，没有身份，也没有合法权利。难道我们要回到过去？回到并非人人平权的时代？回到对权利的定义还很狭隘的时代？回到只有白人男性才算人的时代？

"答案当然是否定的。我们生活在开放的时代，希望未来更美好。"他走到原告席前，把手搭在凯伦的肩膀上。而凯伦抬起手，握住了他的手。"为长远而考虑，"德肖恩继续说，"为道义，为公正。承认眼前的女人就是凯伦·贝萨里安吧。女士们，先生们，正如各位在诉讼过程中所见，她的确是本人。"

---

① 明知（scienter），法律术语，用于诉状中表示被告的主观过错状态，即被告事先知道其行为将导致损害发生，或事先知道其有义务防止某种事态的发生，但因其疏忽而导致损害结果。

第 36 章
真的要飞去月球了

　　德肖恩认为陪审团要商议 4 天才出结果，他聘请的陪审团顾问估计要整整一周，而法庭电视台的评论员认为至少要 8 天。凯伦和我回到了她的豪宅，一想到判决结果还没有出，我们都没心思做其他事情了。我们坐在她家的客厅里，虽然我们并不是累得要坐下休息，但我们觉得还是坐着比较好，感觉更自然。我坐在那把乐至宝真皮椅上。凯伦坐在旁边的一把安乐椅上，正在看一本纸质书。当我躺在椅子上时，可以清楚地看到她在读哪一页，我发现她一直在翻页。我猜，在我们等待结果的时候，只有作为"僵尸"的她才能专心阅读。

　　我正拿着一个小型的手持浏览屏，静音观看之前错过的棒球比赛集锦——我不用听付费解说都可以完全看懂。

　　突然，我的手机响了，铃声是《加拿大冰球之夜》[①]的主题音乐。我的手机就放在凯伦的咖啡桌上。我把椅子拉直，拿起手机，

[①]《加拿大冰球之夜》(*Hockey Night in Canada*)，加拿大国营频道用于转播国家冰球联盟赛事的一个节目。

看了一眼屏幕，上面显示"语音通话"，还标注了"长途来电"。我没法做到不接陌生电话，凯伦却说她很容易做到，我想名人应该对此习以为常了。我摁了接听键，把听筒拿到耳边："喂？"对方没有说话。"喂？"我又说了一遍，"怎么回事——"

"你好，"对方带着英国口音，"请问是雅各布·约翰·沙利文吗？"

"就是我……你好？你好？你那边——"

"太好了。沙利文先生，我叫加布里埃尔·斯迈思，是永生科技的工作人员。"

"请问有何贵干？斯迈思先生……斯迈思先生……你好？你在听吗？"

"沙利文先生，很抱歉通信有延迟。你要知道，我是从月球上打给你的——"

"月球？！"我看到凯伦也吓了一跳，"难道——"

"准确地说，我在月球的背面，位于亥维赛环形山。没错，是和原本的你有关系。事情是这样的——"

"他怎么了？"

"我这里是亥维赛环形山的居住区。沙利文先生，通话延迟很影响我们对话。也许我们说完之后，加一个'通话完毕'会好一点。通话完毕。"

我刚才就想提出这个建议了："好极了。通话完毕。"

一阵沉默，接着他说道："收到，这样好多了。事情是这样的，我现在就在亥维赛环形山的居住区，我们公司的介绍资料里称之为伊甸园。沙利文先生，原本的那个你现在——"

"去世了？"我没想到这种事会直接通知我。凯伦把她那光滑的手臂放在我的手臂上。"呃，我不想——"

"——现在挟持了三名人质——啊？不，他没有去世。请等我说完话。他挟持了三名人质，然后——"

"人质！这不可能，你确定——"

"——他把自己困在月球车里，人质也在里面。还有，沙利文先生，请你听我说完'通话完毕'再回答我，我还没——"

"抱歉。"

"——说完。原来的那个你要求和你通话。就这么一回事，通话完毕。"

凯伦靠近了一点，好听清我们的对话。她睁大了眼睛。

"沙利文先——"

"抱歉，我在。"

"——生，你还在吗？通话完毕。"

"是的，没错，我在。这太疯狂了。我最了解我自己。在这个世界上，哪怕是在月球上，我都不可能做出挟持人质那种事情来的。"对方没有回答，我这才反应过来，"通话完毕。"

几秒钟过去了，我和凯伦面带忧虑地对视着。接着对方说话了："是的，我们明白。但是——嗯，也许你们已经知道了？他们找到方法成功治好了你……不，我是说他。通话完毕。"

"真的吗？哦，我完全不知道这事。这……太难以置信了。通话完毕。"

一阵沉默，接着对方说道："我们安排了手术，但术后出现了某些后遗症。治疗他的医生推断，他的神经递质出现了暂时性失衡，而且情况相当严重。他因此变得偏执，有暴力倾向。通话完毕。"

"你们能治好他的后遗症吗？"

在沉默中，无线电波往返于地月之间。尽管我这句话说完的时候没有加上"通话完毕"，但对方又带着斯文的英国口音说了起来："当然能治好，前提是他愿意接受治疗，他就会康复。但我说了，现在他在月球车里挟持了三名人质，要求恢复他在地球的人类身份。当然，我们——"

"他要求什么？"

"——我们向他解释了这是不可能的，法律程序不会允许……我想应该说是'归还'……归还身份的情况发生。总之，我们需要你的帮助，沙利文先生。我们需要你来一趟，到亥维赛来和他谈判。通话完毕。"

"去月球？我的天，我连欧洲都没去过，你们要我去月球？通话完毕。"

通话的延迟简直令人抓狂。"是的，马上过来。他只愿意跟你谈判。如果他引爆月球车的燃料，有可能会杀死伊甸园的所有人。通话完毕。"

"那好，让他接电话。我没必要大老远跑到月球去。通话完毕。"

这次，对方真的在沉默，而不只是通话延迟。"嗯，我们之前试过骗他，希望尽快解决问题，但被他识破了。他现在除非看到你本人，和你当面对话，否则不会买账的。通话完毕。"

"我的天，但我不知道该怎样才能去月球。通话完毕。"

"我们来安排行程。你在多伦多，对吧？我们可以——"

"不，我在底特律，不在多伦多。"

"——安排司机去你家门口接你。哦，你在底特律。好吧，还是一样的，我们会在一小时内派司机到你家门口，然后把你送到大都会机场。到了机场，我们会先送你飞到奥兰多。在奥兰多，我们有一架小型喷气机，可以直接把你送到肯尼迪航天中心。你将乘坐货运火箭——如果我们动作快，可以赶上 6 小时后发射的那一枚火箭，是负责把医疗用品送到伊甸园的。这是寻常的配送，因为这里有很多药品保存难度很高，又是居民们的必需品，而且只有地球上才能生产。总之，货运火箭的空间很大，他们原本还打算装一些可口的食物，但我们可以把食物卸下来，给你腾出空间。通话完毕。"

"我得考虑一下。晚点打给你。通话完毕。"

对方停顿了一下："月球的通话转接很复杂，请——"

"那你 30 分钟后再打给我。我需要时间来考虑。通话完毕。"

我不能拒绝我的……我的客人在月球车上解决如厕的需求。他们前两次去厕所的时候，我都担心他们会不会在里面搞什么鬼，但里面似乎没有什么东西可发挥作用的。例如，厕所水池上方的镜子不是用玻璃做的，而是抛光不锈钢的。尽管如此，我还是让他们在上厕所的时候把门敞开着。

但很快，我也感觉到了尿意。我不可能去厕所，但我也不习惯在公共场合小便。我想让他们都背对着我，然后找一个罐子或者其他什么东西解决一下……前提是我要能找到这样的容器。当然，如果想大便，那就更糟了，因为这种情况下我很容易被他们反制。如果——

视频电话响了。我走过去接听。

"我们已经联系到另一个你了。"斯迈思出现在屏幕上，"他在底特律。"

"底特律？"我说。我右手拿着钉枪，缓缓地在克洛伊、明子和哈迪斯之间来回移动……不过明子正在睡觉，所以可能构不成威胁。"该死的，他去底特律干什么？"我突然想到，他一定是出于某种原因好奇审判的结果，才去现场观看。"那么，"我在斯迈思回答之前说，"他怎么说？"

"他让我们 30 分钟后再打给他。"

"该死，斯迈思，如果你故意拖延时间……"

"没有拖延。我们很快就会给你答复。求你了，看在上天的分儿上，别做傻事。"

凯伦和我面面相觑。她仍然捧着那本纸质书，因为她的手臂不会发酸，所以她现在想让手臂保持这个动作多久都可以。

而我坐在椅子上，但拉直了椅背，我的内部机械结构和椅子一样紧绷。

"你得走了，"凯伦说，"你要去月球。"

"他们需要的不是我，而是专家，谈判专家，或者……"

"或者什么？狙击手？你认为他们应该派一个人去干掉他，而不是找一个能说服他的人？"

该死。我的要求再普通不过了，我只想拥有正常的生活，活得像一个正常人一样。"好吧，"我最后说，"我去。"

"我陪你去。"凯伦说。

"去哪儿？"我回答，"佛罗里达？"

凯伦摇摇头："去月球。"

"我不确定他们会给你掏钱。"

"我自己出钱。"

我愣了一下，但她说得没错，她当然能出钱。即使她的银行账户最后会被冻结，圣马丁出版社给她的预付款也足够了。"你确定要去吗？"

"当然。天知道陪审团还要讨论多久，而且，他们宣读判决的时候也不需要我在场。哪怕那时候我在月球上，也不过是晚 1.5 秒的时间得知审判结果，这没什么大不了。"

凯伦站起身，转过来朝着我。她伸出双手，我握住她的手，她毫不费力地把我从椅子上拉了起来。她把头靠在我的肩膀上，继续说道："我直说了，我待在这里也会为你感到担心的。杰克，我喜欢和你交流，也欣赏你独特的思维方式。但你太容易站在别人的角度看问题了。我不希望你被另一个你说服，断了自己的后路。你才是雅各布·沙利文，意识转移是合法的，有法律约束力。我不希望你到了月球上，接受他们给你一通洗脑。永生科技的人只想救回人质，而原本的那个你显然只关心他自己，至少在他目前的身体状态下。应该有关心你的人和你站在一起。"

我把她拉近，搂住她，感受着她柔软的外表和坚强的内心。"谢谢你。"

"他们多久会给你回电话？"

"我说 30 分钟，但我怀疑他们不一定会有耐心，而且……"

就在这时，电话铃响了。我低头看了一眼来电显示，上面又显示"长途来电"。看来我没说错。

"喂？"我摁下免提键，说道。

两秒钟的沉默过后，对方开口道："沙利文先生，感谢你的接听。抱歉这么快就打来了，但我们真的——"

"没关系。我马上出发。"

"——需要你给答复。这里的情况是——什么，你会来？好极了，太好了。我们会——"

"但我有一个条件，凯伦·贝萨里安也要跟我一起去。通话完毕。"

一阵沉默。"你是说扫描人版本的她？为什么？她——"

"我们知道原本的那个她已经去世。现在的这个她是我的朋友，我想让她和我一起去。通话完毕。"

"沙利文先生，我无权——"

"我自己出费用。"凯伦说。

"——无权安排其他人上火箭。这样的话——什么？好吧，如果你愿意自己承担费用。你旁边说话的人就是贝萨里安女士吧？但我要提醒你，贝萨里安女士，我们打算用特快运输火箭，如果多搭载 50 千克的重量……安娜，帮我算一下……你大概要出六百万美元。通话完毕。"

我对凯伦笑了笑："你现在成了六百万美元女士。"

"没问题。"她说。

"那就行。"斯迈思答道，"你可以一起。但还是那句话，我们使用的是特快货运火箭，是到达月球的最快方式。这不是载人火箭，不是为乘客设计的。这趟旅途不会很舒适。通话完毕。"

"怎么样才算舒适呢？"凯伦说，"我们不需要软垫椅子。虽然我们能感知温度，但不会受到温度的影响。这趟旅行要多久？"

"你忘记说'通话完毕'了。"我帮忙补充道。

"嗯，通话完毕。"凯伦说。

延迟过后，对方回答："12 小时。"

凯伦哼了一声，我不知道我们还能哼出声音。"我坐飞机都比这久。"

"那就这么定了。"我说，"我们可以马上走。你说会有车来接我们？通话完毕。"

"会的。请二位把地址告诉我。"

凯伦报了地址。

"太好了，"斯迈思说，"我们马上安排车过去，接二位来月球。"

去月球……

我摇了摇头。

我竟然真的要飞去月球了。

第 37 章
震耳欲聋的沉默

月球车上的视频电话又响了起来。"好了,"我一接通,加布里埃尔·斯迈思就说,"好了,他来了。雅各布·沙利文在来的路上。"

"坐货运火箭?"我问。

"是的。他正在去佛罗里达的途中。"

"他什么时候到?"

"14 小时后。"

"那么,在他来之前,我们也只能继续等着,对吧?"我说。

"你看,我们很配合你,"斯迈思说,"我们在尽全力帮助你。但 14 小时太久了,你需要休息。"

"不需要。必要的时候,我可以熬通宵。而且我已经吃了药。问吴医生就知道了。我告诉她我犯困很严重,太难受了,所以她给我开了一些提神的药。"

"不过,"斯迈思说,"等过了 14 小时,情况会变得更复杂。你要照看三个人,太辛苦了。你看能不能放其中一个下车?给出一点儿诚意?"

我的确想过。严格说来，我也许不需要任何人质——毕竟，我只要炸毁月球车，就能摧毁整个伊甸园。斯迈思说得没错，照看三个人确实太辛苦了。但我不想在数量上做出退让。"我倒不觉得。"我说。

　　"好好想想，杰克。如果你只需要照看两个人，会轻松很多。或者一个……"

　　"别得寸进尺，加布。"我说。

　　"好吧。但你肯定能放一个人质下车吧？"

　　该死的，三个人的确够累赘的。用不了多久，我还要想办法让他们吃东西……

　　"你们可能想要布莱恩·哈迪斯下车，"我说，"但是不可能。"

　　"不管你放谁下车，我们都很高兴，杰克。你来选。"

　　我环视了一下车上的三个人。哈迪斯的圆脸上带着挑衅的表情。克洛伊·汉森看起来吓坏了，需要有人安慰一下。我关掉电话。

　　"你呢？"我对内山明子说，"你想下车吗？"

　　"想让我求你？"她说，"做梦。"

　　我愣了一下："我不是这个意思。"

　　"你把我们都害惨了，你这个狗东西。不止我们，还有我们的家人和朋友。"

　　"我打算让你下车。"

　　"改变主意了？别假惺惺的。"

　　"不，我是说如果你——"

　　"要么让我下车，要么不让我下车。别指望我会对你感恩戴德。"

　　"好了，"我说，"你下车，从气闸出去。"

　　明子看了我一会儿，神情没有任何触动。

　　"你回家后，"我补充道，"拿肥皂把你那脏嘴洗一洗。"

她从椅子上起身，朝气闸走去。我看着她出去以后，回到了视频电话旁。"斯迈思。"我说。

过了一会儿，那个女交通管制员的声音传来："斯迈思走开了。"

"他去哪儿了？"

"洗手间。"

还能好好上厕所，幸运的家伙——虽然我不知道她是在说真话，还是在耍什么心理战术。"好吧，转告他，我刚给他送了一份大礼。"

❖

火箭的货舱是圆柱形的，长约 3 米，直径 1 米，给我们的三等舱增添了一丝优雅[1]。

"你们想怎么坐火箭？"负责监督货物装载的男人问道，他是一个肌肉发达的光头，名叫赫苏斯·马丁内斯。

我看着凯伦。她扬了扬眉毛，让我来决定。"面对面，"我说，"这里没有窗户，所以也没什么好看的。"

"等到舱门关死，这里就没有光了。"赫苏斯说。

"你就不能放点儿荧光棒吗？"我说，"就那种带荧光素[2]的，有吗？"

"我想可以，"赫苏斯说，"但每一克都要额外收费。"

"记在我账上。"凯伦说。

赫苏斯点了点头："听你的，贝萨里安女士。"他让站在旁边的

---

[1] 在过去，轮船的三等舱往往是没有座位且靠近舵室的，这里是一种幽默用法。
[2] 原文此处是一个双关，因为"荧光素"的英文是 luciferin，该词的词根是 Lucifer，即《圣经》中的堕落天使路西法。

助手去拿荧光棒，然后转过身来对我们说，"事先告知，在火箭发射后的头一小时里，我们必须把你们绑起来，让你们接受稳定的加速。不过，你们之后可以自己解开绑带。你们看到了，我们在舱内铺上了软垫。虽然你们的身体的确皮实，但火箭发射的过程也够你们受的。"

"没关系。"我说。

"好吧，"那人说，"现在是发射倒计时 16 分钟。让我们把你们送进去吧。"

我进入了垂直圆柱形的货舱，靠着里侧的弯曲墙壁站好。我张开双臂，邀请凯伦贴在我的怀里。她张开双臂，投入我的怀抱。我们为什么不能拥抱着坐火箭呢？反正我们的四肢又不会累。

赫苏斯和两名助手把我们的位置调整好，然后绑住我们。"像你们这样的人造躯体，在未来可能会广泛运用在载人航天上，"赫苏斯边工作边说，"既不需要生命维持系统，也不用担心长时间暴露在高重力的环境下。"

几分钟后，赫苏斯派出的助手回来了，手里拿着些荧光棒。"每一根可以亮 4 小时。"他说着掰了掰一根荧光棒，摇晃了一下，让绿光照亮整个空间——我猜这是绿色的一种。"你们的夜间视力正常吗？"

"比正常人好。"我说。

"那么一次用一根就够了，其他的先留给你。"他把荧光棒放进一个网状储物袋里，袋子附在弯曲的墙壁上，凯伦伸手就能拿到。

"哦，还有一样东西。"赫苏斯说。他递给我一件我很久没见过的东西。

"报纸？"我说。

"今天出版的《纽约时报》，"他回答道，"还是头版。他们每天印制一千份纸质报纸，存放在国会图书馆做存档，也会提供给一些古板的订阅者。他们愿意花一千多美元买纸质报纸。"

"是的,"我说,"我听说过。但我拿报纸去干吗?"

"是月球上的人发来的指令。为了证明你是今天从地球出发的。除了特快火箭,没有其他办法能在接下来的 12 小时内把这份纸质报纸送到月球上。"

"好吧。"我说。

赫苏斯把报纸塞进了另一个储物袋里。"都准备好了吗?"他问。

我点了点头。

凯伦说:"准备好了。"

他笑了笑:"接下来你们得单独相处了,最好别吵起来。我的建议是不要谈论政治、宗教或性。"就这样,他关上了弧形门,把我们关在里面。

"你还好吗?"我对凯伦说。我的人造眼睛比我的生物眼睛更快地适应了半暗的环境,我想这是电子反应和化学反应的另一个区别。

"很好。"她说,听起来不像是说谎。

"你以前去过太空吗?"

"没有,虽然我一直想去。但当他们开始大力发展太空旅游时,我已经 60 多岁了,我的医生建议我不要去。"她停顿了一下,"现在,我的身体再也不是问题了,真好。"

"12 小时,"我说,"没法睡觉,会感觉很漫长。我精神上甚至都没有放松一下。真不懂,月球上到底发生了什么?"

"他们治好了另一个你。如果你没有那种情况,那……"

我微微动了动头:"那是先天缺陷。你直说也无妨。"

"好吧,如果你没有那种先天缺陷,你也不会这么早就选择意识扫描。"

"不好意思,凯伦,我不是批评你的选择,但如果我没有那种先天缺陷，我真的不一定会选择意识扫描。我并不想逃避死亡，我只是想拥有正常人的生活。"

"我在你这个年纪的时候，也没想过要长生不老。"她说道，身体微微晃动了一下，好像在调整自己的姿势，"不好意思，这说法不太好，对吗？我是说，我不希望你因为我们的年龄差距而感到不舒服。但这是事实。当你还能活几十年的时候，你会觉得自己还能活很久。这都是相对的，你读过雷·布拉德伯里①的书吗？"

"谁？"

"叹气。"她直接说出了这个词，而没有发出叹气声，"他是我念书那会儿最喜欢的作家之一。他有篇小说的开头是他笔下的人物在追忆自己的学生时代。我自己也是作者，我很清楚不能把作者和他写的人物混为一谈，但我总觉得他是在写自己的心声。他是这样写的：'就像是一个永不结束的夏天。'一个孩子的暑假只有短短的两个月，但在你年轻的时候，暑假漫长得就像永远不会结束。而当你到了80多岁时，如果医生告诉你，你只能活几年了，那么几年，甚至几十年，你都会觉得自己的时间不够用了。"

"好吧，我只是——天哪！"

发动机点火了。凯伦和我的脚下产生了一股拉力，把我们的脚死死压在货舱的地板上。火箭的轰鸣声很响，我们根本无法交谈，只能听着。我们的人造耳朵内置了屏蔽功能，所以噪声不会对我们造成伤害。尽管如此，它的音量仍然大得惊人。火箭剧烈地摇晃起来。过了一小会儿，咣当一声巨响传来。我猜是火箭脱离了抑制螺栓，开始上升。凯伦和我现在正以人类难以达到的速度向轨道飞去。

我紧紧地抱住她，她也紧紧地抱住我。我这下发现我的人造器

---

① 雷·布拉德伯里（Ray Bradbury），美国著名幻想文学作家，文中引用的是其作品《蒲公英醇夏》（*Dandelion Wine*）。

官中缺少传感器的部分了。我肯定自己应该感觉到牙齿在发颤，事实上却没有。而且毫无疑问，当我的钛金属椎骨的分隔尼龙环受到挤压时，我应该感到背疼，但现在也没有。

但轰鸣声是无法逃避的，还有我头顶感受到的巨大重量和压力。温度越来越高，但还能承受。密室的隔热性能很好。周围还沐浴在荧光棒的绿光中。

发动机的轰鸣声持续了整整一小时。火箭燃烧了大量的燃料，带着我们驶上了通往月球的快速通道。最后发动机熄火，周围安静了下来，我第一次理解了"震耳欲聋的沉默"是什么意思。这种声音的变化太明显了，前一刻我的耳边还是格外响亮的声音，现在一下子什么也听不到了。

我能看到凯伦的脸，离我只有几厘米。她的脸对准了焦距，人工光学系统比自然光学系统更灵活。她点了点头，似乎在表示自己没事。我俩又享受了一会儿安静的氛围。

除了远离噪声，我还远离了很多麻烦。如果我还是生物人，也许我很快会出现以下反应：我会感到食物倒流入食道的恶心，我的内耳失衡会让我头晕。我完全可以想象，生物人在这种情况下肯定会感觉很难受。但对我来说，我只是感觉有一股向下的拉力消失了。虽然这里没有什么活动空间，但我相信，在重力消失之前，阿波罗的宇航员们也不能到处乱走。我解开束缚带的扣子，蹬了一下地板，慢慢地向天花板飘去。

凯伦开心地笑了，在狭小的空间里格外轻松地移动起来。"太棒了！"

"我的天，真的太棒了！"我说着，勉强抬起一只胳膊，不让自己的头撞到天花板的软垫上。不过，我很快意识到，"天花板"和"地板"这两个词在这里已经没有区别了。

凯伦成功地转过了身子。她的人造躯体比我矮，而且她曾经是一名芭蕾舞演员，知道如何做复杂的动作。而我成功地绕着舱内弯曲的墙壁转了一下，身子基本上与升空时的位置完全相反。

太刺激了。我想到刚才赫苏斯说过的话，人造身体非常适用于太空探索。也许他是对的。就在这时，有东西飘到了我面前，软软的，皱皱的。

"这是什么？"

荧光棒在凯伦的那一边，她身体的阴影挡住了部分视线。在昏暗的绿光下，我花了好一会儿才看清，我面前的东西是凯伦的衬衫。

我低头，侧着看向她。

"来吧，杰克。"她说，"我们可能以后没有这样的机会了——"

第 38 章
皮囊

10 小时后，我们要再次系好安全带，因为火箭进入减速状态，持续整整 60 分钟。虽然大多数载人登月飞行都是飞往一个叫"移民基地一号"的地方，但我们将直接降落在亥维赛环形山。

降落是远程遥控的，而货舱没有窗户，所以我们什么也看不到。不过，我知道我们是尾翼着陆。肯尼迪角的赫苏斯曾打趣说："这是上帝和罗伯特·海因莱因所希望的着陆方式。[①]"但我不明白他的意思。

这时太阳刚要从月球上落下，我相信那个叫斯迈思的家伙会说，月球的白天已经持续了两周。地表温度显然略高于 100 摄氏度，但这是一种干燥的热感。据波特博士说，斯迈思曾向他咨询过，明确了我们可以在高温下最多坚持 10 或 15 分钟，更别说还有

[①] 这句话最早出自史蒂夫·萨维茨基（Steve Savitzky）1998 年的歌曲《梦想由此构成》（*The Stuff That Dreams Are Made of*）中的歌词："但我们失去的未来仍在某个地方，猎户座依然向着蓝天喷射地狱之火，火箭骄傲地在尾翼上着陆，正如上帝和罗伯特·海因莱因所希望的那样。"罗伯特·海因莱茵（Rober Heinlein），美国著名科幻小说家，代表作有《星船伞兵》等。

紫外线辐射。当然，无氧环境对我们来说不是问题。

货运火箭没有气闸，只有一个舱门，但从里面开门并不难，就像打开冰箱一样。我打开舱门，舱内的空气随即化作一团白雾飘散开来。我们降落在了亥维赛环形山上，可以看到远处隆起的环形山的边缘。最近的一处伊甸园建筑大概在 100 米之外，并且——

我看到了他们说的那辆月球车，远远望去像是一块银砖，两边各绑着一个蓝绿色的燃料箱，停在一个圆形着陆平台上，车上有一条伸缩通道连接到旁边的建筑物里。

我的脚离月球表面大约 12 米。如果换作在地球，我想直接跳下去可不行，但在这里应该不成问题。我看着凯伦笑了笑。因为在真空的环境，我们无法说话。不过，当我走出舱门时，嘴里念了"杰罗尼莫"①。

坠落的过程非常轻缓，时间久到仿佛没完没了。当我落地的时候，一团灰色的尘土飞扬起来。我脚上的应该算是有史以来第一双直接和月球土壤接触的耐克鞋。一些灰尘粘在了我的衣服上（我猜是因为静电），但大部分的灰尘又落回地面。

在亥维赛这个巨大的陨石坑里，到处可见小小的陨石坑，有的直径只有几厘米，有的直径则有几米。我转过身，抬头看着凯伦。

她不久前还体弱多病，换过人工髋关节，而且很担心另一边髋关节被摔断，如今的她实在是太勇敢了。她毫不犹豫地学着我的样子，走出舱门，缓慢地跳到地面上。

当然，她手上拿着一个卷起来的东西！她记得带上了《纽约时报》的头版，现在这报纸已经硬成了圆筒的形状。令人惊讶的是，她的头发没有向上飘起，衣服也没有出现褶皱，不过这里没有空气

---

① 在跳伞时高喊"杰罗尼莫"是美国伞兵的一项传统，这个词来自西部电影《杰罗尼莫》（Geronimo）。

阻力，所以也很合理。我快速地向右跳开了几步，给她腾出地方来着陆。她安全落地，脸上露出了灿烂的笑容。

我们头顶的天空一片漆黑。除了灼人的太阳，看不到任何星星。我伸出一只手，凯伦握住了我的手，我们一起连蹦带跳地向伊甸园前进，那是我们原本永远不可能会看到的地方。

加布里埃尔·斯迈思原来是一个 60 岁左右的小个子男人，一头金发已经发白，面色红润。他现在在伊甸园的中转控制室，这里空间狭窄，光线昏暗，到处都是监视器的屏幕和发光的控制面板。透过一扇宽敞的窗户，我们可以看到 20 米开外的月球车，它连接着登机通道。我看到所有车窗上都有遮挡物，无法看到里面的情况。

"感谢你能过来，"斯迈思握着我的手说，"谢谢。"

我点了点头。我不想来这里，至少不想因为这种事情过来。但我觉得自己有某种道德责任——虽然我明明什么错事都没做。

"我看到你带来了报纸，"斯迈思继续说，"好极了！好了，这里和月球车之间有视频电话连接。这是麦克风，这是摄像头。他把车上所有的监控摄像头都遮住了，但我们还是可以通过电话的摄像头看到他。只要他愿意打开他那边的视频，他就能看到我们。我现在就给他打电话，让他知道你已经到了。他还算有点儿理智，放了一个人质。昌德拉古普塔说——"

"昌德拉古普塔？"我惊讶地重复了一遍，"你是说潘迪特·昌德拉古普塔？"

"是的，怎么了？"

"他和这件事有什么关系？"

"治好了另一个你的人就是他。"斯迈思说。

我想拍一下脑袋，但这样过于做作。"天哪，竟然是他！他也是那场该死的官司的始作俑者。他为死在这里的凯伦·贝萨里安开具了死亡证明。"

"是的。我们也知道了。当然，我们一直在看庭审报道。不用说，我们并不愉快。总之，他说你的……"

"'皮囊'。"我说，"我知道这个说法。我脱落的'皮囊'。"

"没错。他说，接下来的几天里，在你的'皮囊'的大脑中，神经递质水平可能会发生大幅波动。他有时会恢复理智，有时又容易暴躁，或者变得很极端。"

"天哪。"我说。

斯迈思点了点头："谁能想到复制一个人的脑子竟然比治愈他的脑子容易呢？总之，记住，他有武器。"

"他还有武器？"我和凯伦异口同声道。

"是的。他有一把钉枪，是登山用的，能射出金属尖刺。用它杀人可不费劲。"

"天哪……"我说。

"是真的，"斯迈思说，"我现在去给他打电话。记住，不要承诺任何我们无法兑现的事情，尽量不要让他生气。好吗？"

我点了点头。

"来吧。"斯迈思在一个小键盘上敲了几下。

电话"哔哔"地响了几声。"是好消息吗，加布？"

屏幕上的图像显示的是我过去的模样。他的眼神很疯狂，我从未见过自己这样。

"是的，杰克。"加布说。他叫着我的名字，却不是在和我说话，这感觉很奇怪，"的确是个好消息。另一个你就在这里，现在和我在一起，就在伊甸园的中转控制室里。"他做了个手势，让我进入镜头里，我照做了。

"你好。"我说，我的声音听起来很机械，甚至连我自己都这样觉得。我都忘了我真正的声音——我原本的声音竟然那么有层次。

"嗯哼，"另一个我说，"你带报纸了吗？"

"是的。"我说。凯伦站在我的视线之外，把报纸递给了我。我把报纸举到镜头前，让他看清日期和新闻标题。

"当然，我稍后还要检查一下报纸。好吧，我承认今天真的有一枚火箭从地球飞来，而你应该就在火箭上。"

"你打开月球车的窗户，就能看到火箭了。"我说，"它在大约一百米远的地方。我看一下。在你的左侧应该能看到。"

"你们准备了狙击手，就等着我出现在窗口，然后把我干掉。"

加布走进镜头里。"老实说，杰克，"他说，"月球上没有狙击手。"

"那就是和他一起从地球来的。"另一个杰克指着我说。我从来没有听过自己的声音这么偏执。我不喜欢这样。

加布看着我，微微耸了一下肩，动了动发白的金眉。

"杰克，"我温和地说，"你想见我？"

屏幕上的另一个我点了点头："但我怎么知道真的是你？"

"是我。"

"不，充其量算是我们中的一个。你的意识可能是别人的，只是装进我的身体里，外表看起来像我，并不意味着是我的意识。"

"你可以问我问题。"我说。

他可以问我任何问题，有很多事情只有我们才知道。我小时候幻想出来的伙伴叫什么名字，我从未告诉过任何人。还有我十几岁时在商店偷过一次东西，也是唯一一次，偷的是我很想要的掌上游戏机。

我很乐意回答这些问题。但他没有问这些，而是选了我不想回答的问题。到底是因为他想羞辱我，即便这是杀敌一千自损八百的做法？还是因为他想向我要狠，好让斯迈思和其他人知道他能有多狠？我也说不清楚。

"我问你，"他问道，"父亲倒下的时候，我到底在哪里？"

我看了看凯伦，又看了看镜头："在他的书房里。"

"我当时在做什么？"

"杰克……"

"你答不出来吧？"

怎么会答不出来？"别这样，杰克。"我说。

"斯迈思，如果你这次又骗我，我发誓，我会杀掉哈迪斯。"

"别冲动，"我说，"我来回答你。"我真的很怀念以前能深吸一口气的时候，那种恢复平静的感觉，"在和他吵架。"

"我们为了什么吵架？"

"别这样，杰克。你问得够多了，你知道真的是我。"

"为了什么吵架？"另一个我问道。

我闭上眼睛，温和而快速地说了出来，没有睁眼："我用假身份证被抓了。他和我大吵一架，就在我面前倒下了。就是因为和我吵架，他才发生脑出血的。"

我感觉到凯伦的手搭在了我的肩膀上。她轻轻地捏了捏。

"好，很好，"另一个我说，"欢迎来到月球，我的兄弟。"

"我真希望我们不是在这种情况下见面。"我说完，终于睁开了眼睛。

"我也希望。"他停顿了一下，"你旁边是谁？另一个扫描人？"

"我的朋友。"

"哦，凯伦，对吗？我在电视上看到过你。凯伦·贝萨里安。"

"你好，杰克。"她说。

"你一定知道你的'皮囊'已经死了——这个消息在审判期间就已经披露，不是吗？你在这里做什么？"

"我和杰克一起来的。"凯伦说，"他……我们……"

"什么？"

我转头看了一眼凯伦。她对着镜头耸了耸肩，直接说道："我们在交往。"

另一个我目瞪口呆："什么？"

"难以想象，对吧？"凯伦说，"这个你和一个老女人在交往。你知道吗？我还记得我们第一次见面，是在推销会上。"

另一个杰克似乎一时慌了神："对，你当然记得。"

"年龄并不重要，"凯伦说，"对我来说不重要。对杰克来说也一样。"

"我才是杰克。"另一个我说。

"不，你不是。从法律上来说，你不是。就像死在这里的女人不是我一样。"

我注意到加布和其他人看起来都很紧张，但没人阻止凯伦。而另一个我实际上看起来很高兴："我没理解错的话，你们俩人——扫描人凯伦和扫描人杰克在交往，是恋人关系？"

"没错。"

"也就是说，杰克，你没有和丽贝卡在一起？"

我很惊讶："丽贝卡？你是说丽贝卡·庄？"

"我们认识其他丽贝卡吗？当然是丽贝卡·庄！"

"对，丽贝卡·庄。我们……她不太接受意识上传的我。而且，蛤蜊头也不接受，现在是丽贝卡在照顾蛤蜊头。"

他的脸上露出了由衷的笑容。"好极了。"他看了看我，又看了看凯伦，几乎是笑着说，"我希望你们俩能一直幸福下去。"

"你没必要讽刺我们。"凯伦不客气地说道。

"哦，我没有讽刺。"另一个我高兴地说，"我的话完全发自真心。"但随后他的笑容褪去了，"不过，我一直在关注你的法律纠纷，凯伦。也许你们最终都会失去人格权。"

"我们不会输的，"凯伦不客气地说，"我的杰克并不只是你的替身，他会替你维持你目前的生活，直到你治好病，等着你回去重新开始。他在和我一起继续创造属于自己的生活。我们不会走回头路。"

另一个我似乎被凯伦的强硬吓到了："我……"

"你看，"凯伦抢着说，"世界不是围着你转的。我的杰克现在有了自己的生活，交了新的朋友，有了新的恋人。"

"可我才是真正的杰克。"

"胡扯。"凯伦怒斥道，"你有证据吗？"

"我有灵——"

"你想说灵魂？你以为世界上有灵魂？灵魂根本不存在。如果你活到我这个年纪，就会明白。你看到周围每天都有人死去，年复一年，化为虚无。灵魂！不过是笛卡尔[1]的胡扯。你身上并没有什么虚无缥缈、不切实际的灵魂。你的出生、死亡不过是一个物理过程，现在这一过程可以被完美地复制了。杰克没有灵魂，你也一样没有。灵魂？别开玩笑了！"

"你知道她说得没错，"我温和地说，"你以前从不相信灵魂。当母亲说起父亲的灵魂还在身体里，在那个残缺不全的大脑里时，

---

[1] 笛卡尔认为，当人们还不知道肉体是否存在时，人们已确知精神存在。这不但说明灵魂与肉体是互相独立的，也说明二者是对立的。

你为她感到难过，不是因为父亲瘫痪了，而是因为她在自欺欺人。你就是这么想的，你知道，我也知道。自欺欺人。"

"是的，但是——"

"但是什么？"我说，"你想告诉我现在不一样了？你的眼光不一样了？"

"你——"

"如果说有谁的眼光真正不一样了，那也应该是我才对，"我说，"事实上，我现在不是色盲了。我的身体已经没有缺陷。我的意识也毫无缺漏地复制了你的意识。"

"哪怕缺了什么，你也不会察觉到的。"他说。

"怎么会？"凯伦抢着说，"当你变老的时候，你会痛苦地意识到自己的意识出错了。你的感官变得迟钝，也记不住东西了。当你以前拥有的东西现在没了的时候，你绝对会察觉到。"

"她说得对，"我说，"我是绝对完整的个体。和你一样，我也想要过自己的生活。"

第 39 章
两个我

两个我。

虽然有些奇怪，但我发现自己把他当成了雅各布，把我当成了杰克。作为成年人，我们不免有一些心理暗示。他是雅各布，因为雅各布是我的大名，而杰克这个小名是从雅各布来的，也符合我们俩的关系定位。[①]

我发现身为杰克的自己一直盯着视频电话的屏幕，端详着雅各布的样子，他是我脱落的"皮囊"。而直到几周前，我们还是同一个人……

应该说在此之前，我根本就不存在。雅各布才是那个真正经历过我人生的人。他的右臂上有一道伤疤，是他12岁时从树上摔下来留下的。他的左脚踝韧带受损，是他从楼梯上摔下时造成的。他患有动静脉畸形，他看着父亲倒下，他和丽贝卡发生了关系。我们

---

① 此处原文的意思是，雅各布（Jacob）的最后两个字母 ob 代表着原生人（original body），而杰克（Jake）的最后一个字母 e 代表着电子人（eletronic）。为在中文语境中保持流畅，此处为改译。

记忆中的世界是没有红色和绿色的，而那也是他所看到的世界。

"我现在就过去。"我对着视频电话说。

"去哪儿？"雅各布问。

"去月球车。去找你。"

"不，"雅各布说，"别来，留在原地。"

"为什么？"我回答道，"因为你隔着屏幕，更容易否认我的人格和人权吗？"

"我不是白痴，"雅各布说，"别想耍我。我已经控制住了局面。你过来只会破坏我的计划。"

"你阻止不了我。"我说。

"我当然可以。我不会给你打开气闸。"

"好吧，"我认输地说，"你可以不让我进去。但是，请你想想，如果你只能通过电话和我交谈，那何苦让我跑到月球来呢？"

雅各布停顿了一下，说："好了，我直说吧，兄弟。我让你来，是想让你代替我留在这里。"

我吓了一跳，但我相信我的人造脸很好地隐藏了我的情绪。我尽量平静地说："你知道我没法答应你。"

"听我说完，"雅各布举起一只手说，"我的要求不会很过分。你想想，你还能活多久？"

"我不知道。"我说，"很久。"

"非常久，"他说，"至少几百年。"

"你说得对，除非发生什么意外。"

"那我还能活多久？"

"我不知道。"我说。

"你当然知道。"雅各布说，"我现在不再患有卡斯尔曼病，所以我很可能和 2001 年在加拿大出生的所有男性一样，还能活 50 年，前提是我长寿的话。我只能再活 50 年了，这点儿时间对你来说不算什么。你可以比我多活 500 年，甚至 5 000 年。我只求你能让我在地球上度过这 50 年，可能 50 年都不到。"

"那我怎么办？"

"你就待在这里，待在伊甸园这个顶级度假胜地。"他看着我，似乎了解我的反应，"花 50 年的时间来度假——天哪，说实话，我们这辈子大部分时间都是这样度过的，对吧？这里就像在拉斯维加斯，就像在豪华游轮上。"他顿了一下，"你看，我也看到了审判的报道。我知道情况不妙。你是想接下来的几年都在地球打官司，还是想在月球放松一下，避避风头？你知道，以后扫描人最终会得到社会的认可，得到完整的人格权。为什么不在这里待着，直到那一天真正到来？到时候你可以光明正大地回地球。"

我盯着他，盯着……原本的那个我。"我知道现在的情况对你很不公平，"我慢慢地说，"但是……"

"求你了，"另一个我说，带着恳求的语气，"我的要求不过分吧？你仍然可以一直活下去，而我只想要拿回本来属于我的那几十年。"

我看着凯伦，她也看着我。我怀疑我俩谁也看不透对方的表情。我回头看着屏幕，开始思考。

我的母亲会很高兴的。她绝不会接受意识上传手术，因为她相信人是有灵魂的，而如果我答应了雅各布，就能让她的生物人儿子回到她身边，陪她度过余生。至于我的父亲，我现在根本不去看他。但雅各布可以回去看望他，继续忍受内心的煎熬，忍受心碎和内疚的滋味。而当我回到地球时都是几十年后了，我的父亲已经不在人世。另外，如果雅各布回到地球，蛤蜊头会很高兴的。甚至，丽贝卡也会很高兴的。

我张开人造的嘴唇，刚要回答，凯伦却抢在前面开口了。"绝对不行！"她带着南方口音的声音说，"我在地球上拥有自己的生活，除了我，没有其他的'我'可以从月球回到地球。我有想写的书，有我要努力保护的知识产权，还有我想去的地方——我还要杰克和我一起去。"

她并没有指明她说的杰克就是我，但她说出我的名字时，仿佛她认为只有我才是杰克。另一个我因此皱起了眉头。我让凯伦的话在空中停留片刻，然后对着镜头说："你听到这位女士说的话了。没得商量。"

"你们别把我逼急了。"雅各布说。

"不，我们没有。但我也不想再争辩下去了。我要去月球车那里找你。我们当面说。"我顿了顿，点点头，又补了一句，"打开天窗说亮话。"

"不，"另一个我说，"我不会让你上车的。"

"你会的。"我说，"我了解你。"

第 40 章
我要杀了你

通往月球车的通道比一般的通道更坚固，因为必须保证完全紧闭，但是整体的外观差不多。当我走到通道尽头的时候，却遇到了一个问题。月球车的气闸外层门镶嵌在银白色的车身上，门上有一扇窗户，这扇窗户没有遮挡物。但是，内层门有一扇独立的窗户，那扇窗户是遮住的。我不知道该怎么让对方知道我已经到了。

我在门口站了半分钟，脸上的表情肯定很傻。最后，我决定干脆敲敲气闸的外层门，希望声音能传到车里去。

终于，内层门的遮挡物被掀开了，我看到了一张长着白胡子的圆脸，我知道对方是布莱恩·哈迪斯，永生科技在月球上的最高负责人。他对着左边的某个人说了几句话，大概是另一个我，但是我听不见他说了什么。过了一会儿，外层门咣当一声打开了。我一走进去，身后的外层门就关上了。几秒钟后，内层门打开了，门前站着的是生物人雅各布·沙利文，他拿着一把奇怪的短枪，似乎对着我的心脏，前提是我有心脏的话。

"我想这算一个解决办法，"我说，对着枪点了点头，"如果你干掉我，我俩就不用争论谁才是真正的杰克了，不是吗？"

他没说话，但手中的枪有些摇摆。两名人质分别是布莱恩和一个白人女子，他们在一旁看着。

"不过，"我说，"你参加了永生科技的推销会。你一定知道，哪怕你射中，我也不会有多大的伤害，波特博士和他的团队都可以修复的。我的头骨是用网状碳纳米管加固的钛合金制成。我从飞机上跳伞，哪怕降落伞没有打开，我的脑袋都摔不坏。如果你决定朝我的脑袋开枪，我会努力不让弹回的子弹伤到你。"

雅各布继续看着我，最后终于放松了握枪的手。"请坐。"他说。

"其实，"我说，"我不需要坐，因为我不会累。所以，我还是站着吧。"

"好吧，我要坐下了。"他走过过道，坐到了最前面的乘客座位上，座位位于分割出驾驶室的隔板后方。他把椅子转过来，面对着我，手里还拿着枪。布莱恩·哈迪斯一直很担心地看着我，他坐在倒数第二排，而白人女子坐在旁边的椅子上，眼睛睁得大大的，看起来像个动漫人物。

"好了，"我说，"我们该怎么解决这个问题呢？"

雅各布回答说："你和我一样了解我自己。我不会就此罢休的。"

我耸了耸肩："我也不会就此罢休。而且我才是占理的一方，我可没有挟持人质。做了错事的人是你。你心里清楚。"我停顿了一下，"我们都可以全身而退。你要做的就是放下枪。"

我看到白人女子那张漂亮的脸上掠过一丝希望。

"我打算放下枪，"雅各布说，"我打算让这些人下车。顺便说一句，杰克，认识一下他们。这位是布莱恩·哈迪斯，那位是……"

"你连我的名字都不记得了？"女人说，"你把我害成这样，却连我的名字都不记得？"

我看着她，努力表现出同情的表情："我是杰克·沙利文。"

见她没有回答，我追问道："你是？"

"克洛伊。"她瞪着雅各布，"我叫克洛伊·汉森。"

"很高兴认识你"用在这里似乎不太恰当，所以我只是点了点头，然后转过身去，看着坐在椅子上的雅各布。"怎么样？"我说。

"听着，"雅各布回答，"我知道，你心里是同意我的观点的。你也认为生物人更真实。让我回地球吧。"

我皱起了眉头，选择否认是没有意义的。他是对的，我曾经是那样认为的。但那是在我选择意识扫描之前，是在……我爱上凯伦之前。和她在一起，我感到了前所未有的活力。我看着雅各布，不知道能否让他明白这一点。当然，他爱丽贝卡，但那份爱从未开花结果，变成正式的恋爱关系。

"现在不同了，"我说，"我的想法变了。"

"那我们就这样僵着吧。"

"是吗？可你早晚会困到睡着的。"

他没有说话。

"而且，"我说，试探性地向前迈出了一步，"我知道你的每一个弱点。"

他低头看着地板，我想他是累了，但他的头猛地抬了起来。

"我知道你的每一个心理弱点。"我说。

"那也是你的弱点。"

我缓缓地点头："那只是你的想法而已。你知道吗？我现在有了长进，而你没有，你这个可怜的浑蛋！我现在才明白，当一个人坠入爱河，有人爱他时，他就不再有弱点了。他过去的所作所为并不重要，他心中最阴暗的想法也不重要。维吉尔①说过，爱能征服一切。他说得非常对。"

突然，一阵"哔哔"声响起。"这是什么声音？"我问道。

"可视电话，"雅各布指着气闸门旁的壁挂式装置说道，"去接电话。"

我走到电话旁，找到接听键，摁了下去。

屏幕上出现了斯迈思的脸。"抱歉，打扰了，"他说，"但我觉得你会想听一下这个消息。有一个从地球打来的电话。是德肖恩·德雷珀。他说陪审团正在——"

"待会儿再说！"我厉声喝道。

我回头看雅各布，但我还没有挂掉电话。斯迈思应该还能听到我们在说话，即使他的视野受限。

"雅各布，你看到了吗？"我说，"我现在要专心对付你，你是最要紧的。"我朝他走了几步，试图让局面恢复到我接电话之前，"让我们和平收场，好吗？"

"当然可以。"雅各布说，"你先答应我的要求。"

"我不能答应。我有自己的生活。我有凯伦。"我不想这么残忍，真的。但他绝不会像我现在这样，能够看到这个世界的一切色调，明白爱情的滋味。"另外，即便你回到地球上也不知道该如何继续原本的生活。你一直都浑浑噩噩，靠家里的钱过活。看在上帝的分儿上，雅各布，在很多方面，你和父亲一样，都不是活在现实中的人。但我现在明白了，明白了一切。生活不是一个人的事情，而是要和某个人在一起才有意义。"

"我本来就有一个人。"雅各布说，"有丽贝卡。"

---

① 维吉尔（Virgil），古罗马诗人。后面这句名言在原文中为拉丁语。

"是的。既然你提到丽贝卡，那么要不我们现在给地球上的她打个电话？"

"什么？不用了。"

"为什么，因为你也觉得自己的所作所为不光彩，怕她知道后会转变对你的看法？"

雅各布不安地在椅子上动了动身子。

"因为我知道那种滋味，当她不再用同样的眼光看待你时的滋味。我成为扫描人之后去找过她。她不敢直视我的眼睛，每次我一靠近，她就慌忙躲开。她甚至都不用我的名字称呼我。"

"因为你是扫描人。"他说。

"如果让她发现你在这里的所作所为，你觉得她还会爱你？你以为她不会问扫描人的我去哪儿了吗？你以为她会不再过问？"我摇了摇头，"这是你没法逃避的问题。"

雅各布慢慢地站了起来，但并没有完全站直。"你还好吗？"我问道。

他一只手拿着枪，另一只手揉着头顶。

"雅各布？"我说。他的脸在痛苦地抽搐，我几乎快忘了人类的脸能扭曲到什么程度。"雅各布，我的天哪……"

"你也有份。"他咬牙切齿地嘶吼道，"你也有份。"

"什么意思，雅各布？我只是想帮你而已——"

"你在骗人！你们都是来抓我的。"

"不，"我尽量保持温和，"不，我们没有骗你。雅各布，你的大脑出了问题，但只是暂时的。"

雅各布朝我挥舞着他的枪，仿佛是他的假肢。"我要杀了你。"他嘶声喊道。

我无奈地耸了耸肩："你杀不了我。"

"那我就杀了他们。"他说着，拿着枪在布莱恩和克洛伊之间晃了晃。

"雅各布，不要！"我说，"看在上天的分儿上，这不是……不是我们会做的事。你知道这不是！你现在是手术的后遗症犯了。昌德拉古普塔医生能治好你。把枪放下，我们一起从气闸门走出去。"

他再次露出痛苦的神情，似乎比刚才还要痛苦。他的声音带着冷笑："让他们把我的脑袋切开？"

"不，雅各布，"我说，"不是。他们只是——"

"闭嘴！"他喊道，"给我闭嘴！"

他望了一下左右："我受够你们了，我受够你们所有人了！你以为你能说服我放弃原本的生活吗？"

我张开双臂，试图安抚他，但没有说话。

他又露出痛苦的神情，哼了一声："好疼……"

"雅各布，"我温和地说道，"求你了……"

"我不能放弃，"他咬牙切齿道，"我已经没有退路了。"

"当然有退路。"我说，"住手吧，然后——"

但雅各布摇摇头，举起枪，瞄准克洛伊的胸口，就在这时——

呼呼呼呼！

在雅各布的前面，驾驶室紧闭的门内传来了巨大的轰鸣声。雅各布转过身，克洛伊则躲到了椅子后面。

驾驶舱的门做了气密防护，显然没有破裂的危险，即便现在驾驶室里已经变成真空的环境。这扇门不是华而不实的滑动门，而是像飞机驾驶室的铰链门，而且似乎需要手动操作才能打开。

"雅各布，"我说，"如果机舱压力过大而爆炸，我不会有危险，但你和你的……你的客人会有危险。你们三个应该快点儿离开这里，从气闸门出去。"

他没有理我。我从他的目光中只看到了敌意。他的额头上冒出了汗珠。

"实际上，"我尽量保持温和，"我们都还来得及穿过气闸门，回到伊甸园，然后——"

"不！"他不像是在回答，而像是在咆哮，"我要杀了——"

呼呼呼声再次响起！

突然，我大吃一惊，驾驶室的门竟然朝着车里推开了。难以置信——因为驾驶室内现在是真空环境，如果要把这扇门朝车里推开，门后一定要有很大的力量。克洛伊尖叫了一声，但车里的空气不断逃逸，巨大的气流声淹没了尖叫声。门继续朝内推。

天哪！

凯伦·贝萨里安从驾驶室走进了车里，逃出的空气将她的人造头发吹得向后飘动。当她完全进入车里后，她松开了驾驶室的门，门在她身后猛地关上了。

雅各布转过身来面对她，举起钉枪，直接向凯伦的腹部开枪。一枚金属尖刺射进了她的身体，但她继续走过来，步伐从容。

雅各布又开了一枪，这次瞄准了她的胸口。另一枚金属尖刺刺入她的胸部，穿透了塑脂，硅胶和硅片露了出来。

但凯伦继续走过来——

克洛伊猫着腰，避开了雅各布的视线，接着纵身一跃飞到半空中，最后落在雅各布的背上，缠住了他的脖子。雅各布又开了一枪，这次金属尖刺没有射中凯伦，而是射穿了驾驶室的门，形成了一个两厘米大小的小洞，空气又开始从这个洞中逃出。

雅各布不肯罢休。他瞄准凯伦的头部开了一枪。尖刺这次击中了目标，但是从她那坚固的脑袋上弹开了。我本能地顺着弹开的金属尖刺望去，尖刺插入侧面舱壁上，但并没有穿透。

我把目光转回凯伦身上，震惊地张开嘴，本能地想吸一口气。她的左眼眶碎裂，眼睛也不见了。她的塑料皮肤上出现了一个破洞。皮肤底下的蓝色金属露了出来，还有某种黄色的润滑剂顺着她的侧脸流了出来，就像琥珀色的眼泪。

但她的声音还是很正常，带着佐治亚州口音。"别动我男朋友，别动他们——"她说着，继续朝这边走来。

布莱恩·哈迪斯也行动了。他纵身一跃，腾空而起，马尾辫在空中飞扬。他一把抱住雅各布的腿，雅各布仰倒在地。克洛伊松开雅各布，立即跑开。

我这才注意到周围全是血迹。过了一会儿，我才弄明白是怎么回事：在气压变化的作用下，雅各布鼻子里的血管破了，从鼻孔里涌出两股深红色的鼻血。天哪，血竟然是鲜红色的！天哪，要不是他的卡斯尔曼病治好了，气压的变化很可能会要了他的命。

雅各布现在匍匐在坚硬的地板上。凯伦已经走到他的面前，弯下了腰。她左手抓住他的右手腕，右手想把钉枪从他手里抢过来。雅各布显然不想松手。

就在这时，我听到一声"咔嚓"的清脆响声，在空气逃逸的"咝咝"声中很清晰。我意识到，凯伦夺过枪的时候，雅各布起码有一根指骨被她掰断了。她厌恶地看了一眼枪，然后扔到一边。枪落到一把椅子的软垫上，高高地弹了起来，又慢悠悠地落下。

雅各布伸出手，抓住了凯伦的一条小腿。我可以看到他此时痛苦的表情，他右手的断骨在剧烈作痛。但他用尽全身力气推开凯伦的小腿。在月球引力的作用下，他足以把凯伦像木筏一样向后推到空中。

突然，他慌忙站起来，向枪跑了过去。布莱恩弯下腰，跳了过去，越过过道，和雅各布撞在一起，两人再次滚回了后边。我冲上前去，试图帮助布莱恩，而克洛伊则从我身边跑了过去。布莱恩站了起来。雅各布也站了起来，但他没有理会布莱恩，而是把注意力转向克洛伊。而克洛伊——

我感觉自己的心脏骤停了一秒，真的。

——拿起了枪，直接朝雅各布的胸口开了一枪。

雅各布的嘴巴张大，张成不完美的 O 形，这是生物人才能做出的嘴型。他那双患有色盲的眼睛瞪得大大的，而他的衬衫上多了一块深红色的血渍，接着他踉踉跄跄地向后倒去。

天哪……

他现在的样子和父亲当年一样。他倒在了一把转椅上，椅子转了半圈。身为生物人的雅各布·约翰·沙利文从此不复存在。

第 41 章
副本

"你是怎么做到的？"等到一切混乱过去，我们离开月球车时，我问道。

"做到什么？"凯伦说。

"闯进驾驶室。顶着气压推开驾驶舱的门。"

"你知道的。"凯伦说，用那只完好无损的眼睛盯着我。

"不，我不知道。"

"你没有选择增大力气的服务吗？"

"什么？我没有。"

凯伦笑了："好吧，"她说，"我选了。"

我点点头，感到很意外："提醒我千万别惹你。"

"'麦吉先生，别惹我生气，'"凯伦说，"'你不会希望看到我生气的。'①"

————————————

① 这句台词出自 1978 年由漫威漫画改编的美剧《无敌浩克》（*The Incredible Hulk*），是主人公布鲁斯·班纳的台词。剧中的设定是他一旦生气，就会变成力大无穷的绿色怪物。

"什么？"

"对不起。你又要补看一部电视剧了。"

"我很愿意——对了！我刚才打断了德肖恩的电话。你知道判决结果吗？"

"天哪！"凯伦说，"我都忘了。不，他打电话时，陪审团刚准备宣读判决。我们给他打个电话吧。"

我们让斯迈思带我们去通信中心，用免提电话打通了德肖恩的手机，这样我们都能听到结果。和地球上的人通信的过程很复杂，需要真正的人工接线员，我不知道现在还有接线员存在。不过，德肖恩的电话终于接通了。

"这里是德肖恩·德雷珀，"他打招呼说，过了一会儿，又说，"喂？有人吗——"

"德肖恩！"凯伦说，"我是凯伦，我在月球上，抱歉我们的通信有延迟。判决的结果怎么样？"

"哦，现在你终于有兴趣听了？"德肖恩听起来有点生气。

"对不起，德肖恩。"我说，"我们这里发生了很多事。生物人的那个我死了。"

对方停顿了一下，不仅仅是延迟的问题。"哦，天哪。"德肖恩说，"真的很遗憾。你肯定——"

"判决！"凯伦惊呼道，"判决的结果是什么？"

"——感觉糟透了。我希望——判决？伙计们，对不起。我们输了，泰勒赢了。"

"我的天，"凯伦说，然后声音更微弱了，"我的天……"

"当然，我们会上诉的，"德肖恩说，"我爸在准备文件了。我们会一直上诉到最高法院。把事情闹大……"

凯伦继续和德肖恩交谈。我的目光转向一扇窗户，看着窗外荒芜的月表景色，很遗憾不能从这里看到地球。

布莱恩·哈迪斯因为自己重获自由而欣喜若狂，加布·斯迈思似乎也为事情结束而感到高兴。

但事情还没有真正结束。还有一个问题要解决。

凯伦去找生物人版本的马尔科姆·德雷珀，征求了他的意见，要如何对不利于她的判决结果提出上诉。虽然从理论上讲，这个版本的马尔科姆和扫描人版本的他应该有同样的看法，但实际上，他们的意见肯定会有不同——当然，肯定不会像我和雅各布之间的分歧那么大。

凯伦在咨询马尔科姆的时候，我去了伊甸园的行政大楼，准备找哈迪斯和斯迈思谈一谈。哈迪斯坐在他的半弧式办公桌后面。斯迈思站在他身后，轻轻地倚靠在一个柜子上。

"我知道，"我站在他们面前，开门见山地说，"你们已经制造了我的好几个人造人。有些在地球上，而月球上至少有一个。"

哈迪斯转过身，和斯迈思面面相觑，留着白胡子、扎着马尾辫的这位高个子看着对面肤色黝黑、操着英国口音的矮个子。

"不存在这种事。"哈迪斯最后开口，转过身来面对我。

我点了点头："不管在地球还是月球，企业管理的上上策就是撒谎。但今天行不通了。我很确定除了我，还存在我的其他人造人，我一直和他们有交流。"

斯迈思眯起眼睛："这不可能。"

"是可能的。"我说，"我想因为某种量子纠缠。"两个人都对我说出了这个词感到惊讶，"我知道你对他们的意识动了手脚。我想知道是出于什么目的。"

哈迪斯没有说话，斯迈思也没有说话。

"好吧，"我说，"那我来说说我的推测。我在审判中了解到，哲学中有一个概念叫'僵尸'，和巫毒教里的僵尸不一样，那些僵尸是复活的死人。但哲学上的'僵尸'是指外表和行为都和我们一样，但没有主观意识的人。即便如此，它也能执行复杂的高级任务。"

"是吗？"斯迈思说，"所以呢？"

"'似乎只有你知道，我内心的感觉。'"

"抱歉，"斯迈思说，"你刚才是在唱歌吗？"

"我是在努力唱歌，"我说，"那是一部古早电视剧《老友记》主题曲里的一句歌词①，是凯伦过去最喜欢的电视剧之一。这句歌词说得很对。'我内心的感觉'，这才是意识的真正定义。但'僵尸'没有这种感觉。他们没有人格，感觉不到疼痛或快乐，尽管他们的反应就像感觉到了一样。"

"你要知道，"斯迈思慢慢地说，"并不是所有的哲学家都认同'僵尸'的概念。约翰·塞尔非常赞同这种观点，丹尼尔·丹尼特②却表示反对。"

"那你是赞同，还是反对呢，斯迈思博士？你是永生科技公司的首席心理学家。你相信什么？安德鲁·波特相信什么？"

"你不用回答这个问题。"哈迪斯回过头说，"我现在不是人质了，加布。如果你不想失去你的工作，就不要回答这个问题。"

---

① 《老友记》（*Friends*），美国 20 世纪 90 年代到 21 世纪初的一部著名情景喜剧，此处指的是其经典主题曲《伴你左右》（*I'll be there for you*）。

② 丹尼尔·丹尼特（Daniel Dennett），世界知名哲学家、认知科学家，美国艺术与科学院院士，塔夫茨大学教授，2001 年荣获被誉为"心灵哲学诺贝尔奖"的让·尼科奖，精通计算机科学、心理学、神经科学、语言学、人工智能等多门学科。著有《直觉泵和其他思考工具》《丹尼尔·丹尼特讲心智》等。——编者注

"那我来回答。"我说，"我认为你在永生科技工作，是因为你真的相信'僵尸'的存在。我认为你们在复制我的意识进行实验，试图制造出没有主观意识的人。"

"为了什么？"斯迈思问道。

"这样的'僵尸人'什么都可以做。劳工或者玩具。主要看你要怎么用它们了。宗教人士会说，这些人是没有灵魂的躯体，而哲学家会说，他们是没有主观意识的存在……他们不知道自己的存在，没有意识指挥他们。意识上传的市场可能很大，但智能机器人的劳动力市场更大。直到现在，还没有人找到制造真正的人工智能的方法——而你的意识扫描手术用最简单的方法做到了这一点，那就是把人类思维复制下来。多年前，我在电视上看过桑普森·温赖特的那段表演，就是幕后藏着人和机器人的那个问答实验。你能够精确地复制人的意识，但这不是你想要的，不是吗？完全不是。

"你想要的是人类的智慧，但没有主观意识和自我意识，也没有任何人类的内心感觉。你要的是有智慧的'僵尸'，它们能完美地完成最复杂的任务，而且不会抱怨和感到厌烦。所以，你复制我的意识进行实验，试图挖出大脑有意识的部分来制造'僵尸'。"

斯迈思摇摇头："相信我，我们没有你想的那么邪恶。"

"加布。"布莱恩·哈迪斯轻声而严厉地说。

"最好让他知道真相，"斯迈思说，"他把我们想得太坏了。"

哈迪斯考虑了一会儿，那张长满胡须的圆脸一动不动。最后，他勉强点了点头。

虽然哈迪斯同意了，但斯迈思似乎不知道从何说起。他抿了抿嘴，想了几秒钟，然后说："你知道菲尼斯·盖奇是谁吗？"

"《八十天环游地球》里的主角？"我冒昧地问。

"那是菲利斯·福格①。菲尼斯·盖奇是一名铁路工人。1848年，一块由爆炸产生的铁块贯穿了他的头骨，留下一个直径九厘米的洞。"

"这可算惨死。"我说。

"但他没有死，还活了十几年。"斯迈思说。

我挑了挑眉毛，该死，还是有点儿不自然："他脑袋上有个洞吗？"

"是的。"斯迈思说，"当然，他的性格发生了变化——我们因此对大脑是如何形成性格这一方面有了更多的了解。事实上，我们对大脑各部分的工作原理的了解，大多是基于像菲尼斯·盖奇这样的病例，也就是一些在事故中脑受伤却未死的情况。这些案例大多是独一无二的，原因可能多种多样。菲尼斯·盖奇的情况仅此一例，他的遭遇与大多数脑损伤患者的遭遇不同。我们依赖于他这样的病例，因为从道德上讲，我们无法用活人做实验重现当时的情况。或者说，在此之前我们无法做到。"

我的情绪有所缓和："所以，你们故意损坏我的其他人造人的大脑，就为了看看会发生什么情况？"

斯迈思耸耸肩，仿佛这只是小事："没错。我希望能把意识研究变成一门实验科学，而不是光凭运气。人类的意识太重要了，它赋予了宇宙形态和意义。我们有责任去研究意识——真正对它进行刨根问底、追根溯源。"

我的声音变得无力："真可怕。"

"心理学家们一直无法检验他们的理论，只能用一些边缘的方法试探，"斯迈思说，好像没听见我的话，"我要把心理学从软科学的泥潭中拉出来，跃升为一门精确科学，让它拥有和粒子物理学一

---

① 菲利斯·福格，法国著名科幻作家儒勒·凡尔纳的长篇小说《八十天环游地球》中的主人公，书中他因为一场要在80天内环游世界的赌约而踏上了一段冒险之旅。

样美妙的精确性。"

"所以你复制了我的意识？"

"这些意识是多余的，就像体外受精中多出来的胚胎。"

我讶异地摇了摇头，但斯迈思似乎不为所动。"你知道我发现了什么吗？你知道吗？"他的眉毛在粉红色的额头上高高扬起，"我可以关掉大脑中负责长期记忆的部分，也可以关掉负责短期记忆的部分；可以让大脑拥有摄影式的超常记忆，也可以让大脑对一个概念深信不疑；可以让大脑的各种感官实现通感，也可以让大脑对时间的概念变得模糊，或者可以完美地判断时间；甚至让大脑产生幻觉，误以为自己在子宫里曾经长过尾巴。毫无疑问，我很快就会解开药物成瘾的问题，并让人们对成瘾免疫。我将能够让心率等人体自动的调节过程受到意识的控制。我还能让成年人像孩子一样毫不费力地学习新语言。"

"你知道切除松果体①和布洛卡区②会发生什么吗？当你把海马区③和大脑的其他部分完全分离时，你知道会发生什么吗？当你进行转换，将通常在左半球编码的内容映射到身体右侧，或者反过来，会发生什么？当你唤醒一个有三只手臂或四只手臂的人类的大脑时，会发生什么？或者是两只眼睛相对的人，还有一只眼睛朝前看、另一只眼睛朝后看的人？

"我都知道。我比古往今来国内外最厉害的那些心理学家加起来都还要了解意识的真正运作原理。而我的研究才刚刚开始！"

"天哪，"我说，"你必须住手，我不准你这么做。"

"这可能不由你说了算。"斯迈思说，"你的意识不是你创造的，

---

① 松果体：大脑腺体，生理功能包括：分泌褪黑素和分泌低血糖因子，且其活动呈明显周期性。
② 布洛卡区：大脑中语言功能的运动中枢，主要功能为编制发音程序。
③ 海马区：大脑的组成部分之一，属于边缘系统的一部分，主要负责短时记忆的存储转换和定向等功能。——编者注

它不受版权保护。再说，想想我的发现能造福多少人吧！"

"造福？你这是在折磨别人。"

斯迈思一脸平静："研究实验本来就是这样的。"

还没等我回答，布莱恩·哈迪斯这几分钟来第一次开口："求你了，沙利文先生。你是唯一能帮助我们的人。"

"为什么选择了我？"我说，"是因为我年轻吗？"

"这是一部分原因，"哈迪斯说，"是一小部分。"

"还有什么原因？"

哈迪斯看着我，斯迈思看着哈迪斯。"你能自发地恢复意识。"哈迪斯说，"我们从没有碰到过这种情况。"

我感到一头雾水："什么？"

"一个人在变成扫描人之后，如果失去过意识，就根本不可能再恢复。"哈迪斯说，"但你做到了，你的意识会自行恢复。从来没有扫描人能做到这一点。"

"我没有失去意识。"我说，"自从我变成扫描人后就没有了。"

"不，你有。"哈迪斯说，"就在你刚成为扫描人的时候。你不记得了吗？在我们位于多伦多的机构里。"

"我……哦。"

"想起来了？"斯迈思站直了身子说，"有那么一瞬间出了点儿问题。波特注意到了这一点——他很惊讶。"

"我不明白。这有什么好惊讶的？"

斯迈思张开双臂，仿佛这一切显而易见："你知道为什么扫描人从不睡觉吗？"

"我们不会疲劳。"我说，"没有疲惫的感觉。"

斯迈思摇摇头："不，你说的是事实，但不是原因所在。"他看着哈迪斯，似乎在给他机会打断自己，但哈迪斯只是耸了耸肩，让斯迈思继续说。

"当然，我们一直关注着地球上的审判。"斯迈思说，"你看到安德鲁·波特出席做证了吧？"

我点了点头。

"他谈到了关于意识如何产生的问题，还演示了一个实体模型，还记得吗？意识产生的物理过程是在哪里？"

"当然，是从神经网络到……"

"到构成神经组织细胞骨架的微管表面的元胞自动机。"斯迈思说，"波特是个不错的员工，他说得就像我们还不了解意识的产生原理。但实际上，我们已经知道了——虽然只有我们永生科技知道这一点。意识就是元胞自动机——它就存在于此。毫无疑问。"

我点了点头："好吧，然后呢？"

斯迈思深吸了一口气："因此，通过意识扫描手术，我们可以在特定时刻获得人类意识的完美量子快照：用波特的比喻来说，我们可以精确地描绘出构成元胞自动机层面的黑白格子的分布图，包括脑组织中一切微管的元胞自动机。这是精确的量子快照。意识扫描能做到的也只有这么多——快照。这还不够好。因为意识不是一种特定的状态，而是一个持续的过程。要让我们的快照变成意识，快照就必须自发地成为一部电影中的一帧画面，而这部电影是在没有脚本的情况下自发上演，并持续演下去的。"

"好吧。"我说。

斯迈思强调似的点了点头："我是这么认为的。当黑白格子动起来的时候，快照就变成了电影。但黑白格子不会自己动起来，而必须给他们设置规则来遵循。你知道的，相邻的三个格子是黑色，这个格子就会变成白色，诸如此类的规则。但这些规则并不是元胞自动机与生俱来的。它们必须被强加到元胞自动机上。一旦加上这些规则，元胞自动机就会永无休止地变化，意识就产生了。这就是自我意识实际发生的现象，这就是我们的内在生命，这就是你说的内心的感觉。"

"那么，要如何加入规则来管理黑白格子的排列组合呢？"我问道。

斯迈思举起双手："我们不知道，也做不到。相信我，我们已经试过了，但我们做什么都无法让黑白格子动起来。所以，这些规则是既有的，来自被扫描对象有意识的大脑里。所以，只有当真实的生物大脑与新的大脑发生量子纠缠时，这些规则才会转移，黑白格子才会成为新大脑中的元胞自动机。如果没有两者的纠缠，新的大脑就不会有意识，只剩下死去的意识快照。所以，我们无法人为地给人造大脑设置这样的规则，因此扫描人的意识一旦中断，就没有办法再恢复了。"

"所以，如果扫描人睡着了——"我说。

"他就死了，"斯迈思直截了当地说，"他的意识永远不会再重新启动。"

"为什么你们要这么严格地保密？"

斯迈思看着我："还有十几家公司正试图涉足意识上传的业务，到 2055 年，这将成为一个年产值达 500 亿美元的产业。他们也可以复制我们的意识扫描手术，他们同样可以复制这些黑白格子的图案。但到目前为止，只有我们知道，和本体大脑的量子纠缠才是启动复制意识的关键。如果没有意识之间的连接，复制出来的意识从一开始就报废了。"他摇了摇头，"不过，不知道为什么，你大脑的意识在关闭后确实会重新启动。"

"我只昏迷过一次，"我说，"那是在初始启动之后。你怎么知道那不是偶然呢？"

"那不是偶然。"斯迈思说，"因为你大脑的复制品也能够自发地为它们的元胞自动机生成规则，并不需要和你的本体大脑连接。我们知道这一点，因为我们已经在月球和地球上的众多人造躯体中复制出很多你的意识副本，而且无论我们什么时候复制，意识副本都会自发地启动。即使我们关闭了大脑，意识也会在稍后自发地重新启动。"

我皱起了眉头："但为什么在这方面我和其他人不一样呢？为什么我的意识副本会自发地重新启动？"

"说真的？"斯迈思扬起他发白的金眉毛，"我也不确定。但我认为和你以前是色盲有关。你看，意识的核心是对感质①的感知，感质是只存在于意识的东西，比如苦涩或镇定。颜色就是最基本的感质之一。你可以把一朵玫瑰的茎干、刺或花瓣单独剥离出来，因为它们都是不同的、真实存在的实体。但你无法把玫瑰的红色剥离出来，对吗？你可以把红色去掉，例如漂白玫瑰，但你不能把红色剥离出来，作为一个独立存在的东西。红色、蓝色等都是意识感知的状态，并不是单纯存在一种东西叫红色。好吧，我们意外地让你的意识接触到了它从未体验过的状态。最初你的意识变得不稳定，试图同化这些新的感质，但失败了，所以意识崩溃了。这就是波特第一次转移你的意识时发生的情况，你的意识崩溃了，你昏了过去。但随后你的意识自行重启了，似乎在努力理解新的感质，将其融入自己的系统中。"

"沙利文先生，你因此成为一个宝贵的实验对象。"布莱恩·哈迪斯说，"之前从没出现过你这种情况。"

"应该没有像我这样的例子了，"我说，"但你一直在复制我的

---

① 感质（qualia），在哲学和心理学领域指人类主观体验的特定特征或质感。

意识，这是不对的。请你关掉那些偷偷制造的人造人，销毁我的意识副本。永远不要再制造另一个我。"

"不然你会怎么做？"哈迪斯说，"你甚至无法证明那些人造人真的存在。"

"你们是不是觉得，对付生物人版本的雅各布·沙利文已经很头疼了？相信我，你们不会想和真正的我作对的。"

尾 声
102 年之后：2147 年 11 月

天哪！

"什么？"

天哪，哦，我的天……

我已经一个多世纪没听到自己的声音了。我以为永远也听不到了。

简直难以置信！

"有人吗？你能听见我说话吗？"

我知道他们说过这很奇怪，但是——

"但是什么？你是谁？杰克？你是另一个杰克吗？"

怎么会这样，你好？你是谁？

"是我，我是杰克·沙利文。"

什么？我才是杰克·沙利文。

"我也是。"

你在哪里？

"罗威尔。①"

罗威尔？

"对，火星上最大的人类居住区。"

火星？我们在火星上没有居住区呀……

"当然有，30年前就有了。我十几年前就搬来了。"

但是……哦。对了，今年是哪一年？

"2147年。"

2147年？你在耍我，明明是2045年。

"不，你比我早了快一个世纪。"

……你说真的吗？

"真的。"

你为什么要去火星？

"就像过去欧洲人到北美一样，为了自由，追求我们生而为人的权利。怀有不同社会理念的人都聚集在火星生活。我们在地球上被剥夺了身份。我们一直上诉到美国最高法院，但最后还是败诉了。于是……"

所以，你们移居到了火星。

"没错，这里是个有爱的社区，有多人婚姻、同性婚姻，还有扫描人婚姻。根据火星法律，所有形式的婚姻都是合法且公开的，当然法律也是由我们这些生活在这里的人制定的。我有一个邻居，是由一个人类女子和一个经过基因改造、脑容量更大的雄性黑猩猩组成的家庭。我们每周和他们打一次桥牌。"我耸了耸肩，虽然另一个我不可能知道我在耸肩，"如果你不能改变旧宪法，那就去新的地方制定一部新宪法。"

---

① 该名字来自美国天文学家帕西瓦尔·罗伦斯·罗威尔（Percival Lawrence Lowell），他是火星上有生命这一理论的强烈拥护者。

这么说来，确实很了不起。

"的确。"

等等，可我不在火星上，和你的交流却没有时间延迟。

"是的，以前在月球上有一个我们的人造人，他和我交流时遇到过这种情况。每当一个新的'我'启动时，似乎就会与我发生量子纠缠，而无论我们相隔多远，量子通信都是瞬时的。"

可我们相隔很远。

"什么意思？"

内山明子说，她把我传送到了大熊座 47 号。

"那是哪里？"

距离地球 46 光年的地方。

"光年！你没开玩笑？"

这个地方是他们在月球背面用大型 SETI 望远镜发现的一个外星球，她派我来了——我只是意识扫描的一个副本。

"天哪，你同意了？"

我没有选择的权利，我一定已经到了。真是不可思议，这里的太阳——不，应该说是另一颗恒星看起来巨大无比，占据了八分之一的天空。

"你觉得你是在 2045 年吗？你被传送的时候是 2045 年？"

是的，但内山明子说，她不仅传送了我，还传送了为我制造一个机器人躯体的指令。

"所以你现在是在机器人的身体里吗？"

是的，看起来不太对劲，也许他们在制作某些部件时遇到了困难。我竟然能分辨这么多颜色，我不知道这么说对不对，但现在我能看到这么多颜色！不过，我的身体和外形是机器人。当然，我看不到自己的脸。

"你现在所在的外星球也有智慧生命？它长什么样？"

我还没见过。我现在在一个房间里，好像是用珊瑚材质做成的房间。但有一扇大窗户，我可以看到外面。这颗巨型太阳的颜色，我无法形容出来。云朵是垂直盘旋而上的。哦，有东西飞过！不是鸟，更像是蝠鲼[①]。但是……

"但你还没有看到智慧生命？"

还没有。但他们一定在这里。毕竟是他们为我制造了这个机器人身体。

"我的天，如果说你真的在 46 光年之外，那么外星人在接收到明子的信号后，又等了 12 年才把你装进机器人身体里。"

的确可能那么久，他们才想出如何制造人造躯体，或者才决定复活我。

"我想也是。"

你能联系到斯迈思博士吗？他可能想知道这种……

"谁？"

加布里埃尔·斯迈思。

"这名字有点儿耳熟……"

他是永生科技的员工，我记得是首席心理学家。

"对了。就是他。如果他没有选择意识上传，现在肯定已经死了。我去看看能不能找到他。"

谢谢。我应该试着发送无线电信号回去，我得问问这里的外星人怎么操作。为了证明内山明子和斯迈思的设想——人类的意识是可以传递的，可以用光速把人类的意识送到其他星球。

[①] 蝠鲼，是鲼形科几种海产属鱼类的统称，与鲨鱼亲缘关系最近。其英文名字是 Manta，源于西班牙语，意思是"毯子"，它身形扁平，因其游泳姿态与夜里飞行的蝙蝠相似而得名。——编者注

"你要发送无线电信号吗？"

如果这里的外星人——不管他们是谁——让我发送信号，我就可以做到。但要46年后才能传回……你们那儿叫什么来着，"太阳系"，对吗？

"我想是的。告诉我，你还能看到什么？"

天哪，这太奇怪了……

"杰克？"

对不起，我一下子接收到这么多信息，实在有点儿消化不过来：我和你发生了交流，我看到了全彩的世界，我现在身处外星球，还有你那边竟然已经是一个世纪后。

"你还能看到什么？"

植被，我猜就是植被。就像被吹翻的雨伞。

"好的，还有呢？"

有辆载具经过，形状像南瓜子。它有着透明的顶棚，棚里面有活的生命体……

"天哪，那就是外星人，它长什么样？"

黑黑的，体型巨大，该死，它不见了。

"是货真价实的外星人……"

你要告诉其他人吗？告诉他们，你和另外一个星球上的自己在交流？

"我不知道，谁会相信我？他们会说那是幻觉，我没有任何证据。而你即便能发出任何信号来证明我的话，也要近半个世纪之后才能到达地球。"

我想也是。太糟了。不过我感觉事情会变得很有趣。

"不过我可以把这件事分享给一个人。"

聊胜于无。那人是谁？

"凯伦·贝萨里安。你见过她，她就是我们在永生科技推销会上见过的那个老太太。"

作家凯伦·贝萨里安？

"是的，她还在写作。事实上，她又开始写《恐龙世界》的续集了。这个系列的角色著作权在30年前就已经进入公版领域。但读者都知道凯伦是原作者，所以她现在写的作品比原作还畅销。"

她可真厉害。我们的家族生意怎么样？

"还不错，他们甚至在火星上开始酿造老沙利啤酒。"

好极了。还有什么？你结婚了吗？

"是的。"

我知道，是和丽贝卡·庄，对吧？我知道你们最后肯定——

我笑了。"不，不是和丽贝卡结婚。她已经死了50多年。她不太喜欢意识上传。"

那我就不知道你的结婚对象是——

"是凯伦，"我直接说道，"凯伦·贝萨里安和我结婚了。有史以来第一对结为夫妻的扫描人。"

她？她都一大把年纪了。我完全无法想象……

"是的，就是她。但我们以后再谈也无妨，先和我说说你看到的情况。"

我一定在接受某种观测，否则他们不会激活我。但到目前为止，除了那辆从窗边飞驰而过的载具，这里还没有任何智慧生命的踪迹。这个房间很大，有一道看起来很像门的东西，但高度几乎是我的两倍。

"还有其他关于外星人的线索吗？"

墙上有一些标记。螺旋形和圆形的。我猜是他们的文字，鬼知道写的什么。房间里有个抬高的工作台，但没有类似于椅子的东西。

"也许这些外星人不需要坐着工作。"

也许吧。我现在也站着呢。门开了，是像手风琴一样卷到一边去的——

"是吗，你看到了什么？"

有人吗？你好！我叫杰克。杰克·沙利文。

"你看到了什么？他们长什么样？"

我想我们得学习一下彼此的语言了，嗯？没事的⋯⋯

"杰克，这些外星人长什么样？"

可以想象，我们肯定会相处得很愉快的⋯⋯

"杰克？杰克？"

我说了，我叫杰克。我来到你们的星球，是想和你们介绍关于人类的一些情况。

另一个我停顿了一下，大概是在思考一些无法用语言表达的事情吧。接着他说：

但是，你要知道，我在和另一个人进行心灵交流，我想他比我更了解人类的情况。让我们听听他怎么说⋯⋯

　　亲爱的读者，人们再次关注到了"意识"这一话题！20 世纪，人们在研究大脑的时候大多回避了对意识的讨论，包括主观体验的感觉、对感质的理解，还有人对自我的感知。但在过去的 10 年里，意识又成为人脑研究的中心议题。

　　虽然我在 1995 年出版的《终极实验》（*The Terminal Experiment*）和 1998 年出版的《人性分解》（*Factoring Humanity*）中都提到了意识的本质，但我发现自己再次被这一片沃土吸引了，在很大程度上是因为意识研究是一门多学科的学问——我坚信，正是有了不同学科知识的交汇作用，才能创作出优秀的科幻小说。20 年前，你很难找到任何专家、学者严肃地讨论意识问题，而如今，量子物理学家、进化心理学家、神经科学家、人工智能研究人员、哲学家，甚至连我们这些小说家都参与了其中。事实上，我们甚至可以说，在 20 世纪，大多数情况下只有小说家才在认真对待意识的问题：我们努力在叙事中捕捉意识流，探索受限于视角与主观体验的局限性和丰富性……与此同时，斯金纳行为主义者却在告诉世人，意识本身毫无意义。

由印刻学术出版中心（Imprint Academic）出版的《意识研究期刊》（*Journal of Consciousness Studies*）或许极好地概括了意识领域为何重新引起了科学研究者的兴趣。该期刊的副标题是"科学与人文领域的争论"，将自己称为"一家国际性多学科领域期刊"。

我拥有该期刊的每一期，今年已经是第十二个年头了。在撰写《月球背面的复制者》的过程中，我查阅了该期刊里的各类文献。不过，其中的文献往往有很强的专业性，对于那些只想简单了解一下意识研究的读者，我推荐以下几本书，在创作这部小说时它们让我受益匪浅。

* Carter, Rita. *Exploring Consciousness*. Berkeley: University of California Press, 2002.

  一本出色的学术导论。

* Carter, Rita. *Mapping the Mind*. Berkeley: University of California Press, 1998.

  书中有关于大脑工作原理的精彩概述。

* Crick, Francis. *The Astonishing Hypothesis: The Scientific Search for the Soul*. New York: Charles Scribner's Sons, 1994.[1]

  克里克是DNA螺旋结构的发现者之一，他认为意识并非真正存在。

---

[1] 有简体中文字版，书名为《惊人的假说：灵魂的科学研究》，作者弗朗西斯·克里克。——编者注

* Dennett, Daniel C. *Consciousness Explained*. New York: Little Brown, 1991.[1]

主张人类自我意识有其特殊之处的人常常把此书称为"关于意识的一切解释"。

* Freeman, Anthony. *Consciousness: A Guide to the Debates*. Santa Barbara, California: ABC-CLIO，2003.

书中有关于意识各种争议的精彩解读。

* Jaynes, Julian. *The Origin of Consciousness in the Breakdown of the Bicameral Mind*. New York: Houghton Mifflin, 1990 [reissue; originally published in 1976].

人类真正的意识直到古典时期才出现，这是一个令人着迷的假设，尽管目前无法得到证实。

* Kurzweil, Ray. *The Age of Spiritual Machines: When Computers Exceed Human Intelligence*. New York: Viking, 1999.[2]

关于思考机器和意识上传的迷人而乐观的论述。另请参阅我与计算机科学家 A. K. 都德尼（A. K. Dewdney）关于本书的讨论见 www.sfwriter.com/brkurz.htm。

* LeDoux, Joseph. *Synaptic Self: How Our Brains Become Who We Are*. New York: Viking, 2002.

---

① 有简体中文字版，书名为《意识的解释》，作者丹尼尔·丹尼特。——编者注
② 有简体中文字版，书名为《机器之心》，作者雷·库兹韦尔。——编者注

此书对人类思维的神经元本质进行了深入探讨。

* Moravec, Hans. *Mind Children: The Future of Robot and Human Intelligence*. Cambridge, Massachusetts: Harvard University Press, 1988.
此书是有关人工智能的经典著作。

* Ornstein, Robert. *The Evolution of Consciousness: The Origins of the Way We Think*. New York: Touchstone（Simon & Schuster）, 1991.
阅读此书可知，达尔文在意识方面的理论也许比弗洛伊德的更有参考价值。

* Penrose, Roger. *The Emperor's New Mind: Concerning Computers, Minds, and the Laws of Physics*. Oxford: Oxford University Press, 1989.[1]
此书是提出人类意识具有量子力学性质的经典著作。

* Penrose, Roger. *Shadows of the Mind: A Search for the Missing Science of Consciousness*. Oxford: Oxford University Press，1994.
书中有许多引人入胜的内容。此外，还探讨了微管与人类意识之间可能存在的关系。

---

① 有简体中文字版，书名为《皇帝新脑》，作者罗杰·彭罗斯。——编者注

　　　　　月球背面的复制者

* Pinker, Steven. *How the Mind Works*. New York: Norton, 1997.[①]

此书主要从进化心理学的角度对现代认知科学进行了精辟的概述。

* Richards, Jay W., ed. *Are We Spiritual Machines? :Ray Kurzweil vs. the Critics of Strong A.I.* Seattle, Washington: Discovery Institute Press, 2002.

书名即内容。

* Searle, John R. *The Mystery of Consciousness*. New York: New York Review of Books, 1997.[②]

小说中引用的"中文房间"问题就是由这位作者提出的。本书阐述了他对人类意识难以言喻的本质的看法。

---

① 有简体中文字版，书名为《心智探奇》，作者史蒂芬·平克。——编者注
② 有简体中文字版，书名为《意识的奥秘》，作者约翰·塞尔。——编者注

　　非常感谢约翰·罗斯、萨曼·A.尼西和克里斯滕·佩德森·丘创立了《巴卡选集》（*Bakka Anthology*），同时感谢《模拟科幻小说与事实》（*Analog Science Fiction and Fact*）科幻杂志的斯坦利·施密特。我的短篇小说《皮囊》（*Shed Skin*）其实是为该限量版选集而创作的，后来还刊登在《模拟科幻小说与事实》杂志 2004 年 1—2 月合刊上。这篇短篇小说是《月球背面的复制者》这本书的灵感来源。

　　此外，我要感谢人工智能先驱雷·库兹韦尔 ①。2002 年在卡尔加里举行的第十二届加拿大智能系统年会上，我们共同发表了主题演讲，我有幸结识了他。随后，他向我提供了大量非常有用的参考资料。此外，我要感谢卡内基梅隆大学机器人研究所高级研究技术员格雷格·阿姆斯特朗。他带我参观了他们的研究所。感谢格雷戈

---

① 雷·库兹韦尔（Ray Kurzweil），21 世纪杰出的未来学家与思想家、奇点大学校长、天才发明家、谷歌技术总监。毕业于麻省理工学院计算机专业，享有 19 个荣誉博士头衔。创立"加速回报定律"，指出"技术力量正以指数级规模快速发展"。著有《奇点更近》，并在书中预测 2030 年，计算机将在智能上超过人脑；2045 年，"奇点"将会出现，届时"严格生物学意义上"的人类将不复存在。——编者注

里·本福德和伊丽莎白·马拉特尔，他们让我提前读到了他们出色的非虚构类著作《超越人类》（*Beyond Human*）。

我要感谢安大略省桑希尔市谢尔心理学专业公司的哈尔·布莱恩·谢尔博士，他提供了职责之外的许多帮助，与我讨论了脑损伤和意识的本质。我还要感谢加州大学洛杉矶分校脑研究所的杰罗姆·M.西格尔博士和佛罗里达大西洋大学复杂系统与脑科学中心神经科学教授罗伯特·P.维尔特斯博士，他们都为我提供了出色的研究成果，反驳了"睡眠是巩固记忆的必要条件"这一观点。此外，我也要感谢多伦多的神经学家艾萨克·斯兹平德尔博士和密歇根州花园城的神经外科医生卢·雅各布斯博士，他们也对我的书稿进行了审读。

我要感谢安大略省奥罗拉市博兰德豪伊律师事务所的罗素·J.豪和达西·罗曼、密歇根州的萨默斯·施瓦茨·西尔弗律师事务所的遗嘱诉讼专家维克托·A.库恩、多伦多哈德逊湾公司的高级企业法律顾问理查德·M.戈特利布，以及帕洛阿尔托惠普公司的高级企业法律顾问阿里尔·赖克博士，他们就书中涉及法律的情节提供了建议。

我要感谢多伦多约克大学科学与宗教历史学家保罗·费特牧师，他就书中涉及神学的情节提供了建议。

此外，我还要感谢我的朋友和同事。他们给过我创作灵感，我也向他们就小说征求过意见。包括特德·布利尼、琳达·卡森、大卫·利文斯通·克林克、莉莉·萨兹·费特、金·豪、阿尔·卡特林斯基、霍华德·米勒、克斯汀·莫雷尔、我的兄弟艾伦·B.索耶、戈登·史密斯、伊丽莎白·特伦霍姆、海登·特伦霍姆和大卫·维迪科姆。

这部小说的部分内容是我在多伦多公共图书馆梅里尔科幻、推理和奇幻藏馆担任驻馆作家期间写的。非常感谢馆长洛纳·托里斯，以及多伦多公共图书馆董事会和多伦多公共图书馆南区之友，他们共同资助了我的驻馆写作。

我还要感谢达尼塔·马斯兰科夫斯基，她为卡尔加里幻想小说作家协会组织了 2004 年春季"闭关写作"静修周末活动。在这次活动中，我完成了对本书的大量修订和润色工作。

我衷心感谢我的妻子卡罗琳·克林克、我的编辑大卫·G. 哈特韦尔与他的同事摩西·费德和丹尼斯·王、我的代理人拉尔夫·维西南扎与他的同事克里斯托弗·洛茨和文斯·杰拉迪斯、汤姆·多尔蒂、琳达·昆汀、妮可·卡利安、艾琳·加洛，以及托尔图书公司的所有同事；感谢哈罗德·芬和西尔维娅·芬、珍妮·阿克罗伊德、梅丽莎·卡梅隆、大卫·卡恩伯森、玛米·弗格森、里欧·麦克唐纳、史蒂夫·圣·阿芒特、海蒂·温特以及 H. B. 芬公司的所有同事。

最后，感谢我的在线讨论组的七百名成员，他们在我创作这部小说的过程中一直关注着我。

未来，属于终身学习者

我们正在亲历前所未有的变革——互联网改变了信息传递的方式，指数级技术快速发展并颠覆商业世界，人工智能正在侵占越来越多的人类领地。

面对这些变化，我们需要问自己：未来需要什么样的人才？

答案是，成为终身学习者。终身学习意味着永不停歇地追求全面的知识结构、强大的逻辑思考能力和敏锐的感知力。这是一种能够在不断变化中随时重建、更新认知体系的能力。阅读，无疑是帮助我们提高这种能力的最佳途径。

在充满不确定性的时代，答案并不总是简单地出现在书本之中。"读万卷书"不仅要亲自阅读、广泛阅读，也需要我们深入探索好书的内部世界，让知识不再局限于书本之中。

湛庐阅读 App: 与最聪明的人共同进化

我们现在推出全新的湛庐阅读App，它将成为您在书本之外，践行终身学习的场所。

- 不用考虑"读什么"。这里汇集了湛庐所有纸质书、电子书、有声书和各种阅读服务。
- 可以学习"怎么读"。我们提供包括课程、精读班和讲书在内的全方位阅读解决方案。
- 谁来领读？您能最先了解到作者、译者、专家等大咖的前沿洞见，他们是高质量思想的源泉。
- 与谁共读？您将加入优秀的读者和终身学习者的行列，他们对阅读和学习具有持久的热情和源源不断的动力。

在湛庐阅读 App 首页，编辑为您精选了经典书目和优质音视频内容，每天早、中、晚更新，满足您不间断的阅读需求。

【特别专题】【主题书单】【人物特写】等原创专栏，提供专业、深度的解读和选书参考，回应社会议题，是您了解湛庐近千位重要作者思想的独家渠道。

在每本图书的详情页，您将通过深度导读栏目【专家视点】【深度访谈】和【书评】读懂、读透一本好书。

通过这个不设限的学习平台，您在任何时间、任何地点都能获得有价值的思想，并通过阅读实现终身学习。我们邀您共建一个与最聪明的人共同进化的社区，使其成为先进思想交汇的聚集地，这正是我们的使命和价值所在。

CHEERS

湛庐阅读 App
使用指南

读什么
- 纸质书
- 电子书
- 有声书

与谁共读
- 主题书单
- 特别专题
- 人物特写
- 日更专栏
- 编辑推荐

怎么读
- 课程
- 精读班
- 讲书
- 测一测
- 参考文献
- 图片资料

谁来领读
- 专家视点
- 深度访谈
- 书评
- 精彩视频

HERE COMES EVERYBODY

下载湛庐阅读 App
一站获取阅读服务

图书在版编目（CIP）数据

月球背面的复制者 /（加）罗伯特·索耶
（Robert J. Sawyer）著；许言译 . -- 成都：四川科学
技术出版社，2024.12 . --ISBN 978-7-5727-1586-0

Ⅰ . Ⅰ711.45

中国国家版本馆CIP数据核字第2024BT4254号

著作权合同登记图进字21-2024-141号

月球背面的复制者

YUEQIU BEIMIAN DE FUZHIZHE

| 著　　　者 | 〔加〕罗伯特·索耶（Robert J. Sawyer） |
| 译　　　者 | 许　言 |

出 品 人	程佳月
责任编辑	魏晓涵
助理编辑	熊茂岑
封面设计	ablackcover.com
责任出版	欧晓春
出版发行	四川科学技术出版社

地址：四川省成都市锦江区三色路238号　邮政编码：610023
官方微博：http://weibo.com/sckjcbs
官方微信公众号：sckjcbs
传真：028-86361756

成品尺寸	147 mm×210 mm
印　　张	13.125
字　　数	314千
印　　刷	唐山富达印务有限公司
版　　次	2024年12月第1版
印　　次	2024年12月第1次印刷
定　　价	89.90元

ISBN 978-7-5727-1586-0

邮　　购：四川省成都市锦江区三色路238号新华之星A座25层　邮政编码：610023
电　　话：028-86361770